Heike Fröhling

Weil Träume unendlich sind

TINTE & FEDER

Das Buch

DDR 1960: Die schüchterne Ruth wäre gern so mutig wie ihre Schwester Marlies. Doch es ist ausgerechnet Marlies' Einsatz im Widerstand, der Ruths Traum vom Physikstudium zerstört. Stattdessen widmet Ruth ihr Talent der Erforschung der Natur und lebt als Försterin in einer Waldhütte. Unfreiwillig wird sie zur schutzlosen Außenseiterin, nur ihr Freund Rolf hält zu ihr. Doch kann Ruth ihm wirklich vertrauen?

60 Jahre später begibt sich die junge Lena auf die Suche nach ihrer Großtante. Je mehr sie über Ruth erfährt, desto mehr spürt sie, wie die Vergangenheit nachwirkt: Auch Lena fragt sich, was ihre wahren Träume sind und wem sie glauben kann.

Die Autorin

Nach ihrem Studium der Musikwissenschaft, Germanistik und Schulmusik war Heike Fröhling zunächst mehrere Jahre als Journalistin für Frauenzeitschriften tätig. Seit 1999 veröffentlicht sie als Verlagsautorin, seit 2012 auch als Selfpublisherin. Bei Tinte & Feder sind bisher ihre Romane »Das Leben ist nur ein Moment«, »Die Zärtlichkeit des Augenblicks« und »Winterfrau und Frühlingsmädchen« erschienen. Ihre Romane handeln vom Aufbrechen, Entdecken und Reisen, um zu sich selbst zu finden.

Die meiste Zeit des Jahres ist Heike Fröhling unterwegs, um für eines ihrer nächsten Bücher zu recherchieren. Mehr über die Autorin erfahren Sie auf ihrer Website writerontour.de.

HEIKE FRÖHLING

Weil Träume unendlich sind

Zeit der Schattenfrauen

ROMAN

TINTE & FEDER

Deutsche Erstveröffentlichung bei
Tinte & Feder, Amazon Media EU S.à r.l.
38, avenue John F. Kennedy, L-1855 Luxembourg
Dezember 2021

Umschlaggestaltung: zero-media.net, München
Umschlagmotiv: © Chamois huntress/Shutterstock; © Melanie Hobson/
Shutterstock; © Lorraine Fitch/Arc Angel
1. Lektorat: Marketa Görgen
2. Lektorat: Cathérine Fischer
Korrektorat: Manuela Tiller/DRSVS
Gedruckt durch:
Amazon Distribution GmbH, Amazonstraße 1, 04347 Leipzig /
Canon Deutschland Business Services GmbH, Ferdinand-Jühlke-Straße 7,
99095 Erfurt /
CPI books GmbH, Birkstraße 10, 25917 Leck

ISBN: 978-2-49670-605-5

www.tinte-feder.de

Für Tabea

Kapitel 1

1965

Das Unwetter hatte nachgelassen, der Regen vollständig aufgehört. Der Sturm, der bei ihrer Ankunft auf dieser Insel von der Ostsee über Usedom gepeitscht war, hatte sich in einen kräftigen Wind verwandelt, der zwar die Wellen vor ihr auf zwei Meter Höhe anschwellen ließ, aber nicht mehr die Kraft hatte, Bäume zu entwurzeln und Dächer abzudecken. Ruth betrachtete die schäumende Gischt, die im Licht des Vollmonds weiß glitzerte, sich silbrig schimmernd auf sie zuwälzte, bis das Wasser sich wieder zurückzog, um dann erneut anzurollen. Wenn die See auf sie zukam, schloss sie die Augen vor dem feinen Sprühnebel nicht und wandte sich auch nicht ab, obwohl das Salzwasser sie blinzeln ließ und in ihrem Gesicht brannte. Tief atmete sie die feuchte Luft ein, die nach Salz, Fisch und Tang roch, und beobachtete, wie hinten am Horizont die Lichter einer Fähre auftauchten, immer größer und heller wurden und dann nach Westen in Richtung Lübeck schwenkten, unerreichbar für sie.

Ruth lauschte dem sich rhythmisch nähernden Grollen der Wellen noch eine Weile und wandte sich schließlich nach links, um ein Stück am Strand entlangzugehen. Sie stellte sich vor, wie in einigen Tagen ihre Arme und Beine schmerzen würden von der harten Forstarbeit, die ihr nun bevorstand. Sie hätte sich von ihren Eltern nicht überreden lassen dürfen, diesen Ausbildungsplatz im Forst anzunehmen, war sie doch nie kräftig oder sportbegeistert gewesen, sondern hatte nach der Schule die meiste Zeit im Bett liegend verbracht und ihre Nase in Bücher gesteckt. Ihr Verstand war trainiert, ihr Körper nicht.

Sie versuchte sich vorzustellen, sie wäre eine Urlauberin, die alle Zeit der Welt hatte. Die auf diese Insel gekommen war, um die Schönheit der Natur zu genießen. Doch die Urlauber waren noch vor dem Beginn der Herbststürme und der Kälte abgereist. Sie hingegen würde bleiben, den gesamten Winter über. Sie war nicht da, um sich zu erholen, sondern um erst einmal die Sturmschäden im Forst und am Strand zu beseitigen. Dafür war sie nach Usedom gekommen, auch wenn sie nicht wusste, wie sie diese Aufgabe je bewältigen sollte. Das war ihre Strafe, ihre Katharsis.

Bei der Vorstellung, was ihre zukünftigen Kollegen wohl sagen würden, wenn sie den Begriff »Katharsis« verwendete, lachte sie still in sich hinein. Während sie allein in ihrer ersten Nacht auf der Insel am Strand entlanglief, saßen die anderen zusammen in der Stube, in der Wärme des Kamins, mit Decken über den Schultern, tranken Bier, aßen Bratkartoffeln mit Zwiebeln und Speck, redeten, lachten und spielten Karten.

Wie sollte sie nur die Jahre überstehen, die vor ihr lagen?

Wenn sie an ihre Alternativen dachte, drehten sich ihre Gedanken im Kreis: Der Weg zurück zu ihren Eltern nach Templin war ihr versperrt; ihr Vater würde sich ans Steuer setzen, um sie zur Insel zurückzufahren und höchstpersönlich im Forsthaus abzusetzen.

Bevor sie sich wieder in den Gedankenschleifen verlor, was sie alles hätte anders machen können, wie sie ihre jetzige

Lage hätte verhindern können, dass sie sich in der Schule nicht so widerspenstig hätte aufführen sollen, rief sie laut »Hätte, hätte, Fahrradkette« und begann zu rennen, bis ihre Lunge brannte und in der Ferne die beleuchteten Häuser der nächsten Ortschaft sichtbar wurden.

Einige Hundert Meter weiter vorn sah sie am Strand zwei Lichter auf sich zukommen: die nächtliche Patrouille, die den Strandabschnitt überwachte, damit niemand das selbstmörderische Unterfangen wagte, sich in ein Boot zu setzen oder sich verzweifelt in die See zu stürzen, um den Westen zu erreichen oder bestenfalls von der Fähre oder einem Fischer- oder Handelsboot aufgegriffen zu werden.

Solche Illusionen machte sie sich nicht. Dafür war sie zu realistisch, das Wasser war zu kalt, ihr Körper zu schwach. Ruth drehte um, um nicht von der Patrouille entdeckt zu werden und erklären zu müssen, wer sie war und was sie hier am Strand tat. Die Freiheit war nicht über das Wasser zu erreichen. Sie lag versteckt zwischen zwei Buchdeckeln, wenn sich Worte zu etwas Ungeheuerlichem zusammenfügten und Gedanken entstehen ließen, die niemals ausgesprochen werden durften. Die Freiheit lag im Theater, wenn die Schauspieler ihren Text in einer Art und Weise aussprachen, dass er einen völlig neuen Zusammenhang ergab, obwohl das Werk bereits Hunderte von Jahren alt und Tausende Male aufgeführt worden war. Und doch konnte es gelingen, dass die Worte ganz neu erschienen, extra für sie aufgeschrieben, um ihr einen Hinweis zu geben und Trost zu spenden. Dann war da noch die Musik, die ihr immer wieder versicherte: Es gibt eine Ordnung, in die sie hineinpasst. Für jede Note gab es einen Ort in der Partitur, in der sie sich in das Ganze einfügte und dazu beitrug, ein Gesamtbild von überirdischer Schönheit entstehen zu lassen.

Ruth blieb noch einmal stehen und blickte sich wieder um. Die Patrouille hatte abgedreht. Nun war sie völlig allein am

Strand. Auf der See näherte sich vom Horizont her eine weitere Fähre.

Ruths Blick wanderte aufwärts. Nun war der Mond verschwunden und ließ den Umriss einer dunklen Unwetterwolke leuchten, als besäße die Wolke eine Korona.

Mit dem Ärmel wischte sie sich die salzige Feuchte aus dem Gesicht und blinzelte, um das Schiff oder die Fähre besser erkennen zu können, doch die Lichter waren zu weit weg, um die Größe oder die Art des Schiffes feststellen zu können. Lange verharrte sie auf der Stelle, bis die Kälte durch ihre Kleidung kroch, ihre Zehen und Finger sich gefühllos und steif anfühlten und ihre Gesichtshaut wie betäubt war. Es war, als würde sich ihr Herzschlag verlangsamen, eins werden mit dem Donnern der Brandung. Als würde sie nicht länger einzeln existieren, sondern verschmelzen mit den unendlichen Wassermassen vor sich.

Ruth verharrte noch eine Weile und genoss den unglaublichen Zustand, dass ihre Gedanken völlig zur Ruhe kamen.

Steif von der Kälte bückte sie sich, löste die Schnürsenkel und zog Schuhe und Socken aus. Beide stellte sie so weit weg an den Strand, dass das Wasser die Kleidungsstücke nicht erwischen konnte.

Eisig kitzelte der Sand unter ihren Fußsohlen wie unzählige Nadelstiche, doch der Schmerz störte sie nicht, im Gegenteil. Er brachte sie dazu, das Wesentliche zu sehen. Ihre damals schlechter werdenden Schulnoten in der Oberstufe kamen ihr jetzt gänzlich unwichtig vor. Bedeutsam war auch nicht mehr die Schmach, dass sie sogar in ihrem Lieblingsfach Mathematik immer häufiger ein »Mangelhaft« unter den Arbeiten vorgefunden hatte, nur weil sie einen anderen Lösungsweg als den vom Lehrer vorgegebenen gewählt hatte. Wichtig war nicht diese verfluchte Ausbildungsstelle, die ihr wie eine Versetzung ins Straflager erschien, nicht die winterliche Einsamkeit auf dieser Insel und auch nicht der geplatzte Traum vom Studium. Es gab so viel, über das sie sich aufgeregt hatte, das aber nun angesichts der Unendlichkeit des Meeres und der ungeheuren Kraft der Wassermassen an Bedeutung verlor. Hier und jetzt war es egal, dass sie eine Gescheiterte war.

Leise knirschte der Sand unter ihren Füßen bei jedem Schritt, den sie auf die See zuging, hin auf das schwarze Toben, das nun, wo der Mond hinter der Wolke hervorkam, wieder silbrig glänzte. Der Wind blähte ihre Kleidung auf und zerrte an ihren Haaren. Die Wellen türmten sich nun immer höher vor ihr auf. Der Sturm, der für morgen Abend angekündigt worden war, kam wohl bereits jetzt an. Zwischen den Wolken blitzten neben dem Mond einzelne Sterne hervor, jedoch nur wenige – die anderen waren noch hinter den Wolken verschwunden, sodass sie kein bestimmtes Sternbild erkennen konnte. Aber da sie wusste, wo sich die winterlichen Sternbilder Orion, Stier, Fuhrmann, Großer und Kleiner Hund und das Sternbild der Zwillinge befanden, konnte sie sie anhand der sichtbaren Sterne in ihren Gedanken vervollständigen. Sie reckte ihren rechten Zeigefinger in die Höhe auf den Mond zu, der durch den aufkommenden Dunst so nah schien, als könnte sie danach greifen.

Sie sank tiefer in den nassen Sand ein, wenn sie stehen blieb. Das Wasser spülte unter ihr den Boden weg und nahm sie in sich auf. Doch sie zog einen Fuß nach dem anderen aus dem Schlick und ging langsam weiter auf die Brandung zu. Als sie knietief im Wasser stand, klatschte ihr unvermittelt eine Welle bis an die Brust – mit einer solchen Kraft, dass Ruth das Gleichgewicht verlor, unter Wasser gezogen und an den Strand zurückgespült wurde, als würde das Meer ihr sagen: »Kehre um, du gehörst nicht hierher, du bist kein Teil von mir.«

Sie schüttelte den Kopf bei dem Gedanken, dass sie schon begann, in natürliche Phänomene wie den Wellengang etwas hineinzuinterpretieren. Das Meer sprach nicht. Es hatte keine Seele, keinen Willen. Ihm war es egal, ob sie unterging und starb oder nicht. Es war einfach da, wie es seit Jahrmillionen da gewesen war und auch noch weitere Jahrmillionen bestehen würde. Ruth hustete das verschluckte Wasser aus, wrang einen Teil der Nässe aus ihrer Kleidung und machte sich erneut auf den Weg vorwärts, genau auf die Fähre zu, die aus Schweden kam. Diesmal würde sie es anders angehen. Nicht so lange stehen bleiben. Eher anfangen zu schwimmen. Dem Wasser nicht ausweichen.

»Halt!«, rief es hinter ihr.

Sie blickte sich um. Der Mann sah im Nebel unwirklich aus wie ein schwarzer Schemen, sodass sie nicht sicher war, ob sie träumte oder wach war.

»Nicht«, sagte er jetzt.

Er kam auf sie zu. Sie stellte sich darauf ein, ihn wegzustoßen, gegen ihn zu kämpfen, sich ihm zu widersetzen. Niemand würde sie von ihrem Entschluss abbringen können, auch nicht dieser plötzlich auftauchende Fremde.

Doch nachdem er ein paar Schritte in ihre Richtung gerannt war, blieb er stehen. »Ich habe Sie hier noch nie gesehen«, rief er. »Woher kommen Sie?«

Von Nahem sah sie ihn genauer. Er trug verschlissene Kleidung, sein Alter konnte sie nicht einschätzen. Der zottelige Bart wehte wirr im Wind, seine langen Haare waren zu einem Zopf gebunden.

»Sie können mich nicht gesehen haben. Ich bin heute erst angekommen. Und jetzt gehen Sie!«, brüllte Ruth gegen die Brandung an. »Hauen Sie ab!«

»Ich bleibe.«

Ruth verharrte irritiert. Der Mann kam nicht weiter auf sie zu, entfernte sich aber auch nicht. »Ich brauche keine Zuschauer.«

Er reagierte nicht.

Sie drehte sich wieder in Richtung See, zwang sich, den

Mann zu ignorieren. Sollte er stehen und gaffen, wenn es ihm gefiel. Was störte es sie?

Doch seine Anwesenheit brachte sie aus dem Konzept. Das Magische, das Zauberhafte war verschwunden. Es war einfach nur eine eklige, stürmische Nacht und sie eine Idiotin, die romantisch verklärt dabei war, sich ins Wasser zu stürzen. Als wäre das eine angenehme Art zu sterben! Sie wusste nur zu gut, was es bedeutete zu ertrinken, es war in jedem Medizinlexikon nachzulesen: Das Wasser würde die Stimmritze im Kehlkopf verkrampfen lassen, sie würde nicht mehr atmen können und panisch werden. Dann würde sie ohnmächtig werden. Manchmal löste sich der Stimmritzenkrampf und es gelangte Wasser in die Lunge, manchmal blieb der Krampf bestehen.

Es war kein leichter Tod, aber ein sicherer. Bei den Wassertemperaturen schätzte sie, dass sie eher Minuten als Stunden überleben würde.

»Tun Sie es nicht«, sagte der Mann. »Es gibt immer einen Ausweg.«

»Etwas Sinnloseres habe ich noch nie gehört. Das ist doch nur eine Phrase.«

»Aber es stimmt.«

»Wer sind Sie überhaupt?«

»Die Menschen nennen mich Anders. Mein wirklicher Name spielt schon lange keine Rolle mehr.«

Ruth drehte sich um. »Warum reden Sie mit mir?« Sie näherte sich ihm, um festzustellen, ob er ein Geist oder ein Mensch aus Fleisch und Blut war.

»Wenn Sie sich das Leben nehmen wollen, ist das die falsche Richtung. Die Wellen sind dort.« Er nickte in Richtung des Meeres.

»Sie machen sich über mich lustig.« Nun sah Ruth ihn deutlicher, schätzte ihn auf ungefähr sechzig Jahre. Er war sehr dünn, die Wangen waren eingefallen, aber die Augen voller Wärme. In seinen Pupillen spiegelte sich das Mondlicht. Er war lebendig, ein Mensch aus Fleisch und Blut, das stand außer Zweifel.

»Nichts stünde mir ferner. Im Gegenteil«, sagte er.

»Was wollen Sie dann von mir? Warum stehen Sie hier und glotzen?« Sie wollte wütend klingen, doch aus ihrer Stimme hörte sie nichts als Verzweiflung heraus.

»Sie können meinen Mantel haben. Sie frieren ja.« Er kam auf sie zu und legte ihr den Mantel um. Der Stoff war so warm, als hätte er über einem Ofen gehangen, doch schnell verflüchtigte sich die angenehme Wärme und sie zitterte noch mehr.

»Sie haben recht, es gibt nicht immer einen Ausweg. Aber was verlieren Sie«, fragte er, »wenn Sie es noch eine Woche probieren mit dem Leben? Oder einen Monat? Der Tod ist unumkehrbar. Abgesehen davon spielt es mathematisch betrachtet keine Rolle, ob Sie sich heute umbringen oder in fünfzig Jahren. Wenn man annimmt, dass die Zeit unendlich ist, bleibt die Zeit nach Ihrem Tod genau die gleiche, auch wenn Sie Ihr Leben sagen wir einmal um fünfzig Jahre verkürzen. Unendlich minus fünfzig oder plus fünfzig ist noch immer unendlich.«

»Sie sind ein Witzbold.«

»Kommen Sie.« Er legte einen Arm um sie und führte sie über den Strand zu den Holzstufen, die die Steilwand hinaufführten, in Richtung des Forsthauses. Gerade als sie ihn fragen wollte, woher er wusste, welchen Weg sie nehmen musste, war er verschwunden.

»Anders!«, rief sie, doch nichts regte sich.

Verwirrt blickte sie sich um. Es gab rechts und links von ihr keinen weiteren Weg. Der Waldboden war an beiden Seiten mit dichtem Gestrüpp bedeckt, zusätzlich waren so viele Bäume umgestürzt, dass ein Durchkommen quer durch den Wald eine Unmöglichkeit war. Sie hätte geglaubt, einem Geist begegnet zu sein, doch der verschlissene Mantel über ihren Schultern bewies das Gegenteil.

Kapitel 2

2021

Es war ein Schwächeanfall. Nur ein Schwächeanfall, sagte sich Lena immer wieder und versuchte, das Zittern ihrer Hände zu unterdrücken, indem sie das Lenkrad so fest umklammerte, dass die Knöchel hell hervortraten. Sie zwang sich, sich auf den Verkehr zu konzentrieren. Das Grün der Bäume um sie herum war in diesem Frühjahr besonders intensiv, das Gras auf den Weiden bereits jetzt Ende Mai mannshoch gewachsen. Es war in die Höhe geschossen nach all dem Regen – höher, als es sonst innerhalb eines gesamten Jahres wuchs.

Immer wieder warf sie ihrer Oma auf dem Beifahrersitz einen vorsichtigen Seitenblick zu.

Noch eine halbe Stunde Fahrt, dann wären sie zu Hause.

»Soll ich dich wirklich im Hotel absetzen?«, fragte Lena ihre Großmutter. »Willst du nicht doch mit zu mir kommen?«

Sie kontrollierte im Rückspiegel den Verkehr hinter sich, wobei ihr Blick auf die Kliniktasche fiel. Dann sah sie wieder zu ihrer Oma, die seit ihrem Sturz vor drei Tagen noch schmaler wirkte – als wäre sie um zehn Jahre gealtert. Immer hatte sie jünger gewirkt, statt ihrer einundachtzig Jahre wurde sie oft für

Mitte sechzig gehalten. Doch nun wurde Lena zum ersten Mal bewusst, wie zerbrechlich das Leben war, wie schnell es vorbei sein konnte. In den vergangenen Tagen hatte sie die Bilder von Marlies' Zusammenbruch verdrängt, doch nun, als ihre Oma endlich wieder aus dem Krankenhaus entlassen worden war, konnte sie die Erinnerung nicht wegschieben, wie ihre Oma plötzlich bei einem Stadtspaziergang durch Templin beim Warten an einer Ampel in sich zusammengesackt war. Wie die Anzeige dann auf Grün gesprungen war und Lena sich gefragt hatte, warum Marlies nicht losging. Sie hatte die Metallstange der Ampelanlage umklammert, Schweiß hatte ihr auf der Stirn gestanden, bis mit einem Mal alle Körperspannung weg gewesen war. Sie war auf dem Asphalt aufgeschlagen, Passanten waren stehen geblieben, Lena hatte den Rettungswagen gerufen und eine Gruppe Jugendlicher hatte das Ganze gefilmt.

»Jetzt sieh mich nicht so sorgenvoll an«, sagte Marlies. »Ich wollte mich eigentlich im Hotel erst einmal umziehen, aber das kann ich auch hinterher tun. Lass uns zu dir fahren und zuerst etwas zu Mittag machen. Nach dem Krankenhausessen wünsche ich mir nichts mehr als einen großen Salatteller. Mit allem Drum und Dran. Mais, Eier – vielleicht kannst du kurz am Spargelstand anhalten?«

Lena strich ihrer Oma sanft über den Arm. »Schön, dass du mitkommst. Aber ich koche. Du ruhst dich aus. Wann kommt Günther denn nun genau zurück?«

»Er hat erst morgen einen Flug bekommen. Dann wird es übermorgen. Dass er meinetwegen die Mexikoreise extra abbricht, obwohl es doch gar nichts Schlimmes war … Er hat sich so auf die Zeit mit seinem ehemaligen Kollegen gefreut!« Marlies' Stimme wurde immer leiser.

»Du hast uns allen wirklich einen Schock versetzt«, sagte Lena, obwohl sie sich vorgenommen hatte, das Thema nicht mehr auszubreiten, weil sie merkte, wie auch ihrer Oma der Schreck noch in den Gliedern saß. Die Einlieferung in die Klinik mit dem Rettungswagen war nicht spurlos an ihr vorbeigegangen.

»So oft denken wir, das Leben wäre endlos. In dieser Hinsicht sind wir wie die Kinder.« Marlies blickte aus dem Fenster. »Wir fühlen uns sicher in unseren Routinen, hetzen Notwendigkeiten nach, die keine sind. Wir planen und sorgen uns um Kleinigkeiten. Und bei all der Geschäftigkeit verlieren wir das aus den Augen, worum es wirklich geht.«

Lena wartete, dass ihre Oma weitersprach, doch Marlies schwieg.

»Was meinst du?«, fragte Lena nach einer Weile.

»Habe ich dir von Ruth erzählt?«

»Deiner Schwester?«

Marlies nickte. Sie schlang die Arme um ihren Körper, als wäre ihr kalt, dabei brannte die Sonne durch die Frontscheibe. Es waren bestimmt achtundzwanzig Grad im Wagen.

»Meine Schwester.« Marlies versuchte zu lächeln. »Sie war – sie ist sechs Jahre jünger als ich.«

»Du hast nicht viel von ihr erzählt. Außer dass sie sich sehr für Naturwissenschaften begeistert hat. Und dass sie wohl hochbegabt war, als Kind immer Schulbücher aus höheren Klassen gelesen hat. Was ist eigentlich aus ihr geworden?«

»Das frage ich mich auch.« Marlies setzte sich aufrecht hin und es war, als würden mit einem Mal die Energie und die Kraft zurückkehren, die Lena an ihrer Oma immer so sehr bewundert hatte.

»Kurz nach der Wende, als ich in den Westen zu Günther gezogen bin, wollte ich Ruth zu unserer Hochzeit einladen. Sogar einen Privatdetektiv habe ich beauftragt. Er hat uns jeden Tag angerufen, nur um mitzuteilen, dass es nichts Neues gibt. Dreitausend Mark hat er am Ende verlangt! Für nichts und wieder nichts.« Sie presste die Lippen aufeinander. »Ruth ist wie vom Erdboden verschwunden. Ich habe es mir schöngeredet, dass es ja nicht so wichtig sei, weil wir uns sowieso gestritten haben, sie vielleicht gar nichts von mir wissen will.« Marlies holte tief Luft. »Wir schieben so viele Dinge auf. Und plötzlich haben wir keine Zeit mehr, das zu erledigen, was wirklich wichtig ist. Ich muss noch einmal alles dransetzen, Ruth zu finden. Selbst wenn sie dann nichts mit mir zu tun haben will, möchte ich, dass sie es mir ins Gesicht sagt.«

»Hat denn der Privatdetektiv damals wirklich gar nichts herausgefunden?«

Marlies zuckte mit den Schultern. »Nichts, was ich nicht schon wusste. Sie ist zur Ausbildung nach Usedom gezogen, um Forstwirtin zu werden. Es gab einen Förster, Herrn Moosbacher, der war ihr Vorgesetzter und hat jahrelang für sie die Post entgegengenommen. Er ist längst gestorben. Dann hatte sie drei Kollegen in ihrem Alter, von denen ich aber nicht einmal die Namen kenne. Sie waren nicht zu finden, weil das Forsthaus in ein Hotel umgewandelt worden ist; das Nebengebäude für das Forstpersonal existiert nicht mehr. Diese drei Männer könnten noch leben und Näheres wissen.

Der Detektiv hat sich auch in den umliegenden Ortschaften umgehört. Dort kursiert die Geschichte von einer Einsiedlerin, bei der es sich um Ruth handeln muss. Sie nennen sie die ›Fledermausfrau‹. Jahrzehntelang hat sie wohl abseits der Gesellschaft im Wald gehaust, ohne Strom und fließendes Wasser.« Marlies putzte sich die Nase. »Der Detektiv hat sogar ein Lager entdeckt, das ihm die Dorfbewohner beschrieben haben, mitten im Wald. Wenn man nicht weiß, wo man suchen muss, würde man es nie finden. Als er dort ankam, standen auf einer versteckten Lichtung nur zwei verlassene Bauwagen. Er hat gewartet, tagelang. Niemand ist aufgetaucht. Er hat mir Fotos geschickt von Gegenständen, die er gefunden hat, und gefragt, ob ich etwas davon wiedererkenne.

Habe ich aber nicht. Ich bezweifle, dass Ruth wirklich dort gewohnt hat.«

»Wurden auch die Melderegister kontrolliert?«

»Die als Allererstes. Sie war schon lange vor der Wiedervereinigung nicht mehr gemeldet. Bis kurz nach der Wende ist ihre Post immer ins Forsthaus geschickt worden. Dort lagerten auch noch ein paar Briefe an sie, die aber seit 1990 nicht abgeholt worden waren.«

»Ich kümmere mich drum. Jetzt gibt es das Internet. Wir haben ganz neue Möglichkeiten zum Recherchieren.« Doch sobald sie es ausgesprochen hatte, überfielen Lena Zweifel. Versprach sie nicht zu viel?

»Im Zweifelsfall können wir uns auch ans Fernsehen wenden«, überlegte Lena. »Da gibt es Sendungen …«

»Nein.« Marlies sprach so laut, dass Lena zusammenzuckte. »Das hätte Ruth niemals gewollt. Wenn wir die Angelegenheit erneut angehen, müssen wir es ohne öffentliches Theater schaffen.«

Kapitel 3

1960

Draußen ist alles still, schrieb sie in ihre
Kladde,
Frieden in den Häusern.
Die Zeit ist unendlich lang.
Würde diese Nacht nur niemals enden.

Sie wusste, dass sie nie eine Lyrikerin oder Schriftstellerin werden würde, dass sie niemandem diese Zeilen zu lesen geben würde, doch darum ging es ihr nicht. Sie musste diese Worte aufschreiben, weil sie genau diesen Moment einfingen, wie er gerade war, und sie besser daran erinnerten, als es jedes Foto konnte – an diese wundervollen Stunden noch vor dem Morgengrauen, in denen niemand etwas von ihr verlangte, sie sich nicht einfügen musste. Diese Zeit gehörte ihr, ihr ganz allein. Durch das geöffnete Fenster wehte sommerlich frische Morgenluft herein, kühl, aber nicht so kalt, dass sie unter der Decke fror. Der Wind bauschte ihren Vorhang auf und ließ ihn wieder in die Ursprungsposition zurücksinken.

Ruth klappte den Notizblock zu und klemmte ihn zwischen Matratze und Lattenrost. Sie drehte sich auf die Seite, um in die Ritze zwischen Bett und Wand zu greifen. Die Lücke war so eng, dass sie inzwischen kaum noch mit ihrem Arm hineinlangen konnte, doch genauso musste es sein, denn so blieb das Geheimversteck ihren Eltern zwangsläufig verborgen. Ihre Schwester Marlies war die Einzige, die davon wusste; auch sie konnte dort hineinfassen, aber Marlies interessierte sich nicht für das, was Ruth vor den Eltern versteckte. »Backfischkram«, sagte Marlies dazu.

Zuerst berührten Ruths Fingerkuppen den festen Einband, dann zog sie das Buch hervor, das sie aus der Schulbibliothek ausgeliehen hatte: *Stochastik Band 2*. Eigentlich war es für Studierende gedacht, gewiss nicht für eine Vierzehnjährige wie sie, aber für Ruth war es genau richtig. Sie blätterte zu den Aufgaben, die sie zuletzt bearbeitet hatte, zog dann das Karoheft aus der Ritze hervor und begann, die aufgeführten Rechenwege nachzuvollziehen. Sie liebte Zahlen. Wie andere aus ihrer Klasse sich für Filme oder für Musik begeisterten, für Tanzveranstaltungen oder geheime Verabredungen, liebte Ruth Bücher, Mathematik und die Naturwissenschaften. Die Welt war so chaotisch und unverständlich, die Menschen waren oft undurchschaubar und in ihren Gefühlen und Handlungen ein nicht lösbares Geheimnis; im Gegensatz dazu boten die Bücher, die Ruth sich regelmäßig auslieh, Sicherheit und Konstanz. Wenn sie sich damit beschäftigte, war die Welt berechenbar und erklärbar. Um die Zeit nicht aus den Augen zu verlieren, stellte Ruth ihren Wecker auf halb sieben, um das Buch und die Notizen früh genug wegräumen zu können. Zwei Stunden blieben ihr.

Die Zeit verging viel zu schnell, wie jeden Morgen. Noch in Gedanken versunken ging sie als Erste der Familie ins Bad, um sich herzurichten. Auch am Frühstückstisch grübelte sie über die neu gelernten Formeln nach, während sie aß.

»Dieses Wochenende müssen wir im Geschäft mit der Inventur beginnen«, sagte ihr Vater.

Ruth blickte auf und zuckte mit den Schultern. Marlies rollte mit den Augen. »Können wir das nicht auf das nächste Wochenende verschieben? Wegen der Abrechnung habe ich seit zwei Wochen jeden Tag Überstunden gemacht. Gerade dieses Wochenende …«

Ihr Vater hob die Hand. »Keine Diskussion. Erst die Arbeit, dann das Vergnügen. Was sollen die Kunden denken, wenn im Verkaufsraum ein solches Chaos herrscht? Besonders die Regale mit den Kleinteilen hinter der Kasse müssen sortiert und die Bestände überprüft werden.«

»Aber …«, begann Marlies erneut.

»Schluss jetzt.« Ihre Mutter stand auf und räumte das benutzte Geschirr zusammen. »Das Geschäft sichert uns allen ein gutes Leben, von dem andere nur träumen können. Da muss man hin und wieder Opfer bringen. Was hast du denn so Wichtiges vor, das sich nicht verschieben lässt?«, wandte sie sich an Marlies.

Marlies blickte zu Boden. »Nichts.«

»Dann wäre das ja geklärt«, sagte ihr Vater.

Ruth und Marlies wechselten einen Blick. Ruth wusste genau, was Marlies plante: Sie traf sich seit ungefähr einem Jahr wöchentlich mit zwei Freundinnen, die sie im Stenografiekurs ihrer Ausbildung kennengelernt hatte. Die jungen Frauen planten irgendwelche politischen Aktionen, von denen Ruth nichts Genaueres wusste und auch nicht wissen wollte. Politik interessierte sie nicht.

Marlies presste die Lippen aufeinander, half der Mutter beim Abräumen und folgte dann dem Vater nach nebenan ins Eisenwarengeschäft, um mit ihrer Büroarbeit zu beginnen.

Obwohl sie eigentlich erst in einer Viertelstunde zur Schule aufbrechen musste, stand Ruth auch schon auf und verließ das Haus. Zu groß war ihre Anspannung, um ruhig am Tisch sitzen zu bleiben. Dies war einer der Tage, der über ihre weitere Zukunft entschied: Sie bekamen zwei Arbeiten zurück, eine in Mathematik und eine in Deutsch. Gerade in Deutsch war es wichtig, dass sie mit einer guten Note das letzte Ungenügend ausgleichen konnte, denn bald stand die Entscheidung an, wer aus der Klasse die Oberstufe besuchen durfte. Als Arbeitertochter und weil ihr Vater in der Partei war, hatte sie gute Chancen – eigentlich. Das Problem war sie selbst, weil sie zu oft Widerworte gegeben und einmal auf dem Schulhof laut die Familie Steinhäusler verteidigt hatte, nachdem bekannt geworden war, dass der Freund ihrer Schwester mit seiner Familie aus der Republik geflohen war. So oft hatte sie sich vorgenommen, erst über die Konsequenzen nachzudenken und dann ihre Meinung zu verkünden oder auch zu schweigen. Doch wenn sie sich aufregte, konnte sie einfach nicht an sich halten.

In der ersten Stunde hatten sie Sport – das Fach, das Ruth am meisten hasste. Der Ablauf war wie eine mathematische Gleichung: Zwei Personen aus der Klasse wurden vom Lehrer bestimmt, die dann abwechselnd entscheiden durften, wer zu ihrer Mannschaft gehörte. Die »Wahl« war im Grunde keine, Ruth kannte das Ergebnis schon im Vorhinein. Sie hätte sogar eine Formel aufschreiben können, wie sich der Verlauf entwickelte, in welcher Reihenfolge die Schüler aufgerufen wurden. An vorderster Stelle der Auswahl stand das Kriterium der allgemeinen Beliebtheit, gefolgt von der Freundschaft zur wählenden Person, dann erst spielte die Sportlichkeit eine Rolle. Da Ruth weder mit Beliebtheit noch mit Freundschaften oder Sportlichkeit punkten konnte, wurde sie immer, aber auch wirklich immer als Vorletzte gewählt. Dass sie nicht die Letzte war, tröstete sie nicht, denn es änderte nichts daran, dass der gesamte Ablauf der Stunde eine einzige Demütigung war. Wie bei der Wahl der Mannschaften lief es weiter, wenn es darum ging, wer bei den Ballspielen den Ball zugeworfen bekam, wer ins Tor durfte, wer bei guten Spielzügen besonderen Applaus kassierte und so weiter.

Doch wie jede Sportstunde war auch diese zeitlich begrenzt, was Ruths einziger Trost war.

Eilig zog sie sich anschließend um, damit sie als Erste im Klassenraum war. Die Mathematiklehrerin, Frau Reimer, saß bereits am Pult und hatte die schwarzen Arbeitshefte vor sich gestapelt. Ruth versuchte, einen Blick der Lehrerin zu erhaschen, um ihr Ergebnis abschätzen zu können – ein Lächeln würde eine gute Bewertung bedeuten, alles darunter wäre an einem neutralen Gesichtsausdruck erkennbar –, doch Frau Reimer blickte nicht einmal auf, obwohl Ruth sie laut grüßte. Das war kein gutes Zeichen.

»Ich bin von euch enttäuscht«, sagte Frau Reimer nach der Begrüßung.

Ruth schaute sich um. Alle ihre Mitschüler senkten die Köpfe. Ruth blickte weiter aufrecht nach vorn. Damit konnte nicht sie gemeint sein. Ihre Arbeit war gut, die Lösungen waren richtig, daran gab es keinen Zweifel. Die Aufgaben waren sogar so leicht gewesen, dass sie sie bereits in der fünften oder sechsten Klasse hätte lösen können, noch dazu in der Hälfte der vorgegebenen Zeit. Zuoberst lagen immer die besten Klassenarbeiten, dann waren die Hefte nach Noten sortiert, bis am Ende die schlechteste Arbeit folgte.

»Jochen.«

»Andreas.«

»Marie.«

»Gisela.«

Ruth merkte erst, dass sie den Atem anhielt, als ihr schwindelig wurde. Hektisch sog sie die Luft ein und zwang sich, anschließend ruhig weiterzuatmen, während ein Name nach dem anderen aufgerufen wurde und der entsprechende Schüler oder die Schülerin nach vorn ans Pult ging, um sich das Arbeitsheft mit einem Nicken abzuholen. Nach der Sportstunde war die Luft im Klassenraum stickiger als sonst, sie war feucht und roch nach Schweiß. Doch niemand öffnete das Fenster. Es war so ruhig, dass nur die Worte der Lehrerin und das Trappeln der Füße auf dem Boden von demjenigen, der nach vorn und wieder zurückging, zu hören waren. Ruth zählte ihre Atemzüge, versuchte, ihren Atem tief im Bauch wahrzunehmen.

Zuerst dachte sie, Frau Reimer hätte ihr Heft möglicherweise zu Hause vergessen oder es wäre vielleicht im Lehrerzimmer vom Stapel gerutscht und befände sich gar nicht bei den anderen Arbeiten. Doch dann, als nur noch ein einziges Heft auf dem Pult lag, wurde Ruth aufgerufen.

Ihre Wangen und Ohren brannten. Alle blickten zu ihr, manche verwundert, andere hämisch. Ruth kam es vor, als würde sie sich in Zeitlupe zwischen den Pulten nach vorn bewegen und sich dabei selbst von der Decke aus beobachten, als befände sie sich gar nicht mehr innerhalb ihres Körpers.

»Ich bin enttäuscht«, sagte Frau Reimer. Mit einem Kopfschütteln und zusammengepressten Lippen reichte sie Ruth das Heft. »Jetzt schlagt eure Bücher auf Seite zweiundfünfzig auf. Aufgabe drei a. Wer möchte an der Tafel vorrechnen?« Dann wandte sie sich noch einmal an Ruth. »Was stehst du da wie angewurzelt? Auf deinen Platz. Hopp, hopp.«

Ruth umfasste das Heft fester, drehte sich um und kehrte zu ihrem Stuhl zurück. Anstatt wie alle anderen das Buch aufzuschlagen, blätterte sie in ihrem schwarzen Arbeitsheft Seite für Seite vorwärts, bis sie zu der aktuellen Klassenarbeit kam. Der weiße Rand war voller roter Fragezeichen.

Lösungsweg?, stand dort geschrieben, dann noch einmal:
Lösungsweg fehlt,
Lösungsweg,
kein Lösungsweg.

Jede einzelne von Ruths Berechnungen war rot unterstrichen und mit Fragezeichen versehen. Anschließend folgten die Hinweise auf den fehlenden Lösungsweg, sodass auf jeder Seite mehr rote als blaue Tinte zu sehen war, als wäre das, was sie geschrieben hätte, völlig sinnlos und fehlerhaft.

In Gedanken ging Ruth noch einmal die Aufgaben durch, eine nach der anderen, aber sie konnte keinen Fehler entdecken – keinen einzigen.

»Ruth«, sagte Frau Reimer.

Ruth blickte auf.

»Ja, du. Oder brauchst du eine Extraeinladung? Die nächste Aufgabe.«

Ruth benötigte nur Sekunden, um sich zu orientieren. Sie nahm ihr Buch, stand auf und ging nach vorn zur Tafel.

»Jetzt hast du noch einmal die Möglichkeit zu üben«, sagte Frau Reimer.

Ruth schrieb die Aufgabe vom Buch ab und begann zu rechnen. Kleinschrittig löste sie bei der Gleichung erst die Klammern auf. Addierte dann, was zusammengehörte. Notierte am Rand die vorgenommenen Umformungen der Gleichung, bis es klingelte. Sie hatte nur Rechenwege aufgeschrieben, aber nicht die Lösung, die von Anfang an ersichtlich war.

»Na, geht doch«, sagte Frau Reimer. »Der Rest ist Hausaufgabe, dazu die Nummern achtzehn, neunzehn und zwanzig von derselben Seite. Auf in die Pause mit euch. Du, Ruth, bleibst bitte hier.«

Frau Reimer wartete, bis alle Schüler den Raum verlassen hatten und sie nur noch zu zweit waren. Durch die geschlossenen Fenster drang vom Schulhof Lachen und Rufen herüber. Das lebhafte Gewusel auf dem Hof kam Ruth so fern vor. Die Lebendigkeit der anderen stand in einem so extremen Gegensatz zu ihrer eigenen inneren Erstarrung, dass sie sich zwingen musste, nicht zu weinen.

»Ich hätte wirklich mehr von dir erwartet, Ruth«, sagte Frau Reimer.

»Aber meine Lösungen sind doch richtig.«

»Aber, aber, aber. Immer aber. Genau das ist dein Problem, Ruth. Es gibt gewisse Konventionen und Regeln, an die sich alle halten müssen. Willst oder kannst du das nicht begreifen? Deine Eltern tun mir leid. Solch rechtschaffene, angesehene Leute. Und dann eine solche Tochter. Ganz die Schwester. Aufsässig. Renitent.«

»Aber …«

»Kein Aber. Hörst du mir denn überhaupt zu, was ich versuche, dir zu vermitteln? Wenn ich das Wort noch einmal aus deinem Mund höre, werden wir uns mit der Direktion und deinen Eltern gemeinsam Gedanken machen müssen, wie es mit dir weitergeht.«

Ruth blickte zu Boden und biss sich auf die Innenseite der Wange, damit der Schmerz sie von ihrer Wut ablenkte. Es war offensichtlich, worauf das alles hinauslaufen sollte: Sie sollte dazu gebracht werden, die Schule vor der Erweiterten Oberschule zu verlassen. Es ging nicht um ihre Leistungen, sondern ums Prinzip. Frau Reimer trug ihr nach, dass Ruth nie verborgen hatte, wie sie Marlies für deren Zielstrebigkeit, ihren eigenen Willen und ihre Liebe zu Günther, einem Republikflüchtling, bewunderte.

»Du hast noch die Möglichkeit, dich zu bessern, zur Vernunft zu kommen«, sagte Frau Reimer.

»Ja, Frau Reimer. Ich werde es tun.«

»Dann husch, husch, ab mit dir. Mögen deinen Versprechungen diesmal Taten folgen!«

Ohne sich noch einmal umzudrehen, ging Ruth zu ihrem Platz, nahm ihr Pausenbrot und eilte an der Lehrerin vorbei auf den Hof. Sie zwang sich zu schweigen und schwor sich, in Zukunft die Rechenaufgaben so kleinschrittig zu bearbeiten, wie es nur ging. Wenn sie alle Zwischenergebnisse aufschrieb, wenn Frau Reimer nichts anderes übrig blieb, als ein »Sehr gut« unter die Arbeit zu schreiben, würde sie auch die Zulassung zur Erweiterten Oberschule bekommen. Und wenn sie erst studiert hätte, wenn sie Forscherin wäre in Physik und Chemie, dann würden ihr solche Menschen wie Frau Reimer gar nichts mehr anhaben können. Ruth lächelte bei dem Gedanken, setzte sich an den Rand des Pausenhofs auf das Mäuerchen und begann zu essen.

Kapitel 4

1963

In der Werkstatt roch es nach Leder und Leim. Ruth schaute sich um. An den vier Arbeitstischen befanden sich helle Lampen, doch der Rest des Raums lag im Halbdunkel. An zwei Tischen arbeiteten Frauen daran, orthopädische Schuhe fertigzustellen. Konzentriert und gebeugt saßen sie auf ihren Stühlen. Der Tisch des Meisters war noch voller mit Materialien als die Arbeitsplätze der Frauen; drei Paar Schuhe in den unterschiedlichsten Fertigungsgraden standen nebeneinander, die Gipsmodelle der Füße wirkten erschreckend lebensecht. Der hintere Tisch, an dem keine Lampe brannte, war leer. Ruths Magen grummelte bei dem Gedanken, dass sie dort sitzen würde, jeden Tag von früh bis spät, wenn sie den Ausbildungsplatz bekäme.

»Danke, dass Sie mich eingeladen haben«, sagte Ruth. Es war nach zweiunddreißig Bewerbungen das erste Vorstellungsgespräch, und sie hatte es nur erhalten, weil der Meister, Herr Seitz, ein ehemaliger Klassenkamerad ihres Vaters war und beide Männer sich noch einmal wöchentlich im Orchester trafen, wo ihr Vater mit seinem Akkordeon neben dem Schuster mit der Posaune saß.

»Erzähl mir etwas von dir. Was bewegt dich, bei uns eine Lehre anzufangen?«, fragte Herr Seitz.

»Ich bin Ihnen sehr dankbar, dass Sie mir die Möglichkeit geben, mich vorzustellen.« Ruth hielt sich so gerade, dass ihr Rücken verkrampfte. Sie musste sich zwingen, vor Anspannung nicht zu flach zu atmen. Sie blickte zu den zwei kleinen Fenstern an der Seite, die außen vergittert waren. Die Scheiben waren milchig, sodass sie nicht nach draußen sehen konnte.

»Du wolltest studieren«, sagte Herr Seitz.

Ruth nickte. Der Kloß in ihrem Hals war so dick, dass sie das Gefühl hatte, kein Wort mehr herauszubekommen. Sie räusperte sich, dann gab sie sich einen Ruck. Es hatte keinen Sinn, zu lügen oder die Lage zu beschönigen, war Herr Seitz doch bestimmt längst vollständig informiert. »Das stimmt. Aber meine Noten waren in den letzten Jahren zu schlecht. Für die Oberstufe hat es gereicht. Um dagegen einen Studienplatz in einer der Naturwissenschaften zu bekommen …«

»Wir brauchen nicht um den heißen Brei herumzureden. Durch deinen Vater weiß ich, wie schwer die Situation für dich ist. Begreifst du ebenso wenig wie deine Schwester, in welche Lage ihr durch eure Sturheit nicht nur euch, sondern auch eure Eltern bringt?«

Ruth schwieg. Sie wusste nicht, was sie dazu sagen sollte. Unruhig verlagerte sie das Gewicht von einem Fuß auf den anderen.

»Also«, fuhr Herr Seitz fort, »auch wenn ich mit Rudolf befreundet bin – aus reiner Nächstenliebe kann ich dich nicht nehmen. Nenne mir einen Grund, warum ich dich einstellen soll. Warum soll ich dir meine Zeit widmen, wenn du mir in den ersten Monaten nur Kosten und Mühe bereiten wirst?«

»Ich begreife schnell«, sagte Ruth.

»Wichtiger als zu reden ist es allerdings, Taten folgen zu lassen. Zieh dir den Kittel über, der am Haken neben dem hinteren Schreibtisch hängt, und komm mit an meinen Tisch. Du wirst mir eine Stunde lang zur Hand gehen.«

Ruth nickte dankbar, dass sie nicht lügen musste, keine Begeisterung vorspielen, die sie nicht hatte, denn noch immer konnte sie nicht mit dem Gedanken abschließen, eine Universität zu besuchen und ein naturwissenschaftliches Fach zu studieren. Es war zu früh, diesen Traum zu begraben. Schon seit dem ersten Schuljahr hatte sie sich ausgemalt, Forscherin zu werden, sodass sie noch immer nicht begreifen konnte, dass dieser Wunsch nun geplatzt sein sollte, weil sie sich in der Schule nicht eingefügt hatte, sich nicht genügend von Marlies und deren Eskapaden distanziert hatte. Mit ihren vorlauten Äußerungen hatte sie sich wenig Freunde gemacht.

Der Kittel war zu weit, aber er ließ sich mit einem Gürtel passend knoten. Ruth beeilte sich, nahm den Stuhl von dem leeren Tisch und setzte sich neben Herrn Seitz.

Ihre erste Aufgabe war es, dabei zuzusehen, wie mithilfe der Leistenkopie Schnittmuster erstellt wurden. Manche Leisten waren aus Gips, andere aus Holz gearbeitet. Ruth beobachtete jede Handbewegung von Herrn Seitz genau, dann durfte sie selbst eine erste Schablone zeichnen. Sie brauchte dabei die Pappe nicht an die dreidimensionale Form anzulegen, um zweidimensionale Muster zu erstellen, auch benötigte sie kein Maßband. Die Arbeit begann ihr Spaß zu machen. Immer wieder kniff sie ein Auge zusammen, um sich die Passform besser vorstellen zu können. Sie arbeitete schnell und wusste, dass die Übertragung vom Dreidimensionalen auf das Zweidimensionale stimmte, noch bevor Herr Seitz die Schablonen ausgeschnitten und an der Form angelegt hatte.

»Du schlägst dich wacker, Mädchen«, sagte Herr Seitz. »Dein Augenmaß und deine mathematische Vorstellungskraft sind beeindruckend. Du durchschaust die Dinge schnell, arbeitest zügig und konzentriert. Aus dir kann einmal richtig etwas werden.« Er klopfte ihr auf die Schulter. »Da fällt der Apfel doch nicht so weit vom Stamm. Rudolf hat immer tiefgestapelt, wenn er von dir gesprochen hat.«

»Das heißt, Sie würden mich nehmen? Ich bekomme den Ausbildungsplatz?« Ruth rechnete damit, dass er sie noch in die folgenden Arbeitsschritte einweisen würde.

»Ja. Morgen komme ich nach Geschäftsschluss zu euch ins Eisenwarengeschäft. Dann können wir den Vertrag in trockene Tücher bringen.«

»Danke!« Ruth streckte in ihrer Euphorie die Hände nach Herrn Seitz aus, um ihn zu umarmen, aber als sie die Blicke der beiden Mitarbeiterinnen spürte, die auf sie gerichtet waren, ließ sie ihre Arme sinken, ohne ihn zu berühren.

»Auf. Ab mit dir.« Herr Seitz ging zur Tür, öffnete sie und wartete, bis Ruth auf die Straße getreten war. Zum Abschied winkte er ihr zu.

Ruth verharrte auf dem Bürgersteig. Das Sonnenlicht blendete, zu sehr hatten sich ihre Augen an die Düsternis der Werkstatt gewöhnt. Fußgänger, Fahrradfahrer und Autos bewegten sich an ihr vorbei, während sie weiter stehen blieb und in sich hineinhorchte. Herr Seitz war nett, das konnte sie nicht leugnen. Sie mochte ihn in seiner wortkargen, nüchternen Art. Aber als sie sich in Bewegung setzte und sich ihrem Zuhause näherte, kamen erneut Zweifel auf. Könnte sie ihren Lebenstraum so einfach begraben? Gab es nicht doch noch eine Möglichkeit zu studieren? Täte sie sich einen Gefallen, wenn sie die Lehrstelle annahm, obwohl alles in ihr danach schrie, Vorlesungen zu besuchen, zu lernen, die Zeit in Bibliotheken zu verbringen?

Als das Geschäft schon in Sichtweite war, bog sie in eine Seitenstraße ein, nahm den Weg zu ihrer ehemaligen Klassenkameradin Annegret. Annegret hatte es geschafft, in Berlin einen Studienplatz in Physik zu ergattern, obwohl sie nie geplant hatte zu studieren. Doch ihre Noten waren gut, ihr Vater war in der Partei und arbeitete am Hochofen des Eisenhüttenkombinats Ost. Nur am Wochenende kam er nach Hause zu seiner Familie. So hatte der Schulleiter erst Annegrets Eltern und dann Annegret selbst überzeugt, ein Studium zu beginnen.

Ruth musste nicht läuten. Als sie die Stufen zur Haustür hinaufging, entdeckte sie ihre ehemalige Klassenkameradin im Vorgarten. Sie pflanzte Ableger aus kleinen Tontöpfen in die Beete und war dabei so in Gedanken, dass sie Ruths Ankunft nicht bemerkte.

Ruth grüßte, woraufhin Annegret zusammenzuckte, dann laut lachte.

Ruth setzte sich neben sie ins Gras. Sie zupfte Halme, halbierte sie und wickelte sich die Grasteile wie einen Ring um den Finger.

»Warum bist du gekommen?«, fragte Annegret. »Doch sicher nicht, um mir beim Umtopfen zu helfen.« Sie zwinkerte Ruth zu.

»Ich habe einen Ausbildungsplatz«, begann Ruth und stockte. »Beim Seitz, dem Orthopädieschuhmacher. Er ist sehr nett …«

»Das ist ja wunderbar, herzlichen Glückwunsch!«

»Ja, aber …«

Annegret klopfte sich die Erde von den Händen, wischte die Finger am Gras ab, dann stand sie auf. »Das muss gefeiert werden. Ich hole uns einen Saft.« Kurz darauf kehrte sie mit zwei Gläsern Apfelsaft zurück. Ihre Hände waren nun sauber, sie hatte sich auch einen anderen Rock angezogen. Annegret setzte sich neben Ruth auf den Rasen. »Besonders begeistert siehst du nicht aus«, sagte sie.

»Tag und Nacht denke ich darüber nach, ob es nicht eine Möglichkeit gibt, doch an den Veranstaltungen der Universität teilzunehmen. Nur als Zuhörer. Oder wir gehen gemeinsam deine Aufzeichnungen und die Bücher durch, wir lernen zu zweit. Wir können uns gegenseitig helfen.«

Annegret trank den Saft in einem Zug aus und stellte das Glas neben sich auf den Boden. Sie erwiderte Ruths Blick nicht.

»Was denkst du?«, fragte Ruth. »Gerade wenn es um Mathematik geht, wenn Formeln eine Rolle spielen, kannst du meine Hilfe brauchen. Ich lerne mit dir und falls jemand abspringt nach ein paar Monaten – oder lass es ein Jahr sein –, dann kann ich den frei werdenden Studienplatz übernehmen. Normalerweise würde das nicht funktionieren, weil euer Wissensvorsprung zu groß ist. Aber wenn wir immer gemeinsam lernen, sind wir auf dem gleichen Stand.« Ruth schwitzte, was nicht daran lag, dass die Sonne auf ihr Gesicht schien. Die Hitze kam tief aus ihrem Innern und es fühlte sich an, als würde sie verbrennen. »Ist das nicht eine fantastische Idee?« Sie trank vorsichtig und langsam, um sich in ihrer Aufregung nicht zu verschlucken.

»Ich weiß nicht.«

»Was soll das heißen? Denk doch einmal nach. Ursprünglich wolltest du ja nicht studieren. Oft hast du auf dem Pausenhof gesagt, dass die Aussicht auf all das Lernen dich nicht sonderlich begeistert und du befürchtest, das Pensum im Studium nicht zu schaffen. Du könntest Hilfe brauchen. Jemanden, der mit dir alles noch einmal durchgeht, der dich abfragt. Wenn du Sorge hast, dass ich dir immer an der Pelle klebe, kann ich dich beruhigen. Ich will mich nicht aufdrängen. Es geht mir nur um das gemeinsame Lernen, um an die Bücher und Aufzeichnungen zu kommen für einen späteren Einstieg. Ansonsten lasse ich dich in Ruhe. Ich weiß, wir sind nie enge Freundinnen gewesen …« Ruth stockte. Eine wirkliche Freundin hatte sie noch nie gehabt, ganz im Gegensatz zu Annegret, die zu jeder Geburtstagsfeier eingeladen und bei jeder Tanzveranstaltung als

Erste aufgefordert wurde. »Doch das ist nicht wichtig, wenn wir beide nur das Studium im Blick behalten.«

»Gut wäre es schon, wenn ich jemanden hätte, der alles mit mir noch einmal durchgeht …« Annegret pflückte Gänseblümchen und begann, daraus einen Kranz zu flechten.

»Finde ich auch. Wir würden beide davon profitieren.«

»Aber so einfach funktioniert das nicht.«

»Was meinst du?«

Annegret schloss den fertigen Gänseblümchenkranz und legte ihn sich auf den Kopf. »Wir sind nur elf. Elf Studenten, die in Physik in diesem Semester neu anfangen. Es gab im Vorfeld Treffen mit den Professoren und den anderen Unimitarbeitern zum Kennenlernen. Wir sind eine feste Gruppe. Du weißt, wie streng limitiert die Plätze sind. Wie schwer es ist, überhaupt das Auswahlverfahren hinter sich zu bringen. All die Fragen zu den Eltern und Großeltern, zu uns selbst …«

»Natürlich kann ich mich an all die Fragebögen erinnern. Aber was hat das eine mit dem anderen zu tun?«

»Wir Studenten machen alles gemeinsam. So ist das Studium ausgelegt. Da kann nicht einfach irgendjemand dazukommen. Selbst wenn es gelingt, dass du mal in eine der Veranstaltungen mitkommst, was schon schwierig genug sein wird, hilft dir das gar nichts, weil eins auf das andere aufbaut. Man muss immer dabei sein, sonst macht es keinen Sinn. Da kann sich niemand hineinmogeln, ansonsten könnten sie ja gleich auf das Zulassungsverfahren verzichten. Jeder, der dort nicht hingehört, würde sofort auffallen. Wir kennen uns alle mit Namen, obwohl das Semester noch gar nicht begonnen hat.«

Ruth dachte nach. So hatte sie es sich nicht ausgemalt. »Du siehst es zu negativ.«

»Das ist die Realität. Ich kann dich nicht mitnehmen, nicht irgendwo hineinbringen. Sie würden mir einen Vogel zeigen und dich hochkant rausschmeißen!«

»Ich habe es ja verstanden.« Ruth zupfte weitere Grashalme aus und zerteilte sie in immer kleinere Teile. »Es ist schwierig, aber nicht unlösbar. Was ist mit der Möglichkeit, wenn wir nur nach deinen Veranstaltungen zusammen lernen? Du mir deine Aufzeichnungen zu lesen gibst und ich deine Bücher mitbenutze? Anhand deiner Mitschriften kann ich genauso einen Überblick gewinnen. Dann gibt es ja noch die Lehrbücher.«

»Ich weiß nicht.« Annegret nahm ihr Glas und fuhr mit dem Zeigefinger den Rand entlang. »Du würdest wirklich alle Aufzeichnungen mit mir durchgehen? Jeden Tag?«

»Aber natürlich! Abgemacht?«, fragte Ruth.

»Du bist verrückt. Aber ja, abgemacht. Ich kann dabei ja nur gewinnen.«

Ruth sprang so schnell auf, dass das Glas neben ihr umkippte. Sie umarmte Annegret und bedankte sich überschwänglich.

»Schon gut«, sagte Annegret. »Ich bin diejenige, die froh sein muss. Kostenlose Privatnachhilfe, wer hat das schon?«

»Ich muss los, meine Eltern warten. Alles Genauere besprechen wir später.«

Auf dem Weg nach Hause war es Ruth, als würde sie tanzen, als berührten ihre Füße kaum den Boden, als befände sie sich nicht mehr auf der Erde, sondern im All auf Mimas, dem kleinsten Saturn-Mond, auf dem die Schwerkraft viel geringer war als auf der Erde. Es fiel ihr schwer, nicht vor Freude laut zu singen, denn sie sang so schlecht, dass sie wirklich wie eine Verrückte gewirkt hätte. So lächelte sie still in sich hinein und sagte sich: Das Unmögliche ist möglich, man muss es nur versuchen.

Kapitel 5

2021

Günther warf Marlies immer wieder einen sorgenvollen Seitenblick zu. Er fragte zum bestimmt zehnten Mal, ob sie keinen Durst habe. Er bot an, zur Bäckerei zu gehen, um ihr die Puddingteilchen zu besorgen, die sie so gern mochte.

»Jetzt hör auf, mich zu betüddeln!«, sagte Marlies mit hochgezogenen Augenbrauen. »Mir geht es gut! Wir haben gerade zusammen gefrühstückt, da habe ich keinen Hunger und auch keinen Durst.« Mit einem Kopfschütteln sah sie zu Lena.

»Und du möchtest wirklich nicht, dass ich dich nach Hause fahre?«, fragte Günther. Er stützte sich auf seinem Stuhl mit beiden Händen am Rand des Sitzpolsters ab. Der lange Flug hatte ihn erschöpft, das war mehr als deutlich. Seine Haut und die Lippen waren bleich, die Schultern nach vorn gesunken, die Haare zerzaust.

»Du bist derjenige, der sich ausruhen sollte, nicht ich«, sagte Marlies. »Das Hotelzimmer ist groß genug für uns beide. Lass uns bleiben. Vielleicht finden wir etwas über Ruth heraus. So geschickt, wie Lena mit dem Internet umgeht – ich bin mir sicher, dass Ruth noch irgendwo hier in der Gegend lebt.«

»Die Ärzte haben bestimmt gesagt, dass du dich schonen sollst.« Er ging um den Tisch herum und strich Marlies über den Rücken. »Ich würde es nicht ertragen, dich endgültig zu verlieren.«

»Lena, jetzt sag du mal was!« Marlies stand auf.

»Es war nur der Kreislauf, nicht mehr«, versuchte Lena Günther zu beruhigen, doch sosehr sie sich auch bemühte, sie schaffte es nicht, ihre eigene Sorge zu verbergen.

Noch eine halbe Stunde saßen sie zusammen, in der Günther Marlies immer wieder vergeblich überreden wollte, nach Hause zurückzukehren. Doch Marlies bestand darauf zu bleiben. Als wollte sie beweisen, wie fit sie sich wieder fühlte, schlug sie vor, durch die Altstadt mit ihren Fachwerkhäusern zu schlendern, anschließend ein Restaurant zu suchen und den Nachmittag am See zu verbringen.

* * *

Es wurde bereits dunkel, als Lena in ihre eigene Wohnung zurückkehrte. Ihr Handy, das auf dem Wohnzimmertisch am Ladekabel hing, zeigte fünf entgangene Anrufe von Max an, dazu mehrere Nachrichten von ihm. Sie löschte die Anrufmitteilungen ebenso wie die Nachrichten, ohne sie zu lesen. Dabei war sie sich so sicher gewesen, dass er nach seinem anfänglichen Kampf um sie die Trennung akzeptiert hatte. Seit eineinhalb Monaten hatten sie nichts mehr voneinander gehört, davor hatte er bis zu zehnmal am Tag versucht, sie zu erreichen. Ging das nun etwa wieder los?

Lena schob das mulmige Gefühl beiseite. Sie holte ihren Laptop und setzte sich aufs Sofa. Beiläufig streifte sie ihre Schuhe von den Füßen und drapierte mehrere Kissen an ihrem Rücken. Die Sonne hatte ihre Dachwohnung über den Tag aufgeheizt, sodass es noch immer schwülwarm in den

Räumen war, obwohl die Luft draußen sich längst abgekühlt hatte und durch die gekippten Fenster ein kräftiger Luftzug hereinkam.

Sie öffnete die Suchmaschine. Auch nun schien sich die Suche trotz des technischen Fortschritts schwierig zu gestalten. Wie suchte man eine Frau, die sich bewusst von der Gesellschaft abgewandt hatte und in die Wälder gezogen war? Lena probierte es mit den Suchbegriffen *Ruth Kolberg Wald* und *Ruth Kolberg Usedom Forsthaus*, *Ruth Kolberg Forstwirtin*, dann mit *Ruth Kolberg Fledermausforschung*.

Doch wie sie auch an das Geheimnis heranging, es blieb ihr verschlossen.

Noch einmal startete sie die Suche mit der einfachen Eingabe des Namens und wechselte dann zur Anzeige der Bilder. Immer wieder stieß sie zwischendurch auf Fotos einer Professorin, die Lena aufmerken ließen. Es handelte sich um eine Biologin und Chemikerin mit dem Namen Ruth Kolberg. Unmöglich konnte das die Ruth sein, nach der sie suchte, und doch hielt Lena bei jedem Foto, das sie von der Professorin sah, unwillkürlich für Sekundenbruchteile den Atem an. Es war etwas an der Gesichtspartie, das sie stutzig werden ließ, ohne dass sie es genau beschreiben konnte.

Dann klickte Lena auf einen Zeitschriftenartikel über die Wissenschaftlerin. Dem Text war auch ein Foto vorangestellt. Sie war hübsch, alterslos. Mit ihren langen blonden Haaren hatte sie auch als reife Frau eine Schönheit, von der die meisten nur träumen konnten. Sie hatte die gleichen ausgeprägten Wangenknochen wie ihre Großmutter Marlies, wie ihre Mutter und wie sie selbst. Es war verlockend, eine Familienähnlichkeit zu sehen. Lena begann zu lesen, doch schon nach einigen Zeilen wurde das Geschriebene für sie zu fachspezifisch. Die Besonderheiten eines Studiums in Massachusetts am Institute of Technology interessierten sie nicht.

Lena klickte sich weiter durch Artikel und Fotos, doch nur ein einziges der Suchergebnisse ließ sich sicher Marlies' Schwester zuordnen: In einer Festschrift zum vierzigjährigen Bestehen der Fledermausmarkierungszentrale aus dem Jahr 2004 wurde eine alte Analyse über Ortswechsel und Ortstreue von Fledermäusen aufgegriffen, die von Ruth stammte.

Ansonsten bezogen sich so gut wie alle Treffer auf die Wissenschaftlerin Ruth Kolberg, auf deren Publikationen und Vorlesungen in Wien und in den USA. Lena hielt inne. Möglicherweise hatte sie auch den falschen Ansatz. Ob die Ruth, die sie suchte, vielleicht geheiratet hatte und nun unter einem anderen Namen zu finden war? Die wenigsten Frauen dieser Jahrgänge waren unverheiratet geblieben.

Wie verrückt die Realität doch war, dachte Lena. Es gab zwei Frauen mit demselben Namen, und eine davon, die Naturwissenschaftlerin, führte genau das Leben, das sich die andere gewünscht hatte. Der einen wurde alles verwehrt, der anderen hatten unzählige Chancen offengestanden: ein Studium in Wien und in den USA, eine hoch dotierte Stelle und wissenschaftliche Anerkennung.

Das Klingeln ihres Handys riss Lena aus ihren Überlegungen. Ihre Mutter und ihre Oma schliefen bestimmt schon und ihre Freunde riefen um diese späte Zeit nicht an. So kam nur einer infrage, der sie unbedingt sprechen wollte.

Die Mailbox sprang an, doch wie erwartet, hinterließ Max keine Nachricht. Stattdessen klingelte das Handy ein paar Minuten später erneut.

Wütend nahm Lena das Gespräch an. Nach der enttäuschenden Internetsuche war sie in genau der richtigen Stimmung, um ihm die Meinung zu sagen. »Max, du kannst es dir sparen, mich anzurufen«, sagte sie anstelle einer Begrüßung und ärgerte sich, dass sie das Gespräch überhaupt angenommen hatte. War nicht alles, was gesagt werden konnte, bereits gesagt? Warum ließ er sie nicht einfach in Ruhe, wie es abgesprochen war?

»Es ist etwas passiert, ich bin gerade im …«

»Max, tu mir einen Gefallen. Ruf nicht wieder an. Wir brauchen Abstand.« Sie legte genervt auf.

Noch zweimal klingelte das Handy, dann schaltete Lena es vollständig aus.

Kurz darauf läutete das Festnetz.

Lena nahm ab. »Max, es ist alles gesagt. Ich habe jetzt nur abgenommen, damit du nicht gleich vor der Tür stehst. Wir haben schon so oft diskutiert. Und weil wir nicht auf einen Nenner kommen, haben wir eine Pause vereinbart. Wenn du dich nicht daran hältst – was soll ich denn tun? Wir sind doch zwei vernünftige …«

»Lena, hör mir kurz zu. Gib mir eine Minute. Es ist Schluss zwischen uns, das habe ich akzeptiert. Ich will nichts von dir.«

»Und warum rufst du dann an?« Sie merkte, wie sie schneller atmete.

»Bei uns wurde nach einem Unfall ein Mädchen eingeliefert, vier oder fünf Jahre alt. Sie ist mitten auf der Landstraße herumgeirrt. Ein Pkw musste eine Vollbremsung machen, weil sie auf dem Mittelstreifen lief. Stell dir das mal vor! Nur mit T-Shirt und Unterhose bekleidet. Barfuß. Der Wagen konnte nicht mehr bremsen, kam ins Schleudern, hat sie gestreift. Es ist ein Wunder, dass sie noch lebt. Wir haben ihr etwas gegeben, um die Untersuchungen machen zu können, sie hat sich sogar gegen einen Ultraschall gewehrt. Unmöglich, ein MRT zu kriegen. Sie ist nicht ansprechbar. Wir haben alles probiert, um sie zu beruhigen. Um irgendetwas aus ihr herauszukriegen, wo sie herkommt, was mit ihren Eltern los ist. Erst haben wir es mit Psychologen und Psychiatern hier aus dem Krankenhaus versucht, dann kam ein Polizeipsychologe und jemand vom

Jugendamt. Keiner von ihnen hatte Erfolg. Es liegt keine Vermisstenanzeige vor.

Inzwischen wissen wir, dass es ihr bis auf ein gebrochenes Bein und natürlich Prellungen und Schürfwunden körperlich gut geht. Aber sie redet nicht. Wenn sie aufwacht, schreit sie die gesamte Station zusammen. Wir wissen wirklich nicht weiter! Wir können sie doch nicht dauerhaft sedieren. Und entlassen können wir sie genauso wenig. Sie muss zur Beobachtung dableiben, Puls- und Blutdruckkontrolle jede Stunde, ansonsten muss ich gestehen, hätte ich sie den Frauen vom Jugendamt direkt mitgegeben. Bitte! Komm vorbei. Probier es wenigstens, mit ihr zu reden. Sie legt den gesamten Betrieb der Station lahm.«

»Du sagst doch, dass ihr alles getan habt. Dass selbst die Fachleute für solche Fälle …«

»Eben das ist das Problem. Sie ist kein ›Fall‹, sie flippt aus, wenn zu viele Menschen ins Zimmer kommen.«

»Was soll ich denn tun können?«

»Ich habe es doch selbst erlebt. Du findest manchmal einen Zugang zu Kindern, wenn niemand sonst ihn findet. Eben, weil du nicht nach Schema F vorgehst. Du hast etwas – Mütterliches. Und jetzt raste nicht aus, ich weiß, dass du das nicht hören willst.«

Am anderen Ende der Leitung war es so leise, dass Lena schon dachte, das Gespräch wäre unterbrochen worden, doch dann hörte sie ein lautes Piepen.

»Alarm. Aber jemand anderes kümmert sich drum. Lena, bitte. Wir müssen wissen, wo sie hingehört. Wer die Eltern sind. Sie muss reden. Es geht hierbei auch nicht um mich.«

»Okay.« Sie seufzte. »Aber ich tue es nur für das Mädchen, weil ich weiß, dass ich diese Nacht sowieso nicht schlafen kann, wenn ich es nicht wenigstens versucht habe.«

Kapitel 6

1964

Ruth erkannte Annegret schon von Weitem in einer Traube aus anderen Studenten. Zwei Stunden lang war sie vor der Humboldt-Universität zu Berlin zwischen den beiden Denkmälern vor dem Hauptgebäude auf und ab gegangen, um sich die Zeit zu vertreiben und nicht zu frieren. Doch trotz der Bewegung waren ihre Füße und Hände eiskalt, ihre Nase begann zu laufen. Endlich hatte ihr Warten ein Ende. Annegrets roter Mantel und der lange braune Pferdeschwanz, der bei jedem Schritt von rechts nach links wippte, waren unverkennbar. Annegret verabschiedete sich von den anderen Studenten und kam eilig auf Ruth zu.

»Wie war die Klausur?«, fragte Ruth. So gern hätte sie mit im Raum gesessen und auch Aufgabenblätter zur linearen Algebra bearbeitet. Gerade die Unterrichtseinheiten über die mathematischen Grundlagen gefielen ihr am besten. Noch hatte keiner der anderen Studenten aufgegeben, ein freier Studienplatz war nicht einmal ansatzweise in Sicht, doch davon ließ sie sich nicht entmutigen. Das Lernen selbst war Belohnung genug.

»Du sollst nicht hierherkommen, so war es nicht abgesprochen«, sagte Annegret, nahm Ruths Hand und führte sie hinter einen Baum, wo niemand sie zusammen sehen konnte.

»Ich dachte, du wärst schon längst mit der Klausur fertig. Ich komme, um dir die Bücher zurückzugeben. Außerdem wollte ich mich kurz verabschieden und nicht einfach verschwinden. Langsam wird es auch eilig, die Zugfahrt dauert ja fast zwei Stunden. Die monatlichen Abrechnungen im Geschäft stehen an.« Unbedingt musste sie bei Schließung der Eisenwarenhandlung zurück sein, um dann gemeinsam mit dem Vater die Abrechnungsbelege und Rechnungen zu überprüfen, zu kategorisieren und abzuheften. Er war seit ihrer Absage der Lehrstelle beim Schuster nicht mehr gut auf sie zu sprechen. Nur widerwillig hatte er sich auf das Arrangement eingelassen, dass sie ein Jahr mit Arbeiten im Familienbetrieb überbrückte, bis zu einer erneuten Bewerbung an den Universitäten. Gleichzeitig brauchte er Hilfe bei der Rechnungsführung, weil Ruths Schwester Marlies seit ihrer Heirat vor eineinhalb Jahren nicht mehr regelmäßig als Arbeitskraft zur Verfügung stand. Zwar hatte Ruth nicht Marlies' Erfahrung, hatte im Gegensatz zu ihrer Schwester nie eine richtige Ausbildung in der Buchhaltung absolviert, aber weil sie schnell Zusammenhänge begriff, brauchte es nicht lang, bis sie wusste, was zu tun war. Doch bei Verspätungen verstand ihr Vater keinen Spaß, erst recht nicht, wenn er erfahren würde, dass sie sich in Berlin an der Universität herumtrieb, um den »Grillen in ihrem Kopf« nachzugehen, wie er es ausdrückte, anstatt etwas »Sinnvolles zur Gesellschaft beizutragen«.

»Trotzdem, du kannst nicht einfach herkommen. Es gibt schon Gerede«, sagte Annegret.

»Mach dir keine Sorgen, niemand hat überhaupt Notiz von mir genommen.«

»Du willst es nicht begreifen! Es braucht doch nur mal jemand aus einem der Fenster zu schauen. Ich bin schon von

Dr. Hagemann darauf angesprochen worden, wer die junge Frau ist, die regelmäßig am Haupteingang auf mich wartet.«

»Dann hättest du ihm von mir erzählen können, dass wir gemeinsam lernen, dass ich hoffe, doch irgendwie einsteigen zu können.«

»Ich weiß gar nicht, warum ich das überhaupt mitmache, es gibt nichts als Scherereien!« Annegret hielt inne und massierte sich die Stirn, die noch von der Anstrengung der Klausur gerötet war. »Ja, du hilfst mir. Das stimmt. Und ja, ohne dich hätte ich wahrscheinlich schon aufgegeben. Entschuldige. Ich bin nach all den Stunden in dem stickigen Raum etwas durch den Wind. In so einer Verfassung sollten wir nicht über Grundsätzliches reden.«

Drei Studenten kamen aus dem Gebäude, sie unterhielten sich angeregt. Einer von ihnen blieb stehen und wies mit dem Finger auf die rechte Statue. Ruth erstarrte, dann rannte sie vor. Gerade nahm einer der jungen Männer die Büchertüte in die Hand, an die Ruth gar nicht mehr gedacht hatte.

Ruth eilte zu ihm. »Entschuldigung. Die Tüte habe ich ganz vergessen. Die Bücher müssen unbedingt noch heute in der Bibliothek zurückgegeben werden.«

Anstatt die Tasche loszulassen, umfasste der junge Mann sie fester, öffnete sie und schaute hinein. Er zog das oben liegende Buch heraus. *Theorie der analytischen Funktionen einer komplexen Veränderlichen*. Eifrig, eifrig«, sagte er und musterte sie. »Ich habe dich hier noch gar nicht gesehen. Ich will nicht aufdringlich sein.« Er lächelte, blickte dann zu Boden. »Falls du am Freitagabend nichts vorhast: Hast du Lust auf ein Bier? Ich meine … Wir kennen uns nicht, aber das lässt sich ja ändern.«

»Das geht leider nicht, wir haben am Freitag schon etwas vor«, mischte sich Annegret ein, nahm dem jungen Mann die Tasche aus den Händen und zog Ruth beiseite.

Ruth wartete, bis die anderen Studenten außer Sicht- und Hörweite waren. »Du stößt mich herum, als wäre ich ein bockiges Kind.«

»Was muss ich tun, damit du es begreifst? Du musst vorsichtiger sein. Nicht auffallen. Nicht mit anderen reden. Jede Unachtsamkeit kann zu einem Problem werden.«

Ruth schüttelte den Kopf und lachte. »Du klingst völlig paranoid. Aber lassen wir es. Ich weiß ja, was du meinst. Auf jeden Fall müssen die Bücher heute noch zurückgegeben werden. Ich habe eine Liste geschrieben, was du im Anschluss ausleihen kannst.« Ruth griff in ihre Manteltasche und zog einen eng beschriebenen Zettel hervor.

Annegret überflog die aufgelisteten Titel. »Hast du ein Transportunternehmen angeheuert, das mir beim Tragen hilft?«, fragte sie, schob das Papier in ihre Rocktasche und zwinkerte Ruth zu. »Aber du verlangst nicht von mir, dass ich die Bücher auch alle lese! Einiges davon brauche ich ja nicht mal im Abschlusssemester. *Das Delische Problem, die Verdopplung des Würfels.* Dann das hier: *Interferenz-Erscheinungen im polarisierten Licht.* Was willst du damit überhaupt?«

»Lesen, was sonst?«

»In Ordnung.« Annegret sah sich noch einmal nervös um. »Geh am besten schon zum Bahnhof und warte bei den Fahrrädern auf mich. Das Heraussuchen dürfte eine halbe Stunde dauern. Anschließend komme ich nach.« Annegret drehte sich zum Gebäude, schaute sich noch einmal um, als hätte sie Sorge, dass Ruth ihr entgegen der Absprache doch folgte, dann eilte sie zum Haupteingang.

Ruth hätte lieber auf dem Campus gewartet, gern hätte sie sich auch länger mit den drei jungen Männern unterhalten, die nun nirgends mehr zu sehen waren. Doch sie hielt sich an die Absprache und begab sich auf den Weg zum Bahnhof. Bei den Fahrrädern wartete sie.

Eine halbe Stunde verging, eine Stunde und Annegret tauchte noch immer nicht auf. Langsam wurde es dunkel, die Kälte kroch durch die dünnen Ledersohlen in Ruths Glieder, ließ die Finger klamm werden, obwohl sie sie in die Manteltaschen steckte. Der Wind wehte von unten in den Mantel hinein, blies von oben durch den nicht eng anliegenden Kragen, sodass ihr Hals steif wurde. Hätte sie doch nur einen Schal angezogen! Länger warten wollte sie nicht, so ging sie wieder in Richtung Universität. Auch auf dem Weg dorthin begegnete ihr Annegret nicht.

Wie bereits Stunden zuvor lief Ruth nervös zwischen den Statuen hin und her. Langsam begann sie, sich Sorgen zu machen. Inzwischen hatte die Bibliothek geschlossen und der letzte Zug, mit dem sie noch pünktlich in Templin im Geschäft des Vaters gewesen wäre, war vor einer Viertelstunde abgefahren. Es wurde von Minute zu Minute kälter.

Gerade als sie sich in Bewegung setzen wollte, um sich doch auf die Suche nach Annegret zu begeben, kam die Freundin in Begleitung zweier älterer Männer aus der Universität, direkt auf Ruth zu. Die Schritte der Männer waren schnell und zackig, die Schuhabsätze knallten auf das Pflaster.

»Kommen Sie mit uns«, sagte der Fülligere der Männer, der einen Aktenkoffer in der Hand trug.

Ruth blickte verunsichert von einem zum anderen. Annegret starrte auf den Boden, sah nicht auf. Sie hatte weder ihre Ledertasche bei sich noch die Stofftasche mit den neu ausgeliehenen Büchern.

Der hochgewachsene Mann ohne Aktenkoffer lief voran auf das Gebäude zu, Annegret folgte ihm mit weiterhin gesenktem Blick. Der andere Mann trat so dicht hinter Ruth, dass ihr kaum eine Wahl blieb, als Annegret zu folgen. So gingen sie zu viert in einer Reihe auf das Hauptgebäude zu. Zweimal begegneten sie anderen Studenten, die beim Anblick ihrer

Gruppe die Richtung wechselten, als hätten sie eine ansteckende Krankheit.

So oft hatte Ruth sich gewünscht, das Gebäude zu betreten, mit allen anderen Studenten hier wie selbstverständlich ein und aus zu gehen. Nun spürte sie eine Orientierungslosigkeit, die sie selbst in Anbetracht der Größe des Gebäudes mit seinen verwinkelten Gängen und unterschiedlichen Treppenhäusern noch kleiner und unbedeutender erscheinen ließ. Veranstaltungen fanden um diese Uhrzeit nicht mehr statt, so hallten ihre Schritte mit einem Echo zwischen den Gängen. Das Licht über ihnen warf harte Schatten. Jeder Winkel wurde angestrahlt, nichts konnte hier im Verborgenen bleiben.

Bald hatte Ruth in dem riesigen Gebäude, das sie an ein Schloss erinnerte, die Orientierung verloren, sodass sie nicht mehr wusste, in welcher Richtung sich der Ausgang befand.

Jedes Mal, wenn Ruth langsamer wurde, trat ihr der Mann hinter ihr fast in die Hacken und sein Aktenkoffer berührte ihren Rücken, sodass sie zwangsläufig darauf achtete, zwischen Annegret und sich keinen zu großen Abstand entstehen zu lassen. Sie gingen in den dritten Stock hoch, wo der vorausgehende Mann die Tür zu einem Büro aufschloss. »Prof. Dr. Hagemann« stand neben der Tür. Nun wusste Ruth auch, um wen es sich bei einem der Männer handelte.

An der Wand hing ein Bild des Professors mit seiner Familie. Er und seine Frau hatten zwei Kinder, einen Jungen und ein kleines Mädchen. Der Raum war vollgestellt mit Bücherregalen. Stapel von Heften und Zetteln türmten sich auf dem Boden. Auf dem Schreibtisch herrschte ein kreatives Chaos. Es roch nach frischen Kaffeebohnen und Heizungsluft.

»Professor Hagemann«, sagte Ruth freudig und streckte ihm ihre Hand entgegen, die er nicht ergriff. Nun hatte sie zum ersten Mal die Möglichkeit, mit ihm persönlich zu sprechen. Sie ließ ihren Arm wieder sinken.

»Bitte.« Professor Hagemann befreite nacheinander drei zusätzliche Stühle von Büchern und rückte sie um seinen Schreibtisch herum, sodass alle Platz nehmen konnten. »Ich will nicht lange um den heißen Brei herumreden. Sie bringen nicht nur Ihre Freundin, sondern auch uns in Bedrängnis«, sagte er an Ruth gerichtet.

»Ich verstehe nicht.« Ruth blickte zu Annegret, die noch immer auf den Boden schaute und mit der Fußspitze wippte. Annegrets Gesichtshaut glänzte, ihr Atem beschleunigte sich.

»Ich bin über Ihre Familienverhältnisse informiert«, sagte der andere Mann, der sich noch nicht vorgestellt hatte, ebenfalls an Ruth gerichtet. Er öffnete seinen Koffer und zog eine Akte hervor, auf der Ruths Vor- und Nachname geschrieben standen: *Ruth Kolberg*. »Ihre Schwester mag damit durchgekommen sein, dass sie sich dumm stellt, wenn sie nach ihrer Verhaftung behauptet, nichts von der Widerstandsgruppe zu wissen. Wenn es nach mir gegangen wäre, wären längst andere Saiten aufgezogen worden. Sie können gern die Unwissende spielen, Fräulein Kolberg, Ihre Freundin hat bereits ein vollständiges Geständnis abgelegt. Sie, Ruth Kolberg, haben Annegret Wiesel angestiftet, Bücher aus der Bibliothek auszuleihen und das Eigentum der Universität an Sie weiterzugeben, obwohl eine Weitergabe verboten ist.«

»Das ist es, was Sie mir vorwerfen?« Ruth schüttelte den Kopf. »Keins der Bücher ist beschädigt worden.«

»Zusätzlich haben Sie regelmäßig verlangt, Einsicht in die Aufzeichnungen aus den Fachveranstaltungen zu erhalten, ohne Erlaubnis und Absprache mit dem Fachbereich.«

»Wen habe ich denn dadurch geschädigt? Annegret und ich haben gemeinsam gelernt, das war alles.« Ruth wartete darauf, dass Professor Hagemann oder Annegret ihr beistanden und bestätigten, dass sie, Ruth, nie irgendjemanden gestört oder belästigt hatte.

»Sie sind von mehreren Studenten bei der Übergabe der Bücher beobachtet worden«, sagte der Mann, von dem Ruth noch immer nicht wusste, in welcher Funktion er handelte, wer er war. Er kam ihr bekannt vor, ohne dass sie sagen konnte, wo genau sie ihn schon einmal gesehen hatte. Doch sie war ihm bereits begegnet, dafür hätte sie all ihre Ersparnisse verwettet. »Wen Sie damit schädigen? Das fragen Sie allen Ernstes? Sie gefährden durch Ihr asoziales Verhalten die öffentliche Ordnung und zusätzlich sich selbst. Sie haben einen Ausbildungsplatz zur Orthopädieschuhmacherin ausgeschlagen, obwohl er Ihnen offengestanden hätte. Sie entziehen sich mit Ihrer Arbeitsscheu in hartnäckiger Weise einer geregelten Arbeit.«

»Ich helfe meinem Vater im Geschäft, erledige dort die Buchhaltung und kümmere mich zusätzlich um Kunden.«

»Heute sind Sie um acht Uhr in den Laden gegangen, den Sie zwei Stunden später wieder verlassen haben. Gestern haben Sie den gesamten Tag mitsamt den unrechtmäßig angeeigneten Büchern in einem Café verbracht.«

»Ich hatte mir …« Ruth stutzte. Nun erinnerte sie sich, wer dieser Mann war. Zweimal hatte er bei ihnen an der Haustür geläutet, um ihren Vater zu Parteitreffen abzuholen. Nie war er hereingekommen, Ruth hatte ihn beide Male nur für wenige Sekunden gesehen. Sie wusste, dass er früher in der Verwaltung der Volkspolizei tätig und auch ein Mitglied der Kreisleitung gewesen war. Nun begriff sie, warum der Professor sich so sehr zurückhielt. Das alles hier war eine geplante Aktion, um sie zu überführen, sie war schon lange beobachtet worden. Während der Parteikollege ihres Vaters weiter über die Abscheulichkeit von asozialem Verhalten dozierte, fiel Ruth auch sein Name ein, den ihr Vater mehrfach erwähnt hatte. Herr Schmidtke.

»Ihnen ist klar, was Sie mit Ihrem Lebenswandel riskieren?«, fragte Herr Schmidtke.

Ruth schüttelte ungläubig den Kopf.

»Die Gefährdung der öffentlichen Ordnung durch asoziales Verhalten wird mit einer Haftstrafe oder einer Arbeitserziehung mit einer Dauer von bis zu zwei Jahren geahndet. Doch die Maßnahmen der strafrechtlichen Verantwortlichkeit obliegen nicht mir. Das Gericht muss das Urteil fällen; ich habe mich nur um die Klärung des Sachverhaltes bemüht, was nun auch gelungen ist.«

Ruth wartete, dass Herr Schmidtke Handschellen herauszog und sie festnahm, dass er die Polizei rief oder etwas Ähnliches tat. Stattdessen klatschte er in die Hände. »Auf, auf, jetzt gehen Sie schon, anstatt uns weiter die Zeit zu stehlen. Beide. Die Angelegenheit wird weiterverfolgt und obliegt nicht mehr mir. Die Konsequenzen haben Sie sich selbst zuzuschreiben.«

Ruth erhob sich eilig vom Stuhl, als könnte es sich Herr Schmidtke anders überlegen. Beim Aufstehen wurde ihr schwindelig. Ihr war übel und sie fühlte sich schwach. Sie eilte aus dem Raum, den Gang entlang bis zur Treppe, dann hielt sie sich am Geländer fest, beugte sich vor und atmete tief gegen die sich steigernde Übelkeit an.

Langsam näherte sich auch Annegret. »Vielleicht werde ich von der Uni verwiesen«, sagte sie.

Ruth musste sich erst räuspern, bis sie ihre Stimme wiederfand. »Das tut mir so leid. Das alles habe ich nicht gewollt!«

»Mach dir keine Gedanken deswegen. Dann fange ich eben eine Lehre an. Vielleicht wäre es sowieso besser gewesen, ich hätte es von Anfang an getan. Sind wir doch mal ehrlich: Ohne dich hätte ich keine einzige Klausur bestanden, keine Hausarbeit fertigstellen können. Professor Hagemann will sich für mich einsetzen, das hat er mir versprochen, aber du hast ja selbst gemerkt, dass er wohl wenig mitzureden hat.« Annegret liefen Tränen aus den Augenwinkeln, tropften über das Gesicht, über die Nasenspitze und das Kinn zu Boden. Doch sie wischte sie nicht weg, als würde sie sie gar nicht bemerken.

»Das mit dem Geständnis tut mir leid … dass ich dich verraten habe«, sagte Annegret. »Aber sie haben alles gewusst, für drei Bücherübergaben haben sie Zeugen. Sie haben uns schon länger beobachtet. In einem der Bücher vom letzten Mal hast du einen Notizzettel vergessen, den haben sie mir gezeigt. Als Beweismittel. Ich hatte gar keine Chance, konnte nicht behaupten, es sei meine Schrift, sogar Schriftproben hatte dieser Schmidtke besorgt. Aber wie du sagst, es ist nicht viel passiert, wir haben ja niemanden geschädigt. Sie können dich doch deswegen nicht einfach verhaften, oder?«

Kapitel 7

1965

»Ruth, komm runter, sie sind da«, rief ihr Vater von unten.

Ruth drehte sich in ihrem Bett von der rechten auf die linke Seite. »Gleich!« Fünf oder zehn Minuten blieben ihr noch, so lange dauerte es, bis ihre Schwester Marlies, deren Mann Peter und die Eltern sich begrüßt und die Neuigkeiten ausgetauscht hatten. Ruth genoss die Wärme und die Schwere der Decke über sich, die einen extremen Gegensatz zu der zugigen Kälte bildete, die von draußen durch das undichte Fenster hereinkam. Das Nachtlicht über ihr, das sie sonst immer zum Lesen genutzt hatte, spendete ein wenig Wärme auf ihrem Gesicht. Durch die Dunkelheit im Raum und die Helligkeit direkt über ihr waren die Bücherregale nicht sichtbar und damit auch nicht die wegen der fehlenden Bücher leeren Regalbretter. Sie konnte sich einreden, dass alles wie immer war, dass es keinen Grund gab, sich zu sorgen. Sie wollte nicht an die Wutaktion ihres Vaters denken, der all ihre Fachbücher in den Kachelofen gestopft hatte, eins nach dem anderen, in seiner Raserei wegen der Strafanzeige, die gegen Ruth aufgenommen worden war.

Zuerst hatte sie gedacht, ohne die Bücher nicht leben zu können, dass die Langeweile und die Leere im Kopf sie überrollen würden wie eine Sturmflut, doch das Gegenteil war geschehen. Denn nur durch das Fehlen der Bücher und weil sie nicht mehr lernen konnte, hatte sie etwas entdeckt: Wenn die Gedanken langsamer und langsamer flossen wie jetzt, in der kurzen Pause, bis sie aufstehen musste, wenn ihr Atem ruhiger wurde und ihre Glieder schwerer, tauchte zwischen den Gedanken ein neuer Raum auf, etwas wie eine zusätzliche Dimension. Dann war es, als würden alle Wolken am Horizont wegziehen und nichts als klares, strahlendes Blau übrig lassen, ein helles Flirren, mehr Welle als Farbe. Auf dieser Welle konnte sie reiten, in die Unendlichkeit eintauchen. Dann war sie ganz präsent und doch so entfernt von der Welt, dass auch ihre Frustration und ihre Sorgen und Ängste weit wegrückten, weil sie nichts anderes waren als vorbeiziehende Wolken.

»Ruth, jetzt komm!«, rief ihr Vater.

Umständlich schob sie die Decke zur Seite, setzte sich an den Rand der Matratze, dann stand sie auf. Langsam ging sie die Treppe hinunter. Alle waren bereits am Tisch versammelt, auf dem Stövchen stand eine dampfende Kanne mit Kaffee, Apfelkuchen war auf den Tellern verteilt.

»Peter hat gute Neuigkeiten«, sagte ihr Vater.

Ruth rollte die Augen und setzte sich neben Marlies. »Peter hat doch immer gute Neuigkeiten.« Ruth schenkte sich Kaffee ein. *Der erfolgreiche Peter.* Wie sie es hasste, ihn als leuchtendes Vorbild vorgehalten zu bekommen.

»Sei nicht so vorlaut.« Ihre Mutter ließ ihre Gabel mit einem Scheppern auf den Teller fallen.

»Reg dich nicht auf, Johanna«, sagte Peter. Er stellte seine Kaffeetasse ab, legte die Gabel beiseite und straffte den Oberkörper.

Ganz der Polizist, voller Autorität, dachte Ruth und stellte sich vor, wie er auf dieselbe Art und Weise auf der Wache saß und Befragungen durchführte. Peter zweifelte nie an sich. Er wusste, was richtig und falsch war, und handelte danach. Er bekam, was immer er wollte: Beförderungen, Marlies zur Frau, Ansehen, unzählige kleine Vergünstigungen, denn er war jemand, mit dem man sich am besten gut stellte. Seine Freundlichkeit konnte schnell umschlagen, daraus machte er keinen Hehl. Doch Ruth war das gleichgültig. Sie hatte sich geschworen, ihm nicht nach dem Mund zu reden, auch wenn alle anderen es taten. Sie nicht.

»Es ist Zeit, dass endlich wieder einmal Ruhe und Frieden in dieses Haus einkehren«, sagte Peter und blickte von Marlies zu Ruth und dann zu ihren Eltern. »Dabei könnte das Leben so einfach sein. Ein erfolgreiches Geschäft, über Generationen aufgebaut. Der Vater ein angesehener Ladeninhaber, der sich für das Wohl der Gemeinschaft einsetzt. Eine Frau, die ihn unterstützt und die immer für die Familie da ist. Zwei Töchter. Die in ihrer Mischung aus Trotz, Kühnheit und Dummheit einfach nicht nachdenken. Genauso habe ich es auch Herrn Schmidtke gegenüber geschildert. Du, Rudolf, kennst ihn ja näher. Er steht völlig hinter dir, schätzt dich als Mensch und deine Arbeit. Aber er sieht es wie ich, dass dir manchmal alles über den Kopf wächst, dass du Unterstützung gebrauchen kannst.«

Ruth bemerkte die Fäuste, die ihr Vater unter seine Oberschenkel schob. Er war wütend, daran gab es keinen Zweifel. Sich von solch einem Jungspund wie Peter kritisieren zu lassen, war für ihn ein Affront. Trotzdem beherrschte er sich und nickte.

»Aber wir alle sind eine Familie. Du kannst dich auf mich verlassen, Rudolf, und auch du, Johanna, kannst immer auf meine Unterstützung bauen«, sagte Peter. »Ich habe wie gesagt mit Herrn Schmidtke geredet, ihm dargelegt, dass man bei

Ruth in keiner Weise von irgendeinem zersetzenden oder asozialen Verhalten ausgehen kann. Im Gegenteil, dass es nur eine zwischenzeitliche Orientierungslosigkeit war, dass sie sich in ihrer Naivität zu lang an der Vorstellung eines Studiums festgeklammert hat und den Blick deswegen nicht auf ihre konkrete Zukunft richten konnte. Eine kurze Verblendung, die jeder von uns kennt, wie sie typisch ist für die überschäumenden Jahre der Jugend, wenn Enttäuschung nicht konstruktiv verarbeitet werden kann. Es ist eine entschuldbare menschliche Schwäche. Uns allen fällt es manchmal schwer, damit umzugehen, wenn unsere Träume eben Träume bleiben müssen. Herr Schmidtke sieht es jetzt genauso. Es war allerdings nicht einfach, hat einige weitere Gespräche gebraucht mit der Universitätsleitung, zu der der Fall natürlich gedrungen ist, auch Aussprachen mit meinen Vorgesetzten. Doch wir alle, Universität, Polizei und Partei, sind nun übereingekommen, dass die Anklage fallen gelassen wird.«

Ein kühles Rieseln lief Ruths Rücken hinab. Sie musste sich Peters Worte mehrfach vergegenwärtigen, um zu begreifen, was das bedeutete. Keine Haft. Keine Erziehungsmaßnahme. Keine Strafe. Sie war außer Gefahr. Monatelang hatte sie mit der Unsicherheit gelebt, was mit ihr passieren würde, täglich in Angst auf den Postboten gewartet, war bei jedem Polizeiwagen, den sie hatte vorbeifahren sehen, zusammengezuckt. Nun überfiel sie mit der Entspannung, die plötzlich eintrat, eine unendliche Müdigkeit und Erschöpfung.

»Danke, Peter«, sagte Ruth. »Ich weiß, dass du das nicht hättest tun müssen. Dass wir unsere Schwierigkeiten miteinander hatten und ich voreingenommen war. Du hast schon Marlies nach ihrer Verhaftung freigeboxt. Aber sie ist die Frau, die du liebst, das ist das eine. Ich dagegen …«

»Du gehörst zu meiner Familie. Wenn wir uns nicht gegenseitig unterstützen, wer tut es dann?«

»Danke!« Sie umklammerte mit beiden Händen die Kaffeetasse, um sich zu wärmen, trank daraus und gönnte sich eine erste Gabel von dem frisch gebackenen Apfelkuchen. Der Geschmack des Kuchens war intensiver als jemals zuvor. Dass das Feuer hinter ihr warm gegen die Winterkälte prasselte, dass sie alle hier zusammensaßen, dass sie keine Angst mehr haben musste, erschien ihr wie ein riesiges Privileg.

»Natürlich ist dieses Zugeständnis von offizieller Seite mit einer kleinen Bedingung verknüpft gewesen, denn es gilt auch, ein Zeichen zu setzen, dass solch ein Verhalten nicht einfach toleriert werden kann«, sagte Peter.

Ruth verschluckte sich an einem Streuselkrümel.

»Du schreibst einen Brief an die Fachbereichsleitung der Universität, in dem du aufrichtige Reue zeigst, den Ablauf gestört zu haben«, fuhr Peter fort. »Herr Schmidtke wird dir mit der Post eine Einladung zu einem Gespräch zukommen lassen. Du wirst dich mit ihm zusammensetzen und noch einmal reflektieren, was du getan hast. Was es bedeuten würde, wenn jeder meint, sich solche Freiheiten herausnehmen zu können. Wir hätten keine Gemeinschaft, keine Verlässlichkeit, keine gemeinsamen Ziele. Alles würde auseinanderbrechen und im Chaos enden. Es muss klar werden, dass du das begriffen hast, Ruth.« Er stockte. »Es gibt nur ein Problem, und darüber mache ich mir wirklich Sorgen. Herr Schmidtke ist ein gestandener Mann, er hat eine gute Menschenkenntnis und Lebenserfahrung. Er erkennt, wenn du ihm etwas vormachst. Es reicht nicht, ihm das Blaue vom Himmel zu versprechen. Deine Worte müssen auch mit Taten belegt werden. Solange du nur stundenweise im Geschäft deines Vaters aushilfst, wirken alle Beteuerungen wie Schall und Rauch. Eine Lehrstelle muss her, und das schnell.«

Ruth schüttelte den Kopf. »Wie soll ich das denn bewerkstelligen? Plätze werden doch erst wieder zum Sommer vergeben.«

»Geh bei den Betrieben vorbei. Biete an zu helfen. Fange morgens früh damit an, bis zum Abend, wenn alles schließt. Tu etwas, das sich auch belegen lässt.«

* * *

Eisblumen zierten am folgenden Vormittag die Fenster. Wenn die Sonne zwischen den Wolken herauskam, strahlten die mit Eis überzogenen Äste und Grashalme, als wären sie mit Diamantstaub besprüht worden. Die Luft war klar und so kalt, dass Ruths Wangen jedes Mal pulsierten, wenn sie bei ihren Vorstellungsgesprächen ins Warme trat, und sich steif anfühlten, wenn sie wieder ins Freie ging.

Enttäuscht kehrte Ruth mittags nach Hause zurück. Noch eine Viertelstunde, dann würde es Essen geben. Am Nachmittag stand ihr erneut eine Tour durch verschiedene Arztpraxen und Labore bevor. Früher hatte sie sich geschmeichelt gefühlt, wenn Fremde sie direkt erkannt und angesprochen hatten mit einem: »Du bist doch die Tochter vom Eisenwarenladen Kolberg.« Sie war stadtbekannt, noch vor einem Jahr in positiver Hinsicht, denn das Eisenwarengeschäft gehörte zum Ort wie der Bäcker, die Post und der Krämerladen.

»Grüß deinen Vater und deine Mutter von mir«, war ihr so oft aufgetragen worden, dass sie, zu Hause angekommen, meistens schon vergessen hatte, von wem sie denn nun Grüße hatte ausrichten sollen. Nun verkehrte sich ihre Zugehörigkeit zu dieser Familie zum Fluch. Menschen redeten gern, aber weniger über die eigenen Probleme und Unzulänglichkeiten, sondern am liebsten über gemeinsame Bekannte, weit genug von einem selbst entfernt, als dass man mit deren Schwierigkeiten etwas zu tun hätte.

»Hast du schon gehört, wie die Töchter vom Eisenwaren-Kolberg …«, werden sie sich mit verschwörerischem Blick zugeraunt haben, denn jeder wusste von Ruths Strafanzeige sowie von Marlies' Verhaftung und der Heirat. Dass Marlies nun mit Peter zusammenlebte, vereinfachte es den Bewohnern der Stadt, sich mit Neuigkeiten über die Kolbergs wichtig zu machen, denn auch Peter war stadtbekannt.

Inzwischen senkte Ruth den Blick und beschleunigte ihre Schritte, wenn sie auf andere Menschen traf; wenn sich die Möglichkeit bot, wechselte sie sogar die Straßenseite. Wie sie es hasste, in freundliche Gesichter zu schauen und dabei zu wissen, dass das Gerede überall lauerte und nach einem kurzfristigen Abflauen jederzeit neu aufflackern konnte. Sie war nicht besonders fantasievoll, doch sie konnte sich nur zu gut ausmalen, was hinter ihrem Rücken geredet wurde: »Die Kleine vom Eisenwarenladen ist mir heute begegnet, sie sucht jetzt eine Lehrstelle. Wusstest du das? Nun geht sie von Haus zu Haus. Natürlich nimmt sie niemand. Wer will sich schon Ärger einhandeln? Und der ist bei den Kolberg-Töchtern ja vorprogrammiert.«

Das Traurige daran war, fand Ruth, dass die Menschen ja durchaus recht hatten: Sieben Absagen hatte sie an diesem einen Vormittag kassiert. Es blieben kaum noch Bewerbungsmöglichkeiten übrig. Ihre Lage war im Grunde aussichtslos. Sie absolvierte diesen Spießrutenlauf nur, um Herrn Schmidtke von ihren Bemühungen berichten zu können.

Vom langen Herumlaufen prickelten ihre Fußsohlen heiß, obwohl die Temperaturen noch immer unter null waren. Ruth zog mit klammen Fingern den Schlüssel aus ihrer Manteltasche. So leise wie möglich schloss sie die Haustür auf. Beim Eintreten wehte ihr die angenehm trockene Wärme vom Kamin entgegen, gemischt mit dem Geruch nach Gulasch und gekochten Kartoffeln. Ruth hängte ihren Mantel auf. Ihre Finger waren so steif, dass sie Schwierigkeiten hatte, die Schnürung von den Stiefeln zu lösen. Dann stellte sie ihre Schuhe auf den bereitgestellten Lappen und wandte sich in

Richtung Treppe, ohne sich bemerkbar zu machen. Sie wollte nicht reden, nichts erklären, sich nicht rechtfertigen, sondern einfach nur ein paar Minuten im Bett liegen und sich ausstrecken. Sie sehnte sich danach, nichts wahrzunehmen als die Wärme und Schwere der Decke und dabei dem eigenen Atem und Herzschlag zu lauschen. Dann würde es ihr auch gelingen, sich mit ihren Eltern an den Mittagstisch zu setzen und Zuversicht auszustrahlen, obwohl sie innerlich schon aufgegeben hatte. Es war zwecklos mit der Lehrstellensuche. Das war eine Tatsache. Doch sie traute sich nicht, dies den Eltern gegenüber offen auszusprechen.

Gerade hatte sie die ersten Stufen erklommen, als sie die Stimme ihrer Mutter aus der Küche hörte: »Da bist du ja. Komm, hilf mir beim Tischdecken.«

Langsam ging Ruth in die Küche, grüßte ihre Mutter möglichst beiläufig und nahm aus dem Vitrinenschrank drei tiefe Teller heraus.

»Reichen Löffel? Oder auch Messer und Gabeln?«, fragte Ruth.

»Noch kleine Löffel und Nachtischschüsseln. Ich habe Pudding gekocht. Mit Rosinen und Zimt.«

Ruth wich dem Blick ihrer Mutter aus und war dankbar, dass sie nicht nachfragte, was der Vormittag ergeben hatte. So würde es reichen, in Gegenwart beider Eltern am Tisch kurz zu berichten.

Im Esszimmer ließ sie sich Zeit, Geschirr und Besteck zu drapieren; dabei achtete sie darauf, mit dem Besteck genaue Parallelen und rechte Winkel zu legen. Dann zündete sie die Kerze an und legte im Wohnzimmer Feuerholz nach. Erleichtert registrierte sie, dass die Holzscheite zur Neige gingen und sie einen Grund hatte, sich in den Garten zu flüchten, um neues Holz zu holen. Sie nahm den Bastkorb, schlüpfte in die bereitstehenden Holzpantinen ihres Vaters, die sie aber alle nutzten, um kurz nach draußen zu gehen. Mit klackernden Schritten ging sie zum Holzstapel, wo sie den Korb langsamer als gewöhnlich füllte.

Als sie ins Haus zurückkehrte, saßen die Eltern bereits auf ihren Stühlen. Ruth klopfte den Schnee von den Pantinen, stellte sie wieder ab und kümmerte sich erst ums Feuer, dann setzte sie sich auch an den Tisch. Sie wünschte sich, Marlies wäre da, um als Puffer zu dienen. Marlies würde es schaffen, den Zorn des Vaters von Ruth wegzulenken und ein anderes Thema aufzuwerfen.

Ruth tat sich drei Kartoffeln und Gulasch auf. Es roch fantastisch. Das Fleisch war gut angebraten und durch das lange Kochen so zart geworden, dass es zerfiel, wenn man es nur mit dem Löffel berührte. Doch an diesem Tag hatte sie keinen Appetit. Sie nahm sich viel Soße, um das Essen besser schlucken zu können. Wie sie in den letzten beiden Schuljahren immer angespannt gewartet hatte, bis endlich ihr Klassenarbeitsheft zurückgegeben worden war, so wartete sie nun darauf, dass ihr Vater sich nach ihrem Vormittag erkundigte. Doch er aß mit Genuss, plauderte über einen Kunden, der sich lauthals beschwert und den ganzen Betrieb aufgehalten hatte, weil er bereits verwendete und an der Oberfläche zerkratzte Eisenwinkel hatte umtauschen wollen. Am Ende meinte er, er würde doch lieber Leim verwenden und keine Winkel.

»Eine Kommode nur leimen, anstatt Schrauben oder Winkel zu benutzen! Das muss man sich einmal vorstellen! Solch ein Dilettantismus. Denkt denn jeder nur noch bis zum nächsten Tag? Dann kann er die Kommode ja gleich wegwerfen.«

Ruth räusperte sich, doch sie fand nicht den Mut zu sprechen. Sie aß zügig, damit sie mit den Eltern gemeinsam fertig wäre. Ihre Mutter räumte die Teller ab, Ruth trug den Gulaschtopf und die Kartoffelschüssel nach. Dann wurde der Pudding von der Fensterbank geholt und aufgetischt.

»Nun zu dir, ich will dich nicht länger auf die Folter spannen«, sagte ihr Vater und nickte Ruth zu. »Dass deine Vorsprachen nichts ergeben haben, brauchst du nicht zu erwähnen, es steht dir ins Gesicht geschrieben. Damit habe ich allerdings schon gerechnet und deshalb meine Kontakte spielen lassen. Es gibt viele Männer hier in der Stadt, die mir noch einen Gefallen schulden. Einen dieser Gefallen habe ich jetzt in Anspruch genommen. Du wirst nach Usedom ziehen und eine Ausbildung im Forst machen. Damit ist die Angelegenheit erledigt.«

Ruth sah von Vater zu Mutter und wieder zum Vater. Sie versuchte vergeblich, in den Gesichtern zu lesen, wie diese Ankündigung gemeint war.

»Forstwirtin?«, fragte sie. »Auf Usedom?« Wenn sie an die Ferieninsel dachte, sah sie einen langen Sandstrand vor sich. »Gibt es dort denn Wald? Soll ich Bäume fällen? Was macht überhaupt ein Forstwirt?« Dieser Beruf war außerhalb ihrer Vorstellungskraft, sodass kein Bild vor ihrem inneren Auge auftauchte. Es war wie Seemann oder Soldat zu weit von ihrer Lebensrealität entfernt.

»Natürlich gibt es dort Wald, sonst würde ja das Forsthaus nicht existieren, in dem du wohnen wirst. Es gäbe auch die Ausbildungsstelle nicht.«

»Hast du deinem Bekannten, der die Stelle vermitteln möchte …«

»Parteikollege.«

»Hat der Parteikollege denn eine Vorstellung von mir? Ich bin klein. Schmächtig. Sport war das Fach, das ich am meisten gehasst habe. Mit meiner Geschicklichkeit …«

»Du brauchst keine Geschicklichkeit mitzubringen, sondern nur den Willen, mit anzupacken. Deine Hände zu gebrauchen. Das zu tun, was dir aufgetragen wird. Kraft stellt sich automatisch ein, wenn Muskeln benutzt werden. Abgesehen davon habe ich mir sagen lassen: Heutzutage spielen Maschinen eine immer größere Rolle.«

Ruth nahm einen Löffel Pudding, führte ihn halb zum Mund, ließ ihn dann aber wieder in die Schüssel sinken. »Das ist ein Witz.« Sie blickte in die Gesichter der Eltern, die ihr nach wie vor ein Rätsel blieben.

»Das ist deine einzige Möglichkeit«, sagte ihre Mutter. »Dein Vater meint es nur gut mit dir, es geht hier auch nicht allein um dich, sondern um die ganze Familie. Um die Strafanzeige vollständig abzuwehren, müssen wir zeigen, dass sich etwas ändert. Dass du einer regelmäßigen, geordneten Beschäftigung nachgehst. Wir können es uns nicht leisten, dass wir ständig wegen unserer Töchter ins Gerede kommen. Wenn es so weitergeht, wird es noch dazu führen, dass wir gemieden werden, dass sich niemand mehr mit uns abgeben will.«

»Aber das Geschäft geht gut, nach wie vor, es gibt keinerlei Einbrüche im Umsatz«, sagte Ruth. Sie wusste es genau, hatte sie doch die Abrechnungen der letzten Monate erledigt und auch die älteren, von Marlies angelegten Tabellen überarbeitet und dort Fehler korrigiert.

»Noch«, sagte ihr Vater. »Noch. So etwas kann sich schnell ändern.« Er legte seinen Löffel mit solcher Wucht aus der Hand, dass das Metall an der Puddingschüssel schepperte, die Schüssel schwankte und dann wieder zum Stehen kam. »Keine Widerrede! Wir brauchen das auch nicht länger zu diskutieren. Dein Ausbildungsplatz ist beschlossene Sache.«

»Du kannst doch nicht …«

»Und ob ich kann. Du bist noch nicht einundzwanzig Jahre alt, erst in zwei Jahren volljährig. Ich bin für dich verantwortlich. Entweder die Lehrstelle oder ein Erziehungsheim. Such es dir aus.«

Das darf nicht wahr sein. Ruth schluckte, weil sie wusste, dass ihr Vater im wesentlichen Punkt recht hatte: Es war aussichtslos, eine Lehrstelle im medizinischen Bereich zu bekommen oder als Aushilfe angestellt zu werden. Das hatte sie bereits an diesem Vormittag begriffen.

»Morgen fahre ich dich ins Forsthaus. Dort unterschreiben wir den Ausbildungsvertrag und du kannst noch am selben Tag mit deiner Arbeit beginnen. Das wird sich auch positiv auf Marlies auswirken. Dann seid ihr beide getrennt und könnt euch nicht gegenseitig in eurer Renitenz bestärken. Die körperliche Beschäftigung wird einiges zurechtrücken und dich von weiteren dummen Gedanken abbringen.«

Ruth blinzelte, um nicht vor ihrem Vater zu weinen. Sie stand auf und ging in ihr Zimmer. Es fiel ihr schwer, nicht vor Wut und vor Enttäuschung loszuschreien. Doch noch bevor sie die Tür hinter sich geschlossen hatte, tauchte eine andere Betrachtungsweise auf: Wenigstens war Usedom weit genug weg von zu Hause. Wenn sie dort wäre, hätte sie ihre Ruhe vor all den Bevormundungen und müsste sich nicht von den Eltern sagen lassen, dass diese sich im Grunde ihres Herzens eine andere Tochter gewünscht hätten. Bot ein anderer Ort nicht viele neue Möglichkeiten, die sie jetzt noch nicht einmal erahnen konnte?

Kapitel 8

2021

Gerade als Lena umgezogen vor der Wohnungstür stand und den Schlüssel vom Brett nehmen wollte, klingelte erneut das Telefon. Das Mädchen sei eingeschlafen, sagte Max und bat, das Treffen auf den nächsten Vormittag zu verlegen.

»So früh wie möglich«, sagte er, »am besten schon gegen sieben, dann kommst du auch nicht in den Berufsverkehr.«

Lena kehrte in ihre Wohnung zurück, zog Schuhe und Hose wieder aus und hoffte, in der Nacht noch etwas Schlaf zu finden, doch ihre Gedanken kamen nicht zur Ruhe. Sie dachte an ihre Oma, die ihr unverwüstlich vorgekommen und zusammengebrochen war. Dann grübelte sie über die Suche nach Ruth, der Schwester ihrer Großmutter. War es ein Fehler gewesen, Marlies Hoffnungen zu machen? Gab es überhaupt eine andere Möglichkeit, als an die Öffentlichkeit zu gehen?

Dann schwirrten ihr noch die Gedanken an das Mädchen von der Landstraße im Kopf herum. Zusätzlich lief ihr Kunst-Stipendium aus. In zwei Monaten wäre es vorbei mit der freien Zeiteinteilung und sie würde wieder als Erzieherin im Kindergarten arbeiten, anstatt über ihren Illustrationen zu brüten.

Ihr Lebenstraum, als Künstlerin zu arbeiten, hatte sich als so steiniger Weg erwiesen, dass sie inzwischen froh war, wenn wieder der Alltag im Kindergarten begann. Es war, als hätte sich das Chaos durch den ungeregelten Tagesablauf auf ihr gesamtes Leben ausgebreitet, in das sie dringend Struktur bringen wollte – eine neue Ordnung ohne Max.

Doch es schien, als würde entweder sie das Chaos anziehen oder das Chaos sie. Stundenlang lag sie mit kreisenden Gedanken im Bett, nahm immer wieder ihr Handy, war knapp davor, Max' Nummer zu wählen und ihm eine Nachricht zu hinterlassen, um den Termin am nächsten Vormittag abzusagen. Doch dann legte sie jedes Mal das Smartphone beiseite, drehte sich um und starrte weiter in die Dunkelheit, bis sie kurz vor dem Morgengrauen, als es draußen angenehm kühl geworden war und ihr frische Luft über das heiße Gesicht strich, für ein oder zwei Stunden einnickte.

* * *

Lena erreichte die Klinik um kurz vor sieben. Max erwartete sie bereits am Ausgang des Parkplatzes.

»Habt ihr nichts zu tun in der Notaufnahme?«, fragte sie. »Sag bloß, du stehst hier schon seit sechs?«

Er lachte, wollte sie zur Begrüßung umarmen.

Sie trat einen Schritt beiseite, reichte ihm stattdessen die Hand. Mit einem Mal kam sie sich zehn Jahre älter vor. Wann hatte sie das letzte Mal jemanden mit Handschlag begrüßt? Es war so lange her, dass sie sich nicht mehr daran erinnern konnte.

»Ich bin Hellseher«, sagte er mit einem Augenzwinkern.

»Vom Krankenhaus aus kann man den Parkplatz doch gar nicht überblicken.«

»Es ist einfacher, als du denkst. Du hast mich nicht aus deiner App gelöscht.«

»Welche App?«

»*Wo ist*. Die Standortfreigabe.«

Sie zog ihr Handy aus der hinteren Hosentasche, öffnete die App, die sie nie nutzte, auf der sie außer dem Standort ihrer Mutter ihren eigenen verfolgen konnte. Dann entdeckte sie neben Max' Profilbild den Hinweis: *Max kann deinen Standort sehen.*

Lena fluchte, löschte die Standortfreigabe. »Das heißt, du hast die ganze Zeit beobachtet, wo ich mich befinde?« Sie fand den Gedanken erschreckend. »Wie oft hast du kontrolliert, wo ich war?«, fragte sie.

»Nicht oft.«

»Also mehrmals.«

»Ich will mich nicht mit dir streiten. Lass uns hochgehen.«

Sie zwang sich, das Thema nicht zu vertiefen, und folgte ihm ins Gebäude, dann weiter zum Fahrstuhl und auf die Kinderstation.

Dort öffnete er die vierte Tür von links und ließ sie mit einer Handbewegung vortreten, während er sich im Hintergrund hielt.

Lena konnte eine Berührung nicht verhindern, weil er mitten im Türrahmen stehen blieb, doch sie ließ sich nichts anmerken.

»Kannst du mich bitte allein lassen?«, fragte sie.

»Aber ich muss …«

»Bitte!«

Er zögerte, doch dann trat er wieder in den Gang und schloss die Tür.

Eine seltsame Atmosphäre herrschte in dem Raum, die Lena nicht genau fassen konnte. Das Mädchen mit seinen braunen, langen Haaren wirkte so klein im Gegensatz zu dem großen Bett, in dem es lag, und dem riesigen Zimmer – als könnte es im Raum verloren gehen. Das Gesicht war fast so blass wie die Bettwäsche.

Die Geräusche vom Gang waren nur noch gedämpft und wie aus einer anderen Welt zu hören. Wagen wurden rasselnd vorbeigeschoben, Schritte quietschten auf dem Linoleum.

»Ich bin Lena«, sagte sie.

Das Mädchen wandte den Blick ab und schaute aus dem Fenster, als gäbe es dort irgendetwas Interessantes zu entdecken.

So viele Fragen schwirrten Lena im Kopf herum, doch sie wusste, sie würde sowieso keine Antwort erhalten. »Jemand hat dir Bilderbücher, Stifte und Papier gebracht.« Lena deutete auf den Tisch in der Ecke. Alles war so perfekt auf Haufen angeordnet, dass klar war, dass das Mädchen nichts davon angerührt hatte.

»Ich bin keine Ärztin und keine Krankenschwester. Der Arzt, der gerade da war, und ich, wir sind befreundet.« Nun war sie diejenige, die aus dem Fenster blickte, als gäbe es dort eine Antwort auf die Frage, wer sie genau war und was sie eigentlich erreichen wollte. »Ich habe ihm versprochen, dass ich versuche, mit dir zu sprechen.«

Das Mädchen schaute nun zur Tür.

»War wohl eine schlechte Idee«, sagte Lena. »Er dachte, dass ich die Richtige wäre, weil ich in einem Kindergarten arbeite … beziehungsweise gearbeitet habe … und im Sommer wieder arbeite. Es tut mir leid, ich stottere hier herum, du musst mich für eine Idiotin halten.«

Es irritierte sie, dass sie die Blicke des Mädchens genau dann auf sich spürte, wenn sie selbst wegblickte. Das Mädchen hörte zu, da war Lena sich sicher. Es hatte diese traurigen Augen von Kindern, die innerlich ganz früh aufhören mussten, Kinder zu sein.

»Ich bleibe einfach ein bisschen hier, setze mich an den Tisch und warte. Dann habe ich mein Versprechen gegenüber Max – so heißt der Arzt – erfüllt. Anschließend verschwinde ich wieder und lasse dich in Ruhe. Wenn du aber jetzt schon allein sein willst und ich dich störe, heb einfach eine Hand. Dann gehe ich gleich.«

Das Mädchen hob die Hand.

»Okay. Versprochen ist versprochen.« Sie winkte, wandte sich ab, ging zur Tür.

»Warte«, sagte das Mädchen.

Die Stimme klang tief und rauchig und kam so unerwartet, dass Lena erschrak.

Das Mädchen räusperte sich.

»Willst du etwas trinken?«, fragte Lena.

Die Kleine wandte sich ab, blickte wieder aus dem Fenster.

»Danke, dass ich bleiben darf.« Lena rückte sich einen Stuhl zurecht und setzte sich an den Tisch. Sie nahm ein Blatt Papier und begann, mit den Stiften zu zeichnen, wie sie früher als Erstklässlerin gezeichnet hatte.

Es dauerte nicht lang und das Mädchen stand aus dem Bett auf. Es nahm seine Krücken, humpelte trotz des eingegipsten Fußes zu ihr und setzte sich neben sie, um das Bild zu betrachten.

Lena fiel es schwer, sich ihre Begeisterung nicht anmerken zu lassen. Sie zwang ihre Konzentration auf die Zeichnung. »Genauso ein Bild habe ich am ersten Tag in der Schule gemalt«, sagte Lena. »Unser Haus. Die Sonne scheint. Schmetterlinge fliegen in der Luft herum. Blumen blühen. Dann ich. Meine Schwester. Mein Vater, meine Mutter. Meine Familie. Alle Zeichnungen von uns Schülern wurden an die Wand gehängt.

Weil ich dieses Bild gemalt hatte und jeder es sehen konnte, hatte ich immer Angst, irgendwann würde jemand zu mir nach Hause kommen. Ich habe mich mit niemandem verabredet. Weißt du, warum?« Lena wartete kurz auf eine Antwort, die nicht kam. »Hätte mich jemand besucht, hätte ich gestehen müssen, dass wir gar kein Haus hatten.

Ich habe mit meiner Mutter vorübergehend in einer kleinen Wohnung gelebt. Aus dem Haus waren wir ausgezogen, weil es reingeregnet hatte und marode gewesen war. Eine Schwester hatte ich nicht. Ich bin Einzelkind. Einen Vater gab es auch nicht. Ich weiß nicht einmal, wie mein Vater heißt. Aber ich hatte einen Opa, der für mich da war. Er hat sogar in seinem Garten ein Baumhaus für mich gebaut.

Du glaubst nicht, wie peinlich es war, als die anderen herausgefunden haben, dass ich keinen Vater und keine Schwester habe und es das Haus auch nicht gibt. Die Lehrerin muss es natürlich gewusst haben, dass alle meine Bilder und meine Aufsätze von den schönsten Ferienerlebnissen gelogen waren. Trotzdem hat sie nichts gesagt. Ich habe sogar gute Noten für die Aufsätze bekommen. Am Ende der ersten Klasse bin ich dann aufgeflogen. Weil ich mir ausgedacht hatte, mein Vater hätte mir einen Hund geschenkt. Alle wollten den Welpen besuchen.

An einem Tag haben die Kinder auf dem Schulhof meinen Opa umlagert und gefragt, ob sie einmal am Nachmittag kommen könnten, um den Welpen zu sehen.

›Welchen Welpen?‹, hat mein Opa sich gewundert.«

Das Mädchen grinste. Dann nahm es sich auch ein Blatt Papier und einen Stift.

Kapitel 9

1965

Je weiter sie in den Norden fuhren, umso windiger wurde es. Zuerst waren es nur einzelne Böen, die auftauchten und das Fahrzeug mit einem kurzen Ruck nach rechts in Richtung Straßenrand drückten. Ihr Vater lenkte dagegen, doch immer häufiger streiften die Reifen auf der Beifahrerseite den Fahrbahnrand. Erde spritzte auf, er fluchte. Dann wechselte der Wind die Richtung, schob den Wagen auf den Gegenverkehr zu. Ruths Vater verringerte das Tempo, trotzdem hielt Ruth jedes Mal den Atem an, wenn sich ein anderes Auto von vorn näherte. Wenn sie zwischen den Ortschaften durch Alleen fuhren, war der Wind abgemildert, doch auf offener Strecke fühlte sich Ruth wie auf einem schwankenden Boot auf hoher See. Sie versuchte, ihren Blick so weit wie möglich in die Ferne zu richten, trotzdem wurde ihre Übelkeit stärker. Ihr Vater biss sich vor Anspannung auf die Unterlippe und umklammerte das Lenkrad fest. Trotz geschlossener Lüftung wehte kalte Winterluft herein, durch die Lüftungsschlitze, durch die Ritzen zwischen Karosserie und Tür, und an ihren Füßen zog es. Ruth umschlang ihren Oberkörper mit beiden Armen.

»Können wir eine Pause einlegen?«, fragte sie.

»Hast du mal auf die Uhr gesehen? Wir wollten um vier da sein. Das gelingt schon jetzt nicht mehr. Wenigstens die Hinfahrt wollte ich schaffen, solange es noch hell ist. Wenn der Winter vorbei ist, mache ich drei Kreuze.«

»Nur kurz anhalten, durchatmen und die Beine vertreten.«

Ruths Vater blickte weiter konzentriert auf die Straße, ohne ihren Blick zu erwidern. Anstatt das Tempo zu verringern und in einen der unzähligen Waldwege am Straßenrand einzubiegen, beschleunigte er.

Die Zeit kam ihr endlos vor, obwohl sie gerade mal drei Stunden unterwegs gewesen waren. Endlich kam die See in Sicht. Die Luft roch nun salzig nach Fisch und Tang. Als sie über die Brücke zur Insel fuhren, war es, als befänden sie sich auf einem Übergang in eine andere Welt. Zweimal war Ruth bereits an der Ostsee gewesen, einmal mit Marlies zusammen mit der Jugendgruppe zum Zelten, das andere Mal mit der gesamten Familie. Doch nie zuvor hatte sie eine Landschaft gesehen, in der das Land so sehr mit dem Wasser verschmolz. Das Abendrot spiegelte sich im Wasser, ebenso die Wolkenformationen. Zwischen den Wellen gab es immer wieder Erhebungen mit Bewuchs. Das Gebiet um die Brücke herum war nicht für Menschen geschaffen, es gehörte den Seevögeln, die kreischend aus dem Schilf aufflogen. Die Scheiben des Autos beschlugen von innen, wogegen auch die aufgedrehte Lüftung nicht half. Fluchend hielt ihr Vater am Straßenrand.

»Na, worauf wartest du?«, fragte er, nahm einen der Lappen aus der Ablage, drückte ihr den anderen in die Hand und begann zu putzen. Ruth tat dasselbe auf ihrer Seite. In kreisenden Bewegungen wischte sie über die Scheibe, doch statt dass die Sicht sich klärte, entstand ein rotbrauner Brei, der jede ihrer Wischbewegungen wie ein Kunstwerk abbildete, als wäre sie eine Malerin. Erst da wurde ihr klar, dass es am Schmutz des Lappens lag.

»Ruth, Ruth, Ruth. Du hast zwei linke Hände«, sagte ihr Vater und beugte sich über die Beifahrerseite, um auch dort zu putzen.

»Ich gehe den Lappen auswaschen«, bot sie an.

»Lass mal. Zu Hause tausche ich die Lappen sowieso aus.«

Ruth stieg trotzdem aus. Sie brauchte dringend frische Luft. Sie verließ die Straße, kletterte über den Graben und erreichte eine Wiese. Es waren schätzungsweise hundert Meter bis zum Wasser. Die Sonne war bereits hinter dem Horizont verschwunden. Enten, die sie vorher nicht gesehen hatte, flogen direkt vor ihr mit so lautem Geschnatter auf, dass sie zusammenzuckte, ein paar Schritte zur Seite stolperte und dann das Gleichgewicht verlor. Mit einem Schrei stürzte sie in ein knietiefes Loch. Das Wasser darin war so eisig, dass sie erstarrte und ihr Schrei verstummte, bevor sie vollständig ausgeatmet hatte. Zitternd versuchte sie, sich mit den Händen abzustützen, um sich aufzurichten, doch sie griff nur in Wasser und Schlick, fand keinen festen Boden. Rechts von sich entdeckte sie einen dünnen Stamm, der aber sofort entwurzelt wurde, als sie sich daran emporziehen wollte. Ihre Füße und Beine brannten vor Kälte, die so intensiv war, dass sie sie nicht mehr von Hitze unterscheiden konnte.

»Hilfe«, schrie sie. »Vati!«

»Bleib, wo du bist. Ich komme!« Er kam auf sie zu, kehrte dann aber um und stieg in den Wagen ein. Kurz dachte Ruth, er würde wegfahren. Doch er setzte nur zurück, parkte schräg, sodass das Licht der Scheinwerfer direkt auf sie gerichtet war. Von einem der Bäume hinter dem Graben brach er einen großen Ast ab, stocherte damit in den Boden, bevor er sich vorwärts wagte. Als er nah an sie herangekommen war, streckte er ihr den Stock hin. Beim ersten Zupacken rutschte Ruth mit ihren matschigen

Fingern ab, dann gelang es ihr, ihn festzuhalten. Schritt für Schritt bekam sie wieder festen Boden unter den Füßen.

Am Auto angekommen tropfte sie so, dass sich unter ihr eine braune Pfütze bildete. Sie zitterte am ganzen Körper, ihr Unterkiefer schlug gegen den Oberkiefer. »Was jetzt?«, fragte sie und wartete auf eine Standpauke.

»Du nimmst die Wolldecke vom Rücksitz als Handtuch. Ziehst die nasse Kleidung aus. Ich suche dir etwas Trockenes aus deinem Koffer.«

Von vorn näherte sich ein Wagen, fuhr aber zum Glück weiter. »Was, wenn mich jemand nackt sieht?«

»Das hättest du dir eher überlegen sollen. Dir wird schon niemand was weggucken. So kannst du auf keinen Fall wieder einsteigen. Wie das stinkt!« Er rümpfte die Nase. »Du holst dir den Tod, wenn du nicht aus der nassen Kleidung rauskommst.«

Ruth nahm die Wolldecke entgegen. Mit einem Zipfel wischte sie sich über das Gesicht, aber ihr war, als würde sie den Schlick nur wie auf der Windschutzscheibe verteilen. Mit ihren klammen Fingern fiel es ihr schwer, mit der einen Hand die Deckenzipfel zusammenzufassen, während sie mit der anderen Hand ein Kleidungsstück nach dem anderen auszog und auf den Boden fallen ließ, bis sie vollständig nackt war.

Wieder fuhr ein Wagen vorbei. Die Scheinwerfer blendeten sie, sodass sie die Augen schließen musste. Der Wagen bremste, dann leuchteten die roten Rücklichter auf und er setzte zurück. Eine Frau stieg aus. Aus dem Auto war Babygeschrei zu hören.

»Kann ich helfen?«, fragte die Frau.

»Nein, alles gut«, rief Ruth.

»Danke, wir kommen zurecht«, sagte ihr Vater, doch die Frau blieb stehen, beobachtete die beiden eine Weile, dann endlich stieg sie wieder ein und fuhr weiter.

Auf dem Rücksitz hatte ihr Vater bereits neue Kleidung bereitgelegt.

»Dreh dich um«, sagte Ruth. »Bitte.«

Als er sich umgedreht hatte, ließ sie die klebrig-kalte Decke einfach fallen und beeilte sich, die trockenen Kleidungsstücke anzuziehen, bevor weitere Scheinwerfer sichtbar wurden. Die nasse Kleidung wickelte sie in die Decke.

»Ich bin fertig«, sagte sie. »Du kannst wieder hersehen.«

»Der Pullover ist falsch herum.«

Nun bemerkte sie ihren Fehler. »Ich ziehe den Sommermantel drüber, dann fällt es niemandem auf.« Um keinen Preis der Welt würde sie sich jetzt noch einmal mitten auf der Straße umziehen, auch wenn es nur darum ging, den Pullover auszurichten. Sie fuhr sich durch die Haare. Sie waren nicht nass, nur an einer Seite voller Schlamm, dort, wo sie sie berührt haben musste.

»Was werden die Forstarbeiter jetzt von mir denken?«, fragte Ruth. Sie kam sich wie eine Idiotin vor. Dann zuckte sie mit den Schultern. »Fahren wir.«

Ihr Vater stieg ein und startete den Motor. Ruth setzte sich auf den Beifahrersitz und drehte die Heizung des Wagens vollständig auf, auch wenn die Heizleistung minimal war. Bestimmt waren die Heizklappen der Wärmetauscher wieder einmal festgerostet, doch sie wollte ihren Vater nicht darauf ansprechen, weil die Autowartung eins der Gebiete war, in die er sich nicht hineinreden ließ. So schwieg sie und fror.

Es dauerte nur noch eine Dreiviertelstunde, dann erreichten sie das Forsthaus. Die Straße dorthin war nicht gepflastert, sondern nur ein schmaler Wanderweg voller Schlaglöcher, sodass Ruth schon gezweifelt hatte, ob sie sich überhaupt auf dem richtigen Weg befanden. Doch dann strahlten hell erleuchtete Fenster zwischen den Bäumen hindurch. Ihr Herz raste, als sie die letzte Kurve nahmen. Der Weg gabelte sich. Links lag ein großer Innenhof, auf dem eine Kutsche stand, daneben befand sich ein niedriges Gebäude, das auf den ersten Blick wie ein Stall wirkte. Da es aber im hinteren Teil Fenster besaß, wurde ihr klar, dass es sich um das Nebengebäude handeln musste, das in den nächsten Jahren ihr Wohnort wäre. Rechts davon strahlten Laternen, die den Weg zum Haupthaus wiesen. Die meisten Räume waren beleuchtet, sodass Ruth in den Speisesaal des Hotels hineinblicken konnte. Überwiegend Paare saßen an Tischen, prosteten sich zu. Auch wenn sie die Gesichter nicht erkennen konnte, stellte Ruth sich vor, wie sie lächelten.

»Und jetzt?«, fragte sie. Im Gegensatz zu dem lebendigen Treiben im Speisesaal wirkte der Hof noch leerer, die Dunkelheit schwärzer. Beim Gedanken an die Wärme im Haupthaus erschien der Wind, der von der See herüberwehte, noch ungemütlicher.

»Du wartest besser, so wie du aussiehst«, sagte ihr Vater.

Während er zwischen den Laternen aufs Haupthaus zuging, setzte sich Ruth wieder in den Wagen, um zumindest vor dem Wind geschützt zu sein. Doch die paar Sekunden, in denen sie die Türen zum Aussteigen geöffnet hatten, hatten gereicht, dass innen alle Wärme verloren gegangen war. Ruth zog den Sommermantel enger um ihren Körper und verfluchte ihre Unachtsamkeit, die dafür verantwortlich war, dass sie ihren Wintermantel nun vorerst nicht mehr tragen konnte.

Es dauerte nicht lang und ihr Vater kam in Begleitung einer rundlichen, kleinen Frau wieder heraus. Ruth stieg aus und war froh, dass die Dunkelheit den Matsch an ihrem Gesicht verbarg.

»Du musst Ruth sein. Die Herren vom Forst sind noch im Wald. Dort gibt es in diesen Tagen besonders viel zu tun. So arbeiten sie mit ihren Lampen bis weit in die Nacht hinein. Ich bin Emmi. Emilia Junker, mein Reich ist die Küche. Alle nennen mich Emmi.«

Ruth gab der Köchin die Hand. Der Händedruck war warm, aber viel kräftiger, als Ruth erwartet hatte. Sie mochte Emmi direkt.

»Auch in der Küche geht es heute hoch her«, sagte Emmi, »zwei Helferinnen sind krank. Wir kommen mit der Arbeit nicht nach. Du kannst bei uns aushelfen, bis die Männer zurückkommen. Damit tust du uns allen hier den größten Gefallen.«

»Ich … Es ist nur …«, begann Ruth, bis ihr Vater sie mit dem Ellbogen in die Seite stieß.

»Das macht Ruth gern! Allerdings müsste sie sich vorher kurz Hände, Gesicht und wohl auch die Haare waschen. Das dürfte nicht lange dauern. Sie ist bei einer Pause auf den Sumpfwiesen ausgerutscht. Währenddessen trage ich das Gepäck rein, wenn Sie mir zeigen, wo ich es abstellen kann.«

»Folgen Sie mir.« Emmi ging voraus. Aus dem Gebäude links von ihr erklang ein Wiehern. Nun begriff Ruth, dass der vordere Teil des Nebengebäudes tatsächlich ein Stall war und die Unterkünfte für die Forstarbeiter sich dahinter befanden. Die Tür war so niedrig, dass sogar Ruth trotz ihrer geringen Körpergröße sich bücken musste.

Emmi schaltete das Licht an. Dicke Holzbalken stabilisierten das Gebäude wie in einem Fachwerkhaus. »Das hier ist das Reich von Herrn Moosbacher, dem Revierförster.« Emmi wandte sich an Ruth. »Ein Tipp von mir: Stelle dich von Anfang an gut mit ihm. Mit dem Moosbacher ist nicht gut Kirschen essen, nachdem du dich schon an deinem ersten Arbeitstag hier später als abgesprochen hast blicken lassen.« Sie ging weiter voraus, zeigte dann zur Tür, die links abging. »Das solltest du nicht betreten. Er hat zwei Zimmer, eine kleine Küche und ein eigenes Bad. Nicht einmal zum Putzen lässt er jemanden hinein.« Emmi schüttelte den Kopf. »So ist er eben.« Sie ging weiter und wies auf die nächste Tür links. »Daneben ist euer Waschraum.« Emmi öffnete die Tür und schaltete das Licht ein. Die nackt an der Decke hängende

Glühbirne reichte nicht aus, um alles auszuleuchten. Doch die Grundstruktur des Raumes hatte Ruth schnell überblickt. Es gab sechs Waschbecken in einer Reihe, zwei Duschen, die offen gebaut waren, und zwei Toiletten. *Wenigstens die Toiletten haben Türen*, dachte Ruth. Doch würde es für sie schwierig werden zu duschen, denn sie war die einzige Frau in der gesamten Gruppe. Selbst die Toilettenbenutzung würde zum Spagat werden. Was, wenn einer der Männer zu duschen begann, während sie sich auf der Toilette eingeschlossen hatte?

Emmi löschte das Licht. Zuerst befürchtete Ruth, es gäbe einen gemeinsamen Schlafsaal, doch neben einem Sechserzimmer mit drei Stockbetten und einem großen Tisch in der Mitte befand sich noch eine zusätzliche Tür, die Ruth zuerst gar nicht als solche erkannt hatte, weil sie mit derselben gemusterten Tapete überzogen war wie die Wand des Flures und sich so kaum davon abhob.

»Das war früher die Abstellkammer«, sagte Emmi. »Herr Moosbacher hat dafür gesorgt, dass sie ausgeräumt und mit ausrangierten Möbeln vom Hotel ausgestattet wurde.« Emmi öffnete die Tür. Sie ging hinein und zündete eine Öllaterne an, die auf dem Nachttisch stand. Der Raum war so eng, dass Emmi stöhnte, als sie sich umdrehte, um wieder herauszukommen. Die Kammer hatte nur eine kleine Luke nach außen, die jedoch so hoch gelegen war, dass man nicht hinausblicken konnte. Die Wände waren unverputzt, mit Stroh zwischen den Holzbalken ausgestopft. Links hinten stand das Bett, daneben eine Nachtkommode. Beides passte nebeneinander so perfekt in die Breite des Raumes, als wäre es dafür nach Maß angefertigt. Links vor dem Bett gab es einen kleinen Tisch mit einem daruntergeschobenen Stuhl.

»Für einen Schrank war nicht genügend Platz. Wie der werte Herr Moosbacher sich das vorgestellt hat, wohin du mit deinem Gepäck sollst, ist mir ein Geheimnis geblieben. Ich hatte vorgeschlagen, vom bestehenden Schlafraum einen Bereich abzutrennen, als ich gehört habe, dass eine junge Frau einzieht. Aber für Umbauarbeiten ist weder das Geld noch das Material da. So musst du versuchen, dich erst einmal hier wohnlich einzurichten.«

»Das macht mir nichts aus. Mein Koffer passt unter das Bett. Ich habe ja nicht viel dabei.« Der Raum war so winzig, dass er die Bezeichnung »Zimmer« nicht verdiente. Es war überdeutlich, was die ursprüngliche Verwendung dieser Kammer gewesen war: eine Pferdebox. Der Geruch nach Pferd hing noch überall: im Boden und in den Wänden.

»Schau, wie das Fenster aufgeht«, sagte Emmi. Sie stieg auf das Bett, klappte den Riegel am Rahmen um, ruckelte daran, dann schlug sie gegen den Riegel, sodass es krachte. Schließlich zog sie mit einem Stöhnen das Fenster auf. »Es klemmt. Mit Samthandschuhen kommst du nicht weiter. Soll es offen bleiben oder geschlossen sein?«

»Zu«, sagte Ruth. »Es ist kühl hier.« Das war eine Untertreibung. Drinnen war es kälter als draußen oder es kam ihr nur so vor durch die Feuchtigkeit, die in der Luft hing.

»Heizen kann man hier nicht. Aber die Öllampe wird es mit der Zeit etwas warm machen. Du kannst zusätzlich Kerzen bekommen, die spenden auch Wärme. Du hast drei Decken und einen Rosshaarüberwurf, das reicht für die Nacht. Hier tatenlos rumzusitzen und zu frieren, dafür wirst du sowieso keine Zeit haben. Und schau hier …« Emmi schloss die Tür und legte einen breiten Riegel vor. »Da kommt keiner der Jungs auf dumme Gedanken.«

Ruth lachte bei der Vorstellung.

»Wir haben aber schon viel zu lange geredet, geh am besten kurz duschen, zieh dich um und komm anschließend zu mir in die Küche. Deine Hilfe kann ich brauchen. Essen wirst du dann später, wenn die anderen von ihrer Arbeit zurückgekehrt sind.«

Kapitel 10

1965

»Mach es gut«, sagte ihr Vater ungewöhnlich mild. Anstelle einer Umarmung reichte er ihr die Hand. Sein Atem stockte. Er umfasste ihre Hand so fest, dass er sie damit gleichzeitig auf Abstand hielt. Sein kräftiger Körper, der den Russlandfeldzug mit anschließender Gefangenschaft überstanden hatte, wirkte plötzlich fehl am Platz und unbeholfen.

»Du fährst schon? Wolltest du nicht noch Herrn Moosbacher und die anderen begrüßen und kennenlernen?«

»Ich kenne Josef von früher und weiß, dass du bei ihm in guten Händen bist. Und die anderen … nein, das ist nicht notwendig. Mach's gut.« Er wandte sich ab, dann drehte er sich noch einmal zu ihr um. »Was stehst du da wie Piksieben? Wie bestellt und nicht abgeholt? Unter die Dusche mit dir. Hopp, hopp.«

Ruth winkte ihm zum Abschied, aber er schaute nicht mehr zurück. Obwohl sie oft aneinandergeraten waren, merkte sie, dass es ihm schwerfiel, dass nun keine Tochter mehr bei ihm im Haus wohnte, dass nun auch sie als Jüngste ausgezogen war.

Sie beeilte sich, das Handtuch und neue Kleidung aus dem Koffer zu holen und unter die Dusche zu kommen. Trotz des angenehm warmen Wassers löste sich die Anspannung in ihren Schultern nicht. Es war, als würde der Wasserdampf, der sich im Waschraum ausbreitete, ihr das Atmen erschweren. Auch wenn sie sich oft von zu Hause weggewünscht hatte, vermisste sie nun nicht nur ihre Eltern, obwohl ihr Vater erst vor ein paar Minuten weggefahren war. Ihr fehlte vor allem die Sicherheit, die ihr das Wohnhaus neben dem Geschäft gegeben hatte, bei dem sie genau wusste, welche Treppenstufe knarrte. Auch nach ihrem ehemaligen Zimmer sehnte sie sich, nach dem Bett mit dem Bücherversteck zwischen Rahmen und Wand, das ihr Schutzort gewesen war.

Ruth schaltete das Wasser ab, als es immer kühler wurde, wickelte sich in das Handtuch, kämmte ihre Haare und flocht sie zu einem Zopf. Dann kleidete sie sich neu an und warf das nasse Handtuch und die dreckige Kleidung unter den Tisch in ihrer Kammer. Später würde sie nachfragen, wo es Wäscheständer oder Leinen gab.

Dann eilte sie durch den Haupteingang weiter zur Küche. Das Geklapper der Teller und das Geräusch, wenn jemand einen Deckel mit Schwung auf einen Topf fallen ließ, waren so eindeutig, dass sie keine Wegbeschreibung brauchte. Sie musste nur dem Lärm folgen.

Im Türrahmen blieb Ruth stehen. Sie hatte auf dem kurzen Weg vom Nebengebäude zum Haupthaus gefroren, besonders ihr Kopf hatte sich durch die nassen Haare und den Wind eisig angefühlt, doch in der Küche erlebte sie das Gegenteil. Von der Hitze und der Fülle an Geräuschen und Gerüchen war sie völlig überwältigt.

»Da bist du ja!«, rief Emmi und kam auf sie zu. Ruth rechnete damit, dass Emmi sie den anderen Frauen vorstellte – Männer gab es in der Küche keine –, stattdessen zeigte sie auf einen Gemüsehaufen, neben dem sich ein Messer und ein hölzernes Schneidebrett befanden. »Clara ist heute unpässlich, am besten übernimmst du ihre Arbeit. Das Gemüse muss vorbereitet werden.«

»Soll ich die Zwiebeln auch schälen?«

Emmi lachte. »Willst du mich auf den Arm nehmen? Aber jetzt genug der Scherze, an die Arbeit.« Emmi wandte sich ab.

Unschlüssig blieb Ruth stehen. Nun bereute sie, dass sie ihrer Mutter viel zu selten in der Küche geholfen und stattdessen aus der Zeitung vorgelesen hatte, während ihre Mutter gearbeitet hatte.

Ruth ging zum Schneidebrett und nahm das Messer in die Hand. Langsam zog sie aus dem Haufen eine Zwiebel hervor. Zwiebeln schälte man üblicherweise, das wusste sie, oft genug hatte sie es gesehen. So entschied sich Ruth, damit zu beginnen. Ihre Augen tränten und sie zwang sich, die Tränen nicht mit den Fingern abzuwischen.

Nachdem sie eine Zwiebel geschält hatte, blickte sie sich um. Weiterhin nahm niemand von ihr Notiz, so wandte sie sich an das Mädchen neben ihr, das sie auf ungefähr sechzehn Jahre schätzte.

»Ich soll die Zwiebel schneiden. Kannst du mir zeigen, wie ich das machen soll? In Würfel? In Scheiben? Wie dick, wie breit? Ich bin übrigens Ruth. Eigentlich arbeite ich im Forst, aber ich bin heute hier zum Helfen.«

Das Mädchen nahm Ruth das Messer aus der Hand und verarbeitete in Windeseile eine Zwiebel in Würfel. Dann zerteilte sie eine Gurke in Streifen, anschließend schnitt sie eine Möhre klein. Mit dem Messer schob sie das zum Kochen vorbereitete Gemüse sortiert in verschiedene Schüsseln.

»Jetzt du«, sagte das Mädchen, legte das Messer wieder aufs Schneidebrett und wandte sich ab.

Ruth wusch sich die Hände mit Seife, um den Zwiebelsaft von der Haut zu bekommen, dann begann sie mit den Gurken, weil diese die Augen nicht tränen ließen und einfacher zu schneiden waren als Möhren.

»Was mache ich mit dem Endstück?«, fragte Ruth das Mädchen.

»Wie meinst du das?«

»Die Gurke, die du geschnitten hast, die ging zum Ende nicht so schmal zu wie diese Gurke hier.«

»Mach einfach.«

Unsicher begann Ruth, doch als Emmi kam und den Inhalt ihrer Gurkenschüssel in einen Topf warf, wusste sie, dass sie alles richtig gemacht hatte. Als die Gurken auf dem Tisch geschält waren, entdeckte Ruth unter dem Tisch eine weitere Kiste voller Gurken. Eine nach der anderen verarbeitete Ruth und merkte zufrieden, wie sie mit zunehmender Übung immer schneller arbeitete. Sie hatte die Kiste mit Gurken zur Hälfte geschnitten, als ein Aufschrei von Emmi sie zusammenzucken ließ.

»Die ganzen Gurken!«, rief Emmi. Sie packte Ruth an den Schultern und schüttelte sie.

Ruth unterdrückte einen Schrei und trat einen Schritt zurück.

»Ich habe dir das Gemüse rausgelegt, das du schneiden sollst, und was tust du? Die Gurken müssen für die nächsten drei Tage reichen und jetzt hast du schon die Hälfte davon zerhäckselt. Wie sollen wir die denn lagern? Was meinst du, warum ich dir neben dem Schneidebrett alles zurechtgelegt habe?«

»Das war … das wusste ich nicht.«

»Stattdessen kommen wir in Verzug, weil die Möhren und Zwiebeln nicht fertig sind. Ich fasse es nicht.« Emmi nahm Ruth das Messer aus der Hand. »Na, das ist ja ein guter Einstand gewesen. Jetzt weiß ich auch, warum du mit dem Moosbacher und seiner Truppe arbeiten sollst. In der Küche bist du ja nicht zu gebrauchen.« Sie schüttelte den Kopf. »Ja, was stehst du da und guckst? Geh in dein Zimmer und warte, bis die anderen zurück sind, dann kannst du mit ihnen essen.«

Ruth blickte zu Boden und wandte sich ab.

»Und eins noch«, sagte Emmi, »die Küche betrittst du mir nicht mehr.«

Die anderen Frauen kicherten, als Ruth an ihnen vorbeiging. Sie zwang sich mit aller Kraft, das Zittern ihres Unterkiefers zu unterdrücken und zügig die Küche zu verlassen, obwohl sie das Gefühl hatte, ihre Knie würden nachgeben und die Beine in sich zusammensacken.

Draußen angekommen atmete Ruth tief durch. Dann ging sie langsam auf das Nebengebäude zu. Schon auf halbem Weg fielen ihr all die matschigen Stiefel auf, die in einer Reihe vor der Eingangstür standen. Es waren schwere, dunkelbraune Schnürstiefel, wie sie sie als Kind einmal zum Wandern von ihrer Mutter bekommen, aber nie angezogen hatte.

Langsam ging Ruth weiter auf die Tür zu. Ihr Klopfen blieb unbeantwortet. So trat sie ein. Aus dem Waschraum drangen feuchter Dunst und der Geruch von Seife in den Flur. Die Zimmertür zu Herrn Moosbachers Bereich stand offen.

Ruth trat in den Türrahmen. Niemand war im Innern zu sehen, aber es brannte Licht.

»Herr Moosbacher?«, fragte Ruth und wich einen Schritt zurück.

»Es ist später geworden als geplant. Sie können in der Küche Bescheid geben, dass wir in einer Viertelstunde rüberkommen.«

»Ich bin Ruth. Ruth Kolberg. Leider hat sich meine Ankunft verzögert, so hat mir Emmi – ich meine, Frau Junker – die Kammer gezeigt und mir aufgetragen, in der Küche zu helfen.«

»Ich dachte …« Er musterte sie von oben bis unten. »Schon gut. Wobei … Ich weiß nicht, ob du dich noch an mich erinnerst. Vor ein paar Jahren war ich bei euch zu Besuch. Mit deiner Schwester habe ich mich über Bäume unterhalten. Sie war damals sechzehn, dich habe ich kaum zu Gesicht bekommen.«

Nun fiel es Ruth wieder ein. »Ich war zehn Jahre alt.«

»Du siehst so ungeheuer jung aus. Und jetzt bist du …«

»Neunzehn. Die Schule habe ich abgeschlossen.«

»Ich hätte dich auf den ersten Blick für eine Quartanerin gehalten. Obertertia höchstens.«

Ruth lehnte sich an den Türrahmen. Sie wusste nicht, was sie sagen sollte. Die Kälte, die durch die undichte Eingangstür über den Flur wehte, ließ sie frösteln. Es war, als hätte ihr jemand eine Manschette aus Eis um die Schultern gelegt.

»Dass es nicht leicht für dich werden wird«, sagte Herr Moosbacher, »das dürfte dir klar sein. Du hast nicht die Körpergröße und auch nicht den Körperbau, den es bräuchte, um die Tage draußen in der Kälte mit der harten Arbeit problemlos zu überstehen. Aber ich gehe davon aus, dass du es dir überlegt hast.«

Sie schwieg.

»Dann begrüße ich dich hier auf dem Inselforst. Besonders im Frühling und Sommer, wenn es heller wird und die Temperaturen angenehmer sind, wenn es nicht mehr stürmt, ist es hier wunderschön.« Der Förster trat in den Flur, schloss seine Räume ab und ging zum Waschraum. »Auf, auf, sonst wird das Essen kalt. Stellt das Wasser ab und bedeckt eure besten Teile mit einem Handtuch, ich will euch jemanden vorstellen.« Er drehte sich zu Ruth um. »Jetzt komm schon, Mädel, sie beißen nicht.«

Einen nach dem anderen stellte Herr Moosbacher vor: Andreas, der wie ein stämmiger, zerzauster Bär wirkte mit Händen wie Pranken. Werner, groß und schlank, der sich die Frisur mit den Händen ordnete und Ruth sofort sympathisch war. Bei ihm konnte sie sich vorstellen, dass er auch einen Sinn für Bücher hatte. Manfred war der Dritte im Bunde, er strahlte etwas Väterlich-Gutmütiges aus. Sie malte sich aus, wie er später einmal viele Kinder haben würde, die sich abends, wenn er von der Arbeit kam, balgten, um auf seinen Schoß zu kommen. Dann würde er sie an sich drücken, ihnen eine Geschichte erzählen und sie ins Bett bringen.

»Redet in Ruths Gegenwart nicht euren üblichen Blödsinn«, sagte Herr Moosbacher, »und passt bloß auf, dass ihr sie nicht unterschätzt.« Er nickte Ruth zu. »Ruth und ich gehen schon vor zum Abendessen.«

Sie folgte ihm über den Hof zum Hauptgebäude. Ein großer Tisch im Nebenraum der Küche war bereits mit fünf Gedecken bestückt, ein Topf dampfender Kartoffelsuppe stand in der Mitte der Tischplatte. Als der sämige Geruch in Ruths Nase stieg, begann ihr Bauch als Antwort darauf zu knurren.

»Hallo Emmi«, grüßte Herr Moosbacher die Küchenchefin, die ihn hingegen hochachtungsvoll siezte und einen kleinen Knicks vollführte.

Als sie Ruth anblickte, zogen sich ihre Augenbrauen zusammen und sie kniff für einen kurzen Moment die Augen zu. Es war eindeutig, auf welcher Seite Emmis Sympathien lagen.

Ruth nahm neben Herrn Moosbacher Platz. Mit einem Zwinkern brachte Emmi ihm ein Glas Weißwein, das einer der Gäste unangetastet hatte zurückgehen lassen.

»Womit habe ich das verdient?«, fragte er. »Ist das die Entschädigung dafür, dass du Ruth in der Küche eingesetzt hast, ohne das mit mir abzusprechen? Dann müsste Ruth den Wein bekommen.«

Er schob das Glas in ihre Richtung, doch Ruth lehnte mit einer Handbewegung ab und bedankte sich. Sie vertrug kaum Alkohol, bekam davon schnell Kopfschmerzen.

»Auf diese Hilfe hätte ich verzichten können.« Emmi presste die Lippen aufeinander, als müsste sie sich zwingen, eine Schimpftirade zu unterdrücken.

Herr Moosbacher sah abwechselnd von Ruth zu Emmi. Er lächelte, ließ sich nicht aus der Ruhe bringen. »Frauen unter sich. Das ist immer ganz speziell«, sagte er. »Und niemand bringt mich dazu, in irgendeiner Weise Partei zu ergreifen.«

Ruth wusste nicht, wohin sie ihren Blick wenden sollte. Am liebsten wäre sie im Boden versunken.

Herr Moosbacher lächelte ihr aufmunternd zu, dann nippte er an dem Wein, lobte den außergewöhnlich guten Geschmack und bedankte sich überschwänglich für die Aufmerksamkeit. Emmi errötete.

»Unter Emmi herrscht in der Küche ein strenges Regiment.« Er zwinkerte Emmi zu. »Aber Ruth hat ja nun einmal nicht als Küchenhilfe angeheuert.«

Mit einem »Tsts« wandte sich Emmi ab und kehrte in die Küche zurück.

»Ich habe mich wirklich dumm angestellt«, sagte Ruth, weil die Stille, die sich zwischen ihnen ausbreitete, noch unangenehmer war als das vorherige Gespräch zu dritt.

»Mach dir keine Gedanken. Willst du uns im Wald helfen oder eine Laufbahn in der Küche beginnen?«

Ruth mochte Herrn Moosbacher, obwohl er anfangs etwas Unnahbares und Strenges gehabt hatte, während Emmi eher freundschaftlich und gutmütig erschienen war. Doch die beiden waren ein gutes Beispiel dafür, wie der erste Eindruck täuschen konnte.

Herr Moosbacher schaute zur Tür, dann tat er für sich und Ruth von der Suppe auf. »Die anderen sind noch nicht in Sicht, wir fangen an zu essen, sonst wird es kalt«, sagte er. »Und grübele nicht zu viel. Das hast du von deinem Vater. Wenn auch Vergangenheit und Zukunft nicht immer rosig aussehen, ist die Gegenwart zumeist gar nicht so schlecht, wenn wir sie genau betrachten.«

Kapitel 11

2021

Das Mädchen nahm erst einen schwarzen Stift, wechselte ihn von einer Hand in die andere, legte ihn wieder weg, betrachtete dann den roten, bis es sich für ein dunkles Violett entschied. Es nahm den Buntstift mit der Faust und begann zu zeichnen. So fest drückte es auf, dass die Mine abbrach, was das Mädchen aber nicht störte, da trotzdem noch Linien entstanden, wenn auch deutlich dickere. Angespannt biss es sich auf die Unterlippe, während der Arm in der Luft schwebte und dabei vor Konzentration zitterte.

Langsam führte das Mädchen den Stift über das Papier, sodass die Kreise und Linien, die es zeichnen wollte, aus der Form gerieten. Frustriert legte es den Stift beiseite. Dann nahm die Kleine einen rosafarbenen Buntstift und zeichnete weiter, dabei biss sie sich wieder vor Anspannung auf die Unterlippe.

»Eine Sonne«, sagte Lena. »Eine rosa Sonne.« Die Sonne klebte in der rechten Ecke, die Strahlen breiteten sich über das Blatt aus. Sie nickte dem Mädchen mit einem Lächeln zu.

Es zeichnete ein Haus, so groß, dass das Dach auf dem Papier gar keinen Platz mehr fand, sondern weiter auf den Tisch wuchs. Wieder stoppte das Mädchen und warf frustriert den Stift auf den Boden.

»Das Haus ist so groß, das passt einfach nicht auf das Papier«, sagte Lena. »Aber das macht nichts, für solche Häuser habe ich einen besonderen Trick.« Sie nahm ein zweites Blatt, legte es oberhalb des ersten Blattes. Dann entdeckte sie einen Fußballaufkleber, der oben am Tischbein pappte. Er klebte wohl schon länger dort, denn das Ablösen gelang nur zur Hälfte. Doch Lena hatte erreicht, was sie wollte. Sie teilte den Fetzen des Aufklebers in drei Teile, um damit die Blätter auf der Rückseite miteinander zu verbinden.

»Siehst du?« Lena rückte die beiden aneinandergeklebten Papiere gerade. »So ein großes Haus könnte ich auch nicht auf ein so kleines Papier zeichnen.« Sie hob den rosafarbenen Stift vom Boden auf und reichte ihn dem Mädchen.

Zuerst befürchtete Lena, es würde sich nun wieder an dem Haus aufhalten, doch diesmal platzierte es das Dach so, dass es die Maße des Papiers nicht überschritt. Anschließend erweiterte es die Viertelsonne zu einer halben Sonne, da nun auch die Sonne mehr Platz hatte.

Es zeichnete eine kleine Figur und eine größere. Kreise symbolisierten den Kopf, davon gingen als Striche Arme und Beine ab. Dann bekamen die Kopffüßler noch Augen und Mund.

»Bist du das?«, fragte Lena. »Du mit deiner Mutter?«

Die Kleine nickte.

Sie nahm einen grünen Stift und zeichnete ein Tier, das größer war als die Personen. Das Tier war detailreicher gezeichnet als die Menschen, ein weit geöffnetes Maul stand im Vordergrund. In schwarzer Farbe fügte das Mädchen unzählige Zähne hinzu, gab sich dabei so viel Mühe, als wäre jeder Zahn von Bedeutung.

»Ein Krokodil«, sagte Lena.

»Nein!«

Lena zwang sich, ruhig zu bleiben. Sie hatte es geschafft! Eine Unterhaltung begann! »Dein Lieblingsstofftier?«

»Nein.«

»Wie heißt es denn?«

»Frido.«

Lena nahm einen dunkelblauen Stift. »Dann schreibe ich das für dich einmal auf, das ist ja wichtig.«

Sie schrieb langsam und in großen Druckbuchstaben den Namen neben das Krokodil und beobachtete das Mädchen genau. Aber schnell war deutlich: Es kannte keine Buchstaben, hatte wahrscheinlich trotz seines Alters selten einen Stift in der Hand gehalten; dafür sprach auch, wie es die Zeichnungen gestaltete.

»Ich kann deinen Namen und den deiner Mutter auch aufschreiben«, sagte Lena.

Das Mädchen schwieg.

»Wenn Frido kein Stofftier ist, ist er dann dein geheimer Freund?«, fragte Lena.

Das Mädchen zeigte keine Reaktion.

»Bist du müde? Soll ich dir ins Bett helfen?«

Lena fiel es schwer, das Schweigen auszuhalten, das sich zwischen ihnen ausbreitete. Es war, als würde die Stille schreien.

»Ich würde Frido ja gern mal sehen«, sagte Lena. »Irgendwann.«

»Er ist gefährlich. Er beißt. Nur Mama darf ihn füttern.«

»Dann gehe ich natürlich lieber nicht zu Frido, ich will ja nicht gefressen werden. Bei all den Zähnen!«

Sie überlegte, wie sie das Gespräch wieder auf die Personen bringen könnte, als langsam die Tür geöffnet wurde. Max trat ein, nickte ihr zu in Richtung Tür, damit sie ihm folgte.

Das Mädchen griff nach den Krücken, die wegrutschten.

»Ich helfe dir ins Bett«, sagte Lena. »Darf ich dich hochheben? Dann geht es am einfachsten.«

Das Mädchen nickte.

Lena hob es an. Wie leicht es war! Sie legte die Kleine aufs Bett und deckte sie zu.

Lena blickte wieder zu Max, schüttelte den Kopf, doch er blieb stehen.

»Bitte«, sagte er.

»Ich bin gleich zurück bei dir«, sagte Lena. Sie wusste, dass Max die Zeichnung würde sehen wollen, trotzdem ließ sie die beiden aneinandergeklebten Blätter auf dem Tisch liegen.

Lena trat hinter Max in den Flur. Vorsichtig schloss sie die Tür zum Krankenzimmer.

»Hast du schon etwas herausgefunden?«, fragte er.

»Ich brauche Zeit. Mehr Zeit.«

»Meine Schicht ist längst zu Ende, ich muss nach Hause, um mich hinzulegen, aber vorher habe ich versprochen, diesen Kommissar anzurufen. Den Namen habe ich vergessen. Meine Güte, da merke ich wieder, wie dringend ich eine Pause brauche.«

»Sie fing gerade an, mit mir zu sprechen.« Lena gab sich keine Mühe, ihren Ärger zu unterdrücken.

»Und was hat sie gesagt?«

»Nicht viel. Sie hat von einem Krokodil erzählt, das Frido heißt. Beziehungsweise ein Krokodil soll es nicht sein. Sie wohnt wohl mit ihrer Mutter allein in einem großen Haus.«

»Das ist alles, was du rausgefunden hast?«

Lena stellte sich vor, ihn zu packen und zu schütteln, stattdessen schob sie ihre Hände in die Hosentaschen.

»Das Bild auf dem Tisch habe ich gesehen«, sagte Max. »Das gibt ja nicht viel her. Sonne, Haus, zwei Menschen, ein Krokodil.« Er rieb sich über die Stirn. »Aber es ist nicht deine Schuld, sondern meine. Die vom Jugendamt und die Polizei sind ja auch schon gescheitert, aus dem Kind irgendetwas Vernünftiges rauszukriegen.

Es tut mir leid, ich hätte dich nicht anrufen sollen. Aber danke, dass du es trotzdem probiert hast. Wenn das Mädchen nichts weiter gesagt hat … dann müssen eben die Fachleute sehen, wie sie weiterkommen. Sie erinnert mich so sehr an meine Martha. Da ist es schwer, distanziert zu bleiben. Es tut mir halt leid für die Kleine. Ich hätte gern ihre Eltern angerufen.«

»Die Mutter«, verbesserte Lena ihn. »Einen Vater gibt es anscheinend nicht.«

»Dann eben die Mutter. Was soll ich denn nun dem Kommissar sagen? Ich Depp habe ihm Hoffnungen gemacht, wir könnten weiterhelfen.«

»Das kannst du auch. Sie zeichnet wie eine Dreijährige, dabei gehen viele Dreijährige sogar noch geschickter mit Stift und Papier um. Sie besucht keinen Kindergarten, obwohl sie bestimmt fünf Jahre alt ist, wenn nicht sechs. Ihr fallen schon die Milchzähne aus, ein Schneidezahn ist ein bleibender. Sie wohnt in einem Hochhaus zusammen mit ihrer Mutter. Wahrscheinlich hat sie so ein großes Stofftier, wie man es an den Rummelbuden gewinnen kann. Ich glaube, ich habe mal als Kind so ein Krokodil gesehen, an einem Schießstand. Mein Opa hatte einen riesigen Teddy für mich geschossen und es gab noch viele andere Stofftiere. Esel. Enten. Auch ungewöhnliche Tiere. Daher könnte das Mädchen dieses Krokodil haben. Es hat für sie eine so große Bedeutung, dass ich glaube, sie hat es häufig mit nach draußen genommen. Wäre ich bei der Polizei, würde ich die Hochhäuser in der Umgebung abfahren und nach einem kleinen Mädchen mit einem Stoffkrokodil fragen. So weit kann ein Kind sich ja nicht von zu Hause entfernen ohne Verkehrsmittel. Fünf Kilometer höchstens, schätze ich.«

»Du kennst den Kommissar nicht. Du weißt nicht, was er für einen Druck macht. Er will Fakten, keine Vermutungen.«

Lena stieß die Luft aus. »Jetzt denk doch mal nach. Ein Kind, das nicht in eine Kita geht. Das auch garantiert bei keiner

Tagesmutter war. Das muss sich ja am Tag irgendwo aufhalten. Es wird in der Wohnsiedlung bekannt sein, wo es lebt. Es wird …« Lena schwieg, weil sie merkte, dass Max gar nicht mehr wirklich zuhörte und so müde war, dass seine Augen gerötet und glasig aussahen. Sie sammelte sich. »Das, was ihr aus dem Mädchen herausbekommen wollt, ›Fakten‹, wie du es genannt hast, werdet ihr in der Form nicht bekommen. Ich verabschiede mich von dem Mädchen. Du kannst dann ja dein Telefonat führen und Feierabend machen.«

Kapitel 12

1965

Nach ihrer Rückkehr vom Abendessen versuchte Ruth, die wichtigsten Dinge aus ihrem Gepäck in dem engen Nachtschrank zu verstauen. Durch die Öllampe war es im Raum schnell wärmer geworden, sodass sie nicht fror. Im Nebenraum spielten ihre drei Kollegen eine Runde Karten, lachten und redeten. Als sie sich auf den Weg zur Toilette machte, hielt sie ihre lange Strickjacke fest um sich gewickelt.

Auf dem Rückweg in ihr Zimmer fiel ihr der kalte Zug auf, der über ihre nackten Beine, unter ihre Strickjacke und unter ihr Nachthemd wehte. Es rauschte und zischte, als würde jemand unter der Eingangstür hindurch eisige Luft ins Innere pressen. Irgendwo in der Ferne bellte dumpf und dunkel ein Hund, obwohl um das Forsthaus herum weit und breit keine anderen Gebäude standen und die nächsten Ortschaften sich mehrere Kilometer entfernt befanden.

So schnell es ging, kehrte Ruth wieder in ihr Zimmer zurück. Sie schloss die Tür hinter sich, legte den Riegel vor, wie Emmi es ihr gezeigt hatte, und kroch unter die Decken, die wie die Matratze und das Kissen völlig ausgekühlt waren. Sie zog die Decke bis über das Kinn. An den Schultern und den Füßen fühlte es sich an wie Eiswickel. Es war viel zu kalt, um einzuschlafen, so zog sie sich wieder an und legte sich in ihrer Tageskleidung unter die Decken. Wieder hörte sie das laute Lachen ihrer zukünftigen Kollegen. Von draußen ertönte das Pfeifen und Heulen des Windes, der die Bäume draußen ächzen und knacken ließ. Manchmal übertönten die Windgeräusche das Hundebellen, dann trat wieder das Bellen in den Vordergrund. Obwohl das Forsthaus abgelegen lag, übertraf das nächtliche Lärmen alles, was sie aus ihrem Stadthaus gewohnt war. Es war, als würde sich die Natur zu einer riesigen Gestalt zusammenformen und von außen ächzend am Forsthaus und am Nebengebäude zerren und ziehen.

Es war zu dunkel, um auf die Uhr zu schauen. Langsam stand sie auf, strich ihre Kleidung glatt und verließ das Forsthaus, ohne dass jemand Notiz von ihr nahm …

* * *

Das Klopfen an ihrer Tür war so laut, dass sie sich ruckartig im Bett aufsetzte. Orientierungslos blickte sich Ruth um. Durch die Türritze fiel etwas Licht, sodass sie sich bald erinnerte. Das Forsthaus. Die Kammer. Die letzte Nacht am Meer. Anders, der ihr nun mehr wie ein Traum als ein lebendiger Mensch erschien. Sie lebte.

»Ja?«, fragte sie.

»Frühstück. In einer Viertelstunde«, sagte eine Männerstimme, die sie nicht zuordnen konnte.

»Ich habe keinen Hunger.«

»Ohne Frühstück überstehst du den Tag nicht.«

Schritte entfernten sich. Ruth musste sich beim Aufstehen an der Wand festhalten. Sie schätzte, dass sie nur ein oder zwei Stunden lang geschlafen hatte.

Wasserprasseln war aus dem Duschraum zu hören. Normalerweise brauchte Ruth morgens eine halbe Stunde im Bad, um sich herzurichten, nun musste sie eine Lösung finden, dass sie sich nicht vor den anderen entblößen musste. Doch für diesen Tag war es zu spät, verschiedene Alternativen zu überlegen und mit den anderen abzusprechen. Erst einmal ging es darum, diesen Tag zu überstehen, einfach nur hinter sich zu bringen. Sie schaltete das Licht an, zog das Nachthemd aus und schlüpfte in die Kleidung vom Vortag. Dazu suchte sie noch einen Zusatzpullover aus dem Koffer.

So gut der Rat auch gemeint war, das Frühstück nicht ausfallen zu lassen – Ruth hatte beim besten Willen keinen Hunger und erst recht keinen Appetit. Sie wartete, bis sie allein im Nebengebäude war, dann ging sie kurz ins Bad, um sich hastig Gesicht und Hände zu waschen und die langen Haare zu einem Zopf zusammenzubinden. Anschließend schnürte sie ihre eleganten Lederschuhe und trat ins Freie. Noch immer hielt der Wind an, auch wenn er in seiner Kraft bereits etwas nachgelassen hatte. Ruth folgte dem Tosen der Brandung und brauchte nur ungefähr hundert Meter zu gehen, bis der Weg endete und rechts und links in einen schmalen Trampelpfad überging. Direkt unter ihr, fünfzig oder sechzig Meter tiefer, befand sich das Wasser. Sie hielt sich an einem der Bäume fest und betrachtete die hohen, schäumenden Wellen, die unter ihr an die Steilküste klatschten. Direkt am Abgrund hatte der Wind eine solche Kraft, dass Ruth sich am Stamm festklammern musste, um auf dem weichen Sandboden nicht das Gleichgewicht zu verlieren. Von vorn spritzte ihr trotz der Entfernung zum Meer die Feuchtigkeit ins Gesicht, die wie ein feiner Sprühnebel auf sie zuwehte. An dieser Stelle waren die See und der Wind so laut, dass sich beide Elemente in ihrem Lärmen vermischten und gemeinsam ein monströses Flattern ergaben, als käme ein märchenhafter Riesenvogel auf sie zugeflogen. Wenn sie unter sich blickte, wurde ihr schwindelig von der Höhe. Am Horizont bewegte sich ein Schiff so langsam, dass sie eine Weile brauchte, um zu erkennen, in welche Richtung es steuerte. Dann erkannte sie, dass es die Fähre war, die von der BRD nach Schweden fuhr. Sie stellte sich all die Menschen darauf vor, die nun mit dem Seegang hin und her geschleudert wurden und sich wohl kaum auf Deck aufhalten konnten, wenn sie nicht über Bord gehen wollten.

Dann ging alles so schnell, dass Ruth nicht begriff, was geschah. Ein Ruck, der sie einige Meter nach hinten stolpern und auf den Weg fallen ließ. Ein Schrei, der von ihr selbst kam. Orientierungslos blickte sie sich um und sah Herrn Moosbachers wütendes Gesicht über sich.

»Bist du von allen guten Geistern verlassen, Mädchen?«, schrie er.

»Was habe ich denn gemacht?«

»Das ist Sandboden. Du standest auf einer Abbruchkante. Willst du dich umbringen?«

»Aber der Baum, der ist doch fest verwurzelt.«

»So?« Er zeigte auf eine Birke, die sich nur einige Meter von ihnen entfernt befand. Rechts und links von der Birke klafften Lücken.

Ungläubig ging sie wieder ein paar Schritte vor, um nachzusehen, ob sich bestätigte, was sie nun ahnte. Und es stimmte: Unter ihr am Hang hatten sich zwei Birken verfangen, sie hingen direkt über der See, entwurzelt, zerbrochen.

Schnell ging Ruth auf den Weg zurück. »Die Bäume rutschen einfach in die Tiefe?«, fragte sie, obwohl sie die Antwort bereits kannte. »Was ist dann mit dem Forsthaus? So weit weg ist es ja auch nicht.«

»Es hat mehrere Hundert Jahre überstanden. Aber ob es noch einmal so lang stehen bleiben wird, kann niemand vorhersagen. Das Meer und die Naturgewalten sind unberechenbar.«

Sie schwiegen beide und schauten auf das Wasser, bis der Förster sagte: »Und jetzt auf, auf, an die Arbeit.« Dann blickte er auf Ruths Schuhe und schüttelte den Kopf. »Du willst nicht ernsthaft in diesen Schuhen arbeiten? Mit diesen glatten Ledersohlen?«, fragte er.

»Doch, schon.«

»Das geht auf keinen Fall. Komm mit.«

Sie folgte ihm ins Nebengebäude. Aus seinem Zimmer holte er derbe Stiefel, die aussahen wie diejenigen, die sie am Vortag bei ihrer Rückkehr aus der Küche vor der Tür hatte stehen sehen.

»Größe neununddreißig«, sagte Herr Moosbacher. »Die sind von meiner Frau, wenn sie früher einmal zu Besuch gekommen ist. Die müssten passen. Hier brauchst du Schuhwerk mit tiefem Profil.«

Ruth nahm die Stiefel mit einem Dank entgegen, auch wenn sie Größe siebenunddreißig trug. Mehrere Paare Socken übereinander würden den Größenunterschied bestimmt ausgleichen.

»Hat Ihre Frau denn nichts dagegen, wenn ich …«, begann Ruth.

»Sie ist vor zwei Jahren gestorben.«

»Das tut mir leid.«

Herr Moosbacher zog nach der Übergabe so schnell seine Hände zurück, als hätte er sich verbrannt, dann wandte er sich ab und eilte ins Freie. Irgendwann würde sie einen der anderen Arbeiter zu Herrn Moosbachers Frau fragen, nahm Ruth sich vor.

Alle anderen standen schon zum Abmarsch bereit, als Ruth auf den Hof trat. Werner und Manfred zogen zu zweit einen großen Bollerwagen, in dem allerlei Arbeitsgerät lag. Herr Moosbacher ging mit Andreas voraus, dann folgten Werner und Manfred mit dem Handwagen. Obwohl sie kein Gepäck trug, fiel es Ruth schwer, mit dem Tempo der Männer mitzuhalten. Sie musste sich auf den Weg konzentrieren, um nicht über einen der größeren Steine oder eine herausragende Wurzel zu stolpern. Die Männer redeten und lachten beim Gehen, kamen nicht im Geringsten außer Atem, als handele es sich um einen entspannten Spaziergang. Ruth musste zwischendurch immer wieder eine kurze Strecke rennen, um nicht den Anschluss zu verlieren.

Bald gelangten sie an eine Holztreppe, die mit schmalen Stufen direkt zur See hinabführte. Die beiden mit dem Bollerwagen, den sie nun tragen mussten, gingen voran. Dann folgte Herr Moosbacher.

Andreas blickte sich zu ihr um. »Alles klar?«

»Die Treppe hat gar keinen Handlauf.« Ruth zögerte. Sie war nicht schwindelfrei.

»Der ist letzte Woche beim Sturm weggebrochen. Das ist eine der Aufgaben der nächsten Tage. Aber erst müssen wir den Strand freiräumen. Wenn im Frühjahr die Touristen eintreffen, soll die Treppe wieder perfekt stehen.«

»Ich glaube, ich komme da nicht runter.« Wäre sie allein gewesen, hätte sie sich hingesetzt und wäre auf dem Po Stufe für Stufe abwärtsgeglitten, doch die Blöße wollte sie sich vor den anderen nicht geben. Auch die zu großen Stiefel erleichterten die Angelegenheit nicht, die Stufen waren so schmal, dass sie nicht einmal mit dem gesamten Schuh auftreten konnte, sondern die Füße schräg setzen musste.

»Geh hinter mir. Du kannst dich an meinem Rücken festhalten. Versuch, nicht nach unten zu schauen. Nur auf meinen Rücken«, sagte Andreas.

Ruth krallte sich mit ihren Fingern fest in den Stoff von Andreas' Jacke. Er ging bewusst langsam, sodass sie erst die halbe Treppe überwunden hatten, als die anderen bereits unten waren.

»Voran mit euch beiden«, rief Herr Moosbacher.

»Ja«, sagte Andreas, doch er beschleunigte seine Schritte nicht, wofür Ruth ihm sehr dankbar war.

Unten angekommen war sie nass geschwitzt. Ihre Hände hatten an Andreas' Jacke dunkle Abdrücke hinterlassen.

»Ich weiß nicht, wie ich es ohne dich geschafft hätte«, sagte sie.

Andreas war schon weitergelaufen, hatte zu den anderen aufgeschlossen, sodass Ruth gar nicht wusste, ob er ihre Worte überhaupt gehört hatte. Sie rannte, bis sie den Bollerwagen erreicht hatte, und nahm Manfred die Deichsel aus der Hand.

»Ich übernehme«, sagte sie.

»Das musst du nicht.« Manfred blickte sie verwundert an.

»Ich will es aber.« Wenn sie mit dazugehören wollte, was schwer genug war, weil sie als Frau weniger Kraft hatte und zusätzlich noch ungefähr zehn Jahre jünger war als ihre Kollegen, musste sie ihnen zeigen, dass sie bereit war, mit anzupacken.

* * *

Viele der umgestürzten Bäume befanden sich mitten auf dem Hang, in zwanzig oder dreißig Metern Höhe. Der Sandstrand selbst, wo sich im Sommer Menschen sonnten und entspannten, war kaum noch passierbar durch all die Bäume und Büsche, die von oben mitsamt Wurzeln heruntergebrochen und vom Meer verteilt worden waren. Dazu hatte sich allerlei Strandgut in den Ästen verfangen: Kleidungsstücke, ein Autoreifen, Holz und Teile von Fischernetzen.

»Um den Abtransport kümmern wir uns, wenn wir hier Ordnung geschaffen haben«, sagte Herr Moosbacher. »Heute geht es darum, den Strandabschnitt passierbar zu machen. Wir zerkleinern die entwurzelten Bäume und stapeln das Holz. Das Strandgut kommt vorerst unsortiert auf einen Haufen.«

Er ging zum Bollerwagen und zog eine Benzinmotorsäge an zwei Griffen unter einer Axt hervor. Sofort kam Andreas ihm zu Hilfe und packte an der gegenüberliegenden Seite an, wo sich ein weiterer Griff befand. Das Gerät sah monströs aus und war perfekt gepflegt. Das grünliche Metall schimmerte, auch die umlaufende Kette in der Mitte glänzte.

»Siehst du das H am Ende der Bezeichnung?«, fragte Andreas Ruth und zeigte auf das Typenschild.

Sie schaute genauer hin, auch wenn sie sich mit Sägen nicht auskannte und eine solche Zweimannsäge nie zuvor gesehen hatte.

»Das H steht für Heer. Es ist eine alte Wehrmachtssäge. Ein Zylinder aus Leichtmetall. Aluminium. Verchromte Lauffläche. Besser geht es nicht.«

»Nicht reden, arbeiten«, unterbrach ihn Herr Moosbacher und startete den Motor. Die Männer mussten sich nicht untereinander absprechen, sämtliche Tätigkeiten waren aufeinander abgestimmt. Während Herr Moosbacher gemeinsam mit Andreas die Stämme zersägte, stapelten Werner und Manfred das Holz so weit von der See weg, dass es vom Wasser geschützt blieb.

Ruth wartete darauf, dass ihr jemand Anweisungen gab, doch das geschah nicht. Es wurde anscheinend von ihr erwartet, dass sie wusste, wie sie mit anpacken sollte. Das Kreischen der Säge war so laut, dass sie nicht nachfragen konnte. So tat sie es Manfred und Werner nach und packte bei den klein gesägten Holzstücken mit an, um sie zu stapeln. Doch das Holz war so schwer, dass ihre Arme sich bald wie Pudding anfühlten. So nahm sie sich das angeschwemmte Strandgut vor und stapelte es auf einem Extrahaufen.

In der Brotpause waren sie alle außer Atem und sprachen kaum ein Wort. Schweigend und erschöpft saßen sie im Kreis und genossen ihre Mahlzeit. Der Hagebuttentee war angenehm warm. Am liebsten hätte sich Ruth noch viel länger ausgeruht, doch Herr Moosbacher trieb zur Eile, damit ihre Körper durch das Nichtstun nicht zu stark auskühlten.

»Die Bäume auf dem Hang«, sagte Ruth und zeigte nach oben. »Warum holen wir die nicht runter? Dann könnten wir alles in einem Zug erledigen, anstatt denselben Strandabschnitt mehrfach zu bearbeiten. Vom zeitlichen Standpunkt aus ...« Sie schwieg und biss sich auf die Zunge. »Tut mir leid, ich will euch natürlich keine ... ich weiß, dass ihr die Erfahrung habt, und wollte nicht ... es tut mir leid. Kommt nicht wieder vor.«

»Schon gut«, sagte Herr Moosbacher. »Jeder ist bei uns angehalten, seine Meinung zu sagen. Du hast recht. Besser wäre es, die Reihenfolge der Arbeiten zu ändern. Aber der Hang ist zu instabil. Da kommt keiner hoch, ohne alles ins Rutschen zu bringen. Es ist wie in den Bergen bei Lawinengefahr.«

Werner ging einen Schritt näher an den Abhang. »Wobei ...«, sagte er und blickte hinauf zu der Stelle, an der sich zwei abgerutschte Bäume ineinander verkeilt hatten. »Es hängt doch sicher vom Körpergewicht ab. Wir sind zu schwer, uns trägt der Sand nicht. Wenn Ruth es probiert?«

»Das kann ich nicht zulassen.« Herrn Moosbachers Stimme war so bestimmt, dass klar war, dass er keinen Widerspruch mehr duldete. »Ich bin für euch alle verantwortlich. Wenn mir das Mädchen direkt nach seiner Ankunft hier verunglückt ... nein. Undenkbar.«

»Lassen Sie es mich probieren. Bitte.« Ruth betrachtete ihre Stiefel. Die wären das einzige Hindernis, weil sie sich damit ungelenk und steif bewegte.

Herr Moosbacher murmelte etwas Unverständliches, dann sagte er: »Ein Versuch. Die beiden Bäume sind nicht so hoch, da kann im Grunde wenig passieren.« Er wandte sich an Ruth. »Aber nähere dich nicht von unten, sonst können die Bäume auf dich stürzen. Mache einen Bogen.«

Das ließ sich Ruth nicht zweimal sagen. Sie zog die derben

und zu großen Stiefel aus, um eine bessere Trittsicherheit zu erlangen. Der Sand war so kalt und nass, dass ihre Fußsohlen brannten. Doch schnell wurden die Füße von der Bewegung wärmer. Der Hang war trocken, aber rutschiger als gedacht. Vorsichtig setzte sie einen Schritt vor den nächsten, stützte sich dabei zusätzlich mit den Händen ab. Die Männer schauten ihr von unten zu, was ihre Aufregung steigerte. Sie wollte sie nicht enttäuschen.

Zügig, aber in einem Bogen erreichte sie die Position oberhalb der Bäume. Die Entscheidung, die Schuhe auszuziehen, erwies sich als richtig. Es war nicht einmal ein kräftiger Stoß, den sie dem Holz versetzte, sondern mehr ein Anschieben, das bereits reichte, um die Stämme in Bewegung zu bringen. Schnell ging Ruth einen Schritt zur Seite, um nicht von dem rutschenden Sand mitgerissen zu werden. Es donnerte und zischte, als die Bäume hinunterschlitterten. Sie hielt vor Anspannung die Luft an und wartete, bis kein Sand mehr hinabrieselte, dann setzte sie sich und ließ sich wie auf einer Rutsche hinunter zum Strand gleiten.

Ungefähr hundert Meter entfernt entdeckte sie einen weiteren Baum am Hang. Sie zeigte auf ihn.

»Der Baum wäre sogar leichter zu erreichen. Ich kann mich beim Aufstieg an den anderen, noch verwurzelten Bäumen festhalten.«

»Aber nur den einen«, sagte Herr Moosbacher. »Dann geht es weiter mit dem Sägen.«

Doch bei dem einen blieb es nicht, sondern es wurden acht Bäume, die Ruth den Hang hinunterbeförderte, bis sie anschließend wieder half, Strandgut und Äste zu stapeln.

Erst als es dunkel wurde, kehrten sie zum Forsthaus zurück. Erschöpft, wie sie waren, brauchten sie mit dem Bollerwagen für den Heimweg bestimmt doppelt so lange wie für den

Hinweg zum Strand am Morgen. Ruth spürte ihre Arme und Beine kaum noch, ihre Lungen brannten von dem kalten Wind. Trotzdem war sie zufrieden wie nie zuvor in ihrem Leben, weil die Männer sie als eine der ihrigen behandelt hatten. Sie gehörte nun dazu. An diesem Tag hatte sie geschenkt bekommen, was sie während ihrer gesamten Schulzeit nicht erreicht hatte: Sie war Teil einer Gruppe geworden, sie wurde akzeptiert und brauchte sich nicht zu verstellen, nichts vorzuspielen. Sie konnte einfach so sein, wie sie war.

Kapitel 13

1965

Die ersten Wochen im Forsthaus auf Usedom vergingen wie im Flug. Nie zuvor in ihrem Leben war die Zeit so sehr gerast.

Wie immer klopfte es um Punkt sieben Uhr an ihrer Tür. Nun blieb ihr genau eine Stunde bis zum Aufbruch in den Wald. Ruth gönnte sich ein paar Minuten, in denen sie unter der warmen Decke verharrte und den lauter werdenden Stimmen aus dem Nebenraum lauschte, bis Schritte auf dem Flur erklangen. Herr Moosbacher und die anderen drei gingen in den Waschraum. Ruth hatte nach mehrmaligem Bitten und gegen Emmis Protest – »Das ist völlig überflüssig, es muss doch möglich sein, im Waschraum die Zeiten einzuteilen und einzuhalten« – nun eine Karaffe mit Wasser auf ihrem Tisch bereitstehen und dazu eine alte Emailleschüssel, die früher in der Küche Verwendung gefunden hatte. Das Wasser kühlte zwar über Nacht stark ab und allein der Gedanke, sich zu waschen, jagte Ruth eine Gänsehaut über den gesamten Körper, doch so konnte sie sich herrichten, ohne gestört zu werden.

Ihr Waschwasser kippte sie anschließend in die Sickergrube,

füllte die Kanne mit neuem Wasser und stellte es für später bereit. Dann ging sie mit den anderen zum Frühstück.

Emmi und die jüngeren Mädchen in der Küche hofierten jeden Tag aufs Neue Herrn Moosbacher und an zweiter Stelle den hochgewachsenen Werner: »Soll ich noch Kaffee bringen?« – »Ist die Wurst auch recht?« – »Das Brot ist ganz frisch gebacken.« – »Ich habe von dem Parteitreffen gestern extra ein paar Reste aufgehoben. Hier, bitte, lassen Sie es sich schmecken.«

Emmi konnte auch nach einigen Wochen von Ruths Anwesenheit nicht an sich halten und musste auf die unterschiedlichsten Arten und Weisen zeigen, für wie unangemessen sie es hielt, dass Ruth als einzige junge Frau im Forst mitarbeitete. Mal war es ein Kopfschütteln, wenn Ruth redete, mal ein gezischtes »Tststs« und immer wieder waren es die hochgezogenen Augenbrauen, mit denen Emmi jede Scheibe Brot registrierte, die Ruth sich nachnahm. Ruth selbst verstand nicht, wo all die Nahrungsmittel blieben, die sie aß, denn anstatt zuzunehmen, war sie schlanker geworden. Auf ihren Handoberflächen zeichneten sich Sehnen ab, auch konnte sie ihre Hosen nicht mehr ohne Gürtel tragen. An den Oberschenkeln schlackerte der Stoff so sehr, dass die Hosen bei starkem Wind aufgebauscht wurden und wie Fahnen flatterten. Ihre Haut war gebräunt, obwohl seit ihrer Ankunft an keinem Tag die Sonne geschienen hatte. Ihre Wangen waren gerötet. Während die anderen Frauen, die in der Küche ihre Arbeit verrichteten, zumindest Lippenstift benutzten, brauchte Ruth keinen Schönheitswettbewerb zu gewinnen, wie Andreas einmal im Scherz zu ihr gesagt hatte. Die Jungs akzeptierten sie so, wie sie war.

Nach dem Frühstück folgte ein Arbeitsalltag draußen voller Lärmen und Krachen, angefüllt mit dem Kreischen der Säge. Ihre Äxte donnerten in das Holz. Manchmal stob bei ihrer Arbeit direkt neben ihnen Wild auf und flüchtete.

Abends war sie von einer nie da gewesenen Erschöpfung erfüllt. Sie spürte Muskeln, die sie vorher nur aus dem Anatomiebuch gekannt hatte. Dabei hielt sie sich an Herrn Moosbachers Empfehlung: »Beim Muskelkater hilft es nichts, sich auszuruhen. Einfach weitermachen. Es wird besser werden, von Tag zu Tag.«

So reihten sich Tage zu Wochen und unmerklich wurde es Frühling.

* * *

Eines Montags wachte Ruth davon auf, dass ihr die Sonne direkt ins Gesicht schien. Zuerst glaubte sie zu träumen, denn auf der anderen Seite ihres Fensters befand sich der Hof, dahinter das Forsthaus. Es war eigentlich unmöglich, dass die Sonne hineinschien. Sie rieb sich die Augen, blickte wieder in die Helligkeit, die so intensiv war, als würde sie bei Nacht direkt auf einen Wagen mit aufgeblendetem Fernlicht schauen. Ruth stellte sich auf das Bett, um hinaussehen zu können, dann begriff sie, dass die Sonne von einem halb geöffneten Fenster des Forsthauses reflektiert wurde und so den Weg in ihre Kammer fand.

Noch war in den anderen Räumen alles vollkommen still. Das Sonnenlicht war für Ruth wie ein Weckruf, als forderte die Sonne selbst sie auf, nach draußen zu gehen und die Umgebung zu erkunden, die für sie bisher nur eine Ansammlung von Totholz und zu fällenden Bäumen gewesen war.

Ruth zog frische Kleidung an, ohne sich vorher zu waschen, als würde die Sonne verschwinden, wenn sie nicht sofort ihrem Ruf folgte. Auf das Frühstück verzichtete sie, stattdessen eilte sie kurz in die Küche, um sich eine Brotzeit herzurichten und mitzunehmen.

Draußen war es zwar kühl, aber beim Ausatmen bildeten sich keine Atemwolken mehr vor ihrem Mund. Ruth blickte sich um. Der Wind war an diesem Tag kräftig, sie hörte das gleichmäßige Klatschen der Wellen an Land. Noch war niemand von den Gästen unterwegs. Die Sonne strahlte auf ihr Gesicht. Ruth lief über den Vorplatz, trat an die Klippe und schaute auf die See. Anstatt zum Strand zu gehen, wandte sie sich nach links zu dem verwilderten Waldgebiet, das sie ab der folgenden Woche bearbeiten sollten. Länger als die Gasthäuser und Hotels war es in Privatbesitz geblieben und erst vor Kurzem verstaatlicht worden. So würde es dort mehr als genug Arbeit geben. Das Gebiet war voller Totholz, das sie entfernen mussten, bevor sie an eine Holzernte denken konnten. Auch war der Bewuchs viel zu eng, um einen Traktor zu nutzen, selbst die ehemals bestehenden Wege waren überwuchert.

Bevor sie wie ein lärmender Haufen mit ihren Sägen und Äxten dort hineinbrechen würden, wollte Ruth den Wald in seiner Ursprünglichkeit betrachten.

Bald schon wurde der Weg enger, Dornensträucher wuchsen von rechts und links zusammen, verhakten sich an ihrer Hose, als wollten sie den Wald schützen und vermeiden, dass sich irgendjemand näherte. Vögel flatterten neben ihr auf, überall war ein Zwitschern und Singen zu hören, als hätten sich alle Singvögel der Insel in diesen unbewirtschafteten Teil zurückgezogen. Die Bäume standen immer dichter zusammen, trotzdem war es nicht duster. Die Sonne ließ das Dach aus jungen Blättern hellgrün-gelblich strahlen.

Dann endete der Weg. Ein umgestürzter Baum lag wie eine Schranke quer über dem Weg, umwuchert mit Brombeerranken und anderem Gestrüpp.

Sie hörte ein Geräusch; es klang, als hätte jemand etwas zu ihr gesagt. »Ja? Hallo?«, fragte sie, woraufhin eine Rotte Wildschweine hinter ihr hervorstob. Fünf Tiere verschwanden wieder im Wald, ein großer Eber mit einem massigen Körper, riesigen Eckzähnen und struppigem Fell blieb direkt vor ihr stehen und starrte sie an. Panisch blickte sich Ruth um. Seitlich gab es keine Fluchtmöglichkeit, der Weg zurück zum Forsthaus war durch den Eber versperrt. So kletterte sie auf den Stamm und hoffte, dort vor dem Tier sicher zu sein. Doch sie rutschte ab und stürzte auf die andere Seite. Es gelang ihr, sich beim Fallen mit den Händen abzustützen, sodass sie unverletzt blieb. Mit einem Stöhnen richtete sie sich auf. Nun war der Eber näher gekommen, nur der Baumstamm trennte ihn noch von ihr. Sie atmete tief durch, dann entdeckte sie ein paar Schritte entfernt einen Wildpfad, der durch das Chaos aus Büschen und Bäumen führte. Ruth folgte dem Pfad, weg von dem Wildschwein. Der Weg mündete nach kurzer Zeit wieder auf den ursprünglichen Weg, weiter in den Wald hinein. Wie lange mochte niemand mehr an diesem Ort gewesen sein? Ruth schätzte, dass es Jahrzehnte her sein musste, dass sich jemand um die Bewirtschaftung gekümmert hatte. Würde es zwei oder drei Jahre dauern, hier Ordnung zu schaffen?

Die Bäume standen kreuz und quer, teilweise so dicht, dass halb umgestürzte Baumgerippe noch in der Luft hingen, gestützt von gesunden, großen Bäumen. Wie sollten sie dieses Totholz nur entfernen? Es wäre schon schwer genug, zuerst einmal eine Schneise zu schlagen, um Raum für den Traktor mit Anhänger zu schaffen. Am einfachsten wäre es, das gesamte Gebiet erst zu brandroden, dann neu zu bepflanzen. Doch diese Möglichkeit schied aus, da der Übergang zum bewirtschafteten Wald und zur Siedlung fließend war; das Feuer ließe sich niemals kontrollieren.

Ruth schob die Dornensträucher vor sich mit einem Ast auseinander, bis sie auf einen weiteren Wildpfad stieß, dem sie folgte. Es wurde dunkler, das Blätterdach über ihr dichter, sodass sie fröstelte. Hier, mitten im Wald, blieb es kühl und feucht, vom beginnenden Frühling war nichts zu spüren.

Dann landete sie auf einer Lichtung. Vögel flogen kreischend beiseite. Ein Fuchs verharrte am anderen Ende der

Waldwiese, blickte sie mit seinen bernsteinfarbenen Augen so intensiv an, dass sie, obwohl er bestimmt zwanzig Meter entfernt war, das Gefühl hatte, er würde ihr direkt in die Seele blicken. Auch sie blieb bewegungslos stehen, beobachtete, wie das Sonnenlicht auf seinen Pelz schien und das Rostrot des Fells strahlen ließ, wie er sie weiter unverwandt ansah – ohne Angst, als würden sie sich schon lange kennen und als hätte er auf genau diese Begegnung gewartet. Sie wünschte sich, er würde näher kommen, doch das tat er ebenso wenig, wie zu fliehen. Sie wollte ihn berühren, über seinen Rücken streicheln, ihn locken. Gleichzeitig hatte sie Angst, dass eine Bewegung oder ein Laut ihn verscheuchen könnte. So setzte sie sich ganz langsam dort ins Gras, wo sie sich gerade befand. Die Wiese war angenehm warm, der Boden trocken. Sie verschränkte die Beine zum Schneidersitz. Der Fuchs bewegte sich nicht.

Dann knackte es irgendwo hinter ihr laut. Ruth zuckte zusammen, sah ein Wildschwein, das auch sie entdeckt hatte und genauso schnell verschwand, wie es aufgetaucht war. Als Ruth wieder zum Fuchs sah, war er verschwunden.

Langsam richtete sie sich auf und trat weiter auf die Lichtung. Erst jetzt fielen ihr überall kleine lila Punkte auf, die zwischen den Grashalmen hervorlugten, Blumenknospen, die in ein paar Tagen aufgehen würden. Bald würde sich diese Wiese in ein lilafarbenes Blütenmeer verwandeln. Kurz hielt sie inne, glaubte, ein Feuer wahrzunehmen. Dann folgte sie dem Geruch von verbranntem Holz, bis sie in einer Ecke der Lichtung auf eine Feuerstelle traf, die aus einem Loch bestand, umrandet von mehreren großen Steinen. Daneben lag ein umgestürzter Baum als Sitzgelegenheit, darunter befanden sich Schleifspuren. Ruth schüttelte den Kopf. Soweit sie wusste, war dieses Waldgebiet schon sehr lange von niemandem mehr betreten worden, weil es hieß, es würde hier spuken. Sie berührte das oberste schwarz verkohlte Holzscheit und spürte die Wärme, die im Innern gespeichert war.

Ruth blickte sich um, lauschte, wartete, doch von einem Menschen in der Nähe gab es keine Spur. Kurz überlegte sie, umzudrehen, und fragte sich, ob sie sich fürchten sollte, aber die Atmosphäre war so idyllisch und ruhig, dass sie sich nicht vorstellen konnte, dass ihr jemand auflauern und etwas Böses tun wollte.

So setzte sie sich eine Weile an die Feuerstelle, packte ihre Brotzeit aus und begann zu essen. Die Sonne strahlte warm von oben und das leise Summen wurde intensiver. Bienen, Hummeln und Schmetterlinge ließen sich auf den lilafarbenen Knospen und den bereits aufgeblühten Wiesenblumen nieder, bis die Lichtung ein einziges Geschwirr war. Dann tauchte der Fuchs wieder auf.

Ruth hielt den Atem an. Diesmal näherte er sich weiter, kam Schritt für Schritt auf sie zu, bis er in ungefähr fünf Metern Entfernung stehen blieb. Sie traute ihren Augen nicht, aber der Fuchs trug ein Band um den Hals, das aussah wie ein schwarzer Schnürsenkel, den ihm jemand ganz bewusst umgeknotet hatte!

Zwei Rehe, die auf die Lichtung traten, verscheuchten den Fuchs. Ruth blieb weiter an der Feuerstelle sitzen und lauschte den Vögeln, dem Summen der Insekten, dem Rauschen des Windes in den Baumkronen. Die Sonne entwickelte an der Lichtung eine ungewohnte Intensität. Der Geruch nach Holz und Moos, nach Gras und Blüten hatte bereits etwas Sommerliches, obwohl gerade erst der Frühling begann. Es war eine glückliche Fügung, dass sie in den vergangenen Wochen auch an Samstagen und Sonntagen gearbeitet hatten, sodass für diesen Montag keine Arbeit angesetzt war. So brauchte sie nicht zum Forsthaus aufbrechen und konnte es sich gönnen, den gesamten Tag lang einfach die Natur um sich herum zu genießen. Wasser gab es am nahe gelegenen Bach ausreichend, sodass sie ihren Durst stillen konnte. Hunger spürte sie keinen – nicht, als es Zeit für ein Mittagessen wurde, auch nicht, als es Zeit für das Abendessen wurde. Zu intensiv waren all die Eindrücke, die sie in sich aufsaugte wie ein Schwamm.

Ruth betrachtete das Spiel der Sonnenstrahlen in den Birkenblättern über sich. Auch als die Sonne hinter den Wipfeln verschwand und es abends kühler wurde, blieb sie sitzen. Erst steckte sie die Hände in die Jackentaschen, schließlich versuchte sie, die Handflächen durch Aneinanderreiben warm zu halten. Sie beobachtete, wie der Himmel sich weiter verdunkelte, bald immer mehr Sterne sichtbar wurden. Dann hörte sie an dem Baum hinter sich ein leises Knacken und Scharren in der Luft. Sie erkannte etwas Dunkles, Kleines, dachte zuerst an ein Eichhörnchen. Doch dieses Tierchen kroch hinter einem Stück hervorstehender, abgestorbener Rinde hervor, dann folgten noch eins und noch eins. Gemeinsam flogen sie los. Ruth wich zurück, erschrocken, weil die ungefähr fingergroßen Lebewesen im Flug durch ihre ausgebreiteten Flügel die Länge ihres Unterarms erreichten. Sie preschten in so ungeheurem Tempo über die Lichtung, dass Ruth ihren Augen kaum traute. Ihre Geschicklichkeit war enorm, die Richtungswechsel waren so schnell, dass es Ruth nicht gelang zu zählen, wie viele Fledermäuse sich nun genau über ihr befanden. Sie schätzte, dass es zehn oder zwölf Stück waren, die kreuz und quer durcheinanderschossen.

Sie wusste, dass es längst Zeit war zurückzugehen, doch wie über ihr die Sterne leuchteten und wie die Fledermäuse jagten, war atemberaubend. Etwas Derartiges hatte sie nie zuvor gesehen. So blieb sie sitzen und versuchte, all das Faszinierende um sich herum tief in sich aufzunehmen, um es niemals zu vergessen.

Kapitel 14

2021

Lena läutete an der Haustür ihrer Mutter, wartete kurz, dann schloss sie auf und rief: »Ich bin es!«

Noch immer kreisten ihre Gedanken um das Mädchen im Krankenhaus und das Krokodil, das es gezeichnet hatte.

Im Haus war es so ruhig, dass Lena dachte, Susanne wäre zur Schule aufgebrochen, obwohl heute eigentlich ihr freier Tag war. Doch dann entdeckte sie ihre Mutter im Wohnzimmer auf dem Sofa liegend mit dem Laptop auf den Oberschenkeln, die Hände zur Seite gerutscht. Längst hatte sich der Bildschirm abgeschaltet. Die Terrassentür war geöffnet, von draußen drangen angenehm warme Luft und das Gezwitscher von Spatzen herein.

Leise setzte sich Lena in den Sessel. Susanne öffnete die Augen.

»Guten Morgen«, sagte Lena mit einem Lächeln.

»Wie spät ist es?«

»Gleich neun. Wenn du willst, kann ich uns beiden etwas zum Frühstück machen, während du weiterarbeitest. Ich habe auch noch nichts gegessen. Unterrichtsvorbereitungen?«

Susanne nickte. »Als Vertretung muss ich jetzt Mathematik unterrichten. Fachfremd, weil kein anderer da ist. Du glaubst nicht, wie viel ich vergessen habe. Mit dem Essen mach dir keine Mühe. Ich habe gar keinen Hunger.«

»Weshalb ich gekommen bin … Ich versuche, mehr über Omas Schwester herauszufinden. Bist du ihr eigentlich einmal begegnet?«

Susanne klappte den Laptop zu, legte ihn beiseite und setzte sich auf. »Nie. Sie hat ja als Einsiedlerin gelebt. Ich habe aber zwangsläufig einiges mitbekommen als Kind. Sie wollte Forstwirtin werden, hat jahrelang im Wald gewohnt und sich mit Fledermäusen beschäftigt. Irgendwann ist sie dann wohl zu einem Mann in einen Bauwagen gezogen. ›Zigeunerleben‹, hat mein Opa immer gesagt. Es war schwer, Ruth überhaupt zu erreichen. Ein Telefon hat sie nie besessen, wenn, dann hat sie vom nahe gelegenen Forsthaus angerufen. Briefe konnten ihr nicht direkt zugestellt werden.

Erst haben sich Marlies und Ruth zerstritten, wenig später hat Ruth auch den Kontakt zu ihren Eltern abgebrochen. Sie hat sogar ganz offiziell auf das Erbe verzichtet, wollte von uns allen nichts mehr wissen.« Susanne hielt inne. »Aber deswegen bist du doch nicht gekommen.«

»Doch, deswegen. Wegen Ruth.«

Susanne schüttelte den Kopf und stieß die Luft aus, um zu zeigen, was sie davon hielt.

»Und Opa? Hat er nichts erzählt?«, fragte Lena. »Nicht dein Opa, ich meine Peter.«

Susanne zuckte mit den Schultern. »Du hast das alles nicht mitbekommen, wie es früher war in meiner Jugend. Wir hatten ein gutes Leben. Ja, wir waren privilegiert, uns fehlte es an nichts. Die Lehrer in der Schule waren um mich bemüht, haben mich auch zum Studium ermuntert, obwohl ich es mir selbst nie zugetraut hätte.

Ich war mir dessen bewusst, dass ich mehr besaß als andere, weil mein Vater bei der Polizei war und sich dort hochgearbeitet hatte.« Susanne schloss für einen Moment die Augen. »Uns ging es gut und wir konnten unbeschwert leben, nicht *obwohl* Marlies und Ruth kein Teil unseres Lebens waren, sondern *gerade deswegen*. Eine zu große Nähe hätte nur Schwierigkeiten für uns bedeutet. Sie waren Kritiker, wollten alles verändern.« Susanne hielt inne. »Aber ich begreife nicht: Warum fängst du jetzt wieder davon an? Bestimmt ist sie längst gestorben.«

»Oma ist gerade in Berlin.«

Susanne atmete tief durch. »Ich weiß, sie hat angerufen. Dass ich mich nicht mit ihr treffen kann, ist keine Ausrede – so knapp vor Notenschluss gibt es einfach unendlich viel zu tun. Dann noch der fachfremde Unterricht.«

»Sie hatte einen Schwächeanfall. War im Krankenhaus. Und da dachte sie … da wollte sie …« Lena atmete tief durch. »Mir sagt sie, es sei nur ein Schwächeanfall gewesen, sie habe zu wenig getrunken bei der Hitze. Aber seitdem ist sie verändert.«

»Inwiefern?«

»Ich weiß nicht. Der Transport mit dem Rettungswagen, die Sorge, es könnte etwas Ernsthaftes sein, das hat sie mehr mitgenommen, als sie zugibt. Sie hat erzählt, dass sie Ruth nach der Wende hat suchen lassen, sogar einen Privatdetektiv engagiert hat, der auf Usedom war. Er konnte aber nichts herausfinden.

Oma ist echt angeschlagen. Sie wollte Ruth noch einmal sehen.« Lena fiel es schwer, weiterzusprechen. »Bevor sie stirbt. Du hättest sie erleben sollen, sie ist wirklich fix und fertig.«

Susanne stand auf und lief im Raum auf und ab. »Möchtest du auch etwas zu trinken?«

»Einen Tee. Oder Kaffee.«

Susanne ging in die Küche und kam kurz darauf mit zwei Teetassen zurück, die sie auf den Wohnzimmertisch stellte, dann setzte sie sich in den Sessel neben Lena.

»Hat dir nie etwas gefehlt?«, fragte Lena. »Immerhin war Ruth deine Tante. Wolltest du nie etwas über sie wissen?«

Susanne nippte an ihrem Tee. »Unsere Familie war komplett, wie sie war. Ich hatte meine Großeltern. Meinen Vater. Meine Freundinnen. Die Polizeikollegen, die oft vorbeikamen. Die Schule. Die Jugendfreizeiten. Die FDJ. Immer mal wieder ein Jugendaustausch. Ferienreisen. Dann noch Brieffreundschaften. Zusatzprojekte in der Schule.«

»Hattest du bei alledem eigentlich Zeit für dich?«

»Du meinst zum Alleinsein?« Susanne lachte. »Ich brauche Menschen um mich herum. Ich war auf jeder Feier dabei, bis, ja, bis du geboren wurdest. Danach war ich froh, all die Dinge, die getan werden mussten, überhaupt auf die Reihe zu kriegen. Insgesamt war es ein Glück: Ich konnte beides sein, Berufstätige und Mutter – und das ohne schlechtes Gewissen.«

»Weil ich mehr bei Opa war als bei dir.«

Susanne nickte. »Das stimmt.« Sie sprach immer leiser. »Auch wenn es manchmal wehtat zu sehen, wie eng ihr miteinander wart. Wie du ihm in den Arm gefallen bist zur Begrüßung. Wie er dich hochgenommen hat, deine Arme gepackt und dich im Kreis herumgewirbelt hat. Kannst du dich noch an das Flugzeugspiel erinnern?« Susanne trank ihren Tee in einem Zug aus. »Wie er für dich Pferd gespielt hat und auf allen vieren gekrochen ist, sich sogar einen Sattel aus Kissen umgebunden hat, damit du weicher auf ihm sitzt? Ihr zusammen hattet etwas – da habe ich nicht herangereicht.«

Beide schwiegen. Susanne ging in die Küche und brachte eine Karaffe mit Wasser.

»So hast du nie mit mir gesprochen, so offen. Du hast mir nie gesagt, dass du es schade findest, dass wir uns so fern sind.«

»So war es eben.« Susanne richtete sich auf, goss Wasser in ihre Tasse, doch diesmal nippte sie nur daran. Dann entspannte sich ihr Körper wieder, sie beugte sich vor und nahm Lenas

Hand. »Es war ein Privileg, dass ich nach der Geburt ungestört weiterarbeiten konnte. Und es war auch ein Fluch. Aber was will ich klagen? Es war meine Entscheidung. Hinzu kam …« Susanne schwieg und Lena wartete, dass sie weitersprach. »Peter hat oft gesagt, du hättest so viel von deiner Großmutter. Das Nachdenkliche, das Abwägende, auch das Trotzige, wie du dich trotz aller Konsequenzen gegen etwas stellst, wenn es dir widerstrebt. Ich habe ja gesehen, was mit meiner Mutter passierte. Die Klinik. Wie sie völlig neben sich stand. Ich hatte Angst, du könntest irgendwann enden wie sie. Alles hätte ich gegeben, damit das nicht geschieht. Und es musste ja irgendwie etwas mit der Familie zu tun haben. Mit Vererbung. Eine Generation … zwei Schwestern und beide sind – wie soll ich es sagen? Herausgefallen aus der Gesellschaft. Ich wollte, dass es dir gut geht. Dass du glücklich bist. Und ich hatte immer das Gefühl, dass Peter viel besser mit dem Rebellischen in dir umgehen konnte. Auch mit dem Träumerischen. Wenn du so abwesend vor dich aus dem Fenster gestarrt hast wie oft beim Essen, habe ich an meine Mutter in der Klinik gedacht, an die Ähnlichkeit. Ich wollte einfach nur das Beste für dich.« Vorsichtig streichelte Susanne Lenas Arm. »Das ist das Schwerste an der Elternschaft überhaupt: Man will das Beste. Aber was ist das Beste? Das weiß man erst im Nachhinein. Ein Kind zu erziehen, ist, als sollte man Lottozahlen ankreuzen. Welche dann gezogen werden, kann niemand beeinflussen.«

Lena nahm Susannes Hand und drückte sie fest.

Seit Lena denken konnte, hatte sie die Distanz zwischen sich und ihrer Mutter auf sich selbst bezogen, gedacht, Susanne würde sie nicht lieben, sie als Unfall betrachten. Nun begriff sie, dass so viel mehr dahintersteckte, dass das, was Susanne gerade erzählt hatte, erst der Anfang war.

Üblicherweise würde Lena nun aufstehen, sich verabschieden und gehen, weil Susanne ja eigentlich hatte arbeiten wollen. Nun blieb sie sitzen und fragte: »Was hältst du davon, wenn wir zusammen ausgiebig brunchen? Mit Pfannkuchen und allem Drum und Dran?« Sie konnte sich nicht daran erinnern, wann sie zuletzt gemeinsam in der Küche gestanden hatten. Es musste Jahre her sein.

Kapitel 15

1965

Unzählige Male nahm Ruth sich vor, aufzustehen und zum Forsthaus zu gehen, um wenigstens ein paar Stunden zu schlafen, bevor die neue Arbeitswoche begann. Doch der Anblick all der Lebendigkeit zog sie immer wieder erneut in seinen Bann.

Gerade, wenn sie sich abwenden wollte, tauchten noch mehr Fledermäuse auf, die kreuz und quer im Mondschein herumflogen, sich näherten und zurückwichen. Manchmal nahm sie nur ein dunkles Vorbeizischen wahr. Doch die Fledermäuse flogen so oft vorbei, dass es ihr nach und nach gelang, sich ein klareres Bild von den Tieren zu machen, mit der runden Schnauze, dem schwarzen Körper, der an der Bauchseite etwas heller war. In der Ferne rief ein Käuzchen, dann klarte sich der Himmel vollständig auf und der Mond leuchtete so intensiv, dass die Bäume dunkle Schatten warfen.

Erst als sich über den Wipfeln am Himmel ein zarter roter Schein zeigte, nahm die Menge der herumfliegenden Insekten ab und die Fledermäuse kehrten in ihre Quartiere zurück. All die toten Bäume mit ihren abstehenden Rinden, mit ihren Spalten und Rissen, diese schräg gewachsenen und halb umgekippten Tannen boten ihnen perfekte Verstecke.

Mit der Morgendämmerung kam die Kälte. Eine kühle Feuchte kroch durch ihre Kleidung, erst in ihre Hände und Füße, dann in die restlichen Glieder. Ruth stand auf und streckte sich.

Ihre Augen hatten sich inzwischen so an die Dunkelheit gewöhnt, dass sie keine Probleme hatte, erst den Wildpfad und dann den weiteren Weg aus dem verwilderten Waldstück herauszufinden.

Die See war an diesem Tag aufgewühlt, obwohl zwischen den Bäumen vom Wind, der über dem Wasser herrschte, nichts zu spüren gewesen war. In Strandnähe war das Donnern der Brandung so intensiv, dass Ruth es als Orientierung nutzen konnte. Sie musste sich nur parallel dazu bewegen.

Bald erreichte sie den Pfad, der an der Klippe entlang zum Forsthaus führte. Kurz glaubte sie, Stimmen zu hören, irgendwo vor sich ein Licht aufflackern zu sehen, doch es waren bestimmt die Müdigkeit und ihre von all den Eindrücken überreizten Sinne, die ihr etwas vorgaukelten. Um diese Uhrzeit war der Pfad immer menschenleer. Konzentriert setzte sie einen Schritt vor den anderen. Obwohl sie völlig übermüdet war, fühlte sie sich nicht schlapp, sondern wie unter Strom.

Mit zunehmender Helligkeit erkannte sie die See und die Schiffe im Hintergrund immer deutlicher. Innerhalb weniger Minuten wurden der Wind und der Wellengang so stark, dass sie nicht mehr in Richtung Wasser blicken konnte, weil ihr dann selbst oben auf der Klippe Sand und Feuchtigkeit ins Gesicht geweht wurden. Ruth konzentrierte sich auf den Boden direkt vor sich und setzte einen Schritt vor den anderen.

Endlich erreichte sie die Biegung zum Forsthaus, gerade noch rechtzeitig, als Regen einsetzte, der kurz darauf in Hagel überging. Eilig rannte sie über den Platz zum Hof und schlüpfte ins Innere.

Ruth stutzte. Sie brauchte das Licht nicht einzuschalten, weil es bereits brannte. Die Tür zu Herrn Moosbachers Räumen war geöffnet, obwohl er sonst penibel darauf achtete, sie geschlossen zu halten. Langsam trat sie auf die Tür zu und lugte ins Innere.

»Herr Moosbacher?«

Es kam keine Antwort. Er war nirgends zu entdecken. Sein Bett mit der glatt gestrichenen Tagesdecke darüber sah unberührt aus. Auch die Tür zum Schlafraum der »Jungs«, wie sie ihre Kollegen scherzhaft nannte, stand offen. Innen war er hell erleuchtet.

»Hallo!« Irritiert verharrte Ruth.

Weder Werner noch Andreas oder Manfred antworteten. Sie überlegte, zum Haupthaus hinüberzugehen und dort nach den vieren Ausschau zu halten, aber sie war von der kurzen Strecke im Regen so durchnässt, dass sie vor Kälte zitterte. So holte sie sich frische Kleidung aus ihrem Zimmer, dazu ein Handtuch und Seife und wollte die Zeit nutzen, um vor der Rückkehr ihrer Kollegen eine Dusche zu nehmen.

Angenehm prickelte das Wasser auf ihrer Haut, das sie so warm stellte, dass es fast schmerzte. So verschwand die Kälte am besten aus ihrem Körper. Gerade als sie den Hahn abdrehte und nach dem Handtuch greifen wollte, ließ ein Schrei sie zusammenzucken.

Herr Moosbacher stand im Türrahmen, starrte sie an, als wäre sie ein Geist. Sie griff eilig nach ihrem Handtuch, das sie neben der Dusche aufgehängt hatte, doch der Stoff rutschte ihr weg und landete auf dem Boden. Ruth bückte sich, wickelte das nun bereits nasse Handtuch um sich und bedeckte ihre Blöße.

»Wo bist du gewesen?«, fragte er.

»Im Wald. In dem Gebiet, in dem wir diese Woche anfangen zu arbeiten.«

»Bist du völlig von Sinnen, Mädchen?« Er schnappte nach Luft. »Weißt du, was für Sorgen wir uns gemacht haben? Wir haben zwei Suchtrupps organisiert, die noch immer draußen unterwegs sind. Ich habe ihnen gesagt, dass sie weitermachen sollen, trotz Unwetter. Bist du von allen guten Geistern verlassen?«

»Ich dachte … ich wollte …« Ruth versagte die Stimme.

»Ich gebe Entwarnung.« Herr Moosbacher wandte sich ab, dann drehte er sich noch einmal zu ihr. »Wir sprechen uns. Gleich.«

Sie hörte seine festen Schritte, mit denen er zur Tür rannte. Als die Eingangstür geöffnet wurde, wehte kühle Luft bis in den Waschraum, dann fiel die Tür mit einem Knall zu. In der Ferne draußen erklangen laute Stimmen. Sie konnte kein Wort verstehen, weil Hagel gegen die Fenster schlug und Wind ums Haus heulte.

Gebückt eilte sie in ihr Zimmer, zog ein zweites Handtuch hervor und trocknete sich so schnell wie möglich ab. Noch bevor sie angezogen war, klopfte es an ihrer Tür.

»Gleich«, rief sie, zog sich ihren Mantel über, schlüpfte barfuß in ihre Stiefel und öffnete.

»Ruth, Ruth, Ruth«, sagte Herr Moosbacher. »Ich habe Bescheid gegeben, dass du aufgetaucht bist. Es wird noch dauern, bis alle vom Suchtrupp zurück sind. Jetzt kleide dich richtig an und komm anschließend zu mir rüber. Auf deine Erklärung bin ich gespannt. Die heute geplanten Arbeiten fallen wegen des Unwetters übrigens aus.« Er schloss die Tür.

Eilig zog Ruth Schuhe und Mantel aus, schlüpfte in Socken, Hose und Pullover, trocknete mit dem Handtuch ihre Haare, kämmte sie, zog eine Mütze darüber und beeilte sich, zu Herrn Moosbacher zu kommen.

Obwohl seine Tür offen stand, klopfte sie.

Der Förster trat aus dem hinteren Zimmer. Mit einer Handbewegung wies er sie an, die Tür zu schließen und am

Tisch Platz zu nehmen. Ruth blickte sich um. Der Raum war schlicht, aber gemütlich hergerichtet. Auf dem Sofa entdeckte sie zwei mit Vogelmotiven bestickte Kissen, die in ihrer Buntheit und Verspieltheit hervorstachen.

»Ein Geschenk von meiner Frau«, sagte er, stand auf, nahm die Kissen und brachte sie ins Schlafzimmer, wo sie außer Sichtweite waren.

Ruth blickte auf ihre Hände, die sie gefaltet auf der Tischplatte abgelegt hatte.

»Also, was hast du mir zu sagen?«, fragte er.

»Ich war in dem Waldstück, in dem wir diese Woche anfangen wollten zu arbeiten. Es gibt dort eine Lichtung mit einer Blumenwiese, ungewöhnliche Blumen, die ich nie vorher gesehen habe. Auch Fledermäuse leben in den abgestorbenen Bäumen, rund um eine Feuerstelle. Ich dachte nicht, dass sich jemand Sorgen um mich machen würde, dass es überhaupt bemerkt würde, dass …«

»Du hast hier bei mir die Ausbildung begonnen. Ich bin für dich verantwortlich. Was meinst du, wer seinen Kopf hinhalten muss, wenn dir etwas passiert?«

Sie wollte sagen, dass sie kein Kind mehr war, Herr Moosbacher nicht ihr Vater, doch sie schwieg, weil sie sah, wie schnell sich sein Brustkorb hob und senkte, wie sein Gesicht gerötet war – er hatte sich wirklich Sorgen gemacht.

»Tu das nie wieder!«, sagte er.

»Entschuldigung. Es kommt nicht noch einmal vor.«

»Und jetzt geh. Oder warte.« Er trat in den Flur, rief die anderen drei zu sich. Verstohlen blickte Manfred zu ihr, sah dann schnell wieder weg. »Dass heute die Arbeiten im Forst ausfallen, heißt nicht, dass es für uns nichts zu tun gibt.«

Trotz der geschlossenen Eingangstür war der Wind im Innern des Gebäudes zu spüren. Er heulte durch die Fensterrahmen, zog unter den Türritzen hindurch. Es fröstelte sie. Ruth sehnte sich danach, in ihr Bett unter die Decke zu kriechen, doch sie traute sich nicht aufzustehen. Unruhig rutschte sie auf der Sitzfläche hin und her. Zunehmend spürte sie den Hunger und die Müdigkeit aufgrund der durchwachten Nacht. Das Heulen des Windes und das Prasseln des Hagels an den Fensterscheiben erschienen ihr überlaut. Die Luft roch nun auch innerhalb des Gebäudes nach Salz und Tang.

Als sie merkte, wie ihr Kopf in Richtung Brust hinuntersank, traten die vier Männer ein. Andreas blieb stehen, während sich die anderen drei zu ihr an den Tisch setzten.

»Wir haben am Dach des Haupthauses mehrere undichte Stellen«, sagte Herr Moosbacher. »Sie sind bereits notdürftig abgedichtet. Eimer fangen das Wasser auf. Wir sind eingeteilt, um Möbel und Teppiche im gesamten Stockwerk in Sicherheit zu bringen. Anschließend warten wir auf Abruf, falls erneute Schäden entstehen. Die Arbeitsstunden, die heute im Forst ausgefallen sind, werden wir im Verlauf dieser Woche nachholen.« Herr Moosbacher blickte von einem zum anderen. »Und jetzt auf in eure Zimmer. Ihr wartet, bis ich euch Bescheid gebe, dass die Gäste das obere Stockwerk geräumt haben.« Er klatschte in die Hände. »Was sitzt ihr hier wie bestellt und nicht abgeholt?«

Das ließ sich Ruth nicht zweimal sagen. Sie ging in ihre Kammer und schloss die Tür hinter sich. Dass das Fenster in ihrem Raum undicht war, hatte sie bereits geahnt. Nun wurde der Regen vom Wind mit solcher Gewalt gegen die Scheibe geschleudert, dass es an den Seiten hineinregnete. Wasser lief am Fensterrahmen entlang und die Wand hinunter. Ruth drehte alle Handtücher, die sie besaß, zu Rollen, die sie unter dem Fenster auf den Boden legte, damit sich die Nässe nicht weiter ausbreitete. Sie streifte die Schuhe von den Füßen, dann verkroch sie sich ins Bett und zog die Decke bis über den Kopf. Bald breitete sich Wärme in ihrem

Körper aus. Sie dachte an das Waldstück mit den Blumen und den Fledermäusen. Langsam nickte sie ein. Im Traum verwandelten sich die Fledermäuse in Feen, die ihre schwarzen Gewänder abstreiften. Darunter kamen bunte Kleider zum Vorschein, die im Mondlicht leuchteten, als wären sie Sterne in Rot, Grün, Blau, Gelb, Lila und Orange.

Kapitel 16

1965

Es war, als würde das Schicksal selbst das verwunschene Waldstück beschützen. Ruth hatte nie an Übernatürliches geglaubt, doch was jetzt vor sich ging, war kaum mehr als Zufall zu erklären: Zuerst hatte das Unwetter ihnen so viel Arbeit beschert, dass sie zusätzliche Helfer anfordern mussten, um innerhalb von eineinhalb Monaten alle Schäden am Forsthaus, an den Waldwegen und am Strand zu beseitigen. Mehr Bäume als je zuvor waren umgestürzt, die sandigen Hänge abgerutscht. Zwischendurch ging die Motorsäge kaputt, sodass sie zur Reparatur in eine Fachwerkstatt gebracht werden musste, die wiederum die nötigen Ersatzteile nicht vorrätig hatte.

Ohne Motorsäge wollte Herr Moosbacher nicht mit der Arbeit im verwilderten Waldgebiet beginnen, denn sie brauchten sie, um zuerst eine Schneise zu schlagen. Ohne die war für einen Traktor kein Durchkommen möglich. Dann hatten sich erst Werner und wenige Tage später noch Herr Moosbacher eine Angina mit hohem Fieber zugezogen. Da Manfred auch fieberte, verbot der Arzt den dreien für zwei Wochen schwere körperliche Arbeit und verwies auf mögliche

Komplikationen. Währenddessen nutzten Ruth und Andreas die Zeit, um den Dachdeckern zur Hand zu gehen, die bei den Ausbesserungsarbeiten jede Unterstützung gebrauchen konnten.

Dann kam die reparierte Säge zurück, ging aber zwei Tage später wieder kaputt, nachdem die Kette von Anfang an ungleichmäßig gelaufen war. Da keine Originalersatzteile mehr lieferbar waren, musste improvisiert werden. So wurde die Säge erneut zur Reparatur gebracht.

Inzwischen war es Sommer geworden. Auch die letzte Kammer des Forsthauses war belegt, auf der Außenterrasse saßen in den lauen Abendstunden bis weit nach Mitternacht Urlauber an ihren Tischen, plauderten und lachten. Ruth mochte es, dem munteren Durcheinander der Stimmen zuzuhören, während sie einschlief. Auch frühmorgens bei ihren Strandspaziergängen vor Arbeitsbeginn traf Ruth auf Wanderer. Es war ein Kommen und Gehen, eine Lebendigkeit, die sie an dem im Winter so abgeschiedenen Ort niemals erwartet hätte.

Wenn es ihr zu viel wurde, wenn die Urlauber auch nach Mitternacht immer lauter wurden, schlüpfte sie in ihre Hose, zog Pullover und Schuhe über und schlich sich leise ins Freie. So auch in dieser Nacht.

Es waren genügend Fenster im Haupthaus erleuchtet, sodass das Licht über den Hof und weiter über den Platz leuchtete, der oben auf dem Hochweg entlang des Abhangs zum verwilderten Waldstück führte. An der See brauchte sie keine künstliche Beleuchtung mehr. Der Mond war hell genug, sodass sie über stehende Wurzeln und größere Steine vor sich erkennen konnte.

Eine halbe Stunde später erreichte sie den Wildpfad, den sie mit Ästen und Gestrüpp getarnt hatte. Er führte direkt in den Wald hinein. Die Tarnung ließ sich mit einer Bewegung wie ein Tor zur Seite schieben und wieder schließen. Durch die Bäume, die sie nun umgaben, war es zwar dunkler, doch Ruth war die

Strecke schon so oft gegangen, dass sie sich in der Dunkelheit zurechtfand. Der Wildpfad verlief in einer Vertiefung, rechts und links davon war der Boden erhöht, sodass sie mit ihren Fußsohlen durch die Schuhe spüren konnte, ob sie auf dem richtigen Weg war. Im Unterholz knackte es, manchmal flogen dicht neben ihr Vögel auf, deren Flügel sich wie kleine Propeller anhörten. Es gab eine Eule, vor der Ruth Respekt hatte, doch in dieser Nacht war sie nirgends zu entdecken. Vor einer Woche hatte die Eule Ruth wie zum Angriff angeflogen. Nie zuvor hatte sie einen so riesigen Vogel gesehen. Ruth hatte sich unter den Schwingen geduckt, sich zusammengekauert, die Hände zum Schutz um ihren Kopf geschlungen. Sie hatte die Berührung der Eule gespürt. Es war ein kurzes Streifen mit den Krallen oder der Flügelspitze, dann war die Eule wieder höher in die Luft aufgestiegen, hatte sich über die Baumwipfel hinaus erhoben. Ruth hatte ihr zugesehen, wie sie auf die Lichtung zugeflogen war.

Seitdem achtete sie genauer auf den Ruf der Eule, um dann in die Hände zu klatschen und das Tier vorzuwarnen. Auch schaute sie immer wieder in die Baumkronen, ob sich vor dem nächtlichen Himmel die Umrisse der Eule dunkel abzeichneten. Auf eine weitere Begegnung wollte sie es nicht anlegen.

Als sie sich der Lichtung näherte, stutzte sie: Es roch nach Rauch, nach dem Verbrennen von nicht vollständig durchgetrocknetem Holz. Langsam ging sie weiter voran, blieb zwischendurch stehen und lauschte. Dann konnte sie zwischen Bäumen hindurch auf die Feuerstelle sehen. Das Feuer brannte! Sie rieb sich die Augen, weil der Rauch direkt in ihre Richtung wehte. Nur mit Mühe konnte sie ein Husten unterdrücken. Eine Weile verharrte sie bewegungslos und still. Sie konnte nur die Fledermäuse entdecken, die sich wie jede Nacht auf der Jagd befanden, aber keinen Menschen. Aus der Distanz sah es beeindruckend aus, wie die Tiere sich halsbrecherisch vom Himmel stürzten, um dann kurz vor dem Boden wieder aufzusteigen.

Ruth nahm all ihren Mut zusammen, hob einen dicken Stock vom Boden auf und ging bis zur Mitte der Lichtung, sodass sie von der Ankunft des Menschen, der das Feuer angezündet hatte, nicht überrascht werden konnte.

»Hallo?«, rief sie und lauschte. Eine Mücke sirrte nah an ihrem Kopf vorbei, dann spürte sie einen Stich im Nacken und schlug drauf. Doch im Wald war außer den üblichen Geräuschen der Fledermäuse und der anderen Kleintiere nichts zu hören. Nicht einmal Wildschweine tauchten auf.

Sie wartete noch eine Weile. Als sich nichts Ungewöhnliches regte, setzte sie sich ans Feuer und legte Holz nach. Eigentlich wollte sie wachsam bleiben und diesmal nicht einschlafen, doch das Knacken und Prasseln der Flammen, die Wärme, die ihr ins Gesicht strahlte – all das ließ sie schläfrig werden, sodass sie sich auf dem Moosbett hinlegte, um kurz die Glieder auszustrecken. Innerhalb weniger Minuten wurden ihr die Augen schwer.

Sie fiel in einen tiefen, traumlosen Schlaf. Üblicherweise wurde sie in ihrer Kammer im Forsthaus mehrmals in der Nacht von unruhigen, wirren Träumen geweckt, an die sie sich nach dem Aufwachen kaum erinnern konnte. Was blieb, waren ihr schneller Atem und der rasende Puls, manchmal verbunden mit dem Gefühl, nicht genügend Luft zu bekommen. Auch fiel es ihr in der Kammer schwer, zügig wieder einzuschlafen. Dann lauschte sie in die Nacht, wie der Regen an die kleine Scheibe schlug, wie er prasselte oder hämmerte, sich manchmal anhörte, als würde jemand mit seinen Fingernägeln dagegentrommeln, um ihr eine Nachricht zu überbringen, die sie nicht verstand. Doch obwohl sie all die Monate Zeit gehabt hatte, sich an die Geräusche im Forsthaus zu gewöhnen, kamen sie ihr noch immer fremd vor, als wäre sie ein Gast auf Durchreise.

Im Wald war es anders, auch wenn es dort unvermittelt im Unterholz knackte, die Eule rief, die Blätter raschelten und der Wind säuselte. Auf der Lichtung hatte sie keine Angst, wenn sie den Blick nach oben in die Baumkronen richtete, egal ob es Tag oder Nacht war, ob sich die Blätter vor der Sonne oder vor dem Sternenhimmel abzeichneten. Ihr Herz schlug langsamer, ihr Atem beruhigte sich und alle grüblerischen Gedanken waren verschwunden. An diesem Ort grämte sie sich nicht mehr über die Vergangenheit und es war gleichgültig, welch körperlich schwere Arbeiten am nächsten Tag anstanden. Auf ihrer Lichtung brauchte sie nichts zu erreichen, nichts zu erklären und niemandem zu gefallen. Wenn sie auf ihrem Moosbett lag, wärmte es sie von unten und passte sich an ihren Körper an, umschloss sie an den Seiten. Es fühlte sich an, als hätte nicht sie das Moosbett für diesen Zweck gemacht, sondern als wäre ihr Körper genau dafür geschaffen worden, zu dieser Zeit an diesem Ort zu liegen.

Als sich die Morgendämmerung ankündigte, wachte sie auf. Der einsetzende Vogelgesang war zu ihrem Wecker geworden.

Langsam öffnete Ruth die Augen. Sie blickte sich um und betrachtete die Bewegungen der Äste und Blätter über sich, die sich vor dem diffusen Grau des bald nahenden Sonnenaufgangs noch schwarz, ohne Farben, aber deutlich konturiert vor dem Himmel abzeichneten. Sie streckte sich und setzte sich auf. Es war, als hätte eine Langsamkeit von ihr Besitz ergriffen, die sie in der Form niemals zuvor kennengelernt hatte. Die Wiese war mit Tau bedeckt, doch sie wollte nicht warten, bis das Sonnenlicht jeden einzelnen Tautropfen wie einen Diamanten strahlen ließ, sondern sie stand auf, um frühzeitig zurück im Forsthaus zu sein.

Doch es gab keinen Grund zur Eile. Sie konnte gemächlich einen Schritt vor den anderen setzen und zwischendurch stehen bleiben, um eine Weile am Wasser die Fähre zu beobachten, die von Südwesten kam und sich kaum merklich Richtung Schweden bewegte.

Noch bevor sie das Forsthaus erreicht hatte, kamen ihr die ersten Wanderer entgegen. Von der Klippe aus konnte sie sehen, wie die Urlauber verstreut und zügig an der Brandung entlangliefen, teilweise barfuß im Wasser, aber mit einer solchen Geschwindigkeit, als gäbe es Preise zu gewinnen. Ruth hatte es aufgegeben, ihnen zuzuwinken oder sie zu grüßen, weil niemand sie auf dem Klippenweg bemerkte. Die Gäste blickten nur auf die eigenen Füße, als hätte ihnen jemand verboten, nach oben zu schauen.

Am Forsthaus angekommen, öffnete Ruth leise die Tür. Inzwischen wusste sie, in welcher Geschwindigkeit sie die Klinke drücken musste, um ein Quietschen zu vermeiden. Sie schob den Riegel wieder vor und schlüpfte in ihre Kammer. Noch knapp eine Stunde blieb ihr bis zur offiziellen Weckzeit. Sie zog die Schuhe aus, hängte die Jacke über den Stuhl und legte sich auf die Matratze. Dann zog sie die Decke bis zum Kinn und versuchte sich vorzustellen, sie wäre noch auf der Lichtung.

Gerade als Werner an ihre Tür klopfte und sie verschlafen seinen Gruß erwiderte, war sie für ein paar Minuten eingenickt gewesen.

»Ich komme gleich«, rief sie, richtete sich auf und öffnete ihre Tür.

Durch den entstehenden Luftzug zwischen dem undichten Fenster und der Tür rutschte die Tageszeitung, die seit zwei Tagen ungelesen auf dem Tisch lag, auf den Boden. Sie schaltete das Licht an und hob die Zeitung auf. Dabei fiel ihr Blick auf die Überschrift: *Zu Besuch bei der Fledermausmarkierungszentrale in Dresden.*

»Kommst du?«, klang es hinter ihr.

Ruth zuckte zusammen, so vertieft war sie in den Text, den sie wieder und wieder las. Es war, als würde sie den Schlüssel für eine Tür in der Hand halten, von der sie vorher gar nicht geahnt hatte, dass sie überhaupt existierte.

Kapitel 17

2021

Nach dem Frühstück lehnte Lena sich satt zurück. Sie musste den Knopf am Hosenbund öffnen, zu sehr drückte er am Bauch. Es war ungewohnt entspannt zwischen Mutter und Tochter, zum ersten Mal seit Langem wägte Lena nicht jedes Wort ab. Und auch Susanne war gesprächiger, als Lena sie je erlebt hatte.

»Meinst du, es ist schon zu spät?« Susanne blickte auf ihre Uhr.

»Zu spät für was?«

»Um ins Hotel zu gehen. Zu Marlies und Günther. Soweit ich weiß, legt sich Marlies ja regelmäßig mittags hin und Günther auch.«

»Es ist doch erst halb zwölf. Sie essen nicht vor eins.«

»Ich müsste zwar noch arbeiten – aber was soll's. Kommst du mit? Zu Marlies?«, fragte Susanne.

Lena zögerte nicht. Natürlich kam sie mit.

Eine halbe Stunde später betraten sie das Hotel in der Innenstadt. Sie gingen am Pförtner vorbei, denn Lena wusste, in welchem Zimmer Marlies wohnte.

»Oma? Ich bin es«, rief Lena, während sie an die Zimmertür klopfte.

Marlies öffnete und umarmte Lena, dann erst bemerkte sie Susanne und ließ Lena los.

Susanne blieb im Gang in so großer Entfernung stehen, dass sich die beiden Frauen nicht einmal mit einem Handschlag begrüßen konnten.

Doch dann merkte Lena, wie ein Ruck durch den Körper ihrer Mutter ging. Susanne reichte Marlies die Hand. Vorsichtig umarmten sich die beiden anschließend, als könnten sie sich aneinander verbrennen.

»Kommt rein«, sagte Marlies, öffnete die Tür weiter und trat einen Schritt beiseite. Sie zeigte auf die Sitzgruppe.

»Günther ist nebenan im Schlafzimmer. Er hat sich hingelegt und ist wahrscheinlich schon eingenickt. Die Zeitverschiebung.« Marlies nickte in Richtung der geschlossenen Tür.

Die drei Frauen setzten sich. Üblicherweise plauderte Lena unbeschwert, wenn sie ihre Oma traf, doch nun lag Anspannung im Raum wie kurz vor einem Sommergewitter.

Marlies bot Getränke aus dem kleinen Kühlschrank an, stellte alle vorhandenen Getränkeflaschen auf den Tisch, doch nur Lena entschied sich für eine Limonade. Die beiden anderen wollten nichts trinken.

»Ich habe von deinem Krankenhausaufenthalt gehört«, sagte Susanne.

»Nicht so schlimm. Nur der Kreislauf.« Marlies wischte mit der Hand durch die Luft, als wollte sie eine Mücke vertreiben.

»Ich habe es nicht gewusst, sonst … Weißt du …«

»Wie gesagt, es ist alles im Lot.«

»Als Lena es mir erzählt hat … auch dass du Ruth suchen willst … was sich so endgültig anhört, als würdest du …

natürlich ist keiner von uns unsterblich, aber immer habe ich gedacht … Was ich sagen will – mit einem Mal ist mir klar geworden, dass unsere Zeit begrenzt ist.« Susanne blickte zu Boden. Sie knetete ihre Hände.

»Es geht mir gut«, sagte Marlies. Auch ihr fiel es sichtbar schwer, sich plötzlich darauf einzustellen, dass Susanne ihr nicht mehr auswich, sondern das Gespräch suchte.

»Es ist viel zu viel Zeit vergangen, ohne dass wir wenigstens versucht haben, miteinander zu reden. Wir sollten so nicht weiterleben, aneinander vorbei.« Susanne hob die Hand, als Marlies etwas erwidern wollte. »Das lag nicht an dir, ich weiß. Ich war diejenige, die abgeblockt hat, als du dich kurz nach der Wende vom Westen aus gemeldet hast. Ich habe es nicht geschafft, dich in mein Leben zu lassen. Es hat sich so viel Trauer angehäuft in all den Jahrzehnten, so viel Distanz. Ich habe nie eine Mutter gehabt. Sicher, das kann ich dir nicht vorwerfen, ich weiß, du bist krank gewesen.«

»Ich bin immer gesund gewesen. Wahrscheinlich würde man heute eine Depression nach der Geburt diagnostizieren, aber es ist nichts, weswegen jemand fast sein gesamtes Leben in der Psychiatrie verbringen sollte.« Marlies' Körper straffte sich. »Ich war nicht krank. Ich war störrisch. Ein Stolperstein auf dem Weg zum beruflichen Erfolg deines Vaters.« Marlies hielt sich beide Hände vor die Augen, dann blickte sie Susanne direkt an. »Sicher, es waren die Umstände, das System. Und ich hätte auch klein beigeben können, mich fügen. Aber das war und ist kein besonderes Talent von mir.«

»Dass ich den Kontakt zwischen Lena und dir unterbunden habe, dass ich nicht mit dir sprechen wollte – ich verstehe, wenn du das nicht entschuldigen kannst. Aber ich will es dir trotzdem erklären. Ich hatte Angst, dass meine Erinnerung an Peter zerstört wird. Für mich war er alles. Ohne ihn hätte ich es niemals geschafft, Lena aufzuziehen. Er war für mich und auch für sie ein guter Vater, ein liebevoller Opa. Niemand, der seine Frau in die Psychiatrie abschiebt und wegsperren lässt.«

»Und doch hat er es getan. Und noch mehr als das.«

»Aber es gab auch all die schönen Momente. Die Urlaube mit ihm, die Auslandsreisen nach Moskau, wo wir im Hotel wie die Könige behandelt wurden. Wie er mit Lena früher gespielt hat. All das.«

»Manche Menschen haben zwei Seiten. Sie teilen ihr Leben in getrennte Bereiche auf, in denen sie unterschiedliche Rollen erfüllen. Und Rollen hat Peter immer gut erfüllt«, sagte Marlies. »Er war ein guter Staatsdiener, wohl auch ein liebevoller Vater und Großvater.«

Sie schwiegen. Aus dem Nachbarraum erklang ein gleichmäßiges Schnarchen. Autos fuhren auf der Straße vor dem gekippten Fenster vorbei. Spatzen zwitscherten.

»Die Zeit, die uns bleibt – jetzt klinge ich wieder so pathetisch. Was ich meine ist …«, sagte Susanne, »dass ich mir wünsche, wir könnten noch einmal neu anfangen. Aufeinander zugehen. Uns zuhören. Uns erzählen, was uns bewegt. Füreinander da sein. Sicher geht das nicht von heute auf morgen, aber um zu zeigen, dass es mir ernst ist, will ich auch helfen, dass du Ruth wiederfindest. Weil es dir etwas bedeutet. Unabhängig davon, was ich davon halte.«

»Und was hältst du davon?«, fragte Marlies.

Lena wünschte sich so sehr, dass ihre Mutter jetzt schwieg. Am liebsten hätte sie Susanne einen Ellbogen in die Seite gestoßen, um sie zum Innehalten zu bewegen, doch Susanne saß zu weit entfernt. Von den Blicken, die Lena ihrer Mutter zuwarf, schien die nichts zu bemerken.

»Ruth und du, ihr habt euch doch früher auch nicht gut verstanden«, sagte Susanne, »habt den Kontakt längst vor deinem Psychiatrieaufenthalt abgebrochen, das weiß ich von Peter und von deinen Eltern. Ruth war eine Einsiedlerin, sie hat immer den Kontakt zu Menschen gemieden. Wie Peter es erzählte, war sie schon fast autistisch. Hinzu kommt: Menschen ändern sich. Das Mädchen, das du früher gekannt hast, das gibt es sowieso nicht mehr. Insofern ist die Realität: Selbst wenn sie noch lebt, findest du nicht die Ruth von damals wieder. Ihr würdet wie Fremde aufeinandertreffen.«

»Sie ist und bleibt meine Schwester!«

»Die biologische Abstammung sagt gar nichts, wenn sich daraus keine Beziehung ergibt.«

Dass es sich mit einem Mal kühler im Zimmer anfühlte, lag nicht nur daran, dass die Klimaanlage angesprungen war. Es war, als würden trotz Susannes gutem Willen die Konflikte zwischen ihnen aufploppen wie Silvesterraketen am Himmel.

»Susanne will uns unterstützen, Ruth zu finden«, sagte Lena, um zu vermitteln. »Wir können jede Hilfe gebrauchen.«

»Und was konkret hast du dir überlegt, wie wir Ruth aufspüren könnten?«, fragte Marlies.

»Noch nichts direkt.« Susanne zuckte mit den Schultern.

»Lass uns noch mal die Bildersuche im Internet aufrufen.« Lena zog ihr Handy hervor. »Grundsatzgespräche führen uns jetzt auch nicht weiter.« Lena nahm auf der Lehne von Marlies' Sessel Platz und zeigte die Bilder. Sie merkte, wie schwer es Susanne fiel, auf der anderen Sessellehne Platz zu nehmen, um mit auf das Display zu schauen.

»Wenn irgendjemandem von uns etwas auffällt, sagt er ›Stopp‹«, schlug Lena vor.

Langsam tauchte ein Bild nach dem anderen auf und verschwand wieder.

»Stopp mal«, sagte Susanne. »Diese Wissenschaftlerin aus den USA. Könnte die es nicht sein? Die Haarfarbe stimmt. Die Gesichtsform. Das Interessengebiet. Das Alter passt.«

»Ich habe die Biografie schon gestern aufgerufen. Ein

Studium in Wien und in den USA am Massachusetts Institute of Technology. Besser geht es kaum.«

»Das kann sie nicht sein«, sagte Marlies. »Ich würde sie doch wiedererkennen, wenn ich ein Foto von ihr sähe.«

Noch eine Viertelstunde betrachteten sie die Fotos der Suchergebnisse. Als Marlies sagte, sie sei müde, verabschiedeten sich Lena und Susanne.

Schweigend gingen Lena und Susanne die Straße entlang, bis sich ihre Wege an der Kreuzung trennten, an der Lena sich nach rechts wandte und Susanne weiter geradeaus gehen musste.

»Mach's gut«, sagte Susanne. »Und grübele nicht zu viel. Es war ein Versuch, der gründlich schiefgegangen ist. Aber es ist okay. Dass die große Versöhnung folgt, wenn einer begreift, dass er sich wie ein Idiot verhalten hat, das gibt es nur im Fernsehen.«

Kapitel 18

1965

Nach dem Abendessen beeilte sich Ruth, Herrn Moosbacher auf dem Rückweg zum Nebengebäude auf dem Hof einzuholen, um mit ihm unter vier Augen zu sprechen. Kurz rannte sie, dann blieb sie neben ihm stehen. »Kann ich nicht den Sommer über hierbleiben?«, fragte Ruth.

Herr Moosbacher runzelte die Stirn und musterte sie. »Allein? Im Nebengebäude des Forsthauses?«

»Es würde doch niemanden stören.« Zweimal war sie in den vergangenen Monaten für ein verlängertes Wochenende zu ihren Eltern gereist, jedes Mal war sie im Anschluss daran froh gewesen, wieder zurück im Forsthaus zu sein. So anstrengend die Waldarbeit auch war und obwohl sie die Distanz zu Manfred, Werner und Andreas noch nicht überbrückt hatte, war inzwischen hier auf der Insel ihr Zuhause. Wenn sie Zeit für sich brauchte, ging sie auf die Lichtung in dem verwunschenen Waldstück. Das war ihr Rückzugsort, ihre Zuflucht. »Das Geschäft meines Vaters bleibt sowieso geöffnet, auch die gesamten Sommermonate durch. Freizeit kennen meine Eltern nicht.«

»Du wirst dich doch sicher freuen, sie wiederzusehen, und sie werden es auch genießen, wenn du eine Zeit lang wieder zu Hause bist.«

»Ich werde die Handwerker gewiss nicht stören. Wenn die Umbauarbeiten im Nebengebäude stattfinden, kann ich bestimmt kurzfristig eins der Zimmer im Haupthaus beziehen. Wenn ich mit Emilia spreche …«

Herr Moosbacher brachte sie mit einer Handbewegung zum Schweigen. »Nein. Während die Dächer neu gedeckt werden, werden alle, die hier keine dringenden Aufgaben erfüllen müssen, diesen Ort verlassen.«

»Aber …«

»Kein Aber.«

Ruth schwieg und sah zu Boden.

»Ich mische mich nicht in eure Privatangelegenheiten ein«, sagte Herr Moosbacher, »trotzdem mein Rat: Wenn es ein Problem mit deinen Eltern gibt, dann kläre es. Ich kenne deinen Vater näher, wie du weißt. Du kannst mit ihm reden. Man kann immer miteinander reden, auch wenn man glaubt, es wäre unmöglich. Springe über deinen Schatten. Er ist dein Vater. Wer stur bleibt, auf seinen Positionen beharrt, schädigt sich nur selbst. Wem helfen all die Sturheit und das Schweigen? Es ist etwas Wunderbares, dass wir Menschen Worte haben, dass wir uns gegenseitig öffnen können. Du weißt gar nicht, wie es ist zu bereuen, diesen Schritt nicht gegangen zu sein, wenn es plötzlich keine Möglichkeit mehr gibt, Dinge zu klären. Wenn es zu spät ist. Endgültig. Unser Leben ist endlich und manchmal trennt uns der Tod viel schneller, als wir es erwarten.« Herr Moosbacher hustete. Er blickte zum Himmel, dann schwieg er.

Ruth wusste, dass Herr Moosbacher nicht über sie sprach, sondern über sich selbst und seine verstorbene Frau, auch wenn er es nicht erwähnte. Es tat ihr leid, dass die beiden keine Möglichkeit mehr gehabt hatten, alles Unausgesprochene zu klären. Sie hatte das Bedürfnis, seine Hand zu nehmen, doch das wäre zu persönlich.

Herr Moosbacher, der mit hängenden Schultern dastand, richtete sich auf, strich sich mit einer Hand durchs Haar. »Tu es einfach. Fahr zu deinen Eltern nach Templin. Arbeit ist nicht alles. Es braucht auch ein Leben, das sich abseits davon abspielt.«

»In Ordnung. Ich fahre.«

»Eine gute Entscheidung.«

* * *

Die letzten zwei Wochen vor Beginn der Sommerpause vergingen wie im Flug und waren so arbeitsreich, dass Ruth gar nicht mehr dazu kam, zur Waldlichtung zu gehen, sich von den Fledermäusen zu verabschieden und noch einmal das lila blühende Orchideenmeer zu betrachten, das sich inzwischen auf der Lichtung ausgebreitet hatte. Eigentlich hatte sie sich vorgenommen, sich Werners Fotoapparat auszuleihen, um ein paar Bilder zu schießen und sie mit nach Templin zu nehmen, doch auch dafür hatte die Zeit nicht gereicht.

Melancholisch stieg sie in den noch laufenden Wagen des Vaters, beugte sich vor, um ihrer Mutter auf dem Beifahrersitz einen Kuss zu geben. Dann setzte sich Ruth auf den Rücksitz neben ihre Schwester Marlies.

»Danke, dass ihr alle gekommen seid, um mich abzuholen«, sagte Ruth. »Das wäre wirklich nicht nötig gewesen.«

»Ich muss doch auch einmal sehen, wie du hier lebst.« Marlies kurbelte das Fenster hinunter und winkte Werner zu, während ihr Vater den Wagen startete und zurücksetzte.

Werner errötete.

Marlies grinste.

Ruth stieß ihre Schwester an. »Nicht. Lass das.«

»Du kannst mir nicht weismachen, dass zwischen dir und den drei anderen nichts läuft. Wenigstens einer von ihnen …«

»Hör auf mit dem Quatsch. Du bist peinlich.« Ruth stieß Marlies wieder in die Seite.

»Drei junge Männer, einer besser aussehend als der andere. In genau dem richtigen Alter.«

»Sie sind alle Ende zwanzig. Viel zu alt.«

»Perfekt.« Marlies lachte. »Und dann gleich drei auf einen Streich.«

Ruth schwieg und blickte aus dem Seitenfenster. Am Anfang der Strecke auf dem engen Weg durch den Forst musste ihr Vater immer wieder an den Rand fahren und anhalten, um Wanderer und Radfahrer vorbeizulassen.

»Du verstehst überhaupt keinen Spaß«, sagte Marlies.

»Nein.«

»Schluss jetzt. Was ist denn nur los mit euch?«, fragte ihre Mutter.

Nun schwiegen die Schwestern.

Nach einer Weile blickte Ruth verwundert zu Marlies hinüber. Marlies war verändert, ohne dass Ruth es genau fassen konnte. Sie schien härter, in sich gekehrter, zurückgezogener, auch wenn sie es gut verbarg. Ruth nahm sich vor, Marlies bei nächster Gelegenheit darauf anzusprechen, wenn sie ungestört waren.

Bald fuhr ihr Vater rechts auf eine Tankstelle, um den Tank zu füllen, während ihre Mutter sich in der nahen Ortschaft auf die Suche nach einer Toilette begeben wollte. Sie steuerte ein Gasthaus an, das etwas entfernt auf der gegenüberliegenden Straßenseite lag.

»Ich finde es schade, dass wir uns so sehr aus den Augen verloren haben«, sagte Ruth.

»Jede von uns lebt ihr Leben. Das ist der Lauf der Zeit.«

»Das sind doch nur Allgemeinplätze. Wenn du nicht mehr mit mir reden willst, dann sag es einfach und ich halte meinen Mund.«

»Ich bin mitgekommen, weil Vati versprochen hat, zwischendurch kurz anzuhalten. Ich habe dort einer Bekannten etwas gegeben. Fotos. Es war eilig.«

Ruth wartete darauf, dass Marlies Genaueres von der mysteriösen Bekannten erzählte, aber diese schwieg. Ruth musterte Marlies, die ihrem Blick auswich.

Die Sonne schien warm durch die Autoscheibe und im Innern des Wagens breitete sich Hitze aus. Trotzdem kurbelte Ruth die Scheibe nicht hinunter, weil sie befürchtete, Marlies würde vollständig abblocken, wenn dieses Gespräch draußen mitgehört werden könnte.

»Eine Bekannte also. Fotos.« Ruth schüttelte den Kopf. »Geht es noch geheimnisvoller?«

»Ich kenne dich nicht wieder. Du schreibst in deinen Briefen über irgendeine Feuerstelle auf einer Waldlichtung, über Tiere, aber nichts über das, was du dir mal für dein Leben gewünscht hast. Was ist nur aus dir geworden?«

»So ist es nicht.« Ruth blickte ihre Hände an, die rau und rissig waren und sich ohne ihr bewusstes Zutun zu Fäusten ballten. Sie löste die Fäuste und strich den Schweiß der Handinnenflächen an der groben Arbeitshose ab. Marlies schaffte es innerhalb von Sekunden, sie aufzuregen. Was für ein extremer Gegensatz zu früher, wo sie angenommen hatte, dass nichts, aber auch gar nichts ihre Schwester und sie jemals würde trennen können. Ruth nahm ihre Arbeitshose im Vergleich zu Marlies' elegantem knielangem Rock wahr. Neben ihrer Schwester kam sie sich deplatziert vor.

»Es ist ja in Ordnung, dass du das Denken abstellst und dich ins Private flüchtest. Eine Fledermaus hier, ein Schmetterling dort. Ist dir klar, dass sie genau das von uns wollen? Dass wir den Mund halten und uns fügen? Dass wir aufhören zu denken und zu kämpfen? Du bist zu klug, um dein Leben mit einer so stupiden Arbeit zu verbringen.«

»Was soll ich denn deiner Meinung nach tun? Soll ich meine Sachen packen, wie es die Steinhäuslers gemacht haben, und in den Westen gehen? Willst du, dass sie mich beim Grenzübertritt erschießen?« Ruth hielt inne. Sie wusste gar nicht, warum sie sich rechtfertigte. Wütend musterte sie Marlies. »Was ist denn aus deinen eigenen Träumen geworden? Du wolltest Kinderkrankenschwester werden. Und dann willst du mir etwas von Widerstand erzählen?« Ruth lachte laut auf, auch wenn ihr eher zum Weinen zumute war. »Es ist ja immer leichter, mit dem Finger auf andere zu zeigen, anstatt sich an die eigene Nase zu fassen.«

Schon die wenigen Minuten allein im Auto neben Marlies hatten gereicht, dass Ruth sich wünschte, einfach ein Zelt und einen Rucksack zu packen, um den Urlaubsmonat an der Küste entlangzuwandern. Erst hatte sie sich gefreut, dass Marlies während einer längeren Dienstreise ihres Mannes auch einige Wochen im ehemaligen Elternhaus verbrachte. Doch nun wusste sie nicht, wie sie die Zeit zu viert überstehen sollten. Na, das konnte ja heiter werden.

»Ich kämpfe«, sagte Marlies. »Ich bin in einer Widerstandsgruppe, wie du weißt. Wir treffen uns einmal in der Woche. Aber davon willst du ja nichts hören.«

Ruth sah durch das Fenster, wie ihr Vater mit dem Tankwart plauderte. Die beiden Männer standen vor dem Kassenhäuschen und lachten. Es war, als gäbe es zwei Welten, die eine innerhalb und die andere außerhalb des Wagens.

»Was sagen denn …« Ruth musste husten. Sie blickte zu ihrem Vater, der so unbekümmert wirkte, so ausgelassen.

»Es weiß natürlich keiner. Meinst du, ich bin lebensmüde? Wie blöd müsste ich sein, um es am Esstisch zu erzählen!«

»Und Peter? Was ist mit ihm, wenn du auffliegst?« Ruth mochte Peter nicht, auch wenn sie wusste, dass sie sich im Zweifelsfall auf seine Hilfe verlassen konnte. Er war keiner der Bösen und keiner von denen, die es genossen, Macht über andere zu haben. Er war nicht unfair und nicht unmenschlich, aber er beharrte auf seinen Prinzipien. Er war sich sicher, dass er wusste, was richtig und was falsch war. »Ich verstehe dich nicht mehr. Wie du dich verändert hast!«

»Auch du kannst etwas ändern. Komm mit. Nächste Woche, wenn wir uns wieder treffen. Petra und Ulrike sind mit dabei. Ich glaube, du hast sie sogar einmal kennengelernt.«

Ruth schüttelte den Kopf. Die beiden Namen sagten ihr nichts. »Ich will von alledem gar nichts wissen!« Sie war froh, dass ihr Vater das Gespräch mit dem Tankstellenbesitzer beendet hatte und sich wieder dem Wagen näherte. Ruth kurbelte die Scheibe herunter. Sie hatte das Gefühl zu ersticken. Marlies begann, mit einer Hand die Fingernägel ihrer anderen Hand zu reinigen. Das Knacken jagte Ruth einen Schauder über den Rücken, aber sie sagte nichts, sondern wartete auf den Fahrtwind, auch wenn sie wusste, dass er die Schwere, all das Drückende, das sie empfand, nicht wegpusten konnte.

Kapitel 19

1965

Ruth ging nach der Ankunft in ihrem Elternhaus in Templin zuerst in ihr ehemaliges Kinderzimmer. Der Boden war gesaugt, kein Staub lag auf dem Schreibtisch oder in den Regalen, das Bett war frisch bezogen. Die Bettdecke und die Kissen rochen nach Waschmittel und dem Trocknen draußen in der Sonne. Das Fenster kam ihr im Vergleich zu dem in ihrer Kammer auf Usedom übermäßig groß vor. Sie legte sich auf die Decke und griff in die Ritze zwischen Bett und Wand. Noch immer befanden sich dort die Naturwissenschaftsbücher. Ruth zog ein Physikbuch aus der zwölften Klasse heraus und blätterte darin. Im Aufgabenteil deckte sie die mit Bleistift hingeschriebenen Lösungen mit ihrer Handfläche ab und merkte schnell, dass nichts von alledem, was sie gelernt hatte, in Vergessenheit geraten war. Und doch blieb die aufgeregte Begeisterung, die sie früher beim Blättern in diesem Buch empfunden hatte, aus. Langsam ließ sie das Buch wieder in sein Versteck hineingleiten. Aus dem Nachbarzimmer war leise Musik zu hören. Kurz überlegte Ruth, hinüberzugehen, doch sie wollte die Diskussion mit Marlies nicht fortsetzen, nicht das Gefühl haben, sich rechtfertigen zu müssen für etwas, das keine

Rechtfertigung brauchte. Sie war der Rolle der kleinen Schwester entwachsen, hatte nicht mehr das Bedürfnis, es Marlies recht zu machen. Ruth spürte das Kribbeln unter ihren Fußsohlen, die es gewohnt waren, sie über den Tag verteilt kilometerweit über die Insel zu tragen. Es war ungewohnt, einfach nichts zu tun. Selbst an ihrem Lagerplatz auf der Waldlichtung blieb sie nicht untätig. Feuer musste entzündet und geschürt werden, es gab immer etwas zu beobachten.

Nun waren die Musik aus dem Nachbarraum, das Geräusch der hin und wieder vorbeifahrenden Autos und der leichte Windzug, der vom Fenster über ihr Gesicht wehte, die einzigen Reize. Ihr Gesicht begann vor Nervosität zu jucken. Es kribbelte auch noch weiter, als sie mit den Händen darüberrieb und die einzelnen Haarsträhnen, die über die Stirn fielen, zurückstrich.

Ruth stand wieder auf. Anstatt sich wie geplant etwas auszuruhen, wurde sie vom Herumliegen nur unruhiger. So öffnete sie den Koffer und zog den Zeitungsartikel über die Fledermausmarkierungszentrale in Dresden heraus, den sie seit Wochen mit sich herumtrug. Dort war auch die Adresse des Instituts angegeben. Aus dem Regal nahm sie ihren alten Schulfüller und ein Blatt Papier. Briefumschlag und Marke würde sie später aus dem Hinterzimmer des Eisenwarengeschäfts besorgen. Von unten war nun das Klappern von Töpfen und Geschirr zu hören. Kurz überlegte Ruth, hinunterzugehen und zu helfen, doch dann wurde im Nachbarzimmer die Musik ausgeschaltet und Marlies' Schritte erklangen auf der Treppe.

Ruth setzte sich an ihren Schreibtisch und schaute immer wieder hinaus, während sie schrieb:

Sehr geehrte Damen und Herren,
mit Interesse habe ich den Bericht in der Berliner Zeitung über Ihre Fledermausmarkierungs-

zentrale gelesen. Nach der Schule habe ich eine Ausbildung zur Forstwirtin auf Usedom begonnen und beschäftige mich dort in meiner Freizeit mit der Beobachtung der dortigen Fledermäuse. Dadurch habe ich einiges über diese faszinierenden Tiere gelernt. Gerne würde ich mehr über Fledermäuse erfahren. Die Fachliteratur zu dem Thema ist spärlich, so würde es mich sehr freuen, wenn es möglich wäre, während meiner Urlaubszeit in diesem Sommer bei Ihnen ein Praktikum zu absolvieren und Ihnen bei der Arbeit zu helfen.

Ich würde mich freuen, von Ihnen zu hören.
Mit freundlichen Grüßen
Ruth Kolberg

Ruth las ihren Brief wieder und wieder. Er war sehr knapp, gern hätte sie etwas hinzugefügt, doch alle Sätze, die ihr noch einfielen und ihrer Begeisterung für das Thema Ausdruck verleihen sollten, kamen ihr lächerlich und kindisch vor. Denn das Hauptproblem, dass sie beruflich nicht mit Tieren arbeitete, dass sie weder Biologin noch Veterinärin war oder zumindest Tierpflegerin, konnte sie nicht aus der Welt schaffen.

Leise schlich Ruth mit dem Brief in der Hand die Treppe hinunter, an der Küche vorbei, hinaus aus dem Haus, weiter über die Straße zum Nebeneingang des Geschäfts. Ihr Vater war gerade damit beschäftigt, einem Kunden auf der Theke verschiedene Dübel zu präsentieren, so konnte sie an den hinteren Regalen vorbei unbemerkt ins Büro kommen, um dort Briefumschlag und Marke zu holen. Sie kam sich vor wie eine Verbrecherin, schlüpfte genauso unerkannt wieder in ihr Zimmer zurück, wie sie gekommen war.

»Ruth, Essen!«, rief ihre Mutter, als sie gerade den Umschlag adressierte.

»Gleich.« Ruth klebte das Kuvert zu, versah es mit der Marke und schob es unter die Schreibunterlage. Sicher hätte niemand aus der Familie etwas gegen ein solches Praktikum, doch sie wollte sich die Enttäuschung ersparen, verkünden zu müssen, wenn es später eine Absage gab.

Als sie hinunterkam, saßen schon alle am Esstisch: Vater, Mutter und Marlies.

Ruth setzte sich auf ihren angestammten Platz neben ihrer Schwester. Nun fiel ihr auf, wie klein die Portionen doch waren, die sie hier zum Essen bekamen. Ihre Mutter tat ihr zwei Knödel, einen Löffel gebratene Zwiebeln und zwei Löffel Rotkraut auf, dazu gab es ein Schüsselchen Salat, zum Nachtisch stand ein Schälchen Pudding bereit. Auf Usedom hätte Ruth das Doppelte oder Dreifache verspeist.

Es fiel ihr schwer, nicht einen halben Knödel auf einmal in den Mund zu stecken. Ihr Bauch vermeldete einen Hunger, als hätte sie an diesem Tag körperliche Schwerstarbeit verrichtet. Obwohl sie langsam aß und an diesem Tag nur Auto gefahren war, knurrte ihr Magen auch nach der Mahlzeit noch so laut, dass Marlies ein Aufprusten unterdrückte und ihr Vater den Kopf schüttelte.

»Ich weiß, du bist alt genug, um selbst Verantwortung für dein Leben zu tragen«, sagte ihr Vater. Er hatte seine Mahlzeit nur zur Hälfte aufgegessen.

Ruth zwang sich, ihren Blick von seinem Teller zu seinem Gesicht zu lenken. »Was meinst du?«

»Es ist mir unangenehm und eigentlich eine Selbstverständlichkeit. Aber mir war nicht bewusst, was es bedeutet, dass du … Du bist eine gut aussehende, kluge junge Frau.« Er räusperte sich, drückte mit der Gabel ein Stück vom Knödel ab, spießte das Knödelstück auf und ließ die Gabel wieder sinken, ohne weiterzuessen. »Du bist manchmal zu arglos.«

»In welcher Hinsicht?« Sosehr sie auch überlegte, sie begriff nicht, worauf ihr Vater hinauswollte. Seine Wangen waren gerötet, er wich ihrem Blick aus, sah zu ihrer Mutter, doch die schaute beiseite und knetete ihre Hände.

»Ich habe gesehen, wie dieser Werner dich angeschaut hat, immer wieder. Er meint wohl, das würde nicht auffallen. Aber natürlich habe ich es sofort bemerkt. Sicher, auch er ist ein gut aussehender junger Mann, er hat etwas Intellektuelles. Man könnte ihn für einen Ingenieur halten. Ich kann mir vorstellen, dass er belesen ist, dass er …«

»Aber Papa!« Ruth lachte laut. »Wenn du denkst … da ist gar nichts. Er ist doch fast zehn Jahre älter als ich und außerdem ist er mein Kollege, wie die anderen beiden auch.«

»Wir wollen nur nicht, dass du uns ein Kind mit nach Hause bringst«, sagte ihre Mutter. »Mach uns keine Schande.«

Ruth grinste, blickte zu ihrer Schwester, deren Gesichtsausdruck auch ernst war. »Habt ihr das wirklich geglaubt, dass ich und …« Es erschien ihr zu verrückt, um es auszusprechen.

»Immerhin bist du Tag für Tag mit drei jungen Männern zusammen. Ich weiß, wie die ticken, ich war auch einmal jung. Anfangs hatte ich gedacht, dass du im Haupthaus wohnen würdest, dass die Forstleute und die anderen Bediensteten …« Ihr Vater verschluckte sich am Knödel und musste husten.

Ruth schenkte ihm Wasser aus der Karaffe nach. »Du brauchst dir wirklich keine, aber auch gar keine Gedanken um mich zu machen. Da ist nichts.«

»Hoffen wir es.«

Ruth schüttelte den Kopf. Es gab vieles, über das sie nicht sprach, aber Liebschaften zwischen ihr und ihren Kollegen, das war undenkbar für sie.

Das weitere Essen verlief angespannt und schweigend. Ruth bot ihrer Mutter an, beim Abwasch zu helfen, während Marlies und ihr Vater wieder ins Geschäft gingen. Dass ihre Mutter die Hilfe ablehnte, kam Ruth gelegen, denn so konnte sie zügig den Brief in den Kasten bringen.

Auch während der folgenden Tage vermied Ruth es, Marlies zu begegnen. Noch immer dachte sie an die Diskussion während der Autofahrt. Ruth merkte, dass Marlies weiterhin angespannt war. Es war, als brodelte in ihr ein Feuer, und alles, was sie tat, geschah mit einer ungewohnten Intensität. Selbst wenn Marlies den Tisch deckte, tat sie es mit Nachdruck, sodass die Teller mit einem Knall auf dem Holz landeten, als würde sie jedes Mal ein »So!« nachschieben.

* * *

An ihrem fünften Tag zu Hause klopfte es an ihrer Zimmertür, als Ruth sich gerade zum Schlafen hingelegt hatte.

»Heute ist es so weit«, sagte Marlies. »Der Tag ist ideal. Wir sind allein im Haus, die Geburtstagsfeier von Vaters Freund wird bestimmt bis in die Morgenstunden gehen. Niemand wird merken, wenn wir auf die Räder steigen, keiner davon Notiz nehmen, ob wir in unseren Betten liegen und schlafen oder nicht.«

»Ich verstehe nicht.« Ruth versuchte vergeblich, im Gesicht ihrer Schwester zu lesen.

Mit geröteten Wangen verharrte Marlies im Türrahmen. »Wir treffen uns bei Ulrike. Sie hat jetzt eine eigene Wohnung. Ulrike und Petra. Aus dem Stenografiekurs. Ich habe dir doch davon erzählt.«

Nun erinnerte sich Ruth. »Diese kirchliche Widerstandsgruppe. Meinst du die?«

»Wir sollten uns beeilen, dann kann ich dich noch allen vorstellen, bevor es richtig beginnt.«

»Ich weiß nicht.« Ruth legte ihr Buch beiseite. Dabei streifte die Decke ihre wunden Fingerknöchel. Erst nach ihrer Ankunft in Templin hatte sie bemerkt, wie stark die Haut von der Forstarbeit an den Fingergelenken abgeschürft war. Auf Usedom war es ihr gar nicht aufgefallen, weil sie dort am Tag dicke Arbeitshandschuhe trug. Der Schmerz der Wunden war nun intensiver als zuvor. Vorsichtig legte sie die Hände auf die Decke, damit nicht noch einmal etwas die Oberseite ihrer Finger berühren konnte.

»Jetzt komm schon.« Marlies setzte sich neben Ruth auf die Bettkante. »Sei keine Spielverderberin.«

»Und was genau macht ihr? Was ist der Plan?«

»Wir organisieren Demonstrationen. Wir haben Kontakte zum Westen und liefern Informationen, dafür kauft der Westen politische Gefangene frei. Und noch mehr – ich kann es gar nicht alles aufzählen. Wir machen eben, was wir können. Auch wenn du eine andere Idee hast, die sich umsetzen lässt, greifen wir die gern auf.«

Ruth schwieg. Es fröstelte sie an den Schultern, so schob sie ihre Arme und Hände wieder unter die Decke. »Ich bin müde. Einfach hier zu sein, im Bett zu liegen, nichts zu tun – mehr will ich gar nicht. Du kannst dir nicht vorstellen, wie anstrengend die Arbeit im Forst ist.«

»Genau das ist es ja. Jeder ist in seiner kleinen Alltagsmühle gefangen. Froh, wenn er sich abends eine Badewanne einlassen oder einfach alle viere von sich strecken kann. Schlafen. Gut essen. Feiern. Das kann doch nicht das ganze Leben sein! So gibt es keine Veränderung, keine Entwicklung.«

»Demonstrationen sind nicht mein Ding.« Ruth nahm all ihren Mut zusammen. »Ich bleibe hier.«

»Und genau weil alle anderen auch so denken, verlieren wir all unsere Freiheiten. Wir leben mit immer mehr Einschränkungen, weil kaum jemand aufsteht und sich wehrt.

Du machst es dir zu leicht. Du hast eine Verantwortung dafür, was aus diesem Land wird.«

Ruth sah an Marlies vorbei aus dem Fenster. Der Sommer war so trocken, dass die Birke vor ihrem Fenster die ersten braunen Blätter bekam. Sie wartete, dass Marlies aufstand, irgendetwas Wütendes sagte und dann ging, doch Marlies blieb auf der Bettkante sitzen.

»Es ist übrigens ein Brief für dich gekommen.« Marlies klang nun versöhnlicher. »Er lag neben der Kommode, war wohl vom Poststapel auf den Boden gerutscht.«

Ruth nahm Marlies den Umschlag aus der Hand. Der Absender war die Fledermausmarkierungszentrale. Schnell riss Ruth den Brief auf. Dabei streifte das Papier ihre wunden Stellen an der Hand, der Ringfinger begann zu bluten, doch sie spürte keinen Schmerz.

Sehr geehrtes Fräulein Kolberg,
mit Interesse haben wir Ihren Brief gelesen. Regulär können wir Ihnen kein Praktikum anbieten, auch erlauben unsere finanziellen Mittel keine Vergütung. Jedoch freuen wir uns über jede helfende Hand, falls Sie uns zeitweise unterstützen möchten. Gerne sind wir dabei behilflich, eine kostenlose Übernachtungsmöglichkeit in einem Privathaushalt zu finden.

Mit freundlichen Grüßen
Andrea Speidel

Ruth las den Brief ein zweites Mal, dann reichte sie ihn Marlies.

Marlies überflog den Text. »Na, das ist ja typisch. Klar, kostenlose Hilfskräfte sind immer begehrt.«

»Weißt du, was das bedeutet? Ich habe endlich die Möglichkeit, all die Fragen zu stellen, die mir durch den Kopf gehen. Ich kann forschen. Lernen.«

Marlies rollte mit den Augen. »Vielleicht sind wir einfach zu verschieden. Dir macht es anscheinend wirklich nichts aus, in deiner Suppe zu schmoren. Du bist wie ein Frosch, den man ins kalte Wasser schmeißt und der nicht merkt, wenn die Temperatur immer höher gedreht wird.«

Ruth setzte sich mit einem Ruck auf. Sie nahm Marlies den Brief wieder aus der Hand und strich ihn glatt, dann schob sie ihre Schwester vom Bett und stand auf. »Ich mache mir Abendessen.«

»Bei dir sind wirklich Hopfen und Malz verloren.«

»Du kennst mich doch gar nicht mehr. Was wünsche ich mir? Was tue ich? Wie lebe ich auf Usedom? Für dich ist nur ein Held, wer lauthals seine Meinung kundtut.« Ruth beobachtete Marlies' Gesichtsausdruck, wie sie die Augenbrauen hochzog, die Lippen zusammenpresste und betont geräuschvoll ein- und ausatmete. Es war überdeutlich, dass Marlies keine Lust hatte, über Ruths Argumente nachzudenken, dass Ruth im Grunde gar nicht weiterreden musste, weil sie Marlies nicht mehr erreichte. Doch Ruth konnte sich nicht stoppen. »Wenn du glaubst, ich bin naiv und brauche deinen Rat – du irrst dich. Ich will die Welt gar nicht retten, trotzdem bewirke ich was. Vielleicht nichts Großes. Niemanden wird es beeindrucken, wenn ich Fledermäuse erforsche. Aber wenn du meinst, es ändert sich nur etwas, wenn man groß auf die Pauke haut, dann bist du naiv. Beethovens Neunte, das ist nicht nur die Ode an die Freude und der Chor am Schluss. Das Musikstück wäre nicht das, was es ist, wenn es nicht auch all die ruhigen Melodien in den Sätzen davor geben würde.«

»Ich gehe.«

»Tu das.«

Ruth hoffte, dass Marlies sich noch einmal umdrehte und zurückkehrte, dass sie etwas Versöhnliches sagen könnten, den Streit aus der Welt schaffen. Doch Marlies verließ den Raum.

Ruth ging zum Fenster und beobachtete, wie Marlies aus der Ecke neben dem Stapel von trockenem Holz ihr Rad herauszog, sich draufsetzte und losfuhr.

Kapitel 20

2021

Lena legte sich zum Schlafen ins Bett und stand eine Viertelstunde später wieder auf, um ins Wohnzimmer zu gehen. Noch einmal rief sie die Google-Bildersuche von Ruth Kolberg auf, obwohl sie die Bilder bereits so oft betrachtet hatte, dass sie das Gefühl hatte, diese Wissenschaftlerin inzwischen schon aus der Erinnerung zeichnen zu können. Marlies war sich ganz sicher gewesen: Es konnte unmöglich ihre Schwester sein. Doch es gab so viele Gemeinsamkeiten: die hohen Wangenknochen, die Nasen- und Kinnpartie, die blonden Haare. Wenn sie auf einem Podium sprach, das Mikrofon vor sich, hatte sie die Füße in einigem Abstand voneinander aufgestellt, genau parallel zueinander, sodass sie in ihrem Stand wirkte wie ein Baum. Genauso stand Marlies oft in Warteschlangen, während die meisten Menschen das Gewicht unruhig von einem Bein auf das andere verlagerten oder ihr Körpergewicht überwiegend von einem der Beine getragen wurde.

Solange Lena auch suchte, eine Videoaufnahme gab es nicht.

Mit ihrer Oma darüber zu sprechen, war aussichtslos, denn wenn Marlies sich eine Meinung gebildet hatte, blieb sie dabei.

Gerade als Lena überlegte, ob sie wohl ihre Mutter um diese Uhrzeit noch anrufen konnte, läutete das Telefon. »Susanne« wurde auf dem Display angezeigt.

»Störe ich? Willst du lieber morgen telefonieren?«, fragte Susanne.

»Es ist gut, dass du anrufst!«

»Ich habe mir in Ruhe die Bilder im Internet angesehen.« Susanne stockte. »Ich glaube, das ist sie. Meine Tante. Die Biologin, die in Massachusetts studiert hat. Sicherlich, das klingt verrückt, das weiß ich auch. Wie sie das geschafft haben soll, ist mir ein Rätsel. Allerdings bin ich auf etwas Ungewöhnliches gestoßen: Nirgends ist ein tabellarischer Lebenslauf zu finden, keine Auflistung nach Jahren. Aber da zuerst Wien als Studienort angegeben ist, gehe ich davon aus, dass Deutsch ihre Muttersprache ist.

Was ich mir überlegt habe: Es gibt zwei Möglichkeiten. Einmal die: Ihr Lebenslauf ist eine Lüge. Sie ist eine Hochstaplerin, hat sich so eine Professur erschwindelt. Nach dem, was Peter über sie erzählt hat, halte ich es für denkbar, weil sie sich das meiste an Wissen schon immer selbst beigebracht hat, zu Grundschulzeiten Bücher aus dem Gymnasium gelesen hat. Solche Menschen, die rein autodidaktisch lernen, gibt es, auch wenn sich unsereins das nicht vorstellen kann. An Begabung scheint es ihr ja nicht gemangelt zu haben …«

»Das passt von der Persönlichkeit nicht. Marlies hat immer wieder erzählt, wie sie auch Ruth zum Widerstand ermuntern wollte und Ruth sich von allem, was illegal war, ferngehalten hat.«

»Das stimmt so nicht. Ich weiß von meinem Vater, dass es ihm einmal nur mit Mühe gelungen ist, Ruth vor einer Erziehungsmaßnahme oder einer Haft zu bewahren, weil sie in

Berlin an der Universität für Aufruhr gesorgt hatte. Sie wollte studieren, obwohl sie nicht zugelassen war, hat eine Studentin bedrängt, Bücher aus der Bibliothek zu besorgen. Selbst die Vorlesungsskripte und Aufzeichnungen der Seminare hat Ruth sich geben lassen unter dem Deckmantel, dass sie der anderen Studentin kostenlose Nachhilfe erteilt.«

Lena schüttelte den Kopf. Sie kippte das Fenster, um die kühle Nachtluft hereinzulassen. Sie spürte die Dachpfannen an der Seite, die noch immer aufgeheizt waren, obwohl es schon bald elf Uhr war. »Ich traue es ihr trotzdem nicht zu«, sagte Lena. »Was für eine kriminelle Energie würde das bedeuten! All die Urkunden zu fälschen, das ist nicht so einfach.«

»Denk an Marlies. Sie hat ihren eigenen Mann ausspioniert, seine Akten im großen Stil abfotografiert und die Filme an den Westen geliefert. Jedes Mal, wenn ich mir das vergegenwärtige, kann ich nur mit dem Kopf schütteln. Aber darum geht es nicht. Ich möchte auch darauf nicht herumreiten.

Wenn wir uns wirklich alle an einen Tisch setzen wollen, alle noch lebenden Frauen der Familie, dann müssen wir das bald tun, sonst ist es zu spät.«

»Du sprachst gerade von mehreren Ideen, wie du dir Ruths Lebenslauf erklären könntest. Was ist die andere Variante?« Lena glaubte Susannes These nicht. Ruth eine geschickte Urkundenfälscherin? Andererseits: Wäre das nicht die perfekte Begründung, warum der Privatdetektiv sie nach der Wende nicht hatte finden können? Weil sie untergetaucht war?

»Sie hat in den 1990er-Jahren studiert«, sagte Susanne. »Mit der Grenzöffnung ist sie erst nach Österreich gegangen, hat sich ganz regulär eingeschrieben, dann die Studien in den USA fortgesetzt.«

»Hast du dir klargemacht, wie alt sie dann als Studentin gewesen wäre? Mitte bis Ende vierzig. Wie soll das funktionieren?«

»Es gibt Rentner, die nehmen ein Studium auf.«

»Als Hobby.«

»Was wissen wir über die Motivation von Spätstudierenden und über deren Ernsthaftigkeit? Wie ich Ruths Persönlichkeit einschätze, hat sie Lernen nie als Hobby betrachtet, sondern als Teil ihres Lebens.« Susanne hielt inne.

Lena rauschte der Kopf. Sie wusste, dass sie in dieser Nacht nicht würde einschlafen können. Denn in ihr brodelte es. Die Gedanken überschlugen sich: War es wirklich möglich, dass diese Frau so spät angefangen hatte zu studieren und doch eine Koryphäe in ihrem Fachbereich wurde? Dabei dachte sie nicht nur an Ruth, wie ihr klar wurde, sondern vor allem an sich selbst. Könnte auch sie so etwas wagen?

»Die dritte Variante erscheint mir am schlüssigsten«, fuhr Susanne fort. »Sie ist geflohen. Das erklärt, warum sich nach der Veröffentlichung in der Festschrift keine Spuren mehr von ihr finden lassen. All die Erzählungen über Einsiedelei haben meine Großeltern in die Welt gesetzt, um sich und vor allem ihr Ansehen zu schützen. Vielleicht war es sogar Peter, der sich die Geschichte ausgedacht hat, denn auch für ihn wäre es unangenehm gewesen, den Kollegen gegenüber einzugestehen: Ich habe eine Schwägerin, die in den Westen geflohen ist. Für meine Großeltern mit dem Eisenwarengeschäft wäre es geschäftsschädigend gewesen. Haben sie ihre Tochter etwa dahingehend beeinflusst?« Susanne seufzte. »So wird es wohl gewesen sein. Sie hat sich abgesetzt, irgendwann in den späten 1960er- oder vielleicht auch in den 70er-Jahren. Es war schwer zu schaffen, aber nicht unmöglich.«

»Ich sende ihr eine Mail. Das ist der einzige Weg, um Klarheit zu finden.«

Zügig verabschiedete sich Lena. Sie wollte all die Worte, die ihr durch den Kopf gingen, schnell aufschreiben.

Doch als sie eine halbe Stunde später ihre Nachricht auf dem Laptop noch einmal durchlas, schüttelte sie über sich selbst den Kopf. Was, wenn sie an eine Fremde schrieb? Wenn es sich nur um eine Namensgleichheit handelte?

Sie markierte den gesamten Text und drückte die Löschtaste.

Anschließend begann sie erneut. Diesmal zögerte sie vor jedem Satz, den sie schrieb, weil ihr das meiste, was sie preisgeben wollte, als viel zu privat erschien, falls die Nachricht wirklich an eine Fremde gehen sollte.

Nun klang der Text hölzern und gestelzt, als versuchte sie, geheimnisvoll zu wirken, indem sie vieles nur andeutete, ohne es auszusprechen. Wieder löschte sie ihre Mail und startete einen dritten Versuch. Dann wurde ihr klar, dass auch dieser Entwurf im Endergebnis frustrierend war. Sie versuchte etwas, das gar nicht funktionieren konnte! Es war unmöglich, die Mail so zu gestalten, dass Lena zufrieden war, weil sie die Adressatin nicht kannte. Im Grunde müsste sie zwei Texte verfassen – einen für die Ruth, die zur Familie gehörte, und einen für die Ruth, die eine völlig Fremde war. Außerdem: Wenn sie die »richtige« Ruth war – würde sie sich freuen, solch eine Nachricht zu erhalten, oder würde sie von alledem nichts wissen wollen? All das ließ sich nicht auf einen gemeinsamen Nenner bringen. Aber war es nicht eigentlich wesentlich zu erfahren, ob diese Frau die Gesuchte war oder nicht?

Ohne weiteres Nachdenken klickte Lena auf »Senden«. Nun war es getan. Das Wichtigste war, dass sie daran gedacht hatte, auch ihre Telefonnummer und die Postanschrift anzugeben.

Kapitel 21

1965

Endlich war es so weit.

Was für ein Glück, dass sie eine Privatunterkunft gefunden hatte, mitten in der Dresdener Altstadt! Mahlzeiten würde sie dort nicht bekommen, was aber für sie keine Rolle spielte, da im Institut eine warme Mahlzeit gemeinsam mit den anderen Mitarbeitern geplant war. Anstelle einer Bezahlung für die Unterkunft hatte Ruth zugesagt, sich abends um die fünf Kinder des Haushalts zu kümmern und den Sohn in Mathematik und den Naturwissenschaften auf die Abschlussprüfung im nächsten Jahr vorzubereiten. So musste sie nur noch die Kosten für die Fahrkarte tragen, doch da sie den Großteil ihres Lehrgeldes sparte, war das kein Problem.

»Wenn du möchtest, kann ich dich fahren«, bot ihr Vater an. Zum Abschied drückte er sie ungewohnt fest an sich. »Du fährst dann vom Institut direkt weiter zum Forsthaus, nehme ich an?«

»Nein, lass mal. Du brauchst mich nicht zu fahren.« Mit einem Mal bekam Ruth ein schlechtes Gewissen. Der Hals und die Brust wurden ihr eng, ihr Atem stockte.

»Ja, ich fahre anschließend ohne Umweg zum Forsthaus. Aber das heißt nicht, dass ihr mir nichts bedeutet. Ihr seid meine Familie.«

Ihr Vater öffnete die Tür. Ruth fiel es schwer, ihn weiter anzusehen, wie er dort stand, als gäbe es noch etwas, das er ihr unbedingt sagen wollte. Mit einem Ruck nahm sie das Gepäck hoch, betonte, dass es gar nicht so schwer sei, obwohl sie nicht wusste, wie sie es schaffen sollte, mit den zwei Koffern, dem Rucksack und der Zusatztasche zum Bahnhof zu gelangen.

Ruth konzentrierte sich auf jeden Schritt und darauf, mit niemandem zusammenzustoßen. Mit dem Gepäck in den Händen nahm sie so viel Raum ein, dass sie vom Bürgersteig auf die Straße ausweichen musste, wenn ihr jemand entgegenkam.

Als sie auf dem Bahnsteig ankam, war der Zug bereits eingefahren. Zügig stieg sie ein und blieb im Gang stehen, um beim Umsteigen keine Probleme mit dem Gepäck zu bekommen.

Noch bevor sie auf dem großen Koffer Platz genommen hatte, ertönte der Pfiff, die Türen wurden geschlossen und der Zug setzte sich in Bewegung.

Im Abteil vor ihr befand sich eine Gruppe von Schülern, die ihre in Wachspapier gewickelten Brote auspackten und aßen, als hätten sie tagelang gehungert. Die Gespräche mischten sich mit dem gleichmäßigen Rattern zu einem Hintergrundgeräusch, das Ruths Wehmut über den Abschied schnell vertrieb.

* * *

Am nächsten Tag meldete sich Ruth bei der Fledermausmarkierungszentrale zur Arbeit. Eine Mitarbeiterin, die sich mit einem gut gelaunten »Ich bin Andrea« vorstellte, führte sie durch die Räume.

Anfangs dachte Ruth, Andrea wäre jünger als sie, vielleicht siebzehn oder achtzehn Jahre alt, und würde dort eine

Ausbildung als Tierpflegerin oder etwas Ähnliches absolvieren. Doch dann zeigte Andrea ihren Schreibtisch, auf dem sich die Fachliteratur häufte. Einer der Ordner am Rand war beschriftet mit »Dissertation«.

»Du schreibst eine Doktorarbeit?«, fragte Ruth. Das bedeutete, dass Andrea mindestens Mitte zwanzig sein musste, wenn nicht Ende zwanzig.

»Ich werte die Erfolge verschiedener Schutzmaßnahmen statistisch aus und erarbeite ein Fazit. Darum habe ich mich direkt gemeldet, als wir deinen Brief in der großen Runde besprochen haben: Ich kann jede helfende Hand gebrauchen. Zwei Jahre arbeite ich schon daran und trete auf der Stelle. Der Grund ist, dass so viele Routinetätigkeiten anstehen, dass ich nur mit Glück dazukomme, Listen zu erstellen und zu katalogisieren. Zeit für die Auswertung bleibt kaum. Zuerst zeige ich dir, wie man Fledermäuse mit Flügelklammern markiert. Heute sind wir hier allein, die anderen wirst du morgen kennenlernen. Sie sind unterwegs bei einer Außenbegehung. Komm mit.« Andrea führte Ruth durch den Hinterausgang über einen Hof. Dort befanden sich in einem Nebengebäude einzelne Käfige mit kranken Tieren.

Andrea packte geschickt eins der Tiere, die auf den ersten Blick wie in Teer getunkte Weihnachtskugeln an den Ästen hingen. Ruth trat einen Schritt zurück, als das Tierchen in der Hand zu zappeln begann. Es wollte sich befreien, doch bei Andrea gab es für die Fledermaus kein Entkommen, auch nicht, als sie das Tier nur noch mit einer Hand hielt. Ruth trat beiseite und jetzt erst bemerkte sie den Tisch, der rechts in der Ecke stand. Andrea schaltete das Licht an, nahm ein Gerät, das aussah wie eine Zange, und spreizte der Fledermaus den Flügel ab. Das Klacken, als die Zange zuschnappte, kam so schnell und plötzlich, dass Ruth zusammenzuckte. Die Fledermaus schien kaum zu begreifen, was mit ihr geschah. Als Andrea sie wieder im Gehege absetzte, entstand eine kurze Unruhe unter den anderen Tieren. Sie mussten erst ihre Plätze finden, dann kehrte wieder Ruhe ein.

Andrea öffnete das auf dem Schreibtisch liegende Buch, notierte die Klammernummer, das Markierungsdatum, die Größe und das Geschlecht der markierten Fledermaus. »Ein paarmal zeige ich es dir noch, dann kannst du es direkt probieren. Es ist nicht schwer. Nur bei der Geschlechtsbestimmung musst du aufpassen, da kann man sich leicht vertun. Die Männchen sind in der Regel etwas kleiner, aber du musst dir die Genitalregion genau anschauen. Guck hier.«

Ruth versuchte sich einzuprägen, wie Andrea zupackte, wie sie die einzelnen Bewegungen ausführte. Was Andrea tat, sah so einfach aus, als würde sie einen Füller aus einem Mäppchen nehmen und neue Tinte aufziehen. Sie arbeitete zügig, ohne jede unnötige Aktion. Ruth schätzte, dass es nur ein oder zwei Minuten brauchte, um eine Fledermaus zu markieren. Die Bestimmung der Geschlechter kam ihr völlig willkürlich vor. Ruth fiel es schwer, den Unterschied zu erkennen.

»Wo kommen die Fledermäuse her? Sind sie hier geboren?«, fragte Ruth. »Und woher weiß ich, welche schon eine Flügelklammer haben und welche nicht?«

»Wir haben sie vor zwei Tagen eingefangen, die Tiere sind durch einen Brand heimatlos geworden. Anfangs haben wir befürchtet, mehrere von ihnen wären verletzt, aber sie sind alle vollständig gesund. Wir markieren sie und setzen sie dann später in ein neues Revier um. Markiert sind bisher nur die acht, die gerade von mir eine Flügelklammer bekommen haben. Die anderen im Käfig sind noch unmarkiert.«

Ruth räusperte sich. Langsam öffnete sie die Gittertür, trat in das Gehege, näherte sich den Tieren mit angehaltenem Atem. Vorsichtig streckte sie ihre Hand nach vorn, wollte gerade zupacken, als Bewegung in die Fledermäuse kam und sie wild aufflogen. Der gesamte Raum war erfüllt von Flügelschlagen und einem chaotischen Durcheinander. Ruth duckte sich und hielt schützend ihre Arme um ihren Kopf, obwohl sie wusste, dass die Fledermäuse sich am Ultraschall orientierten und gar keine Gefahr bestand. Es dauerte nur wenige Minuten, bis sie sich beruhigten, doch Ruth kam es wie eine Ewigkeit vor.

Als alle Tiere wieder hingen, richtete Ruth sich langsam auf. Ihr Herz raste so sehr, dass sie den Puls als Hämmern in den Schläfen spürte.

»Ich weiß nicht, was ich falsch gemacht habe«, sagte sie.

»Warte ein paar Minuten, bis sie wieder ruhig sind. Dann greifst du ein Tier, das etwas abseits hängt. Versuche, nur eine einzige Fledermaus zu berühren, um die anderen nicht zu erschrecken. Du musst schnell zupacken und sie mit der Hand fest umschließen. Sie darf sich nicht mehr bewegen können.«

»Was, wenn ich sie zerdrücke? Verletze?«

»Das wird nicht geschehen. Das ist noch keinem von uns passiert, in all den Jahren nicht.«

Diese Versicherung beruhigte Ruth nur wenig, denn das hieß nicht, dass sie nicht die Erste wäre, die sich so ungeschickt anstellte. Doch sie hatte keine Wahl. Dann entdeckte sie ein Tier, das sich abseits der Artgenossen befand. Zwischen ihm und den anderen waren bestimmt zwanzig Zentimeter Platz – genug, um dazwischenzugreifen. Im Zeitlupentempo bewegte Ruth ihren Arm vor, öffnete die Finger und verharrte. Mehrfach stellte sie sich vor, wie sie zupacken musste, dann tat sie es.

Sie hatte damit gerechnet, einen Widerstand in der Hand zu fühlen, dass das Tier strampelte, sich wand, vielleicht auch biss, doch was sie fühlte, war so wenig Gewicht, dass sie schon zweifelte, überhaupt etwas in der Hand zu halten. Das Tier war so dünn, so zierlich, wenn die Flügel angelegt waren! Erstarrt verharrte es in ihrer Hand.

Mit der Fledermaus kam sie zum Tisch. Das Tierchen ließ sich den Flügel spreizen und zappelte auch nicht, als die Klammer befestigt wurde. Ruth zitterte mehr als die Fledermaus. Endlich konnte Ruth sie zurücksetzen und die Ergebnisse notieren.

»Meinst du, du kommst hier allein zurecht?«, fragte Andrea. »Du machst es schon perfekt, da brauchst du mich gar nicht mehr.«

»Du willst gehen?«

»Ich habe eine Statistik zum Bewegungsradius auszuwerten. Das ist ja der Sinn dieser Aktion, dass wir jede Fledermaus wieder zuordnen können, wenn sie noch einmal gefangen wird.«

»Ich weiß nicht.«

»Du musst einfach wiederholen, was du eben gemacht hast. Die Routine stellt sich automatisch ein. Einmal bleibe ich zur Sicherheit noch dabei. Abgesehen davon: Ich bin ja auch nicht aus der Welt, mein Fenster ist gekippt. Wenn du mich vom Hof aus rufst, komme ich sofort.«

Kapitel 22

1965

Ruths zweite Praktikumswoche begann mit einem arbeitsreichen Montag. Nach Feierabend rauschte es in ihrem Kopf. Sie wünschte sich, die Tage hätten doppelt so viele Stunden! Die Zeit in der Fledermaus-Forschungsstation war wieder einmal so ausgefüllt gewesen, dass sie verspätet in die Mittagspause gegangen waren. Täglich trafen Fundmeldungen von bereits geklammerten Fledermäusen ein. Andere Fledermäuse mussten neu markiert werden. Dazu kamen Ortsbegehungen und die Sichtung bisher unbekannter Kolonien, dann die Kartierung und Dokumentation. Zusätzlich versuchte Ruth, für sich selbst in Stichpunkten aufzuschreiben, was sie lernte, um es nicht zu vergessen.

So blieb sie nach Feierabend am Schreibtisch sitzen, um ihr Notizbuch zu füllen.

»Was tun Sie noch als Einzige hier?«

Ruth zuckte von der Stimme zusammen, die sich direkt hinter ihr befand. Sie drehte sich um und blickte in das Gesicht von Herrn Dr. Jakubek, dem Leiter der Einrichtung. Bisher war sie ihm nie persönlich begegnet, sondern hatte ihn nur aus der

Ferne durchs Fenster gesehen, wenn er über den Hof gegangen war. Ansonsten hielt er sich in seinem Büro auf, das von der Vorzimmerdame abgeschirmt wurde wie ein Heiligtum.

»Ich mache mir Notizen«, sagte Ruth.

»Eine Praktikantin, die sich Notizen macht. Das habe ich ja noch nie erlebt. Zeigen Sie einmal her.«

Sie reichte ihm ihr Heft.

Dr. Jakubek runzelte beim Lesen die Stirn und nickte. »Diese Dokumentation ist so ausführlich, dass sie schon ein halber Forschungsbericht ist. Dann die Systematik – bewundernswert. Wo haben Sie das wissenschaftliche Arbeiten gelernt?«

Ruth knetete ihre Finger. »Gar nicht.« Über die Angelegenheit mit Annegret und der Universität in Berlin wollte sie nicht reden, auch wenn sie die Grundzüge der wissenschaftlichen Methodik durch das Lernen mit ihrer ehemaligen Klassenkameradin kennengelernt hatte.

»Mir ist zu Ohren gekommen, Sie absolvieren eine Ausbildung im Forst. Ist das korrekt?«, fragte er.

Sie nickte.

»Dass wir in der letzten Woche dank Ihnen trotz zweier erkrankter Mitarbeiter all unsere Arbeit geschafft haben und mehr als das … Sie geben mir Rätsel auf.« Er klappte ihr Notizbuch zu und legte es auf den Tisch, dann trat er ein paar Schritte zurück und musterte sie, als wäre sie selbst ein Forschungsobjekt.

»Das ist nicht geheimnisvoll und auch nichts Besonderes«, begann sie und räusperte sich. »Schon in der Schule haben mich Naturwissenschaften immer sehr interessiert. Eine Freundin von mir studiert in Berlin Physik, da schnappt man automatisch einiges auf.«

»So, so, tut *man* das.«

Ruths Ohren und Schläfen kribbelten heiß, ihre Wangen brannten. Die Situation erinnerte sie an das damalige

Gespräch im Zimmer des Fachbereichsleiters Hagemann an der Universität. Ihr Herz raste. Sie wischte den Schweiß ihrer Handinnenflächen an der Hose ab. »Ich habe nichts Verbotenes getan«, sagte Ruth. »Ich habe nur versucht, mit anzupacken und dort zu helfen, wo Arbeit anstand. Wenn ich einen Fehler gemacht habe, wenn ich zu …« Sie stockte und ihre Stimme versagte. Nach einem Räuspern konnte sie weitersprechen. »Wenn es Ihnen lieber ist, dass ich nicht mehr wiederkomme …«

»Nein, ganz im Gegenteil.« Dr. Jakubek lachte. »Hätten wir eine Stelle frei, würde ich sie Ihnen sofort anbieten. Aber hier im Institut lässt sich kein zusätzlicher Posten rechtfertigen, wir sind sehr gut ausgestattet, viel besser, als ich es anfangs erhofft habe. Wobei …« Er zog sich vom Nachbarschreibtisch einen Stuhl heran und setzte sich neben sie. »Sie haben in Ihrem Bewerbungsschreiben Fledermäuse auf Usedom erwähnt und ein verwildertes Waldgrundstück, das Sie überhaupt erst zu uns geführt hat. Erzählen Sie mir davon.«

»Ich weiß nicht, wie ich das in ein paar Sätzen zusammenfassen soll.«

»Wir haben alle Zeit der Welt.«

»Eigentlich sind wir im Forst dieses Jahr überwiegend damit beschäftigt gewesen, den Strand und die Wanderwege freizuhalten«, begann Ruth ihren Arbeitsablauf zu beschreiben. Dann erzählte sie von dem verwilderten Waldstück, der Lichtung und all den Tieren, die dort lebten. Sie beschrieb, wie die Fledermäuse in der frühen Abenddämmerung, wenn sich die Sonne hinter die Bäume senkte, auftauchten und jagten. »Es sind Mopsfledermäuse, da bin ich mir inzwischen ganz sicher. Einige Exemplare dieser Unterart habe ich hier auch schon mit Flügelklammern versehen. Leider ist es schwer, sich auf Usedom einen genauen Überblick über die Kolonie zu verschaffen, weil die Tiere sich so schnell bewegen. Es ist ein einziges Durcheinander.« Ruth schaute auf die Uhr. Nun waren bereits zwei Stunden seit Arbeitsschluss vergangen. »Es tut mir leid«, sagte sie, »ich muss dringend los. Die Familie, bei der ich wohne, wartet schon auf mich. Ich habe mich verpflichtet, dem ältesten Sohn Nachhilfeunterricht zu geben.« Hektisch stand sie auf und warf sich ihren Mantel über. Eigentlich wollte sie sich noch waschen, zumindest Hände und Gesicht, doch dafür blieb nun keine Zeit mehr.

»Sie brauchen sich nicht zu entschuldigen. Im Gegenteil. Einen guten Abend wünsche ich.«

Eilig und verwirrt verabschiedete sich Ruth. Noch immer verstand sie nicht, warum Dr. Jakubek sich so viel Zeit genommen hatte, um mit ihr zu reden.

* * *

Wehmütig betrat Ruth am Freitag zum letzten Mal die Räume der Fledermausmarkierungszentrale. Als sie die Treppe hinunterging, kam ihr Andrea entgegen.

»Du sollst sofort zu Dr. Jakubek kommen«, sagte Andrea. Sie war außer Atem, ihre Wangen waren gerötet.

»Warum denn?« Ruth stellte die Koffer am Ende der Treppe ab und öffnete ihren Mantel.

»Ich weiß nicht. Er hat mir nur gesagt, ich solle nach dir Ausschau halten und du müsstest kommen. So schnell wie möglich.«

Ruth massierte sich die Stirn, hinter der es hämmerte. Sie hatte keine Ahnung, was der Leiter des Instituts ihr sagen wollte. In Gedanken ging sie auf der Suche nach einem Fauxpas einen Arbeitstag nach dem anderen durch, doch sie konnte sich nicht daran erinnern, dass ihr ein Fehler unterlaufen wäre. Sie hatte Routinetätigkeiten ausgeführt, Tabellen ausgefüllt, genau wie es von ihr erwartet worden war.

Mit einem Schulterzucken machte sich Ruth auf den Weg. Die Vorzimmerdame saß an diesem Vormittag nicht an ihrem Platz, die Tür zu Dr. Jakubeks Büro stand weit offen.

»Guten Morgen«, rief Ruth.

»Ah, Fräulein Kolberg, kommen Sie bitte herein.« Dr. Jakubek bot Ruth mit einer ausladenden Handbewegung an, Platz zu nehmen, doch nicht ihm gegenüber am Schreibtisch, wie sie es erwartet hatte, sondern auf einem der Sessel der Sitzecke.

»Kaffee? Tee? Wasser?«, fragte er.

»Wasser, wenn es Ihnen nichts ausmacht.«

»Eigentlich bräuchten wir Sekt, um gemeinsam anzustoßen«, sagte er.

Ruth war so gespannt, dass die Luft um sie herum zu knistern schien, als stünde sie im Winter bei Kälte unter einer Hochspannungsleitung.

Dr. Jakubek schenkte sich Kaffee und für Ruth Wasser ein. Dann setzte er sich ihr gegenüber. »Auf unsere zukünftige Zusammenarbeit«, sagte er und hob seine Kaffeetasse wie zum Anstoßen.

»Heute ist doch mein letzter Arbeitstag.« Ruth glaubte, das Pochen ihrer Schlagader an der Schläfe zu spüren.

»Ich habe mich an das Ministerium für Land-, Forst- und Nahrungsgüterwirtschaft gewandt«, begann Dr. Jakubek. »Es ist fast ein Ding der Unmöglichkeit, wenn man vorhat, bereits bestehende Pläne zu verändern.« Er legte eine Pause ein, als wartete er, dass Ruth etwas dazu sagte, dann fuhr er fort: »Die geplante Rodung des ehemaligen Privatforstes auf Usedom ist gestoppt, vorerst für drei Jahre, damit die Fledermäuse dort erforscht werden können. Ihnen, Fräulein Kolberg, obliegt es nun als Hauptverantwortliche, die Fledermäuse der Kolonie auf Usedom zu markieren, eingehende Sichtungsmeldungen zu notieren und zu katalogisieren und einen Forschungsbericht über die Fledermäuse auf der Insel zu verfassen.«

Ruth war so überwältigt, dass sie einen Moment brauchte, um zu begreifen, was das konkret bedeutete. »Das heißt, dass ich für drei Jahre von der Forstarbeit freigestellt bin?«

»So ist es.«

Ruth konnte es noch gar nicht fassen, welche Möglichkeit sich ihr da auftat. »Die Frage ist nur, wie mein veränderter Arbeitsrhythmus neben dem der Forstarbeiter funktioniert. Tagsüber werde ich kaum schlafen können, mein Zimmer im Nebengebäude geht mit dem Fenster zum Hof hinaus. Dort herrscht bei Tag ein einziges Kommen und Gehen.«

Dr. Jakubek lachte. »Genau dieses Problem hat der Förster auch angesprochen und gleich eine Lösung präsentiert. In dem Waldstück selbst befindet sich eine ehemalige Waldarbeiterhütte. Nichts Großes, es ist ein einzelner Raum mit einem Abort. Doch es gibt eine Wasserquelle in rund fünfzig Metern Entfernung, sogar ein kleiner Holzofen ist vorhanden. Der Weg zur Hütte wird freigeschlagen werden, dieses Versprechen habe ich Herrn Moosbacher abgenommen. Allerdings betrifft das nur einen Fußweg, einen befahrbaren Zugang zur Hütte wird es nicht geben. Alles notwendige Material, um das Holzhaus wieder herzurichten, wird Ihnen gestellt werden. Trauen Sie sich zu, die Arbeiten selbst zu verrichten?«

»Ja!« Ruth brauchte nicht zu überlegen. Sie wusste nicht, wie man renovierte, hatte auch keine Ahnung, was überhaupt für Arbeiten anstanden, doch die Aussicht auf eine Hütte für sich allein, auf eine Freistellung von den Forstarbeiten war so fantastisch, dass sie keine Mühen scheuen würde, um das Projekt zu verwirklichen. Die damit verbundene Einsamkeit und die Entfernung vom üblichen Forstbetrieb störten sie nicht, im Gegenteil. Das Alleinsein hatte ihr nie Schwierigkeiten bereitet. Es war, als hätte jemand einen dunklen Schleier von ihrem Gesicht weggezogen. Das Blau des Himmels vor dem Fenster erschien nun blauer, die Blumen auf dem Tisch vor ihr wirkten noch farbenprächtiger – so strahlend, wie sie nie zuvor Farben wahrgenommen hatte. Das Zwitschern der Spatzen, das von draußen hereindrang, kam ihr vor wie ein einziger Freudengesang. Am liebsten wäre sie Dr. Jakubek um den Hals gefallen. Nun würde unverhofft ihr größter Lebenstraum in Erfüllung gehen. Sie würde die Möglichkeit haben, naturwissenschaftlich zu forschen. Sie konnte beobachten, Thesen aufstellen und ihnen nachgehen. Niemand würde ihr in ihre Arbeit hineinreden. Sie könnte frei handeln und gestalten.

Kapitel 23

2021

Draußen war es schon wieder hell, als Lena endlich einnickte. Das Telefonklingeln riss sie aus dem Halbschlaf. Eigentlich wollte Lena das Handy nur zur Ruhe bringen und das Gespräch abweisen, doch in ihrer Müdigkeit berührte sie zuerst den grünen Button.

»Im Krankenhaus bei unserer letzten Begegnung war ich so übermüdet, da habe ich es gar nicht richtig zum Ausdruck gebracht: Danke, dass du wegen des Mädchens gekommen bist«, hörte sie Max' Stimme und zog das Gerät näher an ihr Ohr. »Ich habe der Polizei weitergegeben, was du zu dem Bild meintest. Es ist leider nichts dabei rausgekommen, aber wer weiß, vielleicht tut sich ja noch was. Ich wollte dir nur Bescheid geben, es hat dich ja schon mitgenommen, das war überdeutlich. Sprechen tut sie nach wie vor nicht. Gar nicht. Und langsam ist sie auch wieder fit genug, dass wir sie entlassen können. Es wird wahrscheinlich auf eine Notunterbringung hinauslaufen. Eine Familie wäre natürlich besser als ein Heim, aber da stecke ich ja nicht drin. Es geht in erster Linie darum, überhaupt auf die Schnelle eine Zwischenlösung zu finden. Das wollte ich dir nur sagen. Lena? Hörst du mir zu?« Es war ein Knirschen und Surren in der Leitung zu hören.

»Ja, ich bin da. War die ganze Nacht wach und gerade erst eingeschlafen. Ich melde mich später. Aber danke, dass du Bescheid gegeben hast.« Sie beendete das Gespräch, schaltete das Handy in den Flugmodus und versuchte, wieder einzuschlafen. Doch nun ließ sich ihr Gedankenkarussell erst recht nicht mehr stoppen.

Der Fall des Mädchens war für Max abgeschlossen, wie es klang. Nun würden die Behörden regeln, was es zu regeln gab. Alles, was sie tun konnte, hatte sie getan. Trotzdem ließ ihr die Erinnerung an den Besuch im Krankenhaus keine Ruhe, weil sie sicher war: Hätte sie mehr Zeit gehabt, hätte sie das Mädchen zum Sprechen gebracht.

Noch befand sich das Mädchen im Krankenhaus … Was, wenn sie es ein zweites Mal probierte?

Unruhig lief Lena in ihrer Wohnung auf und ab. Eigentlich wollte sie sich an diesem Vormittag die neuen Lernmaterialien anschauen, die sie für die Vorschulgruppe bestellt hatte. Seit zwei Tagen lagen die Pakete unangetastet im Flur neben der Haustür. Und auch jetzt wusste sie, dass sie sich nicht richtig konzentrieren konnte, weil ihre Gedanken immer wieder zu dem Mädchen im Krankenhaus abschweiften. Ihr Kiefer war angespannt, die Schultern waren verkrampft.

Nachdem sie ein Glas Wasser getrunken hatte, war auch die Müdigkeit verschwunden. Sie kam sich vor wie eine Gefangene in der eigenen Wohnung. Doch Grübeln brachte sie nicht weiter. Das Einzige, was sie jetzt tun konnte, war, noch einmal mit Max zu sprechen.

Als er abnahm, waren im Hintergrund das übliche Gemurmel und die anderen Geräusche des Krankenhauses zu hören.

»Hast du fünf Minuten?«, fragte sie.

»Ich frühstücke gerade. Wenn dich die Kaugeräusche nicht stören …«

»Danke, dass du angerufen hast. Wirklich.« Sie holte Luft und hielt sie an, dann atmete sie tief durch. »Ich weiß, dass es zwischen uns zurzeit schwierig ist. Du weißt schon … Seit der geplatzten Verlobung. Umso mehr freut es mich, dass wir bei unserem letzten Telefonat auf der Sachebene bleiben konnten. Meine Güte, was rede ich!« Sie musste über sich selbst lachen, wie angespannt sie klang. »Weshalb ich anrufe: Das Mädchen – es geht mir nicht aus dem Kopf. Wenn ich mehr Zeit gehabt hätte, hätte es gesprochen. Bestimmt.« Sie merkte, dass es keinen Zweck hatte, wenn sie nicht zum Punkt kam. »Meinst du, ich kann es noch mal probieren? In dem Krokodil liegt die Lösung, dafür würde ich alles verwetten. Es hat für sie eine ganz besondere Bedeutung, darüber hat sie sich auch geöffnet.«

Max antwortete nicht. Sie hörte ihn kauen. Papier knisterte im Hintergrund. Dann klapperte Metall aneinander. Eine Tür wurde mit einem Knall geschlossen, dann war es für einige Sekunden vollständig ruhig.

»Max?«, fragte sie.

»Ich verstehe, dass sie dich nicht loslässt. Mir ging es ja genauso.« Er seufzte. »Ich weiß gar nicht, wie viele Patienten ich jeden Tag behandle, wie viele hier durch die Notaufnahme geschleust werden. Aber manchmal gibt es Begegnungen, die lassen einen nicht los. Sie hat mich aufgerüttelt, sodass ich dachte: Das darf doch nicht wahr sein! Wo sind denn die Eltern? Deswegen habe ich dich ja auch angerufen. Obwohl das im Nachhinein betrachtet nicht meine Aufgabe war. Ich bin zu weit gegangen. In manchen Fällen fällt es schwer, Distanz zu wahren. Uns beiden geht es da wohl ähnlich.« Wieder erklang Papierrascheln. »Bei mir ist es leicht zu erklären: Sie hat mich an Martha erinnert. Vielleicht wollte ich an diesem Mädchen ein wenig gutmachen, was ich bei meiner eigenen Tochter versäumt habe. Das ist natürlich logisch gesehen Blödsinn, das eine hat mit dem anderen nichts zu tun. Wie auch immer: Die Behörden kümmern sich.«

Nun war es Lena, die schwieg.

»Wir beide müssen lernen, Dinge wegzuschieben«, sagte Max. »Sonst gehen wir kaputt.«

Lena lachte laut auf. »Ich komme aus einer Familie, in der es zur Perfektion geworden ist, Dinge wegzuschieben. Menschen wegzuschieben. Etwas ist unbequem? Weg damit. Wohin das führt, habe ich erlebt. Es zerstört mehr, als dass es hilft.«

»Dass du jetzt wieder so grundsätzlich werden musst!«

»Dann bleiben wir ganz konkret: Kannst du es einrichten, dass ich mit dem Mädchen noch einmal ein oder zwei Stunden verbringen kann?«

Er atmete tief ein und seufzte. »Das geht nicht. Dafür ist es zu spät. Wir können nichts mehr bewegen. Es läuft alles seinen Gang. Und jetzt muss ich auch wieder los, die Arbeit ruft.«

Lena fluchte laut, als er ohne richtige Verabschiedung auflegte, weil irgendwo im Hintergrund ein Alarm losging. Doch brauchte sie überhaupt sein Einverständnis, um jemanden im Krankenhaus zu besuchen?

Kapitel 24

1965

Manfred wurde abgestellt, um ihr beim Umzug in die Hütte zu helfen. Mit einem Bollerwagen zog er ihr Gepäck, während Ruth nur einen Rucksack trug. Er ging so schnell voraus, dass sie ihm kaum folgen konnte. Immer wieder geriet er außer Sichtweite, war zwischen den Bäumen nicht mehr zu erkennen.

Dicht neben sich hörte Ruth ein Knacken, als würde jemand nah an ihrem Ohr einen Zweig durchbrechen. Ruckartig drehte sie sich um und glaubte für einen Moment, eine geduckte, hagere Gestalt in den Wald laufen zu sehen. Bewegungslos verharrte sie und sah dem Schatten nach, der im Gebüsch verschwand. Ihr erster Gedanke war »Anders«. Der Mann, den sie so oft während ihrer einsamen Nächte auf der Lichtung zu treffen erwartet hatte, der aber nie aufgetaucht war. Inzwischen war sie sich nicht mehr sicher, ob sie ihm damals wirklich begegnet war, in der Nacht, in der sie ins Meer gehen und sich das Leben nehmen wollte. Oder war er nur eine Ausgeburt ihrer Fantasie gewesen, der fleischgewordene Wunsch, jemand möge kommen, sie halten, ihr sagen »Ich bin bei dir«? Am Tag nachdem sie mit dem Leben abgeschlossen hatte, hatte zwar noch der alte, nasse Mantel auf dem Boden vor ihrem Bett gelegen, den ihr Anders in ihrer Erinnerung umgelegt hatte. Doch dieses Kleidungsstück war bei genauer Betrachtung kein wirklicher Beweis, denn sie hätte ihn sich genauso gut selbst über die Schultern legen können. War es möglicherweise nur ein alter Mantel, den sie am Strand gefunden hatte?

Doch so intensiv sie in den vergangenen Monaten immer wieder in den Wald gelauscht hatte und ihren Blick schweifen ließ – Anders hatte sich nie gezeigt.

Auch jetzt war es wahrscheinlich nur ein Reh gewesen, das einen Ast abgebrochen und sich dann im Schreck über die Menschen, die sich durch den Wald schlugen, ins Unterholz geflüchtet hatte.

»Wo bleibst du?«, rief Manfred.

Verwirrt blickte sie ihn an. »Was ist denn mit dem Bollerwagen passiert?« Er war verschwunden.

Manfred schüttelte den Kopf. »Du stehst da wie angewurzelt und träumst. Der Bollerwagen steht längst an der Hütte. Ich dachte schon, du hättest dich verlaufen.« Er hakte sich bei ihr unter und zog sie voran. »Wenn es dir doch zu unheimlich ist allein im Wald – noch kannst du dich umentscheiden. Wenn du willst, trage ich alles wieder zurück ins Forsthaus.«

»Ich dachte, ihr würdet einen Weg freischlagen, so war es doch abgesprochen«, sagte Ruth. Der Boden war voller Gestrüpp und Zweige.

»Haben wir.« Manfred zeigte mit einer ausladenden Handbewegung um sich. »Was meinst du, was es für eine Arbeit war, überhaupt diesen Pfad anzulegen? Was für Massen an Ästen und Dornen wir hier herausgezogen haben?«

»Wie wollen wir denn Baumaterialien hierher transportieren? Ein Wagen kommt niemals durch. Irgendwie muss ich die Hütte ja instand setzen.«

»Das lass mal unsere Sorge sein.«

Ruth folgte ihm, kletterte über quer liegende Baumstämme und bewunderte Manfred dafür, wie es ihm gelungen war, den Bollerwagen vorwärtszubewegen, ohne dass die Achsen gebrochen waren.

Die Hütte tauchte unvermittelt zwischen den Bäumen auf. Sie war so sehr mit Moos bewachsen und fügte sich so perfekt in die Umgebung ein, dass man sie leicht übersehen konnte, selbst wenn man direkt davorstand. Oft war Ruth in der Vergangenheit nah daran vorbeigegangen, ohne diesen Unterschlupf zu entdecken.

Mit einem Quietschen öffnete Manfred die Tür. Abgestandene Luft, die sich im Innern angestaut hatte, wehte wie ein warmer Luftzug durch die Tür nach draußen. Staubflocken tanzten glitzernd im Sonnenlicht.

Ruth trat ein und öffnete zuerst einmal die Fenster und die Fensterläden. Durch den entstehenden Windzug wurde noch mehr Staub aufgewirbelt, sodass sie husten musste. Die Bäume um die Hütte herum hielten so viel Licht ab, dass das Innere trotz vollständig geöffneter Fenster und Läden im Halbdunkel blieb. Ruths Augen brauchten eine Weile, bis sie sich an das Dämmerlicht gewöhnt hatten.

»Den Bollerwagen kannst du vorerst behalten«, sagte Manfred. »Wir brauchen ihn erst in der nächsten Woche.« Er musterte sie eingehend. »Willst du wirklich schon jetzt hierbleiben oder vielleicht doch lieber mit zurückkommen?« Mit gerunzelter Stirn trat auch er in die Hütte. »Heimelig sieht anders aus.«

»Es wird viel Arbeit. Aber ich bleibe. Kann denn in den nächsten Tagen jemand von euch vorbeikommen und mir helfen?«

»Das war eigentlich nicht eingeplant. Diese Sache mit den Fledermäusen betrifft uns auch nicht.«

»Schon gut.« Dass vom Forst niemand von ihrem Fledermaus-Projekt begeistert war, konnte sie nachvollziehen, fiel sie nun doch für ihre ehemaligen Kollegen als Arbeitskraft aus. Trotzdem hatte sie gehofft, eine Art freundschaftliche Hilfe zu bekommen. Doch sie wusste, dass keiner der Drei die Ablehnung lange aufrechterhalten würde, dafür waren sie sich inzwischen viel zu sehr ans Herz gewachsen.

Manfred verabschiedete sich so zügig, als hätte er Angst, Ruth würde ihn noch mit weiteren Bitten überhäufen. Sie schaute ihm nicht nach, wie er im Wald verschwand, sondern ermahnte sich, die vor ihr liegende Arbeit logisch anzugehen.

Die bestehende Einrichtung würde sie vollständig entfernen, bis auf den Tisch in der Mitte. Die Metallstühle waren verrostet, die mussten weg. Die drei Hochbetten waren so ausladend, dass sie den gesamten Raum verstopften. Doch das Holz der Betten war gut erhalten, zeigte weder Feuchtigkeits- noch Ungezieferschäden. Dieses Holz konnte sie verwenden, um daraus ein Einzelbett, einen Stuhl und einige Regale zu bauen. Zwar hatte sie nie zuvor mit eigenen Händen ein Möbelstück gebaut, aber war es etwas anderes, als geometrische Körper in logisch-mathematischer Weise zusammenzufügen?

Ruth hob die Decken, Kissen und Matratzen an. Nichts davon war verwendbar, es stank nach Schimmel und Verwesung, doch zumindest konnte sie weder Mäuse noch Mäusekot entdecken. So musste sie sich wenigstens nicht mit unliebsamen Mitbewohnern herumschlagen.

Dann wanderte ihr Blick nach oben. Das Dach schien dicht, nirgendwo waren schwarze Feuchtigkeitsflecken zu erkennen. Aber die Wände waren so undicht, dass zwischen einzelnen Holzbalken Licht hindurchschimmerte.

Es würde eine Weile dauern, bis die Hütte dazu taugte, um darin zu übernachten. Freiwillig würde sie das stinkende Bettzeug auf jeden Fall nicht verwenden, doch gab es eine Alternative, von der niemand wusste: Die Lichtung mit der

Feuerstelle und ihrem Moosbett boten ihr vorerst eine deutlich bessere Unterkunft.

Der Himmel war sommerlich klar, auch in den nächsten Tagen war kein Regen zu erwarten. Es gab niemanden, der sie drängte. So wollte sie sich zuerst eine Nacht im Freien am Feuer gönnen und das Gefühl genießen, dass genau jetzt für sie ein neuer Lebensabschnitt begann, der erste in ihrem Leben, den sie wirklich selbst gestalten konnte.

Kapitel 25

1965

Die meiste Zeit des restlichen Sommers verbrachte Ruth auf der Lichtung an der Feuerstelle mit ihrem Notizbuch neben sich. Das Wetter war trocken, sodass das Gras zu Heu wurde, obwohl niemand es mähte. Überall summte und brummte es, Rehe kamen mitten am Tag, um auf der Wiese zu äsen, und nachts jagten die Fledermäuse in der Nähe des Feuers Insekten. Das Bett aus Moos in der Kuhle mit all den Tieren drum herum war ihr Zuhause geworden, die Hütte nutzte sie nur als Unterstand, wenn es regnete, die neu entstandenen Regale zur Lagerung von Vorräten. Selbst ihre Arbeit hatte sie ins Freie verlegt. Dort vervollständigte sie ihre Notizen, führte die Korrespondenz mit der Fledermausmarkierungszentrale und wertete Fundmeldungen aus. Zum Forsthaus ging sie nur noch alle zwei bis drei Tage, um die Post und ihre Essensration abzuholen.

Zum Herbst hin, als die Nächte kühler wurden, begann sie zu grübeln, wie es weitergehen sollte. Mit Andreas' Hilfe hatte sie inzwischen Möbel gebaut, eine neue Matratze hatte sie vom Hotelbetrieb bekommen. Holz zum Heizen der Hütte war mehr als genug vorhanden, doch es gab ein Problem: Die Hütte selbst hatte keinerlei Isolation. Der kleine Ofen bewirkte kaum etwas, weil die Kälte durch die Ritzen hineinzog und der Boden eisig wurde. Das Dach bot mehr Schutz als die Seitenwände, denn oberhalb der Holzkonstruktion befanden sich erst Dachpappe, dann Ziegel. Anträge auf die Bewilligung von Baumaterialien zur Dämmung hatte sie schon mehrfach gestellt, alle waren abgelehnt worden mit dem Hinweis auf eine mögliche Unterkunft im Forsthaus. Doch dorthin zurückkehren wollte sie auf keinen Fall, zu sehr genoss sie es, nach ihrem eigenen Rhythmus und dem der Natur zu leben, keinen Wecker zu brauchen, zu essen, wenn sie hungrig war, sich schlafen zu legen, wenn sie müde wurde, sich Pausen zu gönnen, wann immer sie das Bedürfnis danach verspürte.

* * *

In der zweiten Septemberwoche, als in der Nacht das Feuer ausging und ihre Decken und Kleidung feucht und klamm wurden, als das Gras und die Bäume morgens mit weiß glitzerndem Raureif überzogen waren, konnte sie die Augen nicht mehr vor der Realität verschließen: Der Winter näherte sich. Nun reichte es nicht länger, zusätzliche Decken zu nutzen oder nachts eine Mütze zu tragen. Die Zeit drängte. Wenn sie nicht ins Forsthaus zurückziehen wollte, musste sie für das Problem der fehlenden Dämmung zügig eine Lösung finden. Blieben ihr noch eine oder zwei Wochen? Oder ein Monat? Ruth wollte es nicht darauf ankommen lassen, die Zeit, bis die Temperaturen auch am Tag deutlich fallen würden, bis zuletzt auszureizen.

Um Herrn Moosbacher und ihre ehemaligen Kollegen noch vor deren Arbeitsbeginn zu sprechen, brach Ruth kurz nach dem Aufwachen mit der ersten Morgendämmerung auf in Richtung Forsthaus. Der Frost der Nacht steckte ihr in den

Gliedern, die Gelenke fühlten sich steif an. Beim Atmen bildeten sich nun Wölkchen vor Mund und Nase. Ihre Wangen prickelten vor Kälte. Der Weg, der im Sommer für sie geschlagen worden war, war inzwischen wieder überwuchert, weil Ruth lieber weiterhin die Tierpfade benutzt hatte. So konnte sie auch besser ungebetene Besucher abhalten und sicher sein, dass die Halbwüchsigen aus dem Ort, die sie in den lauen Sommernächten singen und grölen gehört hatte, niemals in ihre Nähe kamen. Für jemanden, der diesen verwilderten Teil des Waldes nicht genau kannte, war die Lichtung mitsamt der Hütte kaum zu entdecken.

Ruth hielt inne. Das Meer war hinter den Bäumen noch nicht zu sehen, doch sie nahm schon den salzigen Geruch wahr. In der Ferne waren Stimmen zu hören. Ruth stutzte und rechnete nach, welcher Tag es war. Montag? Dass es im Sommer an den Freitagen und Samstagen am Strand und um das Forsthaus herum laut zuging, dass dort Partys stattfanden und sich Liebespaare aufhielten, das wusste sie. Doch es war weder Wochenende noch war es eine angenehm warme Nacht gewesen.

Leiser als sonst folgte sie dem Wildpfad, der aus dem Wald hinaus zu dem Weg führte, der oben an der Steilküste entlanglief, dann verharrte sie noch einmal, bevor sie den Schutz der Bäume verließ. Die Jugendlichen waren deutlich hörbar. Auch lagerten sie nicht am Strand und nicht in der Nähe des Forsthauses, sondern dicht am Wald.

Ruth blickte sich um. Hinter ihr war es so still, als hielten selbst die Tiere den Atem an. Es roch nach Zigaretten und verbranntem, feuchtem Holz. Umkehren wollte Ruth nicht, so wählte sie einen ihr bisher unbekannten Pfad, den das Wild rechts von ihr ausgetreten hatte, der wieder weiter vom Meer weg in den Wald hineinführte. Ihrer Berechnung nach würde er sie zur Hinterseite des Forsthauses führen.

Noch war die Sonne nicht vollständig aufgegangen. Zwischen den Bäumen war es duster, die Wurzeln und anderen Erhebungen auf dem Boden unter dem Laub waren nicht richtig zu entdecken. Ruth tastete sich mit den Füßen langsam voran, doch die Sohlen ihrer Schuhe waren so dick, dass sie sich auf diese Weise kaum orientieren konnte, nicht wie im Sommer, wenn sie die Möglichkeit hatte, barfuß zu gehen. Immer wieder blieb sie an einer herausstehenden Wurzel hängen und stolperte ein paar Schritte vorwärts. Ihr Herz raste, ihr wurde abwechselnd heiß und kalt. Sie kam sich vor wie ein von Jägern gehetztes Reh. All ihre Sinne waren aufs Äußerste geschärft und angespannt.

Jedes Mal, wenn sie mit der Stirn einen Ast streifte, erschrak sie und unterdrückte einen Schrei. In einer Schlängelbewegung, die der Pfad ihr aufzwang, näherte sie sich dem Forsthaus. Doch trotz ihrer Vorwärtsbewegung waren die Stimmen der Halbwüchsigen unvermindert laut, als würde sie auf der Stelle treten.

Langsam tauchte die Sonne über den Bäumen auf und strahlte bis auf den Boden, sodass sie nicht mehr stolperte. Erleichtert beschleunigte Ruth ihre Schritte, blickte sich immer wieder in die Richtung um, aus der die Stimmen kamen, dann prallte sie gegen etwas Weiches. Sie brauchte einen Moment, bis sie begriff, was geschehen war. Direkt vor ihr stand ein junger Mann, der sie erst erschreckt, kurz darauf herausfordernd anblickte. Und es war nicht nur einer. Ihm folgten vier weitere Männer. Sie rochen nach Rauch, Erbrochenem, Schweiß und Alkohol. Mithilfe eines Stockes transportierten sie hängend ein frisch erlegtes Reh. Blut tropfte aus dem aufgeschlitzten Hals des Tieres.

»Die Fledermausfrau«, sagte jemand von hinten.

Ruth war wie erstarrt. Ihre Gedanken flossen langsam, erst nach und nach begriff sie die Situation: Sie war auf die Gruppe der feiernden Halbwüchsigen gestoßen, die anscheinend den verrückten Plan gefasst hatten, im Wald zu jagen. Der Pfad war so eng, dass sie nicht aneinander vorbeikamen. Kurz überlegte sie, wegzulaufen. Doch welche Chance hatte sie, ihnen zu entkommen?

»Lass mich durch«, sagte sie mit fester Stimme zu demjenigen, mit dem sie zusammengestoßen war. Sie versuchte, ihm direkt in die Augen zu schauen, doch seine Mütze war so tief ins Gesicht gezogen, die Haut mit einer seltsamen Kriegsbemalung aus Erde beschmiert, dass sie reflexartig zu Boden sah. »Ich habe zu arbeiten.«

Die jungen Männer lachten und klopften sich auf die Schenkel.

Ruth versuchte, den Mann vor sich beiseitezuschieben, doch es war, als würde sie sich gegen einen Baum lehnen. Er grinste breit, drehte sich um und sagte: »Legt das Reh ab. Hier haben wir ja jetzt etwas viel Besseres.«

Er packte Ruth, drehte sie so, dass sie mit dem Rücken zu ihm stand und seine Kumpane ansehen musste. Mit dem Unterarm drückte er gegen ihren Hals. Ruth schrie aus Leibeskräften um Hilfe, bis der Griff um ihren Hals so eng wurde, dass sie keine Luft mehr bekam. Sie trat mit der Ferse hinter sich, ohne ihn zu treffen. Sie wand sich, versuchte, sich schwer zu machen. Der Angreifer hielt sie weiterhin fest umschlossen.

Als sie schon dachte, sie hätte keine Möglichkeit mehr, gelang es ihr, den Kopf mit einem Ruck zu bewegen und ihm in den Arm zu beißen. Er schrie auf und ließ sie los. Sie schmeckte Blut.

Dann rannte sie los, wie sie noch nie in ihrem Leben gerannt war. Nun kam es ihr zugute, dass sie klein und schlank war, so konnte sie den Abstand zwischen sich und den anderen vergrößern. Sie glitt durch Lücken im Brombeergestrüpp, in denen ihre Verfolger um ein Durchkommen kämpften. Ruth zwang sich, sich nicht umzudrehen, die Konzentration vollständig auf den Waldboden vor sich zu lenken, auch wenn sie immer wieder panisch dachte: *Sie kommen näher.*

Einmal befürchtete sie, jemand hätte sie am Bein gepackt, aber es war nur eine hervorstehende Wurzel, die sie fast stolpern ließ. Nur knapp gelang es ihr, das Gleichgewicht zu halten und weiterzurennen.

Endlich erreichte sie das Forsthaus. Sie rannte am Hoteleingang vorbei und hämmerte an die Tür zum Seiteneingang, so fest, dass die Tür aufflog, obwohl sie von innen verriegelt war.

»Was ist denn mit dir passiert?« Manfred trat aus dem Waschraum und hielt sich ein Handtuch vor die Hüfte, ansonsten stand er nackt mitten im Gang. Warmer Dunst, der nach Seife roch, quoll ihr aus dem Waschraum entgegen.

»Ich …«, begann Ruth und verstummte. Draußen wurden die Stimmen lauter. Schritte polterten über den Hof. Ruth schlüpfte panisch an Manfred vorbei in den Schlafraum ihrer ehemaligen Kollegen und drängte sich in die Ritze zwischen den Schränken. Mit einem Poltern wurde die Eingangstür erneut aufgerissen und flog so weit auf, dass sie gegen die Wand donnerte. Mit angehaltener Luft hörte sie lautes Stimmengewirr im Flur. Die Männer hatten es wirklich gewagt, sie bis ins Haus zu verfolgen!

Erst Herrn Moosbachers Stimme brachte Ruhe in das Getümmel. »Was ist hier los? Seid ihr völlig von Sinnen?«

»… Fledermausfrau …«, hörte Ruth aus dem anschließenden Durcheinander der Stimmen, die auf ein lautes »Schluss jetzt!« von Herrn Moosbacher erneut verstummten.

Ruth trat aus ihrem Versteck hervor. Auf der einen Seite standen Andreas, Manfred und Werner, die ebenfalls aus der Dusche gekommen waren, nur mit einem Handtuch bekleidet, auf der anderen Seite fünf betrunkene Jugendliche, dazwischen

Herr Moosbacher im Schlafanzug. Nun erkannte Ruth, dass die Männer viel jünger waren, als sie sie anfangs eingeschätzt hatte. Wahrscheinlich gingen sie sogar noch zur Schule.

»Was ist hier los am Sonntagmorgen?«, fragte Herr Moosbacher noch einmal.

Ruth stockte. Sie blickte sich verwirrt um. »Ich war mir sicher, dass es Montag ist.« Ihre Tage waren so arbeitsreich, dass sie längst darauf verzichtete, das Wochenende ihrer Freizeit zu widmen. So ging ein Tag in den anderen über, eine Woche folgte der nächsten. Die Zeit, die für die meisten Menschen aus Wochentagen und Monaten bestand, war einer Eigenzeit gewichen, die sich an den Rhythmen der Natur orientierte. Wenn es hell war, arbeitete sie, wenn es dunkel war und die Fledermäuse kaum noch zu erkennen waren, schlief sie ein.

Ruth sah von einem zum anderen. »Ich wollte zum Forsthaus gehen, dann habe ich … bin ich mit denen hier zusammengestoßen. Sie haben ein Reh erlegt, es an einen Stock gebunden und zu zweit getragen … Der, der ganz vorn steht, der mit der Kriegsbemalung, hat mich gepackt, festgehalten und gewürgt.«

Sie erwartete, dass einer der Jugendlichen etwas erwiderte, aber sie schwiegen.

»Was habt ihr zu den Anschuldigungen zu sagen?«, fragte Herr Moosbacher.

»Das Reh war schon tot. Und die Fledermausfrau ist einfach in mich reingerannt. Sie war plötzlich da. Ich habe gar nichts …« Er stockte, als er auf seine Wunde am Arm sah. »Die Irre hat mich gebissen! Wie ein wildes Tier.«

»Kommt alle mit ins Büro. Ins Haupthaus. Das klären wir gemeinsam mit der Polizei. Ob und wie ein Reh gestorben ist, das lässt sich leicht feststellen.«

Die Jugendlichen drehten um, folgten Herrn Moosbacher ohne Widerspruch. Ruth wollte sich der Gruppe auch anschließen, doch Herr Moosbacher hielt sie zurück.

»Bleib du besser hier«, sagte er, »wasch dich. Manfred, geh du in die Küche und besorge für Ruth saubere Kleidung. Irgendeins der Küchenmädchen wird ja wohl etwas zum Anziehen für sie übrig haben. Ich rufe dich dann hinzu, Ruth, wenn du gebraucht wirst. Aber so kannst du dich nicht im Büro und auch nicht gegenüber der Polizei sehen lassen. Das sorgt nur für Missverständnisse.«

Kapitel 26

2021

Mehrmals hatte Lena schon versucht, Max erneut anzurufen, doch sooft er in den vergangenen Monaten auf ein Gespräch gedrängt hatte, nun war er derjenige, der auf Tauchstation ging.

Lena zog sich ihre Schuhe an, steckte Handy, Wohnungsschlüssel und Portemonnaie in ihre Hosentaschen. Dann packte sie noch einen Beutel mit Stiften, Papier und Knetmasse und verließ ihre Wohnung.

Die Fahrt zum Krankenhaus nutzte sie, um sich verschiedene Möglichkeiten auszudenken, mit dem Mädchen in Kontakt zu kommen. Am einfachsten wäre es, sie formten die vorher gezeichneten Figuren aus Knetmasse nach, das Krokodil, die Mutter, das Mädchen selbst. Und dann könnten sie mit den Figuren spielen und sich auf diese Weise dem annähern, was geschehen war.

Um Max nicht völlig auszuschließen und ihn nicht zu verärgern, ging sie vom Krankenhausparkplatz zuerst in die Notaufnahme, um ihm von ihrem Plan zu berichten. Sie wollte ihm zumindest Bescheid geben, sich von ihm aber auf keinen Fall aufhalten lassen.

Bereits auf dem Vorplatz, wo die Rettungswagen warteten, entdeckte sie ihn. Rauchend stand er mit einigen Sanitätern und Krankenschwestern zusammen und redete. Er bemerkte nicht, wie sie sich ihm näherte.

»Max?«, fragte sie und stellte sich neben ihn.

Er wandte sich zu ihr, sah sie mit einem ungläubigen Kopfschütteln an, als wäre sie ein Geist. »Du?«

»Kann ich kurz mit dir reden?«

»Komm mit«, sagte er und ging voraus. Er führte sie um die nächste Ecke zu einer Wiese.

»Du rauchst?«, fragte sie. »Seit wann das denn?« Sie fand, dass es nicht zu ihm passte.

»Du bist nicht gekommen, um mit mir über das Rauchen zu reden, oder?«

»Ich wollte noch einmal zu dem Mädchen und dir nur Bescheid geben. Du sagst zwar, dass du nicht mehr zuständig bist, aber …«

»Sie ist weg.«

Lena musste sich seine Worte noch einmal vergegenwärtigen, bis sie begriff, was das bedeutete. »Wie das?« Sie nahm die Tasche mit den Malutensilien und der Knete von einer Hand in die andere.

»Gerade eben. Es ging ganz schnell. Sie konnten eine Kurzzeitpflege organisieren. Das wird das Beste sein.«

»Und wohin ist sie gebracht worden?«

»Keine Ahnung! Ich weiß es wirklich nicht. Selbst wenn ich es wüsste – ich dürfte es dir gar nicht sagen.« Er beobachtete sie und als könnte er ihre Gedanken lesen, fügte er hinzu: »Auch beim Jugendamt werden sie dir keine Auskunft geben, wenn du dort anrufst.«

Lena rieb sich die Stirn. Sie setzte sich auf eine der Sitzbänke. Max drückte seine nur halb aufgerauchte Zigarette an einem Mülleimer aus und warf sie weg. Dann nahm er am anderen

Ende der Bank Platz, als versuchte er, so viel Raum wie möglich zwischen ihnen zu lassen.

»Weißt du, dass ich mir genau das hier all die letzten Monate gewünscht habe? Dass wir zusammensitzen. Reden. Dass du nicht vor mir wegläufst und mich behandelst, als wäre ich ein Stalker«, sagte er.

»So hast du dich verhalten.«

»Was soll ich denn tun, wenn du nicht mit mir reden willst?«

»Das akzeptieren?«

Er nickte. »Darin sind wir wohl beide keine Meister – Unangenehmes zu akzeptieren.«

Sie lachte auf. Das stimmte, diese Verbindung war ihr noch gar nicht aufgefallen.

»Aber ich denke, du hattest recht«, sagte er. Max drehte sich halb weg von ihr, sodass sie sein Gesicht nicht mehr sehen konnte. »Ich habe mich verrannt. Es war gut, dass du bei der Verlobung ausgestiegen bist. Es hätte nicht gepasst.«

So oft hatte sie sich gewünscht, dass Max etwas Derartiges sagte, doch nun blieb die Erleichterung aus. Im Gegenteil, in ihr regte sich erneut der Wunsch, ihn zu berühren, in irgendeiner Weise wiedergutzumachen, was sie zerstört hatte. Gleichzeitig wusste sie, dass das unmöglich war. Manchmal konnte man es nicht wiedergutmachen, wenn man jemanden verletzt hatte.

»Ist da eine andere?«, fragte sie und wünschte sich, die Frage zurücknehmen zu können. »Es tut mir leid. Es geht mich nichts an.«

»Du hast recht, es geht dich nichts mehr an.«

»Und sie raucht.« Lena wusste, dass er nicht antworten würde, aber sie brauchte auch keine Bestätigung.

Er stand auf.

»Ich wünsche dir alles Gute«, sagte sie und fand, dass sie klang, als würde sie einen vorgefertigten Postkartenspruch aufsagen. Was war nur so schwer daran, sich neutral zu begegnen? Wie Freunde? Oder zumindest wie gute Bekannte?

»Ich dir auch, Lena.« Er drehte sich noch einmal zu ihr um. »Ja, da war jemand. Eine Kollegin. Und sie hat geraucht. Aber wir sind nicht mehr zusammen, falls du es genau wissen willst.«

Kapitel 27

1965

Die Polizei schien den Fall aufgegeben zu haben. Irgendetwas war passiert, von dem sie nichts ahnte. Es kam ihr vor, als hätten alle Angst, hart gegen die Jugendlichen vorzugehen. Trotz des Vorfalls tauchten die Jugendlichen weiterhin in der Nähe des Waldes und des Forsthauses auf. Darauf angesprochen wichen sowohl Herr Moosbacher als auch Manfred, Werner und Andreas aus. Ihre ehemaligen Kollegen reagierten kurz angebunden, fast schon schnippisch, wenn Ruth das Thema erneut aufwarf.

Nächtelang lag sie in ihrer Waldhütte wach und grübelte, was für einen Fehler sie begangen haben könnte, ob sie besser auf die Freistellung zur Fledermausforschung hätte verzichten sollen. Doch ihre Gedanken führten nicht weiter, sondern drehten sich im Kreis, weil eine Hypothese der nächsten folgte. In der Dunkelheit starrte sie auf das Feuerprasseln im Ofen, auf die Schatten, die das Feuer hinter der verrußten Scheibe nachts warf. Sie beobachtete, wie die Flammen aus der Holzmaserung der Möbel geisterhafte Formen entstehen ließen. Es war, als blitzten dort, wo sich Astansätze im Holz befunden hatten, immer wieder Augen auf. Zwar hatte sie sich einen dicken Knüppel neben das Bett gelegt, ein Messer unter das Kopfkissen, doch sie wusste, dass das keine Lösung war. Im besten Fall brachte bei einem erneuten Auftauchen der Jugendlichen der Anblick ihrer Waffen sie dazu, zurückzuzucken, sodass sie besser flüchten konnte. Eine andere Lösung musste her, doch sie wusste nicht, welche.

Ruth hielt sich für eine rational denkende Person, doch wenn sie nachts das Lichtspiel des Feuers auf den Holzoberflächen beobachtete, begriff sie, warum Menschen an Geister und an Übersinnliches glaubten. Wenn sich dann zusätzlich zu den Lichtreflexionen des Feuers der Wind in den Baumkronen über der Hütte wie ein Jammern oder Klagen anhörte, war es, als würde sie in die Welt der Märchenbücher versetzt, als würde jeden Moment aus irgendeiner Ritze eine Fee, ein Zwerg oder ein anderes überirdisches Wesen hervortreten.

Ruth hasste es, wenn ihr Denken unlogisch wurde. Sie musste etwas ändern.

In der ersten Novembernacht zündete sie alle Kerzen an, die sie besaß, stellte sie auf den Boden und den Tisch und holte die Triumph-Reiseschreibmaschine hervor, die sie im Sommer auf der Suche nach einer ungenutzten und ausrangierten Matratze in der Rumpelkammer des Forsthauses gefunden hatte. Sie hatte die Küchenleiterin gefragt, ob sie etwas über den Besitzstand der Schreibmaschine wisse. Emmi war rot angelaufen, ihre Nasenflügel hatten gezuckt, weil sie diejenige gewesen war, die damals, im Jahr 1953, die Maschine hatte wegschaffen sollen. Emmi hatte es aber nicht übers Herz gebracht, die Maschine zu zerstören, als die Polizei das Gebäude wie alle anderen auf der Insel durchsucht hatte, um Hinweise auf staatsfeindliche Aktivitäten zu finden. Es hatte damals viele Verhaftungen gegeben, doch nicht am Forsthaus, weil die Schreibmaschine unentdeckt geblieben und die

Rumpelkammer samt Inhalt in Vergessenheit geraten war – bis zu Ruths Auftauchen.

Sie blickte sich um, als könnte sie jemand mit der Westschreibmaschine beobachten. Die Walze ließ sich problemlos bewegen, so leicht, als wäre sie frisch geölt worden, sodass Ruth ein Blatt Papier eindrehen konnte. Allerdings blockierte die Mechanik immer wieder: Einige Buchstaben ließen sich nur schwer drücken, sprangen dann nicht zurück, sondern verhakten sich durch die folgenden Anschläge mit anderen Tasten. Doch nachdem sie die Maschine geölt und gereinigt hatte, funktionierten die Hebel wieder einwandfrei. Von ihrem Vater kannte sie den Trick, der es ihr ersparen würde, sich um ein neues Farbband Gedanken zu machen: Sie packte ihr schwarzes Stempelkissen aus und fertigte sich einen Daumenschutz aus einem alten Fahrradschlauch an, den sie eigentlich aus dem Forsthaus mitgenommen hatte, um daraus Gummibänder zu schneiden. Nur an einer Ecke musste das Farbband vorsichtig angefasst werden. So war die Auflagefläche groß genug, um das Farbband zwischen Stempelkissen und Daumen entlangzuziehen.

Anstatt sich auf die Grübeleien wegen des Vorfalls mit den Halbwüchsigen zu konzentrieren oder sich übernatürliche Wahrnehmungen einzubilden, begann sie zu schreiben. Auch wenn sie keine studierte Wissenschaftlerin war, hatte sie etwas zu erzählen. War es nicht ihre Aufgabe, auf die Schönheit und Besonderheit der Natur der Insel aufmerksam zu machen? Zu zeigen, wie schützenswert gerade die unberührten Landstriche waren?

Bisher hatte sie die Berichte an die Fledermausmarkierungszentrale immer handschriftlich verfasst, nun tippte sie all ihre Beobachtungen ab. Sie begann, Zeitungsartikel zu schreiben, und die Wörter flossen immer müheloser aus ihr heraus. Bald startete sie auch mit einem Buchprojekt: *Das geheime Leben der Fledermäuse*.

Zwar wurden all ihre Zeitungsartikel nach und nach abgelehnt, auch für das Buch interessierte sich niemand, doch das störte Ruth wenig, weil das Schreiben ihren Tagen eine zusätzliche Struktur und ihr selbst Halt gab. Vielmehr war von Bedeutung, was das Schreiben bei ihr bewirkte: Es vertrieb die Grübeleien, es war ein zusätzlicher Fixpunkt, auf den sie nicht mehr verzichten wollte. Beim Schreiben musste sie sich selbst Rechenschaft über ihre Forschung und ihre Ziele abgeben, erst dadurch gelang es ihr, Wichtiges von Unwichtigem zu unterscheiden.

Auch als sie begann, zusätzlich den Orchideenbestand rund um die Lichtung zu analysieren und schriftlich zu dokumentieren, war diese Arbeit mit keinem Ziel oder Zweck verbunden.

* * *

Der Winter setzte von einem Tag auf den anderen ein. Als der erste Schnee fiel, verschlief Ruth. Wie eine Schutzschicht lag das Weiß über dem Dach und um die Hütte herum, dadurch war es im Innern wärmer als an den vorhergehenden Morgen. Zusätzlich dämpfte der Schnee alle Geräusche. Das Getrippel der Vögel auf dem Dach fehlte, der Wind war nicht zu hören, auch kein Knacken von Ästen, als wäre die Natur in einen tiefen Schlaf gefallen. Langsamer als gewöhnlich zog sich Ruth an, weil es keine Kälte gab, die sie zur Eile antrieb. Um Wasser für ihren Tee zu holen, musste sie nach draußen. Sie schloss die Tür von innen auf und drückte dagegen. Nichts geschah. Sie versuchte es noch einmal, warf sich dann mit der Schulter gegen das Holz – ohne Erfolg. Beim Blick durch das Fenster hatte die Schneedecke gar nicht so extrem hoch ausgesehen, doch möglicherweise war ein Haufen vom Dach gerutscht und hatte die Tür blockiert. Sosehr Ruth auch drückte und sich dagegenwarf, die Tür blieb geschlossen. Sie fluchte laut, öffnete das Fenster und stutzte. Überall um die Hütte herum verteilt befanden sich Fußabdrücke.

Sie streckte den Kopf hinaus und lauschte. Schnee wehte ihr ins Gesicht und schmolz auf ihrer Haut. Die Spatzen zwitscherten. Auf dem Wasserkanister saß eine Amsel und putzte sich, sodass Ruth sich entspannte. Wenn jemand Fremdes in der Nähe wäre, würde sie ihren Alarmruf erklingen lassen. So verließ sich Ruth auf die Amsel und zwängte sich durch das enge Fenster nach draußen.

Schnell erkannte sie, dass es kein Schnee war, der die Tür blockierte. Jemand – den Fußstapfen nach zu urteilen waren es mehrere Männer gewesen – hatte ihren gesamten Holzvorrat vor der Tür aufgeschichtet. Die Hütte war mit roten Kreuzen beschmiert.

Ruth stockte der Atem. Dies alles war geschehen, während sie geschlafen hatte. Die Tür war nicht wirklich sicher, mit einem kräftigen Ruck konnte jeder sie von außen öffnen. Was, wenn die Männer hereingekommen wären? Sie zwang sich, an etwas anderes zu denken, sich auf die Realität zu konzentrieren. Ihr war nichts geschehen. Die Hütte brauchte sowieso einen neuen Anstrich. Sobald die Temperaturen wieder steigen und die Farbe draußen trocknen könnte, nahm sie sich vor, mit der Arbeit zu beginnen.

Zuerst kümmerte sie sich um den Holzstapel. Scheit für Scheit stapelte sie wieder an der Hüttenseite, sodass das Holz einen Großteil der Schmierereien überdeckte. Sie strich mit dem Zeigefinger über die Farbe, die am Finger kleben blieb. Durch die Kälte war sie feucht geblieben. Ruth hatte im Lagerschuppen noch einen Kanister mit Terpentin, den suchte sie heraus, als sie mit der Holzumlagerung fertig war. Die Farbe verflüssigte sich, sobald sie mit dem terpentingetränkten Lappen in Berührung kam, und ließ sich problemlos abwischen.

Zwei Stunden später war von der nächtlichen Zerstörungswut der Unbekannten nichts mehr zu sehen. Trotzdem zitterte Ruth noch immer. Sie musste sich konzentrieren, um Wasser aus dem Kanister zu holen und es nicht zu verschütten. Dann feuerte sie neu an und kochte sich im Innern der Hütte einen Tee. Auf das Frühstück mit Brot und Ei verzichtete sie an diesem Tag. Ihr war der Appetit vergangen. Auch erhitzte sie kein zusätzliches Wasser, um sich zu waschen. Die Vorstellung, gerade nackt in der Hütte zu stehen, wenn sich wieder jemand Unbekanntes näherte, machte ihr Angst.

Während sie den Tee trank, sah Ruth immer wieder aus dem Fenster. Niemand näherte sich. Alles blieb still. Obwohl sie viel Arbeit für diesen Tag geplant hatte, verharrte sie im Innern. Es gab einen Stapel unbearbeiteter Fundmeldungen von Fledermäusen, der Bericht an die Fledermausmarkierungszentrale war noch nicht geschrieben, der Schornstein zog nicht mehr richtig und musste gereinigt werden. Auch bot es sich an, Schnee zu sammeln, um ihren Wasservorrat aufzustocken.

Erst gegen Mittag verließ Ruth die Hütte. Lange hatte sie überlegt, ob sie zum Forsthaus gehen sollte, um von den nächtlichen Besuchern zu berichten, doch dann entschied sie sich mit der Erinnerung an den vergangenen Polizeieinsatz dagegen. Sie würde niemandem zeigen, wie sehr sie verunsichert war, sondern selbst eine Lösung finden.

So analysierte sie die Fußabdrücke. Es waren mehrere Männer gewesen, für Frauen waren die Schuhe zu groß. Fast beruhigte es sie, dass die Sohlen wenig Profil aufwiesen und noch dazu klar erkennbare Absätze an den Fersen hatten. Das bedeutete, dass es nicht Manfred, Werner oder Andreas gewesen waren, die nur ihre derben Arbeitsstiefel besaßen. Das hieß, dass das Forsthaus weiterhin ein sicherer Anlaufpunkt für sie war und sie sich im Notfall dorthin wenden konnte.

Sie begann, Fallen zu errichten. Vor dem Fenster hob sie zuerst eine Grube aus. Weil der Boden gefroren war, konnte sie nur ungefähr einen halben Meter tief graben, doch das reichte aus. Das Loch deckte sie mit dünnen Ästen zu und versteckte diese unter dem Schnee. Wer versuchen würde, in die Hütte hineinzublicken, würde zwangsläufig stürzen.

Die nächste Konstruktion war gewagter. Am Dach vor der Tür befestigte sie einen Eimer, von dem ausgehend ein Seil innen an der Klinke eingehängt wurde. Vor dem Schlafengehen würde sie den Eimer mit Wasser füllen, sodass derjenige, der die Tür öffnete, es dann übergeschüttet bekam. Besser wäre es noch, Farbe zu nehmen, um denjenigen unzweifelhaft zu kennzeichnen.

Vor den anderen beiden Fenstern hob sie weitere Löcher aus, die sie mit Ästen und Schnee bedeckte. Ihr war klar, dass diese Vorrichtungen niemanden abhalten würden, der definitiv entschlossen war, zu töten oder zu vergewaltigen. Doch sie würde dadurch garantiert nicht mehr verschlafen, wenn sich jemand der Hütte näherte, und hatte die Möglichkeit, sich zu verteidigen oder wegzulaufen.

Am Abend betrachtete sie zufrieden ihr Werk. Obwohl Ruth den gesamten Tag nichts gegessen hatte, spürte sie keinen Hunger. Sie hoffte so sehr, dass diese nächtliche Aktion ein Einzelfall gewesen war, eine spontane Idee irgendwelcher Heranwachsender, eine Mutprobe, die bestanden und abgehakt war. Doch ihr Gefühl sagte ihr, dass sie von nun an wachsamer sein musste.

Sie holte sich eine Decke und setzte sich bis zum Einbruch der Dunkelheit draußen auf einen abgeschlagenen Baum vor der Hütte und blickte zur Lichtung. Rehe kamen und suchten unter dem Schnee nach Gras. Eine Rotte Wildschweine kam vorbei. Bei jedem Knacken, das sie nicht zuordnen konnte, zuckte Ruth zusammen und hielt die Luft an. Doch kein Mensch tauchte auf.

Erst als es vollständig dunkel war, kehrte sie in die Hütte zurück und aktivierte die Sicherheitsvorrichtung über der Tür mit weißer Farbe, die sie mit Terpentin verdünnt hatte, um ein Eintrocknen zu verhindern.

Zum ersten Mal störte es sie, dass sie die Fensterläden abgeschraubt hatte, weil sie geklemmt und nicht richtig geschlossen hatten. In der Folge konnte jeder, der sich näherte, schon von Weitem in die Hütte blicken, während sie nicht sah, was draußen vor sich ging. So verzichtete sie diesmal darauf, eine Kerze anzuzünden. Das Mondlicht, das durch die blattlosen Bäume schien, reichte aus, damit sie die Konturen der Möbel und der Gegenstände erkannte. So blieb sie in der Dunkelheit sitzen und lauschte in die Nacht. Zum ersten Mal erschien ihr der Wald mit der Lichtung und der Hütte nicht mehr wie ein Schutzraum, sondern wie ein unüberschaubarer Ort, der sie zwang, auf der Hut zu bleiben.

Kapitel 28

1965

Von einem Knall und einem Schrei schreckte sie aus dem Halbschlaf hoch. Der Metalleimer schwang mehrfach gegen die Holztür. Die Türsicherung war ausgelöst worden. Kurz darauf erklang ein weiterer Laut, dann hörte sie aufgeregte Stimmen, gefolgt von knirschenden Schritten im Schnee, die sich entfernten.

Ruth blieb wie erstarrt in ihrem Bett liegen. Eine Woche lang war nichts geschehen. Während dieser Woche hatte sie langsam Sicherheit gewonnen, sich auch wieder getraut, abends Kerzen anzuzünden, obwohl sie die Fensterläden wegen der defekten Scharniere noch nicht hatte anbringen können.

Ruth verharrte weiter regungslos im Bett und hielt die Luft an. Doch als alles still blieb, setzte sie sich auf und zog sich im Dunkeln an. Das Feuer glomm im Ofen, ein Blick auf die Uhr bestätigte ihr, was sie bereits ahnte: Es war kurz vor Mitternacht. Ihren ersten Gedanken, zur Polizei zu laufen, verwarf sie wieder, denn auch das gewilderte Reh und der letzte Übergriff auf sie, als sie sich ins Forsthaus geflüchtet hatte, waren ungesühnt geblieben. Die Reaktion ihrer ehemaligen Kollegen auf einen erneuten Hilferuf von ihr konnte sie sich gut ausmalen: Sie würden vorschlagen, sie solle wieder ins Forsthaus ziehen, doch das wollte Ruth auf keinen Fall. Hier war ihr Zuhause, hier brauchte sie sich keinen fremden Regeln zu beugen. Die Hütte war der Ort, an dem sie leben wollte, nicht das Forsthaus.

* * *

Als die ersten Sonnenstrahlen durchs Fenster drangen, kam Ruth eine Idee: Sie brauchte einen Wachhund, der ihr Schutz bot.

Zum Frühstück trank sie nur einen Tee, dann machte sie sich, ohne die mit Farbe verschmierten Stufen und die bekleckste Tür zu reinigen, auf den Weg in die Ortschaft, die sie sonst eher mied.

Um dorthin zu gelangen, gönnte sie sich den Umweg über den Strand, auch wenn die Strecke weiter war und sie bei jedem Schritt im Sand einsackte. Eilig hatte sie es nicht, denn der Bericht, den sie erst in zwei Tagen abschicken musste, war bereits fertig.

Schon aus der Ferne sah sie die Strandkörbe, dann die Häuser. Nun, im Winter, waren keine Besucher auf der Insel, die Anwohner blieben zu Hause. Sie kam der Siedlung näher. Kein Mensch war zu sehen, bis sie die Häusergrenze erreichte. Ein Mann schippte Schnee. Kleinkinder spielten draußen Fangen und bewarfen sich mit Schneebällen. Eine Frau war mit einer Einkaufskarre unterwegs. Gemächlich kreuzte eine Katze die Straße. Die Menschen nahmen keine Notiz von ihr, blickten sie kurz an und sahen dann wieder weg. Nur die Katze widmete ihr länger Aufmerksamkeit.

Ruth blieb zwischen den Häusern stehen und überlegte, wie sie am besten vorgehen sollte. Obwohl die Ortschaft so nah am Forsthaus und auch nur wenige Kilometer von ihrer Hütte entfernt war, erschien sie wie eine andere, ferne Welt.

Das plötzliche Rufen einer Frau nach ihrem Kind ließ Ruth zusammenzucken und sie merkte, wie sehr sie sich doch vom alltäglichen Zusammenleben in einer Gemeinschaft entfremdet hatte.

Eine alte Frau trat mit einem Metalleimer aus dem Haus. Sie schüttete Asche auf ein verschneites Beet, sodass auf dem Schnee eine graue Schicht liegen blieb.

Als Ruth sich ihr näherte, drehte sie sich zügig um.

»Warten Sie«, sagte Ruth.

Die Frau musterte Ruth skeptisch.

»Guten Morgen«, begann Ruth.

»Ich habe keine Zeit zu plaudern.«

»Ich will Sie auch nicht lange aufhalten.«

»Ja, was denn?«

Ruth ließ sich von der Ablehnung nicht aus dem Konzept bringen. Sie hatte sich vorgenommen, etwas herauszufinden, und davon würde sie sich nicht abhalten lassen. »Ich möchte einen Hund kaufen, egal ob alt oder jung. Er muss nur gut als Wachhund taugen«, sagte Ruth und bemühte sich, freundlich zu bleiben und die Frau weiterhin anzusehen, auch wenn alles in ihr danach drängte, zu Boden zu blicken und weiterzugehen.

»Ich habe keinen Hund. Gar keine Tiere.«

»Aber vielleicht kennen Sie jemanden, der …«

»Nein.« Die Frau drehte sich um, hielt den Eimer noch einmal über das Beet und klopfte die Aschereste aus.

Ruth verabschiedete sich. Dann würde sie es eben weiter probieren.

»Warten Sie!«, rief die Frau.

Ruth kehrte zu ihr zurück.

»Der alte Heinrich hat eine Hündin. Ich glaube, er will sie abgeben. Die Straße hinunter, dann die zweite rechts. Es ist das Haus am Ende der Sackgasse. Sie können es nicht verfehlen. Immer dem Gebell nach.«

Ruth bedankte sich überschwänglich, dann machte sie sich auf den Weg.

Für einen Werktag war die Straße ungewöhnlich leer. Nur ein Pferdegespann kam ihr entgegen, das einen Wagen mit Altmetall zog.

Die Frau hatte recht gehabt, das Gebell war nicht zu überhören, es schallte durch die Straße, bevor sie die Abbiegung erreicht hatte. Es klang heiser und erstickt, als würde der Hund gewürgt. Ruth verlangsamte ihre Schritte. Der Hund tobte.

Bald erkannte sie das Haus, das die Frau beschrieben hatte. Drum herum war ein Baugerüst aufgestellt, doch niemand hatte mit den Arbeiten an der morschen Holzfassade begonnen. Ruth wurde noch langsamer, als sie in Sichtweite des Hundes kam, der an einer Metallkette angebunden war und so heftig zerrte und dabei hin und her sprang, als wollte er sich strangulieren. Ruth blieb stehen. Man solle Hunde nicht direkt anschauen, hatte sie einmal gehört, um sie nicht zusätzlich zu reizen. Aber bei diesem Hund spielte es keine Rolle, was sie tat, ihre bloße Anwesenheit war für das Tier eine einzige Provokation. Ruth schluckte. Der Hund hatte nur drei Beine, doch das schien ihn nicht zu stören. Die Kette war so lang, dass es unmöglich war, außerhalb der Reichweite des Hundes zur Haustür zu gelangen. So ging Ruth bis zum Gartentor und blieb dort stehen.

»Hallo!«, rief sie. »Ist jemand zu Hause?« Dann erst entdeckte sie die Metallglocke neben dem Briefkasten, die sie läutete.

Es dauerte eine Weile und ein großer stämmiger Mann trat hervor. Ruth wich reflexartig einen Schritt zurück.

»Ja?«, sagte er.

Ruth grüßte freundlich und ärgerte sich, dass sie die alte Frau nicht nach ihrem Namen gefragt hatte, so konnte sie sich nicht auf sie berufen. »Eine Bekannte von Ihnen hat mir gesagt, Sie hätten einen Hund zu verkaufen. Ich suche einen Wachhund.«

Der Mann lachte. »Einen Wachhund suchen Sie also.«

Ruth bejahte.

Der Mann musterte sie mit zusammengekniffenen Augen. »So ein Persönchen wie Sie – wie wollen Sie einen Hund bändigen?«

Ruth zuckte mit den Schultern. »Es wird sich schon fügen.« Dann sah sie, dass aus der Hundehütte am Rand des Vorgartens noch ein Welpe hervorgekrochen kam, so ängstlich, dass er mehr auf dem Boden robbte als lief.

»Die Hündin ist fünf Jahre alt. Sie kann weg. Ihr Junges müssten Sie dann zusätzlich nehmen. Es ist ein Rüde, wächst nicht richtig und behält auch nichts bei sich. Die Hunde gebe ich nur zusammen ab.«

Ruth überlegte nicht lange. Eigentlich wollte sie nur einen Hund haben und auf keinen Fall zwei, aber der Blick, den der Welpe ihr zuwarf, war herzerweichend. »Was wollen Sie für die Hunde haben?«, fragte Ruth.

»Wie viel bieten Sie?«

»Ich habe nicht viel Geld.«

Der Mann schüttelte den Kopf. »Das habe ich mir gedacht. Haben Sie etwas zum Tauschen?«

»An was denken Sie denn?«

»Sand gibt es hier ja genug.« Er lachte wieder. »Aber mir fehlt Zement, um Mörtel herzustellen. Andere Baumaterialien wären auch gut, wie Fliesen, Kupferrohre, Wandfarbe, Lacke.«

Ruth dachte an die Renovierungsarbeiten am Forsthaus, die abgeschlossen waren. Die Arbeiter hatten alle überflüssigen Materialien wieder mitgenommen, dort konnte sie nichts beschaffen.

»Schrauben, Dübel, Winkel. Eisenwaren verschiedenster Art, die kann ich Ihnen besorgen«, sagte Ruth. Der

Gedanke, ihrem Vater von den Überfällen zu erzählen und ihn um Hilfe zu bitten, missfiel Ruth, doch ihre Sicherheit war wichtiger als ihr Stolz. Und sie wusste, dass ihr Vater ihr helfen würde.

»Auch Kupferrohre?«, fragte der Mann.

»Das sind Baumaterialien, die nicht.« Ihr fiel noch etwas ein. »Ich habe einen Lederkoffer, wie neu.«

»Wohin soll ich denn verreisen?«

Ruth grübelte, überlegte, ob sie ihren nächsten Gedanken aussprechen sollte, dann überwand sie sich und sagte: »Eine Triumph-Reiseschreibmaschine. Sie funktioniert wie neu.«

Die Hündin bellte wie verrückt.

»Nicht so laut.« Mit einem Tritt brachte der Mann das Tier zum Schweigen, der Welpe verkroch sich wieder in der Hütte. »Kommen Sie rein.« Er führte sie ins Hausinnere. Innen sah es genauso chaotisch aus wie außen. »So sicher bin ich mir doch nicht, ob ich die beiden Köter abgeben will. Eigentlich wollte ich die Hündin behalten, damit sie noch ein- oder zweimal wirft und ich die Welpen verkaufen kann.« Er hielt inne. »Wobei – eine Westschreibmaschine. Sieh mal an. Dabei hätte ich gewettet, es gibt gar keine mehr auf der Insel, seit sie 1953 hier Tabula rasa gemacht haben. Aber sind wir ehrlich, das sind die einzigen Schreibmaschinen, die was taugen. Ich habe es mir überlegt: Sie können die beiden Viecher jetzt schon mitnehmen, aber noch heute bringen Sie mir die Schreibmaschine. Und wenn Sie sie transportieren, wickeln Sie sie ein. Haben Sie etwas dafür?« Er holte einen braunen, schmutzigen Sack aus der Ecke, gab ihr einen Kissenbezug. »In dem Sack können Sie auch den Welpen tragen. Und mir dann die Schreibmaschine bringen, aber vorher in den Kissenbezug stecken, nicht dass sie Schaden nimmt.«

Ruth nahm den Kissenbezug und den Sack entgegen, faltete beides und klemmte es sich unter den Arm. In den Sack würde sie den Welpen garantiert nicht zwängen, aber für einen unbemerkten Transport der Reiseschreibmaschine war es eine gute Möglichkeit.

»Abgemacht«, sagte sie, auch wenn es ihr schwerfiel. Das Gerät war besser als jede neue Schreibmaschine und es würde bestimmt ein halbes Jahr dauern, bis sie Ersatz bekäme. »Dann geben Sie mir aber noch ein Halsband und eine richtige Leine dazu. An der Kette kann ich die Hündin ja nicht führen.«

Der Mann zuckte mit den Schultern. »Es gibt bei mir kein Halsband. Und auch keine Leine. Ein Stück Seil tut es auch.«

»In Ordnung, dann legen Sie ihr bitte das Seil um, damit ich sie mitnehmen kann.« Ruth blickte aus dem Fenster. Inzwischen hatte sich das Tier beruhigt und hingelegt, aber sie wusste, dass die Hündin direkt wieder ausrasten würde, sobald sich die Haustür öffnete.

»Das kann ich nicht«, sagte der Mann.

»Wie darf ich das verstehen?«

»Die Hündin lässt sich von mir nicht anfassen.«

»Das heißt, Sie können sie nicht berühren? Und wie versorgen Sie sie dann?«

»Ich werfe ihr einmal am Tag Futter hin.«

»Wie heißt sie denn?«

Der Mann sah sie an, als hätte sie vollständig den Verstand verloren.

»Ihr Name, wie ist der?«, versuchte es Ruth noch einmal. »Der Name der Hündin? Und der Name des Welpen?«

»Sie brauchen keinen Namen. Sie sollen ihre Aufgabe erfüllen, und das tun sie.«

»Würden Sie mir dann ein Seil geben?« Ruth fror, mit einem Mal war es, als wäre es im Haus kälter als draußen.

Der Mann gab ihr ein stabiles Seil. »Und nicht vergessen, wie unsere Absprache war. Heute noch bringen Sie mir die Schreibmaschine. Ich weiß auch, wo ich Sie finde. Am Forsthaus. Sie sind die Fledermausfrau.«

»Keine Sorge, ich komme später wieder vorbei.« Ruth unterdrückte ihre Wut. Der Mann hatte einen mehr als guten Tausch gemacht, von außen betrachtet war sie die Betrogene und nicht er. Sie hatte vor, sich an die Absprache zu halten, während er ihr nicht einmal dabei half, eine Leine anzulegen.

Doch es brachte nichts, mit ihm zu streiten, denn sie brauchte die Hündin dringend, um wieder ruhig schlafen zu können. So konnte sie es sich nicht erlauben, dass er den Tausch aus Trotz rückgängig machte. Sie nahm das Seil und ging zur Haustür.

Noch bevor sie nach draußen getreten war, schon als sie die Klinke bewegte, fing die Hündin wieder an zu bellen. Sie warf sich in die Kette und sprang hoch. Langsam trat Ruth ins Freie und war erleichtert, dass die Kette nicht lang genug war und die Hündin die Haustür nicht erreichen konnte. Direkt vor der Tür und auch auf den beiden Stufen davor war Ruth sicher, aber nicht, wenn sie sich zwei Meter weiter in Richtung Tor bewegte.

Ruth setzte sich auf die Stufen. Vorsichtig betrachtete sie die Hündin genauer, sah sie dabei aber immer nur kurz an. Die Kette, an der das Tier befestigt war, rostete. Das Halsband war ein Stachelhalsband, das sich tief ins Fleisch eingegraben hatte. Das Fell am Hals war vereitert von den Wunden. Ruth wurde es übel. Kurz überlegte sie, den schlechten Tausch rückgängig zu machen. Die Hündin war deutlich kränker, als es auf den ersten Blick gewirkt hatte, weil ihre Aggressivität und Wut über ihre körperliche Schwäche und die Verletzung hinwegtäuschten. Bei genauerer Betrachtung war es ein Wunder, dass sie überhaupt noch ein Junges hatte zur Welt bringen können.

Doch Ruth hatte Mitleid mit dem Tier und der Gedanke, es hier zurückzulassen, war für sie unerträglich.

Es dauerte eine Weile, bis die Hündin sich beruhigte. Sie wedelte noch immer mit der Rute, die hin und her peitschte. Ruth hatte gehört, dass es ein Zeichen von Freundlichkeit sei, doch ihr schien es eher als Ausdruck von Nervosität. Sobald Ruth sich nur ein wenig näherte, fletschte die Hündin die Zähne, die durch die gekräuselte Haut über der Nase noch deutlicher hervortraten.

»Was ist das eigentlich für ein Hund?« Ruth drehte sich um, blickte ins Innere und versuchte, ihre Stimme ruhig klingen zu lassen.

»Der Vater war ein Wolfsspitz. Die Mutter eine Schäferhündin.«

»Was frisst sie am liebsten?«

»Was eben da ist.«

Ruth merkte, wie die Rute sich senkte und die Hündin sich legte.

»Ich habe zu tun, kann mich jetzt nicht weiter um die Angelegenheit kümmern. Wenn Sie die Hunde mitnehmen wollen, müssen Sie auch selbst lernen, mit ihnen zurechtzukommen.« Der Mann trat hinter Ruth und sofort sprang die Hündin wieder auf, ging zur Hütte, in der sich der Welpe befand, stellte sich davor und knurrte.

»Sehen Sie zu, dass Sie die beiden zügig wegschaffen«, sagte der Mann. »Am besten die Kette aus dem Pflock in der Erde lösen. Das mit dem Seil als Leine, das hat keinen Zweck. Sie ist es gar nicht gewohnt, an der Leine zu gehen. Den Pflock können Sie gern auch mitnehmen. Mein Vorschlag: den Hund an der Kette mitziehen und den Pflock dann bei der Ankunft wieder in die Erde schlagen.«

»Ich probiere es noch einmal, sie anzufassen.«

»Na dann viel Glück.« Der Mann ging ins Haus und schloss die Tür hinter sich. Von innen hörte Ruth Tellerklappern.

Vorsichtig und langsam bewegte sie sich wieder auf das Tier zu, doch es startete sofort einen neuen Angriff. Frustriert kehrte sie zur Treppe zurück und dachte nach. Wahrscheinlich war es wirklich die einzige Möglichkeit, den Pflock aus der Erde zu ziehen, das Tier hinter sich herzuschleifen und das Junge in den Sack zu stecken. Doch das wollte sie nicht. Sie wollte, dass der Hund freiwillig bei ihr blieb, und nicht bloß, weil er ein Gefangener war.

Sie blickte wieder weg, setzte sich und stützte die Ellbogen auf die Knie. Das Gesicht vergrub sie in den Händen. Es war so frustrierend.

Dann sah sie aus dem Augenwinkel, wie die Hündin aufstand und ganz langsam auf sie zukam. Ruth zwang sich, sitzen zu bleiben, auch wenn sie merkte, dass sie den Atem anhielt und es ihr unangenehm war, in der sitzenden Position so ausgeliefert zu sein. Die entzündeten Wunden am Hals des Tieres und das verschmutzte Fell hatten einen intensiven süßlichen Geruch, der stärker wurde, je mehr sich die Hündin näherte. Die Berührung des Tieres, ein Stupsen am Arm mit der kalten Nase, kam so überraschend, dass Ruth zusammenzuckte. Sofort sprang auch die Hündin zurück, doch als Ruth wieder ruhig sitzen blieb, kam sie erneut näher. Ruth spürte die feuchte Hundenase am Nacken. Diesmal zuckte sie nicht zusammen und ließ es zu, dass die Hündin sie beschnupperte. Ganz langsam drehte sie sich um und sprach ruhig auf das Tier ein, auch wenn ihr klar war, dass die Hündin kein Wort verstand.

»Darf ich dein Halsband berühren?«, fragte Ruth. Ganz langsam hob sie die Hand, ließ die Hündin daran schnuppern, dann verharrten ihre Arme in der Luft. Sie sah den eingerosteten Schließmechanismus, wusste aber nicht, wie sie es schaffen sollte, die Schnalle zu öffnen und das Halsband zu lösen, ohne dem Tier höllische Schmerzen zuzufügen. Die Metalldornen hingen in der Haut fest. Ruth wurde übel bei dem Anblick. Je genauer sie das Desaster erkannte, umso mehr zitterten ihre Hände. Sie erwartete, dass die Hündin wieder zurückwich, doch sie blieb stehen und hielt ihren Kopf still, als wüsste sie, was Ruth vorhatte.

Nun kam auch der Welpe aus der Hütte hervorgekrochen. Er legte sich an die Rute der Mutter.

»Ich gebe dir erst einmal einen Namen«, sagte Ruth. Sie dachte nach. »Graue. Und du, Kleiner, du bist der Braune. Das ist natürlich nicht sehr einfallsreich, vielleicht fallen mir ja noch bessere Namen ein.«

Ruth gab sich einen inneren Ruck, wappnete sich, schnell genug die Hände zurückzuziehen, falls die Graue versuchen würde zu schnappen. Langsam führte sie die Hände zur Schnalle. Mit einem lauten Klacken sprang das Halsband auf. Sowohl Ruth als auch die Graue zuckten bei dem Geräusch zusammen, doch als Ruth ruhig sprach, beruhigten sich beide. Kettenglied für Kettenglied löste sich aus der Haut. Ruths Hände zitterten. Sie versuchte, sich nicht vorzustellen, wie sehr es schmerzen musste, als die Stacheln des Würgehalsbandes aus dem Fleisch gezogen wurden. Die Hündin biss nicht, sie blinzelte nicht einmal und zuckte nicht. Mit einem Krachen fiel die Kette endlich auf den Boden.

Der Plan, nun das Seil umzulegen, erschien Ruth bei Betrachtung der Verletzungen wie Folter. Sie konnte auf keinen Fall irgendetwas Hartes um den verletzten Hals legen. So versuchte sie, die Graue zu locken. Langsam bewegte sich Ruth zum Gartentor, sprach dabei immer wieder beruhigend zu dem Tier und schnalzte mit der Zunge. Sie dachte schon, die Graue würde gar nicht begreifen, was gemeint war, denn das Tier kam zwar ein paar Schritte mit, blieb aber dann genau dort stehen, wo früher die Kette geendet hatte und wo ihr Bewegungsspielraum zu Ende gewesen war.

Ruth schnalzte noch einmal mit der Zunge. Zuerst lief der Welpe durch das Tor, dann folgte die Hündin.

Nun gingen sie in einer Reihe, Ruth zuvorderst, dann trottete die Hündin hinterher. Ihr Junges musste sich anstrengen, mit den beiden Schritt zu halten. Immer wieder fiel es zurück, seine Bewegungen waren ungelenk. Ruth war sich nicht sicher, ob die Graue es zulassen würde, wenn sie den Welpen hochhob, doch es schien sie nicht zu kümmern. Der Braune hatte die Größe eines Kaninchens und ließ sich problemlos tragen. Nun ging die Graue direkt neben Ruth, als hätte sie Sorge, Ruth würde sich mit dem Welpen aus dem Staub machen wollen.

Alle Menschen, die ihr entgegenkamen, wichen zurück, wechselten die Straßenseite oder gingen in Hauseingänge, um Ruth mit den Hunden vorbeizulassen, wofür sie dankbar war, weil es so keine Konflikte geben konnte. Die Hündin folgte ihr zwar, aber Ruth wusste nicht, wie sie auf Menschen reagierte, ob sie zur Aggressivität neigte. Doch eins war sicher: Selbst mit Leine hätte Ruth bei der Kraft und dem stämmigen Körper des Tieres kaum eine Chance, einen Angriff abzuwehren. Die Hündin ahnte von ihrer Stärke gar nichts; ruhig trottete sie neben Ruth her, als wäre es eine Selbstverständlichkeit. Sie folgte ihrer neuen Besitzerin bis zum Strand, dann über die Treppe die Steilküste empor, den Weg entlang, weiter durch den Wald bis zur Hütte.

Noch hatte Ruth keine Gelegenheit gehabt, Hundefutter zu besorgen. Wenn sie die Schreibmaschine ablieferte, würde sie beim Metzger nach Schlachtabfällen fragen. Vorerst musste etwas Kartoffelbrei vom Vortag reichen. Die Essensreste füllte sie auf einen Teller, stellte den mit einer weiteren Schüssel voller Wasser vor ihr Bett. Die Graue hatte das Essen innerhalb von Sekunden verschlungen. Dann verkroch sie sich unter dem Schreibtisch neben dem Ofen, in dem die Asche noch glühte. Der Braune folgte ihr, rollte sich zu einer Kugel zusammen und schloss die Augen.

Die Hunde kamen so schnell zur Ruhe, dass Ruth sich die Reinigung der Wunden für später aufsparte. Zuerst würde sie das Fell am Hals abschneiden müssen, um das Desaster genauer zu betrachten. Doch da beide Tiere nun schliefen, nahm sie die Schreibmaschine, verabschiedete sich mit dem Versprechen, bald wieder zurück zu sein, und begab sich erneut auf den Weg zum Dorf. Über einen schlechten Tausch konnte sich der ehemalige Besitzer der Hunde sicherlich nicht beschweren.

Kapitel 29

2021

»Hier ist Ruth Kolberg«, meldete sich die Stimme am Telefon.

Lena war so perplex, dass ihr fast das Handy zwischen den Fingern hindurch auf den Boden rutschte. »Einen Moment«, sagte sie und stellte den Wasserkocher aus, um Ruth besser verstehen zu können. Sie zog die Pfanne vom Herd und schaltete ihn ab. Trotzdem zischten die Zwiebelstücke noch laut in der zerlassenen Butter.

Lena ging ins Wohnzimmer, schloss die Küchentür hinter sich. »Damit habe ich nicht gerechnet.«

»Um zuerst deine Frage zu beantworten«, sagte Ruth, »ja, ich bin die Ruth Kolberg, die du suchst.«

»Das ist ja – unglaublich! Sosehr ich es gehofft habe, geglaubt habe ich es nicht wirklich.« Lena schnappte nach Luft. »Marlies, meine Oma, deine Schwester, sie hatte einen Schwächeanfall. Sie war zwei Tage im Krankenhaus, nichts Schlimmes, es war einfach nur der Kreislauf. Aber ich glaube, der Zusammenbruch, der Transport im Rettungswagen, die Angst, es könnte etwas Ernsthaftes dahinterstecken, haben ihr gezeigt, dass … meine Güte, dass du es wirklich bist! Marlies wollte dich – ich darf doch ›Du‹ sagen, oder? – Marlies wollte dich unbedingt noch einmal sehen, mit dir sprechen. Mir geht es genauso, ich finde es einfach unglaublich … meine Güte, was rede ich!« Lena zwang sich, ruhig zu atmen und innezuhalten.

In der Aufregung kamen ihr alle Außenreize so intensiv vor, als hätte jemand ihre Sinne mit einem Verstärker hochgedreht. Ihr schneller Atem mischte sich mit dem Lachen der Kinder, die aus der Schule kamen und auf dem Gehweg am Haus vorbeigingen. Die Luft stand in der kleinen Dachgeschosswohnung.

»Marlies hat schon einmal nach dir gesucht, kurz nach der Wende«, sagte Lena, »sie hat sogar einen Privatdetektiv bezahlt, der nach Usedom gefahren ist, aber nichts herausgefunden hat. Marlies ist nach der Wende aus der Klinik entlassen worden, Günther hat sie rausgeboxt. Sie ist mit zu ihm gezogen und wollte dich finden.«

»Lena …«

Ruths Stimme klang so zögerlich, dass Lena innehielt. Erst jetzt war ihr aufgefallen, wie wenig Ruth während des bisherigen Gesprächs gesagt hatte. Sie, Lena, hatte Ruth gar nicht zu Wort kommen lassen.

»Ich rede zu viel, das ist die Aufregung«, sagte Lena. Eine Angewohnheit, die sie sich nicht abgewöhnen konnte, weil sie es jedes Mal erst im Nachhinein bemerkte. »Ich freue mich so!« Nun zwang sie sich, still zu sein, Ruth Raum zu lassen.

Lena hörte Ruth am anderen Ende der Leitung atmen, es waren langsame, gleichmäßige Atemzüge. Im Hintergrund war alles still, es war nicht zu erahnen, von welchem Ort aus sie telefonierte.

»Bist du zu Hause?«, fragte Lena.

»Gerade aufgestanden. Hier in Cambridge ist es kurz vor sieben am Morgen. Ich habe noch vor dem Frühstück meine Mails abgerufen. Eine Angewohnheit, die ich mir eigentlich abgewöhnen wollte, weil es dazu führt, dass ich schon am Frühstückstisch arbeite.«

»Dann wird es wohl schwierig mit einem Treffen.« Lena gelang es nicht, ihre Enttäuschung zu verbergen. Zwar war Günther für seine journalistischen Projekte noch immer in der ganzen Welt unterwegs, aber Marlies war kaum zu bewegen, in einen Flieger zu steigen. Sie brauchte ihr ruhiges, klar strukturiertes Umfeld. Auch wenn sie nach Templin in ihre alte Heimat kam, stieg sie immer im selben Hotel ab, bestellte immer das gleiche Essen. Sie klammerte sich an Routinen, um sich in der Welt zurechtzufinden – eine Folge all der Jahre in der Klinik.

»Ich bin nächste Woche in Berlin zu einem Fachvortrag eingeladen«, sagte Ruth. »Allerdings …« Sie zögerte.

»Das wäre fantastisch! Ich muss sofort Marlies …«

»Stopp.« Ruth räusperte sich. »Du wirst es womöglich nicht wissen, aber das Miteinander zwischen Marlies und mir war schon lange schwierig, bevor wir den Kontakt abgebrochen haben. Damit will ich nicht ausschließen, sie zu treffen. Aber ich will direkt sein: Mir wäre es lieber, erst einmal dich kennenzulernen. So auch meine Bitte: Meine Telefonnummer kennen nur wenige Personen. Gib sie nicht weiter.«

»Okay«, sagte Lena, auch wenn es sich mehr wie eine Frage anhörte. Sie hatte mit fast allem gerechnet, nur nicht damit, und sie begriff nicht, warum Ruth so distanziert reagierte. »Aber ist es nach all den Jahren nicht an der Zeit, alte Streitigkeiten und Unstimmigkeiten beiseitezulassen? An das Gemeinsame anzuknüpfen? Immerhin seid ihr Schwestern.«

»Wir werden beide nicht mehr die Menschen sein, die wir in Erinnerung haben. Sicher haben wir unsere Jugend miteinander verbracht. Marlies war früher immer mein großes Vorbild. Ich habe sie bewundert für ihren Mut, wie sie sich gegen alles stellte, was ihrer Überzeugung widerstrebte. Ich wollte sein wie sie. Aber ich bin nicht mehr die kleine Schwester. Wahrscheinlich würden wir uns nicht einmal erkennen, wenn wir uns auf der Straße gegenüberständen. Als junge Menschen, wie du einer bist, denken wir, dass sich bei Erwachsenen kaum mehr etwas ändert, aber das stimmt nicht. Es gibt viele Umbrüche im Leben. Und wie ein Kind wenig mit dem Erwachsenen gemeinsam hat, der es einmal wird, so wandeln sich die Menschen später in ähnlich starker Weise.«

»Meine Mutter hat auch etwas in der Art gesagt. Trotzdem: Schwestern bleiben Schwestern.«

»Aus Schwestern können Fremde werden.«

»Das heißt, du möchtest wirklich, dass Marlies beim ersten Treffen nicht mit dabei ist?«, fasste Lena zusammen. Sie wollte erklären, dass Ruth irrte. Bei Lenas erster Begegnung mit Marlies war sofort eine Nähe da gewesen, obwohl sie ihre Leben getrennt voneinander verbracht hatten. Sie waren Fremde gewesen. Und trotzdem war es, als hätte Marlies die Lücke, die in Lenas Leben immer existiert hatte, sofort gefüllt. Marlies war das fehlende Puzzleteil gewesen. Sie hatte ihrer Oma gegenüber nie Fremdheit, nie Distanz empfunden.

Doch Lena schwieg, weil sie merkte, dass sie Ruth nicht mit Marlies vergleichen konnte und Ruth sich auch von ihrer Entscheidung nicht würde abbringen lassen.

Kapitel 30

1965

Bei Einbruch der Dunkelheit kehrte Ruth ohne die Schreibmaschine, dafür mit ausreichend Schlachtabfällen in ihre Hütte zurück. Die Hunde lagen noch an den gleichen Stellen wie zuvor, als hätten sie sich während Ruths Abwesenheit gar nicht bewegt. Die Hündin wehrte sich nicht, als Ruth sie an der Seite stupste, damit sie wieder in die Mitte der Hütte kam. Ohne Gegenwehr ließ sie sich die Haare am Hals mit einer Schere abschneiden, die Wunden mit warmem Wasser säubern und mit Jodtinktur behandeln. Nun sah der Hals grotesk schmal und zerbrechlich aus im Vergleich zu dem sonst so voluminösen Fell. Die Hündin wirkte wie ein defekter Plüschbär, dem irgendwann einmal der Kopf abgebrochen war und den jemand mit irgendeinem dünnen Provisorium wieder zusammengesteckt hatte. Der Braune näherte sich seiner Mutter nur vorsichtig schnüffelnd, zu ungewohnt war der Jodgeruch für ihn. So winselte er vor Ruths Bett, bis sie ihn hochhob und er sich zwischen den Decken zusammenrollen konnte. Sein Bauch wirkte nach seiner Mahlzeit aus Quark und Haferflocken durch das dünne Welpenfell, als hätte er einen Ball verschluckt. Er bewegte sich nicht mehr nervös und zappelig wie zuvor, sondern langsam und behäbig. Beide Hunde hatten noch einmal gefressen, als befürchteten sie, danach nie wieder etwas zu bekommen.

Innerhalb weniger Sekunden schlief der Braune ein und fiepte im Schlaf. Seine Ohren zuckten schnell, als wollte er ein paar Fliegen verjagen. Die Graue rollte sich vor dem frisch angefeuerten Ofen zusammen. Immer wieder hob sie den Blick und schaute zu Ruth und dem Braunen.

Es war ein solcher Frieden in der Hütte eingekehrt, dass auch Ruth gähnen musste. Die Anspannung wegen der ungebetenen nächtlichen Besucher fiel von ihr ab. Nach all der Aufregung beruhigte sich auch ihr Herzschlag.

Eigentlich hatte sie sich vorgenommen, die Hunde draußen zu halten, die Hündin in dem kleinen, leer geräumten Geräteschuppen unterzubringen, für den sie alte Decken aus dem Forsthaus besorgt hatte. Doch sie genoss es zu sehr, nach all den Monaten nicht mehr allein zu sein und den beiden beim Schlafen zuzusehen, sodass auch sie sich an ihrem ersten Tag mit den Hunden früh für die Nacht umzog und sich ins Bett legte. Dies war für den Welpen dann doch zu viel der ungewohnten Nähe, sodass er sich vom Bett kullern ließ, zu seiner Mutter ging und sich bei ihr vor dem Ofen niederließ. Die buschige Rute seiner Mutter nutzte er als Polster. Im Halbdunkel verschmolzen die beiden Körper zu einem einzigen Fellknäuel.

Ruth lauschte dem Knacken des Feuers, dem schnelleren Atem des Welpen, der immer wieder von einem Fiepen unterbrochen wurde, als träumte der Braune unruhig. Die Atemgeräusche seiner Mutter waren ruhig und gleichmäßig.

Erneut setzte Schneefall ein, so wurden die Geräusche von außen gefiltert. Der Wind wurde leiser, das Knacken der Äste war nicht mehr zu hören. Die Hütte fühlte sich an wie ein

Kokon, der ihnen allen Schutz bot. Immer wieder spitzte die Hündin die Ohren und lauschte in Richtung Tür, obwohl Ruth nichts hörte. Manchmal hob sie auch den Kopf und ließ ihn bald darauf wieder sinken. Durch die Anwesenheit der Hunde und durch die Ruhe, die sich mit ihnen ausbreitete, merkte Ruth, wie angespannt sie doch seit dem ersten Zusammentreffen mit den Jugendlichen allein im Wald gewesen war. Die Anspannung war nun verschwunden und die Müdigkeit, die sie ergriff, war so extrem, dass sie das Gefühl hatte, mindestens zwei Tage und Nächte am Stück schlafen zu können.

Mit dem Jodgeruch in der Nase, der von der Hündin ausging und sich mit dem Geruch des Ofenfeuers mischte, schlief Ruth ein.

* * *

Mitten in der Nacht schlug die Hündin an. Sie bellte wie verrückt, donnerte mit dem gesamten Körper wild gegen die Tür, rannte nervös in der Hütte hin und her. Dann sprang sie so fest gegen das Fenster, dass Ruth Angst hatte, die Scheibe würde brechen. Der Stuhl fiel krachend um, irgendetwas schepperte und war zu Bruch gegangen. Ruth war es schwindelig vom schnellen Aufstehen, als sie zur Tür hechtete, um sie zu öffnen und nachzusehen, was draußen vor sich ging. Kalter Wind und Schnee wehten ihr entgegen. Die Wärme des Bettes war innerhalb von Sekunden aus ihrem Körper gewichen. Die Graue preschte an ihr vorbei ins Freie. Laut bellend rannte sie auf die Lichtung und war durch das Schneegestöber bald nicht mehr zu sehen. Der Welpe jaulte kläglich und schaute Ruth mit geweiteten Augen an.

»Graue«, rief Ruth. »Hierher. Komm. Hündin!«

Die Eiseskälte und der Wind, der vom Meer herüberwehte, ließen Ruth zittern. Nichts war draußen zu erkennen außer fallenden Schneeflocken, mit Schnee bedeckten Bäumen und Dunkelheit. Kein Laut war zu hören, als würde auch der Wald vor Anspannung die Luft anhalten.

Was auch immer das Tier so aufgeschreckt hatte, es blieb im Verborgenen. Ruth zögerte trotz der Kälte und des Windes, die Tür wieder zu schließen, doch sie konnte nicht warten, bis die Hütte vollständig ausgekühlt war. Sie zündete das Feuer erneut an, legte ein Holzscheit nach, gab dem jammernden Welpen noch etwas von dem Quark, warf die nass gewordene Decke, auf der die Hunde gelegen hatten, nach draußen und breitete stattdessen eine andere Decke vor dem Ofen aus.

Bis zum Morgengrauen lag Ruth wach, stand immer wieder auf, um nach der Grauen zu rufen, doch die blieb verschwunden. Ruth verfluchte sich für ihre Dummheit. Wie konnte sie nur so vermessen sein und annehmen, dass die Hündin, die ihr Leben an der Kette verbracht hatte, freiwillig bei ihr blieb? Sie hoffte nur, dass sie kein Wild riss, denn ihr, Ruth, würde die Wilderei längst nicht so einfach verziehen werden wie den Jugendlichen. Sie war eine Fremde, jemand, der sowieso bereits kritisch beäugt wurde.

Sooft Ruth auch aufstand und nach der Grauen rief: Sie kam nicht zurück. Der Braune jammerte eine Weile, doch dann fügte er sich in sein Schicksal und wurde still, als Ruth ihn mitsamt seiner Decke ans Fußende ihres Bettes setzte, an die Stelle, die dem Ofen am nächsten lag. Zügig schlief er ein.

Beim Aufwachen war Ruth erschöpfter denn je. Ihr Kopf dröhnte, fühlte sich an wie mit Watte gefüllt. Sie rief noch einmal nach der Hündin und legte sich dann wieder hin. Der Appetit auf ein Frühstück war ihr vergangen, stattdessen trank sie nur ein Glas Wasser. Vom Bett aus beobachtete sie die Schneeflocken, die weiter vom Himmel fielen. Nachdem der Welpe die Decke nass gemacht hatte, setzte sie ihn im Stundenrhythmus vor die Tür, in der Hoffnung, dass er sich dort erleichterte, was er auch tat. Würde sie es schaffen, den Welpen allein aufzuziehen? Ohne seine Mutter? Wie lange konnte sie ihn allein lassen, wenn sie draußen arbeiten musste?

Ruth merkte, wie ihr wieder die Augen zufielen, und wehrte sich nicht dagegen. Der Braune kuschelte sich in ihre Armbeuge.

Sie wachte auf, weil der Welpe wie verrückt auf ihr herumsprang und laut winselte. Dann hörte sie ein Kratzen an der Tür. Schon bevor Ruth öffnete, wusste sie, wer sich davor befand: die Graue. Ihr Fell war mit Schnee bedeckt. Am Bauch und hinten an ihren drei Beinen hatten sich Eisklumpen gebildet, groß wie Schneebälle. Sie humpelte stärker als vorher.

Ruth streichelte den Schnee vom Rücken, löste die Schneeverklebungen aus dem Fell und ließ die Graue herein. Ohne auf die Wiedersehensfreude des Braunen zu achten, legte sie sich vor den Ofen und schlief ein.

Als hätte dieser Ausflug der Grauen für ihr Leben gereicht, blieb sie die nächsten Tage und Nächte überwiegend auf ihrer Decke liegen. Sie stand nur auf, um das Futter und Wasser zu sich zu nehmen, das Ruth ihr hinstellte, viermal pro Tag verlangte sie, dass die Tür geöffnet wurde, damit sie sich draußen kurz erleichtern konnte. Doch sie blieb nun so nah an der Hütte, als hätte sie Sorge, die Tür bliebe möglicherweise für immer verschlossen. Zuerst sorgte sich Ruth, weil ihr die Hündin so schwach und krank erschien. Jedes Mal, wenn sie über das Fell streichelte, spürte sie, wie dünn das Tier unter seinem dicken Plüsch war. Doch es gab auch deutliche Fortschritte: Die Wunden am Hals waren bereits nach einem Tag verkrustet. Wenn die Graue sich bewegte, tat sie es stolz und aufrecht anstatt mit eingezogener Rute und gesenktem Kopf. Sie schien einfach keine Lust zu haben oder keinen Sinn darin zu sehen, die Hütte zu verlassen. So aufgedreht und aggressiv sie an der

Kette im Ort gewirkt hatte, so hatte sich nun ihr Charakter ins extreme Gegenteil gewandelt: Sie war so gelassen, dass selbst das Splittern eines Glases sie nur kurz aufblicken und direkt weiterschlafen ließ. Sie bellte nicht. Sie tat freiwillig gar nichts, außer sich von der einen Seite auf die andere zu drehen, den Welpen zu putzen und zu säugen, selbst zu fressen und sich zu erleichtern. Wenn Ruth es nicht besser gewusst hätte, hätte sie gewettet, es wäre ein völlig anderes Tier. Auch dass der Welpe auf seiner Mutter herumsprang, an ihr knabberte, ihr an der Rute zog und in die Ohren zwickte, ignorierte sie.

Die Wildschweine und Rehe bewegten sich seit der Ankunft der Hunde in einem großen Bogen um die Hütte herum und hielten einen Sicherheitsabstand. Anhand der Spuren im Schnee sah Ruth, wie sie die Hütte, zu der sie früher allmorgendlich kurz vor Sonnenaufgang gekommen waren, nun mieden. Menschliche Fußspuren entdeckte Ruth nicht mehr. Hatte sie möglicherweise überreagiert und war der Spuk mit den Jugendlichen genauso schnell vorbei, wie er angefangen hatte?

* * *

Als nach drei Wochen des Zusammenlebens mit den Hunden niemand außer ihr das Waldstück betreten hatte, überlegte Ruth, ob es nicht besser wäre, die Tiere wieder abzugeben. Die beiden Hunde waren zusätzliche Esser, die versorgt werden mussten, auch wenn sie wenig Arbeit machten. Doch es war mühsam, sich um Schlachtabfälle zu kümmern und die doppelte Menge an Kartoffeln zu besorgen. Ihr Gehalt war nicht üppig. Der Braune entwickelte nach und nach einen solchen Appetit, dass er mehr fraß als seine Mutter.

Doch Ruth hatte sich an ihre Anwesenheit gewöhnt. Der Welpe war inzwischen vollständig stubenrein. Ruth mochte es, wenn er bei ihrer Rückkehr auf sie zustürmte, wenn er ihr am Hosenbein knabberte und in Begeisterungsstürme ausbrach, wenn sie ihm eine alte, kaputte Socke zum Zerfetzen schenkte. So beschloss Ruth, die Hunde zu behalten, weil es einfach schön war, dass sie ihr Gesellschaft leisteten.

Kapitel 31

1968

Je wärmer es draußen wurde, umso häufiger hielten sich die Hunde wieder auf der Lichtung auf. Es war Ruhe eingekehrt in der kleinen Hütte am Wald, Übergriffe hatte es keine mehr gegeben, seit Ruth die beiden Bewacher an ihrer Seite hatte. Gemeinsam mit den Hunden gestaltete sie ihr Leben, wie sie es sich seit ihrer Jugend gewünscht hatte. Noch immer konnte sie ihr Glück nicht fassen, dass ihre Anstellung auf unbestimmte Zeit verlängert worden war. So sammelte und kategorisierte sie weiterhin Fledermaus-Fundmeldungen und arbeitete intensiv an ihrer Dokumentation über die Mopsfledermäuse auf Usedom, zusätzlich widmete sie sich dem Orchideenbestand und kartierte das Vorkommen. Sie konnte sich die Zeit frei einteilen und hatte genügend Freiraum, um Artikel für Zeitungen zu verfassen und an ihrem Buch über das Verhalten von Fledermäusen zu schreiben.

Eine Einladung zu Marlies' Geburtstag unterbrach die Routine. Lange hatte Ruth überlegt, ob sie überhaupt hinfahren sollte, doch sowohl Peter als auch Marlies war es offenbar wichtig, dass in ihrem neu umgebauten Haus die gesamte Familie mitsamt allen Freunden und Bekannten zusammenkam.

Bereits früher waren ihr Menschenansammlungen unangenehm gewesen, doch durch die Zeit allein im Wald empfand sie die Stimmen als überlaut. Hinzu kamen all die Gerüche von Schweiß, Waschmittel, Parfum und Cremes. Zwischen vielen anderen hatte sie das Gefühl, kaum noch atmen zu können, oft war die Luft überhitzt und stickig. Alkohol berauschte sie nicht, sondern machte sie nur nervös und ließ sie schlecht schlafen. So stand sie meistens, wenn sie doch einer Einladung folgte, mit einem Glas Wein oder Bier in der Menge oder setzte sich in irgendeine Ecke, ohne etwas zu trinken. Es fiel jedoch niemandem auf, weil jeder zu stark mit sich selbst beschäftigt war.

Im Grunde sehnte sie sich nach nichts mehr, als im Wald in ihrer Hütte ihrem gleichmäßigen Rhythmus zu folgen. Sie brauchte keine Abwechslung und keine Besuche. Trotzdem gab sich Ruth einen Ruck. Marlies war ihre Schwester. Und obwohl sie sich nur ein- oder zweimal im Jahr in ihrem ehemaligen Elternhaus sahen, gab es noch die Verbindung zwischen ihnen, wie ein unausgesprochener Schwur, dass sie zusammengehörten.

Schon Tage vor der geplanten Abreise war Ruth aufgeregt und schlief schlecht. Ihre größte Sorge galt den Hunden, obwohl Andreas zugesagt hatte, sich um sie zu kümmern. Doch die beiden waren Fremde nicht gewöhnt und gestatteten es auch niemandem außer Ruth, sie zu berühren. Trotzdem blieb keine andere Wahl und Ruth war froh, dass sie weiterhin im Zweifelsfall auf die Unterstützung von Andreas, Manfred, Werner und auch Herrn Moosbacher zählen konnte. Auch wenn sie nicht mehr im Forsthaus arbeitete, halfen ihr die vier, wenn es darum ging, Sperriges oder Schweres zu transportieren, oder wenn sie auf andere Weise allein nicht zurechtkam.

Am Tag der Abreise drückte sie die Graue und den Braunen fest an sich, dann ließ sie die zwei in der Hütte zurück, ohne sich noch einmal umzudrehen, weil sie wusste, dass ihr sonst der Abschied nicht gelänge.

Doch bevor sie zum Bahnhof ging, schlug sie zuerst den Weg zum Forsthaus ein, um dort – wie üblicherweise nur sonntags – eine ausgiebige Dusche zu nehmen und sich umzuziehen.

* * *

Der Zug hatte Verspätung, so traf Ruth eine Stunde später als erwartet in Templin ein. Weil sie das Haus, in dem Marlies und Peter wohnten, nicht direkt fand, verlor sie eine weitere halbe Stunde mit der Suche nach der richtigen Adresse.

Bei ihrer Ankunft war sie verschwitzt vom Tragen ihres Koffers, hatte Hunger und Durst. Schon von der Straße aus hörte sie Musik, vier Polizeiwagen von Peters Kollegen waren hintereinander in der Einfahrt geparkt. So brauchte Ruth keine Ausschau mehr nach der richtigen Hausnummer zu halten. Sie stellte den Koffer auf dem Bürgersteig ab und strich den Stoff ihres bunt geblümten Kleides glatt. Die weiße Spitze zum Abschluss der kurzen Ärmel kitzelte bei jeder Bewegung auf der Haut. Es fühlte sich ungewohnt und seltsam an, wie der dünne Stoff ihre Knie umspielte, wie der Schnitt ihre Figur betonte. Der Gegensatz zu den Arbeitshosen und derben Karohemden, die sie sonst trug, konnte nicht größer sein. Seit ihrer Ankunft auf der Insel hatte sie ihre blonden Haare nicht mehr offen getragen, auch hatte sie sie nicht abgeschnitten. Ein straff gebundener Zopf war bei ihrer Lebensweise das Praktischste. Zeit ihres Lebens hatte Ruth die Haare höchstens schulterlang wachsen lassen, nun fielen sie in Locken über die Schulterblätter und schwangen bei jedem Schritt.

Als sie ihr Spiegelbild in einem türhohen Fenster sah, musste sie zweimal hinsehen, um zu begreifen, dass sie selbst diese elegante, hübsche Frau war, die sie in der Scheibe verschwommen erblickte.

Auf dem Rasen hinter dem Haus waren Tische und Bänke aufgebaut, die Bäume waren mit bunten Girlanden und Lampions verziert. In den Beeten steckten Fackeln, die bereits angezündet waren, obwohl es erst in einer halben Stunde dunkel werden würde. Die anderen Gäste sahen bei ihrer Ankunft von ihren Gesprächen auf, lächelten ihr zu, grüßten sie freundlich, obwohl Ruth bisher kein bekanntes Gesicht entdeckt hatte. Eilig betrat sie das Haus durch den Garten.

Ihren Koffer stellte sie im Wohnzimmer hinter einen Sessel, wo er niemanden störte, dann bahnte sie sich einen Weg durch die Menge, um ihre Schwester zu suchen.

Marlies stand am Büfett, hielt Peters Hand und war umringt von einigen Männern in Polizeiuniform, wahrscheinlich Peters Kollegen.

Peter umarmte Ruth als Erster. »Es freut mich, dass du unser Haus nun auch einmal siehst. Du musst mir erzählen, wie es dir auf Usedom ergeht. Seit du auf der Insel bist, bist du ja völlig abgetaucht. Von deiner Freistellung von der Forstarbeit und deiner Forschung habe ich schon gehört, aber von Fledermäusen habe ich gar keine Ahnung.« Er lachte. »Am besten zeigt dir Marlies erst einmal das Haus. Du wirst staunen, wie heimelig es schon geworden ist. Aber frag nicht, wie viel Zeit, Geld und Überredungskünste es mich gekostet hat, all die Umbauarbeiten zu verwirklichen.«

Ruth umarmte ihre Schwester, gratulierte ihr zum Geburtstag. »Das Geschenk für dich ist noch im Koffer. Warte. Ich hole es kurz.«

»Gib es mir später, wenn weniger Trubel herrscht.« Marlies Stimme klang härter, als Ruth sie in Erinnerung hatte. »Komm mit, ich zeige dir alles.«

Marlies führte Ruth treppauf. »Fangen wir oben an«, sagte sie.

Der Speicher war ausgebaut, die Wände frisch tapeziert, sodass Ruth noch die Feuchtigkeit von der Renovierung roch. Ein Couchtisch stand in der Mitte des Raumes, umgeben von Sesseln. Die Couch in der Ecke war ausgeklappt und mit Laken und Bettwäsche versehen.

»Es ist unser zweites Wohnzimmer. Hier schläfst du«, sagte Marlies und setzte sich.

»Warte, ich hole kurz meinen Koffer.«

»Das kannst du doch später machen, jetzt haben wir Zeit für uns. Wer weiß, wann sich jemand dazugesellt.«

»Du klingst melancholisch.«

»Tue ich das?«

Ruth setzte sich neben Marlies. Die Sessel waren so weit voneinander entfernt, dass Ruth die Distanz zu Marlies schmerzhaft wahrnahm. Was wusste sie überhaupt vom Leben der Schwester? Was bewegte Marlies? Wie war es für sie, mit Peter verheiratet zu sein, den sie anfangs abgewiesen hatte und mit dem sie niemals dauerhaft hatte zusammen sein wollen, wie sie immer betont hatte? Was tat sie während der Zeit, in der sie nicht im Geschäft des Vaters aushalf?

»Wir haben uns viel zu selten geschrieben«, sagte Ruth.

»Das Leben ändert sich, wir alle müssen damit zurechtkommen.«

»Euer Haus ist auf jeden Fall fantastisch! Von hier aus hat man einen Blick über die gesamte Stadt. Zeigst du mir das Geschoss in der Mitte?«

»Da gibt es nicht viel zu sehen. Unter uns ist das Schlafzimmer, dann Peters Arbeitszimmer und das Kinderzimmer.«

»Kinderzimmer?« Ruth stutzte. »Du bist schwanger?«

»Natürlich nicht. Deshalb will ich auch, dass wir in dem Raum einen begehbaren Kleiderschrank einrichten. Ich passe auf, dass wir an den Tagen, an denen etwas passieren könnte, dass wir dann nicht – du weißt schon. Aber Peter wünscht sich ein Kind, besser noch mehrere. Ich betrete den Raum selten, putze nur alle zwei Wochen auf die Schnelle durch.«

Ruth versuchte, in Marlies' Gesicht zu lesen, doch sie begriff nicht, was in ihrer Schwester vor sich ging.

»Bist du glücklich?«, fragte Ruth.

»Was ist Glück?« Marlies zuckte mit den Schultern. »Bist du denn glücklich?«

Ruth musste nicht lang überlegen. Grundsätzlich vermisste sie nichts, außer in diesem Moment die Gegenwart der Hunde. Sie wünschte, die Graue und der Braune könnten gerade jetzt an ihren Füßen liegen. Doch sie wusste, dass Andreas sich gut um die beiden kümmerte, sie auch dreimal täglich rausließ und dass es ihnen an nichts fehlte.

»Ja, ich bin glücklich«, sagte Ruth. »Sicher bin ich das, auch wenn ich anfangs manchmal verzweifelt bin und dachte, mein Leben könnte sich nicht mehr zum Guten wenden. Aber lassen wir das. Heute soll für dich ein Freudentag sein. Die harte Forstarbeit liegt hinter mir, auch meine Trauer, dass ich nicht studieren kann, ist Vergangenheit. Zum Glück habe ich durchgehalten, denn was wünsche ich mir jetzt mehr? Ich kann frei forschen. Niemand gibt mir vor, was ich wann zu tun habe. Ich bin keine Physikerin, Chemikerin oder Mathematikerin geworden – aber immerhin Forscherin. Das habe ich mir immer gewünscht. In der Hütte gefällt es mir. Die Hunde beschützen mich, ich bin nicht mehr allein, aber sicher.«

»Du hast dich in deinem Gefängnis eingerichtet.«

Ruth schüttelte den Kopf. Dann lachte sie laut auf.

»Etwas anderes ist es doch nicht«, sagte Marlies. »Du hast nicht mal einen Wagen, um von der Insel runterzukommen und am Leben teilzunehmen.«

»Wenn ich Gesellschaft will, kann ich zum Forsthaus gehen. Jeden Samstag gibt es einen Tanzkaffee, am Abend im Keller eine große Party. Aber das brauche ich gar nicht. Mir reicht meine Arbeit und wenn ich manchmal mit Werner, Manfred und Andreas zusammensitze. Aber am wohlsten fühle ich mich noch immer auf der Lichtung am Feuer.«

»Findest du das nicht … erbärmlich?«

Ruth runzelte die Stirn. Marlies kam ihr von Minute zu Minute fremder vor. Sie spürte so viel Frustration, Verbitterung und auch Resignation, dass es war, als würde sich eine dunkle, zähe Wolke ausbreiten, sich über sie legen und sie zur Bewegungslosigkeit zwingen. Gerade noch hatte Ruth sich gewünscht, die anderen Räume anzusehen, nun wusste sie nicht mehr, warum sie es überhaupt gewollt hatte. Sie streckte ihren Arm aus und ergriff Marlies' Hand, um sie zu drücken.

»Wenn du nicht mit Peter zusammen sein willst«, begann Ruth, »wird sich eine Lösung ergeben. Du hast einen Beruf gelernt. Du kannst überall eine Anstellung finden, nicht nur in Vaters Geschäft. Ihr habt noch keine Kinder. Da führt eine Trennung zu Gerede, aber sie ist kein Weltuntergang.«

»Du willst es nicht sehen und verstehen, oder?«

»Was verstehen?« Ruth sah Marlies direkt ins Gesicht und wartete.

Marlies schwieg.

»Ich weiß wirklich nicht, was du meinst«, sagte Ruth, ließ Marlies' Hand wieder los und stand auf. »Wir sollten wohl besser zu den anderen gehen. Es ist dein Geburtstag. Du wirst sicher vermisst.«

»Mich vermisst keiner. Ich bin unsichtbar. Nur ein Anhängsel. Und genau das ist auch gut so, so begreift keiner, was ich wirklich tue.«

»Und was tust du?« Ruth stieß geräuschvoll die Luft aus. Sie wollte keinen Streit. Aber wie sie es hasste, wenn sie Marlies jedes Wort aus der Nase ziehen musste! Wenn

Marlies so geheimnisvoll tat. »Denkst du, ich bin eine Gedankenleserin?«

»Ich nehme das alles nicht mehr hin: die Unfreiheit, dass sie uns mit der Mauer eingesperrt haben. Dass andere über mein Leben bestimmen wollen. Dass sie uns für dumm verkaufen. Ich lasse mir nichts vormachen. Wäre die Grenze noch offen, hätten wir hier gar keine Bevölkerung mehr.«

Ruth schüttelte den Kopf. »Du siehst das zu schwarz. Ich würde bleiben. Allein wie gut die Forschung gefördert wird. Dass ich meine Arbeit tun kann, mich dem …«

»Das ist doch ärmlich!«

»Wenn es ärmlich ist, dass jemand seiner Leidenschaft folgt … Was ist denn für dich erstrebenswert?«

»Du ziehst dich zurück. Du hast schon resigniert und dich abgefunden.«

»Ich liebe mein Leben, meine Arbeit, die Forschung, die Wissenschaft, die Hunde. Mehr brauche ich nicht.«

»Eben. Du hast dich in deiner kleinen Welt eingerichtet.«

Ruth schwieg. Sie fragte sich, warum sie überhaupt hergekommen war. Wann hatten sie sich beide so sehr voneinander entfernt? Es war, als befände sich jemand anderes im Körper ihrer Schwester, als wäre sie nicht mehr sie selbst.

»Jetzt verschlägt es dir die Sprache?«, fragte Marlies.

»Ich möchte keinen Streit.«

»Genau, immer schön Harmonie vorgaukeln.«

»Wo liegt dein Problem?« Ruth lief unruhig auf und ab. »Was willst du denn von mir? Was soll die ganze Diskussion?«

»Ich will, dass du aufwachst. Siehst, dass wir hier in einem Gefängnis leben und sie uns in diesem Wolkenkuckucksheim das Blaue vom Himmel erzählen.«

Ruth versuchte zu verstehen, was Marlies meinte, deren Argumente logisch zu ordnen, doch sie sah ein einziges Chaos vor sich. »Du willst frei sein«, fasste Ruth zusammen.

»Ich will, dass wir alle frei sind.«

»Warum lässt du dich dann nicht von Peter scheiden, wenn du ihn anscheinend nicht liebst? Oder willst du mir weismachen, dass du ihn liebst?«

»Eben das ist dein Problem. Du denkst immer nur in kleinen Dimensionen. Es geht hier nicht um Peter und mich, nicht um Gefühle. Ob ich mit ihm verheiratet bin oder nicht, ist völlig egal.«

Ruth wusste, dass Marlies sie dazu bringen wollte zu fragen, um was es denn stattdessen ging. Doch sie weigerte sich, sich in die Rolle der naiven kleinen Schwester drängen zu lassen, die sich von der großen Schwester die Welt erklären ließ. Die Zeiten hatten sich geändert. Sie hatte ihr eigenes Leben und brauchte sich nicht dafür zu schämen und auch nicht zu rechtfertigen.

»Wir müssen für unsere Freiheit kämpfen«, sagte Marlies. »Wir alle, sonst ändert sich nichts. Was ich tue, ist nur ein Tropfen auf den heißen Stein, aber wenigstens tue ich was.«

»Was tust du denn?« Die Frage war Ruth so schnell herausgerutscht, dass sie sie nicht hatte stoppen können. Genau das war es, was Ruth hasste. Wenn sie in eine Rolle gedrängt wurde, aus der sie längst herausgewachsen war. »Aber es interessiert mich auch nicht«, schob sie nach und ging zur Treppe.

Marlies lief ihr nach und hielt sie auf. »Was ich tue, willst du wissen? Ich sage es dir.«

Kapitel 32

2021

»Sie ist es«, sagte Lena, noch bevor sie die Tür von Marlies' Hotelzimmer hinter sich geschlossen hatte. Sie ging zum Tisch, an dem Marlies saß und ein Kreuzworträtsel löste, klappte ihren Laptop auf und öffnete ein Bild von Ruth. »Ich habe ihr geschrieben und sie hat mich vor einer Stunde zurückgerufen. Sie lebt in den USA. Was sagst du dazu?«

»Das ist unmöglich.«

»Aber so ist es!«

»Ihr habt telefoniert? Du kennst ihre Telefonnummer?« Marlies nahm ihre Handtasche, suchte ihr Handy heraus, entsperrte es und öffnete die Telefon-App. »Es ist unglaublich, einfach nur unglaublich, wie sie es geschafft hat, ich muss das erst einmal begreifen. Eine so erfolgreiche Frau. Meine Schwester! Wie ich mich für sie freue, dass sie doch einen Weg gefunden hat, ihrem Herzen zu folgen! Ich muss sie sofort sprechen.«

»Sie kommt nach Berlin. Nächste Woche schon! Wird einen Vortrag halten, ich habe sie gar nicht gefragt, wo genau.«

»Dann kann ich sie treffen!« Marlies umarmte Lena. »Was würde ich nur ohne dich machen? Gerade jetzt ist Günther einkaufen gegangen, ahnt noch gar nichts von der Neuigkeit. Er wird aus allen Wolken fallen, hat er es doch auch für völlig unmöglich gehalten, dass Ruth die Wissenschaftlerin ist.« Marlies vergrößerte das Bild auf dem Display. »Wie sie sich verändert hat. Die kleine Ruth! Sie war früher so schüchtern.« Sie schüttelte den Kopf, nahm wieder ihr Handy. »Aber bis nächste Woche warten? Das ist viel zu lang. Schreibst du mir ihre Nummer auf?«

Lena nahm Marlies das Smartphone aus der Hand. »Ich glaube, es wäre nicht gut, wenn du sie anrufst. Es ist schwierig.« Lena fiel es schwer, Marlies Ruths Begründung weiterzugeben; sie kam sich wie eine Verräterin vor. »Ruth hat zugesagt, sich mit mir zu treffen. Sie hat von einem Streit zwischen euch gesprochen. Ich verstehe es nicht, aber sie will dich erst einmal nicht sehen. Und nicht sprechen.«

Marlies setzte sich auf das Doppelbett und starrte geradeaus.

»Warum reagiert sie denn so?«, fragte Lena.

»Es ist schon so lange her, ich kann mich gar nicht mehr genau daran erinnern. Peter und ich hatten unser Haus renoviert, den Garten neu gestaltet. Es war Peters Idee, meinen achtundzwanzigsten Geburtstag ganz groß zu feiern, mit seinen Kollegen. Auch Ruth war eingeladen, obwohl wir damals schon selten miteinander gesprochen haben. Sie hatte sich auf Usedom stark zurückgezogen und es gab kaum noch etwas, das uns verband. Die Anknüpfungspunkte waren weg. Und bei der Feier – sie war gekommen, sah unglaublich hübsch aus in ihrem Sommerkleid, ihre Haare waren vom Salzwasser und der Sonne noch heller geworden, als sie sowieso schon waren.

Ich weiß auch nicht, was mich geritten hat. An die genauen Worte kann ich mich gar nicht mehr erinnern, weiß nur noch, dass ich ihr vorgeworfen habe, sie würde resignieren, sie müsse sich wehren, das System infrage stellen, kämpfen. Ihre Argumente ließ ich an mir abprallen, obwohl ich im Nachhinein aus der Distanz betrachtet eingestehen muss: Meine Starrköpfigkeit hat nicht nur Gutes bewirkt. Es ist keine Lösung, mit dem Kopf gegen die Wand zu rennen, weil die Wand nicht weichen wird, nur der Schädel bricht.« Marlies seufzte. »Doch das Schlimmste war wohl, dass ich mich über sie gestellt, ihr gar nicht zugehört habe. Ich kam mit meiner vorgefassten Meinung, hielt mich für die Retterin der Welt. Und habe nicht begriffen, dass sie längst nicht mehr die kleine Schwester war, sondern mir ebenbürtig.

Ich hätte ihr Mut zusprechen sollen. Ihr sagen, wie fantastisch sie aussieht, wie stolz sie auf sich sein kann, aber das habe ich nicht gekonnt. Ich hätte ihr sagen müssen, dass ich es bewundere, dass sie an dieser Ausbildung nicht zerbrochen ist, die genau dafür gedacht war: sie mit körperlicher Arbeit so zu überfordern, dass sie zu erschöpft wäre, überhaupt ein Buch in die Hand zu nehmen. Doch sie hat sich nicht brechen lassen, im Gegenteil.« Marlies schloss die Augen. »Ich kann verstehen, wenn sie mir das nachträgt, und auch, dass sie mich nicht sehen will. Das muss ich akzeptieren. Ich habe ihr nie gezeigt, dass ich sie akzeptiere. Den Fehler begehe ich kein zweites Mal. Triff du sie. Und erzähle mir von ihr. Ich werde sie nicht bedrängen. Nein, das kann ich nicht.«

Lena schüttelte den Kopf. Sie setzte sich neben ihre Oma, nahm deren Hand und drückte sie.

Tränen rannen über Marlies' Gesicht. »Ich weiß, dass es das Richtige ist: sie zu akzeptieren. Ihr nicht meine Meinung überzustülpen. Trotzdem ist es alles andere als leicht.«

Lena stand auf und ging unruhig im Zimmer auf und ab. Immer wieder setzte sie sich kurz – auf die Couch, auf einen der Stühle –, hielt es aber nie länger als wenige Sekunden aus. »Ich denke, du irrst dich«, sagte sie. »Ja, ich habe zugesagt, mich mit ihr allein zu treffen, ihre Nummer nicht weiterzugeben. Aber das ist doch keine Lösung, für euch beide nicht. All das Unausgesprochene kann nicht ewig zwischen euch stehen bleiben.«

Marlies schwieg.

»Ich stelle mir vor«, fuhr Lena fort, »ich hätte das, was du gerade gesagt hast, aufgezeichnet. Ich würde Ruth die Aufnahme vorspielen. Das würde niemanden kaltlassen, egal, was vorgefallen ist.«

»Vielleicht wird sie irgendwann auf mich zukommen. Oder auch nicht – damit muss ich leben.«

»Sie ist deine Schwester! Du glaubst doch nicht, dass sie aufstehen wird und gehen, wenn wir beim Treffen zu zweit erscheinen.«

Marlies nahm Lenas Arm. »Triff dich mit Ruth. Rede mit ihr. Genießt die Zeit miteinander. Sie ist klug. Das, was sie sagt, hat Hand und Fuß. Einen Gruß kannst du ihr von mir ausrichten. Aber dränge sie nicht. Sie ist viel zu oft in ihrem Leben gedrängt worden.«

Kapitel 33

1968

Es war das Gleiche wie vor knapp zehn Jahren, als es gegenüber ihrem Elternhaus gebrannt hatte, als die Flammen den Dachstuhl erreichten und er in sich zusammenstürzte. Die Feuerwehr hatte die schwer verletzten Kinder gerade noch aus den Kinderzimmern retten können. Und doch hatte Ruth dagestanden wie paralysiert, war unfähig gewesen, sich zu bewegen, hatte hingestarrt, obwohl sie eigentlich hatte wegsehen wollen. Während Marlies von der Widerstandsgruppe erzählte, wie sie Peter ausspionierte, interne Dokumente fotografierte und dafür sorgte, dass die Filmrollen in den Westen gelangten, damit dieser im Gegenzug politische Gefangene freikaufte, fühlte sich Ruth wie damals beim Brand. Sie hörte zu und war wie gelähmt. Sie wollte »Stopp« sagen, gleichzeitig war sie so erschrocken, dass ihr kein Wort über die Lippen kam. Sie war fasziniert und schockiert zugleich, als ihr das Ausmaß von Marlies' Handlungen bewusst wurde.

»Das ist es, was jeder von uns tun sollte«, sagte Marlies. »Sich nicht wegducken. Hinsehen. Und tun, was getan werden muss. Auch wenn es heißt, sich selbst in Gefahr zu bringen. Es geht nicht nur um uns und unser persönliches Wohlbefinden in unserem kleinen Leben. Was spielt es für eine Rolle, ob es sonntags Nuss- oder Apfelkuchen gibt? Ob der Gehweg gekehrt ist oder nicht? Ob mein Kleid eleganter ist als das der Nachbarin?«

»Du bist mit Peter verheiratet und spionierst ihn aus?« Ruth konnte noch immer kaum glauben, was Marlies ihr gestanden hatte.

»Die Heirat war eine Notwendigkeit, es gab keine Alternative, die Ehe hat mich vor dem Gefängnis bewahrt. Ich habe meine Entscheidungen getroffen, um so viel wie möglich zu verändern. Mir ist die Veränderung im Großen wichtiger als die Befindlichkeiten und Sentimentalitäten im Kleinen. Meine Person schließe ich dabei ein.«

Ruth fuhr sich durch die Haare und massierte sich die Stirn. »Er liebt dich. Das tut er wirklich. Wie er immer wieder deine Hand berührt, dir Geschenke macht, wie er dich ansieht. Wenn er es herausfindet …« Ruths Magen zog sich bei dem Gedanken zusammen. Sie hatte von Anfang an Vorbehalte gegen Peter gehabt. Sie mochte ihn nicht, hasste seine Besserwisserei, wie er sich moralisch überlegen fühlte. Trotzdem tat er ihr leid.

»Er hat es nicht anders verdient und es sich selbst zuzuschreiben«, sagte Marlies.

»Es gibt Dinge, die hat kein Mensch auf der ganzen Welt verdient. Die wünscht man niemandem.«

»Du willst also, dass wir in diesem Land dauerhaft unfrei bleiben? Du meinst, dass ich mich fügen sollte, nicht aufmucken, sondern schweigen und am besten noch zu allem lächeln und nicken?«

»Nein.« Ruth überlegte, wie sie ausdrücken könnte, was sie meinte. Es kam ihr vor, als wollte ihre Schwester sie unbedingt missverstehen.

»Dann beweis mir, dass du nicht auch längst aufgegeben hast. Nicht die stille Mitläuferin bist, die alles erduldet. Zeig mir, dass du handeln willst«, sagte Marlies.

Im Erdgeschoss wurde die Musik lauter gedreht. Die Bässe ließen den Boden unter ihren Fußsohlen vibrieren.

Ruth lauschte dem Stimmengewirr und dem Lachen. »Wird man sich nicht fragen, wo wir bleiben?«

»Lenk nicht ab.«

»Was willst du denn von mir hören?« Ruth stieß entnervt die Luft aus. Sie hatte keine Lust auf derartige Grundsatzdiskussionen über Politik, Freiheit oder was auch immer. Was war verkehrt daran, dass sie einfach nur versuchte, aus ihrem Leben das Beste zu machen? »Veränderung findet nicht allein im Großen statt. Nicht nur die Politik bestimmt, wo es langgeht. Es sind Begegnungen mit Menschen, die die Weichen stellen. Nähe. Austausch. Begeisterung und Leidenschaft.«

»Dann könnten wir ja alle nett in der Kirche sitzen und für eine Veränderung beten. Das reicht dir?«

»Es würde etwas ändern.« Ruth brauchte nicht lange zu überlegen, sie war sich sicher. »Dabei geht es gar nicht darum, ob es Gott gibt oder nicht, aber wenn viele Menschen an dasselbe glauben, wenn sie sich verbinden, dann entsteht etwas Größeres. Ich habe es selbst erlebt. Als ich die abgelegene Waldlichtung entdeckt habe – die Nacht in der Natur, am Feuer, unter dem Sternenhimmel. Das war eine solche Verbindung mit etwas Größerem. Erst das hat mich von der Forstarbeit weggeführt. Das war der Anstoß dafür, dass sich mein Leben geändert hat. Dass ich frei sein, mich mit der Natur beschäftigen kann. Dass ich das tue, was ich liebe, und noch dafür bezahlt werde. Ja, ich glaube, dass es eine Verbindung mit etwas Größerem gibt, dass es eine Art Gedankenkraft und Verbindungskraft …« Ruth stockte. Es war, als würde sie sich selbst zuhören. Sie schüttelte über ihre Worte den Kopf. Warum klang es nur so wirr, was sie sagte? Warum gelang es ihr nicht, das, was sie empfand, so auszudrücken, dass ein anderer es verstehen konnte? »Weißt du, was ich meine?«

Marlies schüttelte den Kopf. »Humbug. Du kannst noch so viel beten oder irgendetwas denken. Das ändert gar nichts. Die Frage ist allein, was du tust. Das ist es, wofür dein Leben steht. Jetzt gerade. Heute. An diesem Abend.«

Ruth zuckte mit den Schultern.

Marlies schloss die Tür und sprach leiser weiter. »Viele von Peters Kollegen sind gekommen. Ich weiß, dass in einem der Polizeiwagen Unterlagen im Kofferraum eingeschlossen sind, die heute noch weitertransportiert werden. Über neue Verhaftungen, politisch motiviert. Da muss ich rankommen, die abfotografieren. Damit niemand es bemerkt, brauche ich deine Hilfe. Du gehst in den Garten und simulierst eine Ohnmacht. Sie werden einen Arzt rufen. Dann kannst du ja tun, als würde es dir besser gehen. Du musst dich nicht ins Krankenhaus transportieren lassen. Ich habe schon einen genauen Plan. Wir vereinbaren ein Zeichen. Wenn ich wieder bei dir bin und deine Hand drücke, kannst du …«

»Nein.«

»Wie? Nein?«

Ruth schauderte es. »Du bist meine Schwester. Du bist mir wichtig. Ich würde viel für dich tun. Aber das nicht. Ich finde es auch Peter gegenüber …«

»Es geht nicht um Peter, sondern um einen seiner Kollegen. Und noch mehr als das, es geht um den Kampf für Freiheit. Du willst mich nicht verstehen, oder?« Marlies schlug mit der Faust an die Wand. »Wenn du das jetzt nicht tust. Wenn du mir nicht hilfst …«, sagte Marlies und schwieg. Sie presste die Lippen aufeinander.

»Was dann?«

»Dann kannst du mir gestohlen bleiben. Du brauchst hier

gar nicht mehr aufzutauchen. Wenn du nicht hinter dem stehen kannst, was mir am wichtigsten ist … wenn du mich nicht unterstützt, wenn du nicht mal versuchst zu begreifen … ich fasse es nicht. Du bist eine Enttäuschung.« Sie schüttelte den Kopf und stieß die Luft mit einem Schnauben aus. »Aber es hat ja auch etwas Positives, enttäuscht zu werden, dann sitzt man nicht länger einer Täuschung auf. Realismus ist immer gut. Vergessen wir einfach, dass wir Schwestern sind. Schwestern stehen füreinander ein. Falls wir uns irgendwann zwangsweise sehen, tu eben so, als wäre ich eine Fremde. Ich mache es genauso.«

»Du bist wütend. Du meinst nicht, was du sagst!«

»Doch, ich meine es genau so.« Marlies riss die Tür auf und eilte treppab.

Wie erstarrt blieb Ruth stehen. Nach einer Weile ging sie zum Fenster und blickte hinaus auf die Terrasse und in den Garten. Sie beobachtete, wie Marlies mit Peter auf dem Rasen tanzte wie ein glückliches Ehepaar. Ruth musste den Blick abwenden. Sie ertrug es nicht zu sehen, wie Marlies lachte, wie Peter ihr daraufhin einen Kuss gab und ihr liebevoll eine Haarsträhne aus dem Gesicht strich. Es gab Dinge, die hatte kein Mensch auf der ganzen Welt verdient. Das war ihre Meinung, und dabei blieb sie auch. Was half das große Ganze, wenn man die Basis zerstörte, auf der alles aufbaute?

Auf dem Weg ins Erdgeschoss ging Ruth in Peters Arbeitszimmer. Ein Stapel Papier lag offen neben einer Stiftedose. Ruth nahm ein Blatt Papier, um Marlies einen Brief zu schreiben, doch dann legte sie den Bogen beiseite. Gebeugt ging sie wieder in den Flur und weiter die Treppe hinunter. Keiner der Feiernden erwiderte ihren Blick, es war, als wäre sie unsichtbar geworden. Ruth eilte zu ihrem Koffer, nahm ihn an sich und verließ das Haus, ohne sich zu verabschieden.

Ein Leben lang hatte sie Marlies bewundert, sich dafür früher in der Schule mehrfach Ärger eingehandelt. Doch nun war der Zeitpunkt gekommen, an dem sie Marlies nicht mehr einfach folgen konnte.

* * *

Erschöpft stieg Ruth auf Usedom aus der Inselbahn aus. Vom Warten am Bahnhof auf den harten Bänken, bis endlich der erste Zug fuhr, taten ihr alle Knochen weh und ihre Gelenke waren steif geworden. Keine Minute hatte sie in der Nacht geschlafen, nicht einmal für ein paar Sekunden war sie anschließend im warmen Zug eingenickt, zu sehr raste noch immer ihr Herz und zu nah gingen ihr die Erinnerungen an den Streit mit Marlies. Immer wieder überlegte sie, an welchem Punkt des Gesprächs es begonnen hatte zu kippen.

Sie war hungrig, durstig und verschwitzt, hätte sich nach der durchwachten Nacht am liebsten direkt in ihr Bett gelegt oder noch besser mitten auf die Lichtung unter das Blätterdach, um über sich die Blätter, die Vögel, die Eichhörnchen und den Himmel mit den Schäfchenwolken zu betrachten, bis sie dann im Moos einschliefe. Doch zuerst führte ihr Weg zum Forsthaus, um Andreas wegen der Hunde Bescheid zu geben, dass sie bereits vorzeitig zurückgekehrt war.

Niemand außer ihr war auf dem Waldweg zum Forsthaus unterwegs, kein Fahrzeug kam von vorn oder hinten. Die Kühle des Morgens strich angenehm über ihre heiße Stirn, schnell trocknete das am Rücken verschwitzte Kleid. In den Blättern über ihr schimmerte die Sonne, im Unterholz tobte ein reges Leben. Die Mäuse waren so dreist, dass sie direkt vor Ruth über den Weg liefen. Noch immer hielt sie sich in der Erinnerung das Streitgespräch mit Marlies vor Augen und versuchte zu begreifen, wie es so weit hatte kommen können.

Als das Forsthaus auf dem Berg in Sichtweite kam, blieb Ruth stehen. Es war, als würde sich mit dem Auftauchen des Gebäudes nicht nur ihr äußerer, sondern auch ihr innerer Blickwinkel ändern, als würde sie klarer sehen. Die Entfremdung von Marlies war nicht aus dem Moment heraus entstanden, war nicht an einigen in Wut ausgesprochenen Worten festzumachen, sondern sie war der Abschluss eines Prozesses, der vor vielen Jahren begonnen hatte. Ja, Marlies war eine Heldin, sie würde sich auch nicht scheuen, für ihre Überzeugung zur Märtyrerin zu werden. Doch konnten nicht alle Menschen ihrem Beispiel folgen. Nicht nur die Lauten, Kämpfenden waren Helden, sondern genauso die Menschen, die leise kleine Veränderungen herbeiführten, sodass sich ein fast unbemerkter Wechsel an den anderen fügte.

Sie dachte an Herrn Moosbacher, der sie anfangs nicht geschont hatte, obwohl sie als Frau kaum mit den Männern hatte mithalten können, der sie immer weitergetrieben hatte, trotz ihrer Erschöpfung und Verzweiflung. Inzwischen erkundigte er sich immer wieder nach dem Stand ihrer Forschung und besorgte ihr alles, was sie an Arbeits- und Büromaterialien brauchte. Was wäre ohne ihn aus ihr geworden?

Sie klopfte an die Tür des Seitengebäudes, auch wenn sie aufgrund der fehlenden Stiefel vor der Tür bereits ahnte, dass niemand öffnen würde. Ruth stellte ihren Koffer ab, klappte ihn auf, riss aus ihrem Notizbuch eine Seite heraus, nahm einen Bleistift und schrieb:

Ich bin zurück und kümmere mich wieder selbst um die Hunde. Danke für all die Unterstützung!

Ruth

Den Zettel klemmte sie in die Ritze zwischen Tür und Beschlägen fest. Dann ging sie auf die Klippe zu, anschließend weiter in Richtung des Waldes. Je näher sie der Hütte kam, umso mehr verschwand die Melancholie und wich einer ruhigen Zuversicht, dass das, was sie tat, richtig war.

Kapitel 34

1968

Schon von Weitem hörte sie Hundegebell und ein Knallen, das klang, als würden sich die Graue und der Braune gegen die Wände und die geschlossene Tür werfen. Ruth begann zu rennen. Immer wieder blieb ihr dünnes Sommerkleid an Ästen hängen, der Stoff riss, doch sie hielt trotzdem nicht inne, weil das Bellen der Tiere sich steigerte, je näher sie kam.

»Graue! Brauner!«, rief sie, um die beiden zu beruhigen, stattdessen tobten die Hunde nur noch mehr.

Als sie die Hütte zwischen den Bäumen auftauchen sah, stoppte sie aus dem Lauf heraus. Die Wand war außen mit Farbe verschmiert. *Hau ab*, stand dort in großen Buchstaben. *Hure.* Manche der Schriftzüge waren nicht mehr lesbar, weil die Randalierer mit Farbeimern gekommen waren und diese anscheinend gegen die Außenwände geworfen hatten. Langsam ging Ruth weiter voran und lauschte auf unbekannte Geräusche, was durch das laute Bellen und Toben der Hunde erschwert wurde. Immer wieder blickte sie sich um. Die Randalierer schienen längst verschwunden.

Als sie die Türklinke anfasste, blieb nasse Farbe an ihrer

Hand kleben. Ruth steckte den Schlüssel ins Schloss, entriegelte die Tür und öffnete sie. Wild sprangen die Hunde ihr entgegen. Auch wenn das Innere im Halbdunkel lag, erkannte sie schnell das Desaster: In ihrer Raserei über die Eindringlinge hatten die Graue und der Braune Decke, Kissen und Matratze zerfetzt. Der Stuhl war umgekippt und zerbrochen. Alle Papiere, die geordnet in mit Steinen beschwerten Haufen auf dem Schreibtisch gelegen hatten, waren im gesamten Raum verteilt. Das Regal war umgefallen. Mehr Schäden als die Hunde hätte kein Einbrecher verursachen können. Nur der kleine Lagerschuppen mit den Gartengerätschaften nebenan war unbeschädigt.

Winselnd rannten die Hunde an Ruth vorbei auf die Lichtung zu, dann verschwanden sie im Gestrüpp. Anscheinend hatte sie an diesem Tag noch niemand hinausgelassen.

Ein Knacken hinter ihr ließ sie zusammenfahren. Ruth erstarrte. Im Gegenlicht der Sonne erkannte sie zwischen den Bäumen eine schwarze Gestalt, die sich näherte. Erst anhand seiner Stimme erkannte sie, wer es war.

»Ruth?«, fragte Herr Moosbacher.

Sie nickte.

»Andreas hat erzählt, was passiert ist. Er wollte nichts verändern. Ich war bereits im Forsthaus und habe die Polizei gerufen. Andreas, Werner und Manfred erledigen heute die Arbeit im Forst allein. Ich wollte mich darum kümmern, dass hier alles halbwegs wieder in Ordnung ist, wenn du zurückkommst. Ich hatte gehofft, dass du es gar nicht sehen müsstest«, sagte er. »Allerdings haben die Hunde so aggressiv getobt, dass Andreas die Tür nicht öffnen wollte.«

Sie nickte. Der Kloß in ihrem Hals war so dick, dass sie nicht sprechen konnte. Ihre Nase verstopfte, als würden sich alle Tränen, die sie nicht weinen konnte, dort ansammeln.

»Die Polizei wird bald da sein.« Er legte eine Hand auf ihre Schulter. »Gut, dass du die Hunde anscheinend beruhigen konntest. Sie waren so außer Rand und Band, wären sogar auf Andreas losgegangen. Eigentlich hatte er vorgehabt, sie mit zur Arbeit in den Wald zu nehmen, damit sie nicht den Tag über allein bleiben müssen. Ich verstehe nicht, wie so etwas passieren konnte. Es tut mir so leid!«

»Sie können ja nichts dafür.«

»Es ist besser, wenn du die Hunde zurückrufst und anbindest, wer weiß, wie sie reagieren, wenn gleich wieder Fremde kommen.«

Ruth nickte. Sie pfiff und die Graue und der Braune kamen. Umeinander herumtollend näherten sie sich, als hätten sie den Schrecken der Nacht längst vergessen. Nun sprangen sie an Ruth hoch, wollten gestreichelt werden und bettelten nach Futter. Nach einer kurzen Begrüßung legte sie ihnen jeweils einen Strick um, den sie an einem Baum in einiger Entfernung befestigte. So konnten die Tiere der Polizei nicht in die Quere kommen.

»Sie müssen nicht warten«, sagte Ruth an Herrn Moosbacher gewandt.

»Ich kann dich doch jetzt hier in dem Chaos nicht allein lassen.«

»Ich komme zurecht.«

»Wirklich?« Er nahm ihre Hand. »Es macht mir nichts aus.«

»Es ist schon gut, ich regele das«, versicherte sie und war froh, dass Herr Moosbacher nicht weiter drängte, sondern sich auf den Weg zurück zum Forsthaus begab. Sie brauchte ein wenig Zeit, um für sich zu sein, um ihre Gedanken zu ordnen und den Schock zu überwinden.

Sie brachte den Hunden von dem Essen, das sie für die Tiere vorgekocht hatte und das im kühlen Erdloch unter der Hütte lagerte. Wenigstens in ihrem improvisierten Kühlschrank stand noch alles wie bisher geordnet nebeneinander. Sie öffnete das Weckglas und kippte das Futter vor der Grauen und dem

Braunen auf den Boden. Sie schlangen wie am ersten Tag ihre Mahlzeit innerhalb von Sekunden hinunter.

Doch es blieb keine Zeit, um zur Ruhe zu kommen, denn schon sprangen die Tiere auf, warfen sich gegen die Stricke, weil sich ein junger Mann in Polizeiuniform näherte. Ihn hatte sie noch nie gesehen, obwohl im Hotel in unregelmäßigen Abständen immer wieder Polizei vorbeikam, wenn etwas gestohlen wurde oder wenn die Tanzveranstaltung am Wochenende durch zu viel Alkohol ausartete und es eine Schlägerei gab.

»Ich bin Rolf«, sagte der Polizist. »Du musst Ruth sein.«

Sie ging auf ihn zu, um ihn zu begrüßen. »Die Hunde am besten nicht ansehen, sondern ignorieren, dann beruhigen sie sich am schnellsten.«

»Ich bin erst seit einer Woche hier beschäftigt. Das hier ist meine erste feste Anstellung. Es ist doch in Ordnung, wenn ich ›Du‹ sage?«

Ruth zuckte mit den Schultern.

»Von dir habe ich schon einiges gehört.«

»Oje«, sagte Ruth.

Er lachte.

»Tut mir leid, ich kriege die Hunde nicht ruhig«, rief sie gegen das Bellen an, das sich nun steigerte, je näher er ihr kam.

»Sie sind es nicht gewohnt, angebunden zu sein, oder? Wir können sie auch losmachen.«

»Nein! Stopp! Nicht! Sie sind gefährlich!« Doch Ruths Protest ging im Lärmen der Hunde unter. Er löste erst das eine, dann das andere Seil.

Der Polizist sprach beruhigend auf die beiden ein. Ruth rechnete jeden Moment damit, dass vor allem die Graue auf ihn losgehen würde, doch die Hunde beruhigten sich, als er ihnen die Hand entgegenstreckte. Es war wie ein Wunder. Ansonsten akzeptierten sie nur Andreas und Herrn Moosbacher in ihrer Nähe, selbst Manfred und Werner wurden aggressiv angegangen.

»Ich kenne mich mit Hunden aus. Mein Vater züchtet Schäferhunde. Die zwei hier sind sehr lautstark, aber es ist mehr Drohen als Aggressivität«, sagte der Polizist.

Ruth wusste nicht, wie sie ihn ansprechen sollte, sie wollte ihn nicht einfach beim Vornamen nennen, aber seinen Nachnamen kannte sie nicht.

»Es gab jetzt schon drei Vorfälle«, sagte sie und erzählte von der Wilderei und wie sie die Jugendlichen überrascht hatte, dann von den zwei Malen, in denen Unbekannte an der Hütte gewesen waren. Die Hunde nutzten ihre Freiheit und legten sich vor der Eingangstür in die Sonne. Sie ließen Ruth und Rolf nicht aus den Augen, während Rolf mit seinem Notizbuch und einem Stift in den Händen herumging und die Schäden aufnahm. »Was ich nur nicht verstehe: Warum sind sie jetzt wiedergekommen, um eine solche Zerstörung anzurichten? Drei Jahre lang hat man nichts gehört und gesehen.«

»Es ist nicht gut, wenn eine junge Frau allein im Wald lebt wie dieser Waldschrat Anders.«

Ruths Körper straffte sich. »Was weißt du von ihm? Du arbeitest doch erst eine Woche hier.«

»Er hält sich wohl perfekt unter dem Radar. Meine Kollegen konnten bisher weder seine Identität noch seinen genauen Wohnort bestimmen. Manche behaupten, er sei aus Schweden gekommen und Anders sei sein realer Name. Aber hier geht es erst einmal um dich. Wir müssen eine andere Lösung finden. An diesem abgelegenen Ort bist du nicht geschützt und auch die Polizei kann für deine Unversehrtheit nicht garantieren.«

»Ich habe die Hunde.« Ruth ging zu den beiden, kniete sich neben sie auf den Boden und streichelte sie. »Nur konnten sie nichts ausrichten, weil ich bei meiner Schwester in Templin war und die zwei in der Hütte eingesperrt hatte.«

»Trotzdem.« Rolf setzte sich auf die Stufen vor der Hütte.

Die Hunde schmiegten ihre Köpfe an Ruth und legten sich auf ihren ausgestreckten Beinen ab. Langsam ließ sie ihre Finger durch das weiche Fell gleiten, massierte mit kreisenden Bewegungen.

Sie erwartete, Rolf würde aufstehen und gehen, stattdessen blieb er sitzen. Ruth blickte hoch zu den Bäumen und zum Himmel.

»Herr Moosbacher macht sich Sorgen«, sagte Rolf. »Und dass du offiziell vonseiten der Polizei nicht viel Hilfe erwarten kannst, wissen wir beide. Sie haben mich als Neuling geschickt, noch dazu ohne Begleitung. Das ist mehr als aussagekräftig, wie der Fall eingestuft wird. Mit den Problemen, die du verursachst, wenn du hier allein lebst, will niemand etwas zu tun haben. Ich würde dir gern versprechen, dass alles wieder gut wird, aber ich will dir nichts vormachen. Das ist die Realität. Es ist eine Provokation, dass du hier allein lebst, insbesondere als Frau. Dass du dich mit Fledermäusen beschäftigst, macht die Angelegenheit nicht einfacher. Die Leute reden.«

»Sollen sie ruhig.« Ihr Leben lang war es Ruth egal gewesen, was andere von ihr dachten, und daran hatte sich nichts geändert. »Ich schade niemandem. Ich will nur meine Ruhe und meinen Frieden haben. Das ist doch nicht zu viel verlangt.«

»Ich bewundere es«, sagte er, kam zu ihr, setzte sich neben die Hunde und strich sanft über das Fell der Grauen. »Aber man muss auch bereit sein, Kompromisse einzugehen. Im Forsthaus bist du sicher.«

»Das kommt nicht infrage.«

Gedankenverloren blickte Rolf nach oben in die Bäume, wo sich die Blätter sanft im Wind bewegten und die Sonne sie mal heller, mal dunkler schimmern ließ. Darüber war der Himmel tiefblau und wolkenlos. Wenn Ruth ganz genau hinhörte, glaubte sie, das Meer zu hören, doch sie wusste, dass es nur ein entferntes Rauschen der Blätter war. Es roch süß nach Wiesenblumen. Der Geruch hatte noch nicht die Schwere, die er im Spätsommer bekam, wenn die Brombeeren überreif waren. Einen schöneren Ort konnte sie sich nicht vorstellen, erst recht nicht, ihn zu verlassen und wieder in die kleine, dunkle Kammer im Nebengebäude des Forsthauses zurückzukehren, die im Winter wie ein düsteres, kaltes Gefängnis war, während es in der Hütte durch den Ofen angenehm warm wurde. Sie wollte sich nicht den Waschraum mit Manfred, Andreas und Werner teilen, lieber wusch sie sich auch im Winter draußen vor der Hütte mit einer Schüssel oder im Bach oder im Sommer beim Schwimmen im Meer. Nie zuvor im Leben hatte sie sich so frei gefühlt wie seit ihrer Ankunft in diesem Waldstück. Es war karg. Aber es war ihr Zuhause und sie vermisste nichts.

»Musst du nicht gehen?«, fragte Ruth, der nun bewusst wurde, dass sie schon einige Zeit still ihren Gedanken nachhing.

»Eigentlich ja.«

»Und uneigentlich?«

Sie lachte und er stimmte in ihr Lachen ein. Die Hunde legten sich nun auf den Rücken, streckten die Beine in die Luft und Ruth und Rolf ihre Bäuche entgegen, damit sie besser gekrault werden konnten.

»Niemand kontrolliert so kurz vor Ende meiner Schicht, ob ich mich noch zurückmelde oder nicht. Die Wahrheit ist, dass sich keiner für diese Schadensmeldung interessiert. Ich bezweifle, dass ich viel ausrichten kann«, sagte er.

»Ihr wisst, wer die Täter sind, oder? Ihr habt die Namen derer, die hier ihr Unwesen treiben. Noch von den vorhergehenden Anzeigen.«

Er schwieg.

Sie nahm das als Bestätigung, sonst hätte er es verneint.

Rolf massierte sich die Schläfen.

Ruth nickte. »Du steckst mit ihnen unter einer Decke, wenn du schweigst. Du beschützt sie, wenn du das hier nicht nachverfolgst.« Sie zeigte auf die mit Farbe beschmierte Wand.

»Ich bin nicht wie meine Kollegen.«

»Sondern?«

Er hob ein Blatt auf, das vom Baum gefallen war, und zupfte das Grün ab, bis nur noch das Blattskelett übrig blieb, das seinerseits wie ein kleiner, kahler Stamm mit Ästen aussah.

»Ist ja auch egal«, sagte Ruth.

»Das ist es nicht. Mir ist es wichtig, dass du in Sicherheit bist. Deshalb meine ich ja, im Forsthaus unter Herrn Moosbachers Fittichen …«

»Wir drehen uns im Kreis. Du kennst meine Antwort.«

»Du bist so stur.« Wie er es aussprach, hörte es sich nicht wie eine Anklage an, vielmehr sprach Bewunderung aus seiner Stimme. »Und du bist schön. Aber das hast du bestimmt schon oft gehört.«

Ruths Ohren wurden heiß, dann breitete sich die Hitze über ihr ganzes Gesicht aus. »Möchtest du einen Tee?«, fragte sie, um der Peinlichkeit der Situation zu entkommen.

»Ich will dir keine Mühe machen. Dich nicht aufhalten.«

»Tust du nicht.« Sie stand auf. Die Hunde folgten ihr, als sie einen Kessel mit Wasser füllte, dann aus der Hütte zwei Teetassen und Teebeutel heraussuchte und in Richtung Gebüsch nickte. »Komm mit zur Lichtung.«

Dort hängte sie den Kessel an das Gestell, das sie über der Feuerstelle errichtet hatte, schürte die Flammen und bereitete den Tee zu, wie sie es unzählige Male zuvor getan hatte. Die Hunde tobten auf der Rasenfläche zwischen den Orchideen umeinander, jagten sich und knurrten spielerisch, zwickten sich ins Fell und zogen sich an den Ohren. Während sie herumtollten, gelang es Ruth, das Chaos in der Hütte kurzzeitig zu vergessen. Sie bereitete zwei Tassen Tee zu, dann setzte sie sich neben Rolf. Sie sprachen nicht, sondern pusteten in die dampfende Flüssigkeit und blickten abwechselnd ins Feuer und auf die Hunde.

Kapitel 35

2021

Um sich von den Gedanken und Zweifeln bezüglich des kommenden Treffens mit Ruth abzulenken, räumte Lena ihre Küche auf. Sie reinigte die Besteckschubladen und sortierte den Inhalt des Vorratsschranks. Dabei schaute sie immer wieder auf ihren Laptop, der aufgeklappt auf der Anrichte stand. Ein Video nach dem anderen lief automatisch ab, obwohl die Inhalte sie nicht mehr interessierten. Gerade startete eine Dokumentation über den neuen Haustierboom – wie schwer es war, Hundewelpen und Katzenjunge zu bekommen, und wie sich unseriöse und kriminelle Anbieter darin überboten, den Markt zu bedienen, um sich zu bereichern. Bei den Bildern von Kellerverschlägen, in denen Muttertiere dahinvegetierten, wurde ihr übel. Doch ehe sie die nassen Küchenhandschuhe ausgezogen und den Lappen in den Putzeimer geworfen hatte, um die Wiedergabe auszuschalten, hatten die Bilder schon gewechselt und ein riesiges Zoogeschäft wurde porträtiert, in dem es die exotischsten Tiere zu kaufen gab.

Nun schaute Lena doch weiter, um sich von der langweiligen Arbeit abzulenken. Seit zwei Jahren hatte sie ihre Schränke nicht von innen geputzt. Nun, als sie ein Regal nach dem anderen ausräumte, kam einiges Unschöne zutage.

Als in der Dokumentation ein riesiges Terrarium mit Kaimanen gezeigt wurde, das größere Ausmaße als ihr gesamtes Wohnzimmer hatte, fiel ihr fast der Putzschwamm aus den Händen. Schnell streifte sie die Handschuhe ab, um zurückzuspulen.

Kaimane. Krokodile.

Sie dachte an das unbekannte Mädchen und an das Bild, das es im Krankenhaus gezeichnet hat. Was, wenn es kein Stofftier gemeint hatte, sondern einen lebendigen Kaiman?

Sie googelte und fand schnell heraus, dass die Haltung solcher Tiere nicht einfach war, dass sie registriert werden mussten und sich von Mäusen oder Küken ernährten. Lena schauderte es bei dem Gedanken. Sie suchte die Nummer des Jugendamtes heraus. Es war nur eine Idee, aber was, wenn das der Schlüssel zur Herkunft des Mädchens war?

»Wenn Ihnen so viel an dem Fall liegt, können Sie ja gern anfangen, hier mitzuarbeiten. Es laufen einige Ausschreibungen«, sagte der erste Mann, mit dem sie länger sprach, recht ungehalten. Er klang überarbeitet, wollte der Theorie mit dem Kaiman nicht weiter nachgehen, reagierte mit Ironie und Sarkasmus.

»Warten Sie«, sagte Lena schnell, damit er nicht auflegte. »Ich habe einige Zeit mit dem Mädchen verbracht und bin mir sicher …«

»Das haben Sie schon erklärt. Ich habe es zur Kenntnis genommen. Aber wir haben nicht das Personal …«

»Wäre es möglich, dass Sie mich weiterverbinden mit jemandem, der auch noch mit dem Fall vertraut ist?« Sie zwang sich, überfreundlich zu bleiben.

Schließlich sagte der Mann mit einem Stöhnen: »Ich verbinde Sie mit meiner Vorgesetzten.«

In der Leitung erklang »Für Elise«, die Klaviertöne hörten

sich schrill und synthetisch an. Lena stellte den Lautsprecher an und hielt das Telefon in einiger Entfernung.

Dann meldete sich eine Frauenstimme: »Baumgärtner hier. Mein Kollege meinte, Sie hätten eventuell Hinweise zur Herkunft des Mädchens?«

Noch einmal erklärte Lena, dass sie glaubte, das Mädchen habe einen Kaiman gezeichnet.

»Meinen Sie, wir sollten im Umkreis von fünfzig Kilometern an jeder Haustür klingeln und schauen, welche Haustiere gehalten werden?«

»Das ist es ja, was ich Ihrem Kollegen schon gesagt habe: Es müsste leicht möglich sein, einen Kaimanhalter zu finden. Die Tiere fallen unter das Artenschutzgesetz. Alle Halter müssen beim Kauf eine Registrierung ausfüllen. Es gibt eine Meldepflicht. Und da ich nicht glaube, dass viele Menschen hier in der Umgebung sich eine solche Echse zulegen, reicht es meiner Einschätzung nach, einen halben Tag zu investieren. Höchstens. Das lässt sich ja telefonisch erledigen, die Halter im Umkreis aufzuspüren.«

»Ich habe die Zeichnung des Mädchens hier vorliegen und bin informiert, dass das Kind es in Ihrer Gegenwart gezeichnet hat. Sie sind Erzieherin, von daher erzähle ich Ihnen nichts, was Sie nicht wüssten. Es geht hier um ein bestimmtes Milieu, das dürfte uns allen klar sein unter Berücksichtigung der Entwicklungsverzögerungen. Inzwischen sehen wir, wie schnell das Kind lernt, wenn es Ansprache hat. Worauf ich hinauswill …«, die Frau atmete tief durch, »gesetzliche Registrierpflichten sind das eine, die Realität ist das andere. Glauben Sie, dass sich die Eltern des Kindes an eine offizielle Bezugsstelle für exotische Tiere wenden und Formulare ausfüllen? Sie ahnen gar nicht, was für Tiere unter der Hand gehandelt werden, selbst Raubtiere. Das alles kriegen wir Tag für Tag am Rande unserer Arbeit mit.«

»Aber Sie könnten zumindest die offiziellen Register einsehen. Wie viele Halter müssten Sie überprüfen? Fünf? Zehn? Zwanzig?«

»Dann danke ich Ihnen, dass Sie bei uns angerufen haben, und wünsche Ihnen …«

»Warten Sie!« Lena hatte noch eine Idee. »Selbst wenn ein Kaiman nicht gemeldet ist – Nahrung für solche Tiere zu besorgen, ist nicht einfach. Es muss spezielle Händler geben, die hier in der Nähe Kleintiere wie Mäuse oder Küken verkaufen. So etwas bestellt ja niemand übers Internet.« Das hoffte sie wenigstens. Die Vorstellung von einem Paket voller lebender oder auch toter Tiere war gruselig, aber nicht unmöglich.

»Nicht? Haben Sie sich einmal in Barf-Läden im Internet umgesehen? Das Angebot richtet sich an Hunde- und Katzenhalter, aber selbst dort gibt es tiefgefrorene Küken.«

»Könnten Sie nicht wenigstens …«

»Ja, ich kümmere mich um die registrierten Halter. Das geht zügig. Nur jetzt muss ich das Gespräch beenden, ich habe noch einen Termin.«

Lena verabschiedete sich. Sie hoffte so sehr, dass die Sachbearbeiterin vom Jugendamt ihr Versprechen einlösen würde.

Kapitel 36

1968

Ruth erkannte Rolf kaum im Gegenlicht der bereits tief stehenden Sonne. Zügig und mit federndem Schritt kam er über die Waldlichtung auf sie zu. Sie legte ihre Auswertungen und Notizen zu Wanderungen und Quartierwechsel der Mopsfledermäuse beiseite und stand von der Treppe vor der Hütte auf. Die Sonne schien ihr ins Gesicht, sodass sie ihren Standort wechseln musste, um ihn genauer zu sehen.

»Hast du schon etwas zu Abend gegessen?«, fragte sie. Er umarmte sie zur Begrüßung und sie erwiderte seine Berührung. Seit Wochen war er derjenige, mit dem sie die meiste Zeit verbrachte. Er war ihr Vertrauter geworden, ihr Helfer, bei dem sie das Gefühl hatte, dass er wirklich verstand, was sie bewegte. Wenn er einmal nicht vorbeikam nach seiner Arbeit, weil es einen Notfall gab oder andere wichtige Termine, fehlte ihr inzwischen etwas. Dann lag sie vor dem Einschlafen länger wach im Bett und lauschte auf die Waldgeräusche, die ohne seinen vorherigen Besuch fast unheimlich wirkten. Seine Nähe zu ihr und seine häufige Anwesenheit boten ihr nicht nur Sicherheit vor den Jugendlichen. Er war viel mehr für sie geworden.

»Ich will dir keine Umstände machen.«

Sie lachte, schaute auf die Lichtung, wo die beiden Hunde noch immer herumtollten wie die Stunden zuvor auch. Sie hatten eine unbändige Energie entwickelt. Der Braune war so kräftig und lebendig geworden, dass die Graue sich manchmal kaum gegen die Kraft des jungen Rüden wehren konnte. Wenn sie sich ergab und sich vor ihm auf den Rücken legte, war es für ihn ein willkommener Anlass, um sie herumzuspringen und sie abwechselnd in Rute, Pfoten und Ohren zu zwicken. Doch die Graue nahm es zumeist mit Gleichmut, sie schien wenig beeindruckt. Wenn es ihr wirklich zu viel wurde, stand sie auf, ließ ein drohendes Knurren ertönen, woraufhin sich der Braune schnell mit gesenktem Kopf, angelegten Ohren und zwischen den Hinterläufen eingeklemmter Rute zurückzog. Von Rolfs Ankunft nahmen die beiden keine Notiz. Es war, als wäre er bereits ein Teil ihres kleinen Rudels geworden.

Rolf strich Ruth sanft über den Rücken, lehnte sich zu ihr, um sie zu küssen.

Ruth lachte und entwand sich. »Das Essen wird kalt.«

Sie stellte zwei Teller und Besteck auf den Klapptisch vor der Hütte. Vorsorglich hatte sie von dem Eintopf aus Gemüse und Kartoffeln mehr als eine Portion gekocht, auch Bier für den Tagesausklang besorgt, weil sie wusste, dass Rolf es mochte. Selbst an das Kühlstellen der Getränke im Erdloch unter der Hütte hatte sie gedacht.

Er setzte sich, und sie trug das Essen auf und wünschte ihm einen guten Appetit.

Nach dem Essen schob sie ihren Stuhl neben seinen, nahm seine Hand, legte ihren Kopf an seine Schulter und ließ die Stirn in die Kuhle an seinem Schlüsselbein sinken. Nie zuvor hatte sie bei einem Menschen ein so intensives Gefühl der Zusammengehörigkeit und Harmonie erlebt. Ihr Atem floss im Gleichklang, sie spürte den kühlen Luftzug, der aus seiner Nase kam, im Nacken. Solch eine innere Zufriedenheit hatte sie vorher nur erfahren, wenn sie im Moosbett auf der Lichtung am Feuer gelegen hatte, wo der Untergrund sich perfekt an ihren Körper oder ihr Körper an den Untergrund anpasste.

Sie versuchte, sich so wenig wie möglich zu bewegen. Auch Rolf hielt inne, strich ihr sanft über die Haare. Es war, als wäre ihr gesamtes Leben, all das Wünschen und Streben, nur die Generalprobe gewesen, die auf genau diesen Moment hinauslaufen musste. Ruth schloss die Augen, um die Nähe und die Berührung zu genießen.

Als Rolf seinen Körper straffte und seine Hände von ihr nahm, war es ihr, als wäre sie nun vollgetankt mit Zuneigung, wie bei einem ersten warmen Sonnentag nach einem langen dunklen Winter.

Sie blickte ihn an, wie er kurz den Mund öffnete, als wollte er etwas sagen, dann die Lippen aber wieder schloss.

»Du bist so still«, sagte sie. »Ist irgendetwas passiert?«

Er zog ein Schmuckkästchen aus seiner Hosentasche hervor und reichte es ihr.

Ruth zögerte, das Kästchen zu berühren. »Du brauchst mir nichts zu schenken. Ich freue mich, wenn du kommst, das ist doch genug.«

»Mach es auf.«

Langsam zog Ruth das mit blauem Samt umkleidete Kästchen zu sich heran und ließ den Metallverschluss aufschnappen. Innen lag ein Silberarmband, an dem die unterschiedlichsten Anhänger befestigt waren: ein Kreuz, eine Glocke, der Eiffelturm, ein Fisch, eine Kugel, eine Muschel und ein Baum.

»Es hat meiner Mutter gehört«, sagte Rolf. »Sie ist im letzten Jahr gestorben, deswegen war ich froh, als das Angebot kam, auf diese Dienststelle zu wechseln. Eine neue Umgebung. Noch einmal ganz neu anfangen.«

»Das kann ich nicht annehmen. Wir kennen uns doch noch nicht lang. Das ist viel zu viel.«

»Wir treffen uns jetzt schon seit zwei Monaten.« Er nahm das Armband heraus und legte es ihr an. »Seit unserer ersten Begegnung ist fast kein Tag vergangen, an dem wir uns nicht gesehen haben. Ich möchte damit ausdrücken, dass ich mir nichts mehr wünsche, als dass …«

Ruth ahnte, was er sagen wollte, brachte ihn mit einer Handbewegung zum Schweigen. »Du kennst meine Welt, aber die Leute im Dorf – ich weiß, wie sie über mich reden. Ich bin die Komische. Die Fledermausfrau.« Sie ließ die Anhänger des Armbandes durch ihre Finger gleiten. Es war wirklich wunderschön! Am liebsten hätte sie es nie mehr abgelegt. Trotzdem versuchte sie, den Verschluss zu öffnen, was ihr wegen ihrer extrem kurzen Fingernägel nicht gelang. »Kannst du mir bitte helfen, den Verschluss wieder aufzumachen?« Sie hielt ihm den Arm hin.

Er umfasste ihre Hand mitsamt dem Armband und hielt sie fest. »Es ist zu früh, eine solch weitreichende Entscheidung zu treffen, das ist mir klar. Wir brauchen noch Zeit, uns aufeinander einzustellen und unser beider Leben miteinander zu verbinden.«

Ruths Hals wurde eng. Sie wollte ihn unterbrechen, bekam aber kein Wort heraus. Das war der Moment, vor dem sie sich seit zwei oder drei Wochen fürchtete. Es war unübersehbar geworden, dass er mehr für sie empfand als sie für ihn, dass seine Besuche nicht mehr nur freundschaftlich waren, sondern dass er Gefühle entwickelt hatte, die sie nicht erwidern konnte.

»Ruth«, fuhr er fort. »Ich habe noch nie so gefühlt wie jetzt. Du bist nicht wie die anderen, du bist außergewöhnlich. Klug. Mutig. Du bist hübsch, deine Haare sind wie die der Goldmarie aus dem Märchenbuch. Aus dem hat mir meine Oma vorgelesen, als ich ein kleiner Junge war. Als zweites Bild gab es das einer Fee, die auf einem Stein in einem See saß. Wie sie hieß, habe ich vergessen. Aber was ich nie vergessen werde: Früher habe ich immer gesagt, ich will die Goldmarie heiraten, und wenn ich die nicht bekomme, dann die Fee. Sicher, ich war ein kleiner Junge, der Märchenfiguren nicht von der Wirklichkeit unterscheiden konnte. Aber die Bilder aus dem Buch sind mir immer in Erinnerung geblieben. Und als ich dich gesehen habe, da wusste ich, dass es nicht nur Träume waren, sondern Vorsehung. Wir gehören zusammen. Damit will ich dich nicht überrumpeln, auch nichts überstürzen. Ich möchte dir einfach nur das Armband schenken, weil es mir viel bedeutet und ein Teil von mir, von dem, was … meine Güte, was rede ich für einen Blödsinn. Ich werde ganz sentimental. Was ich sagen will: Nimm das Armband. Bitte.«

»Ich möchte dich nicht enttäuschen.« Ruth betrachtete noch einmal die Anhänger. »War deine Mutter wirklich in Paris?«

»War sie.«

»Wie stellst du dir vor, dass wir zusammenleben? Wie soll das praktisch funktionieren?«, fragte Ruth.

»Ich heirate dich. Das Gerede ist mir egal. So was kenne ich zur Genüge, aber ich garantiere dir, wenn du erst bei mir wohnst, hört es auf. Dann traut sich niemand mehr, auch nur ein einziges Wort gegen dich zu sagen. Meine Kollegen stehen sowieso hinter mir, das haben sie von Anfang an getan. Das werden sie auch weiter tun. Und damit werden alle anderen ihr Fähnchen nach dem Wind drehen. Sie werden ihren Mund halten, weil sie es sich mit uns nicht verderben wollen.« Er beobachtete sie. »Die Menschen sind einfach gestrickt. So funktioniert es hier und überall auf der Welt nun einmal. Wegen der Leute in den Dörfern brauchst du dir wirklich gar keine Gedanken zu machen.« Er stand auf und küsste sie in den Nacken, dann auf den Mund. Schon seinen Kuss am Nacken fühlte sie als

Kribbeln bis in die Füße. Dass er ihr gleichgültig war, konnte sie nicht behaupten, im Gegenteil. Aber es war noch so früh!

»Wie soll das funktionieren?«, überlegte sie laut. »Wie sollen wir in deiner Wohnung zusammenleben, wenn ich um den Sonnenuntergang und den Sonnenaufgang herum mit meiner Arbeit beschäftigt bin? Das war ja auch der Grund für den Wegzug aus dem Forsthaus. Wenn ich kurz vor Mitternacht zu dir zurückkäme, um dann drei oder vier Stunden später wieder in den Wald aufzubrechen, wäre das für uns beide nur frustrierend.« Sie wusste, dass es unromantisch war, darüber nachzudenken. Wie sollten ihre Leben zusammenpassen? Was half Liebe, wenn die Logik sagte, dass die Bedürfnisse unvereinbar waren? »Ich bin keine Fee und keine Goldmarie. Die gibt es nur im Märchen oder im Traum. Abgesehen davon heiraten Feen nicht.«

»Jeder von uns muss seinen Teil beitragen, damit es klappt. So ist es in einer Beziehung. Das Leben im Wald allein kann doch nicht alles gewesen sein. Du verlierst nichts, wenn du darauf verzichtest. Dafür kommt so viel Neues. Erfüllenderes.«

»Du willst mich völlig umkrempeln. Das will ich nicht. Ich bin nicht zur Ehefrau geboren.«

»Lass es dir durch den Kopf gehen. Ich weiß, die Gedanken sind neu für dich, deswegen möchte ich, dass du mir jetzt noch nicht antwortest. Wir reden später darüber. Ich muss auch wieder los zum Dienst. Der Wagen parkt am Forsthaus.« Er küsste sie zum Abschied auf die Stirn, drehte sich um und verschwand im Wald.

* * *

Bis über ihr die ersten Fledermäuse auftauchten und sich beim Jagen halsbrecherisch nach unten stürzten und wieder aufstiegen, blieb Ruth wie paralysiert auf ihrem Stuhl sitzen. Rolfs

Worte gingen ihr nicht aus dem Kopf. Als die Hunde vom Spielen zu ihr kamen, um sich mit ihr in der Hütte schlafen zu legen, stellte sie die Teller auf den Boden. Die Reste dienten als Abendmahlzeit für die Hunde.

Durch die Begeisterung der Grauen und des Braunen über den Eintopf fiel all die Schwere und Nachdenklichkeit von ihr ab. Sie dachte wieder konkret an das, was zu tun war: Was im Topf vom Abendessen übrig war, konnte sie in das Erdloch unter der Hütte stellen und mit ein paar frischen Kräutern versehen am folgenden Tag aufwärmen. Auch hatte sie die neu eingetroffenen Sichtungsmeldungen noch nicht gelesen. Ihr Manuskript über die Mopsfledermäuse auf Usedom wollte sie überarbeiten. Es gab mehr als genug zu tun.

Mithilfe einer Schere öffnete sie den Verschluss des Armbandes, das Rolf ihr geschenkt hatte und das sie immer noch am Handgelenk trug, legte es ab und verstaute es wieder in dem blauen Samtkästchen. Dieses schob sie, um es außer Sichtweite zu haben, im Innern der Hütte im Regal hinter die Reihe ihrer Fachbücher. Dann nahm sie den neu eingetroffenen Brief mit den Sichtungen, ihr Notizbuch und Papier, schloss die Hüttentür hinter sich und begab sich auf den Weg zur Lichtung. Dort entzündete sie ein Feuer und setzte sich auf einen der daneben liegenden Baumstämme, um zu beobachten, wie die Flammen von den kleinen Ästen auf die größeren übergriffen. Das Feuer begann, Funken zu schlagen, und die Flammen bildeten in der windfreien Nacht einen perfekten Kegel.

Eigentlich hatte sie sich vorgenommen, noch mindestens zwei oder drei Stunden zu arbeiten, doch das Gespräch mit Rolf hatte sie stärker erschöpft, als sie sich anfangs eingestehen wollte. Warum konnten die meisten Menschen – Rolf eingeschlossen – nicht das Schöne genießen, das sich ihnen bot? Warum reichte es nicht, dass Rolf und sie sich trafen, die Zeit miteinander in Harmonie verbrachten und sich über die

Anwesenheit des anderen freuten? Warum musste gleich an etwas Großes, Gemeinsames gedacht werden, mit so hohen Erwartungen und Hoffnungen, dass der Wunsch von Anfang an zum Scheitern verurteilt war?

Sie legte sich auf ihr Moosbett, das sie vor einigen Tagen neu gepolstert hatte. Sie merkte, wie ihre Lider schwer wurden und zufielen. Dann spürte sie die warme Berührung der Hunde, die sich von beiden Seiten an ihren Oberkörper legten. So wild sie am Tag waren, wenn sie sich knurrend und bellend Scheinangriffe lieferten, so entspannt konnten sie werden, wenn sie sich zu dritt aneinanderkuschelten und sich nach einem langen Tag der Müdigkeit hingaben.

Als der Morgen graute, das erste Sonnenlicht die Umgebung in einen diffusen, nebeligen Schimmer tauchte, wachte Ruth auf. Noch immer lagen die beiden Hunde an ihr, hatten ihren Körper warm gehalten, während ihre Beine, Füße und Hände ausgekühlt waren. Vom frischen Morgentau waren ihre Gelenke steif, doch als sie ein paar Schritte gegangen war, wurden ihre Bewegungen schnell wieder geschmeidig.

Ruth packte ihre Unterlagen zusammen, die verstreut um ihr Moosbett herumlagen, und ging auf die Hütte zu. Die Hunde folgten ihr im Gänsemarsch. Erst kam die Graue, dann der Braune, noch müde mit gesenktem Kopf. Die Hunde ließen sich direkt auf dem Bett nieder, während Ruth begann, den Boden zu kehren, und gleichzeitig Teewasser erwärmte.

Um nicht an Rolf zu denken, schrieb sie sich für den Tag eine lange Liste mit Erledigungen, die noch anstanden und die sie nacheinander angehen wollte. Der Geräteschuppen brauchte eine neue Dachpappe, er war undicht geworden. Das allein würde sie mindestens zwei Stunden beschäftigen. Dann hatte sie einige Socken und Pullover zu stopfen. Vom Eintopf war genügend übrig, den musste sie nur aufwärmen, doch schon lange hatte sie sich vorgenommen, einen Kuchen zu backen. Dann galt es, die neuen Fledermaussichtungen einzutragen und die Dokumentation der letzten Monate zu Altersstruktur und Lebensdauer der Fledermäuse zusammenzustellen, in einem Brief zu bündeln und abzuschicken. Und wenn sie schon in den Ort lief, um das Päckchen mit den Papieren zur Post zu bringen und zu frankieren, bot es sich an, das mit einem Einkauf zu verbinden.

Kapitel 37

1968

Zufrieden und erschöpft begab sich Ruth am späten Nachmittag mit ihren Einkäufen den Strand entlang auf den Weg nach Hause. Der Strandabschnitt war an diesem Tag menschenleer. Obwohl sie in einer Hand einen Korb voller Gemüse und in der anderen Schlachtabfälle vom Metzger trug und sich vorgenommen hatte, zügig zur Hütte zurückzukehren, war die Stille am Strand so angenehm, dass sie die Schuhe auszog und barfuß dort weiterschlenderte, wo die Brandung immer wieder über ihre Füße schwappte, das Wasser ihre Knie aber nicht erreichte.

Als die Treppe, die die Steilküste zum Wald hinaufführte, in Sicht kam, brauchte sie nicht lang zu überlegen. Der Abend war so idyllisch, so schön, dass sie diesmal den Sonnenuntergang an der See genießen würde. So stellte sie ihre Schuhe und die Einkäufe neben der Treppe in einer kühlen Nische zwischen den Steinen ab, setzte sich in den Sand und blickte über das Wasser. Es reichte eine leichte Bewegung ihrer Füße und der vom Tag noch warme Sand rieselte ihr kitzelnd zwischen den Zehen hindurch.

* * *

Kurz vor dem Einnicken riss sie etwas aus dem Halbschlaf, ohne dass sie die Ursache genau definieren konnte. Etwas war anders als sonst.

Sie lauschte auf die Brandung, die gleichmäßig war wie zuvor. Keine Stimmen waren irgendwo im Hintergrund zu hören. Der Vollmond schien inzwischen so hell, dass die Büsche am Rand des Strandabschnitts und das Treppengeländer lange Schatten warfen. Lichter von Schiffen gab es keine, stattdessen strahlten die Sterne um die Wette. Die Nacht war so lau, dass sie problemlos ohne Decke oder zusätzlichen Pullover bis zum Morgengrauen am Strand ausharren könnte.

Doch gerade, als sie sich wieder entspannte, die Aufmerksamkeit nachließ und ihre Lider schwer wurden, begriff sie, was die Irritation ausgelöst hatte: Rauchgeruch. Er war so schwach in der Luft, dass er nicht in den Vordergrund trat, und doch war er vorhanden. Ruth richtete sich auf und lief ein paar Schritte von der Abbruchkante zurück, an der sie es sich bequem gemacht hatte, und ging in Richtung Meer, um sich einen besseren Überblick zu verschaffen. Nun sah sie es: Rauch stieg auf. Er kam vom Forsthaus. Im Mondschein schimmerte der Qualm hoch in der Luft fast silbrig, nach unten wurde er dunkler.

Ruth ließ ihre Einkäufe neben der Treppe stehen und rannte die Stufen hinauf. Mit jedem Schritt aufwärts wurde der Rauchgeruch intensiver. Er verfing sich zwischen den Bäumen, wehte von vorn auf sie zu. Je näher sie dem Forsthaus kam, umso stickiger wurde die Luft. Sie musste husten und zog sich den Kragen ihrer Bluse vors Gesicht. Doch am Forsthaus war alles in Ordnung, nichts brannte, hinter den Fenstern war es dunkel.

Kurz atmete sie erleichtert auf, dann begriff sie, dass der Rauch aus ihrem Waldgebiet kam. In der Ferne hörte sie das Knistern. Vom Hof zwischen Haupt- und Nebengebäude entdeckte sie auch die Feuersäule, die genau dort aufstieg, wo sich die Lichtung und ihre Hütte befanden.

Ruth schrie. Es waren keine artikulierten Worte, die hervorkamen, es waren mehr die Laute eines verletzten Tieres.

Zuerst kam Andreas heraus. Er nahm sie in den Arm, ließ aber schnell los und stürmte wieder ins Innere, als Ruth mit dem Finger auf den Brand wies.

Es dauerte nur Minuten, dann herrschte vor dem Forsthaus ein Durcheinander, in dem Ruth den Überblick verlor. Sie wurde mit den Gästen bergab gedrängt, wo sich die Menschen über den holprigen Pfad in Richtung Dorf in Sicherheit brachten.

»Auf dem Weg bleiben. Auf dem Weg bleiben«, hörte sie eine männliche Stimme.

Ruths panische Gedanken sortierten sich langsam. Sie musste zur Hütte. Dorthin gelangen, wo es brannte.

Zurück zum Forsthaus zu laufen, hätte zu viel Zeit gekostet, so bog sie beim nächsten Trampelpfad in den Wald ein und orientierte sich in der Dunkelheit am Geruch. Der Wind blies ihr den Rauch ins Gesicht, so gab es keinen Zweifel: Das Feuer war nicht mehr weit weg.

Das Knistern und Knacken wurde lauter, die Bäume ächzten, als wären sie verletzt. Doch was sie mehr ängstigte, waren nicht die Geräusche der Zerstörung, sondern das Fehlen von Hundegebell. Warum blieben die Graue und der Braune so leise?

Als sie am Feuer ankam, hatten sich bereits zwei Löschketten gebildet. Eine führte vom Bach zur Hütte, die andere vom Meer über den Hang zum Wald. Die Flammen hatten sich so weit ausgebreitet, dass die Löschversuche erfolglos blieben.

Ruth näherte sich der Hütte von der anderen Seite, den Wind im Rücken, um nicht selbst in Gefahr zu geraten. Der Brand breitete sich nicht kreisförmig, sondern nur in Richtung Meer aus. Fast hatte sie die Eingangstür erreicht, niemand hielt sie auf, weil keiner bemerkte, dass sie überhaupt anwesend war, als sie über etwas Weiches stolperte. Beim Sturz riss sich Ruth die Hände auf. Sie wischte das Blut von den Handflächen an ihrem Rock ab. Verwundert schaute sie genauer hin, worüber sie gefallen war, glaubte schon, ein Stück totes Wild vor sich zu haben, irgendein kleines Reh oder einen sehr jungen, zierlichen Frischling. Da begriff sie, was dort lag. Die Graue. Sie hob den Kopf der Hündin an, schüttelte sie und presste sie an sich, als sie sich nicht regte. Sie küsste die kalte Nase, die sie so oft morgens wach gestupst hatte, doch es war kein Leben mehr in der Hündin. Sie war tot.

Ruth zwang sich, die Panik und Trauer wegzuschieben und ihren Verstand zu benutzen. Wie konnte die Graue sterben, weit genug vom Brand entfernt, wenn sie keine Brandverletzungen aufwies und körperlich unversehrt war? Ihr Fell war nicht im Geringsten angesengt. Der Schein des Feuers bot ausreichend Licht, um die Graue genauer zu betrachten. Blut lief aus ihrem Maul. Sie war erst vor Kurzem gestorben, die Totenstarre hatte noch nicht eingesetzt. Dann entdeckte Ruth etwas Glitzerndes ein paar Meter entfernt, ein kleines Leuchten, das sie zuerst an eine Münze denken ließ, doch schnell wurde ihr klar, dass es der Kopf eines Nagels war, der aus einem Fleischhaufen herausragte. Nun, als sie wusste, wonach sie suchen musste, erkannte sie noch mehrere mit Nägeln und Glasscherben gespickte Fleischhaufen. Ihr wurde übel. Das Feuer, der Tod der Grauen – all das war kein Zufall gewesen.

»Brauner!«, schrie Ruth. Sie hoffte so sehr, dass ihm nichts passiert war, dass es ihm nun zugutekam, dass er unabhängig geworden war und auch länger in größerer Entfernung zur Hütte herumstreunte.

Sanft legte sie die Graue ab, drückte sich hoch und rannte den Pfad weiter auf die Hütte zu, dabei rief sie so laut nach dem Rüden, wie sie nur konnte. Er war derjenige, der besser auf sie hörte, der jedes Mal schon im Vorhinein zu ahnen schien, was sie von ihm wollte. Niemals ignorierte er ihr Rufen oder ihre Befehle. Nun blieb er verschwunden.

Kurz bevor sie die Hütte erreichte, wurde sie von starken Armen gepackt. Ein Löschhelfer, der seinen Eimer noch in der Hand hielt, ließ sie nicht entkommen. Ein weiterer Löschhelfer kam hinzu, gemeinsam zerrten sie Ruth beiseite, ignorierten ihre Erklärungen und ihren Protest. Es war ihr gleichgültig, ob sie sich in Gefahr brachte. Sie musste den Braunen finden, tot oder lebendig. Doch ihre Gegenwehr blieb erfolglos.

Sie wurde zu einem Löschfahrzeug gebracht, daneben parkte ein Polizeiwagen.

»Beruhige dich, sonst müssen wir dir Handschellen anlegen.«

Sie erkannte Rolfs Stimme und blickte ihn perplex an. »Die Graue ist tot«, sagte sie und zwang sich, nicht zu schreien, nicht zu toben und nicht weiter um sich zu schlagen, sondern gefasst zu klingen. Sie wehrte sich nicht mehr gegen die Arme, die sie umschlossen. »Es sind Köder im Wald. Fleisch mit Nägeln und Glasscherben. Der Braune ist weg.«

»Wenn er lebt, wird er auftauchen, sobald wir den Brand gelöscht haben und sich die Aufregung legt.«

»Was, wenn er irgendwo liegt, auch von den Ködern mit den Nägeln gefressen hat? Wenn er gerade stirbt und gerettet werden könnte?«

Die Löschhelfer ließen sie los. Doch Ruth hatte keine Möglichkeit, in Richtung Hütte zu gelangen, weil nun Rolf derjenige war, der sie packte, ihren Oberkörper umschloss und sie so fest hielt, dass sie nicht entkommen konnte.

Kapitel 38

2021

Tagelang hatte Lena auf das Treffen mit Ruth hingefiebert. Sie trafen sich nachmittags in einem Berliner Biergarten. Kastanienbäume spendeten Schatten in der Wärme. Es flogen so viele Wespen herum, dass sie ihre Getränke mit Bierdeckeln davor schützen mussten. Um nicht noch mehr Wespen anzulocken, verzichteten sie vorerst darauf, sich etwas zu essen zu bestellen.

Lena zwang sich, Ruth nicht zu lange anzustarren. Ruths Alter änderte nichts daran, dass sie mit ihrer Ausstrahlung die Blicke der anderen auf sich zog. Sie wirkte jugendlich, hatte etwas von einer Elfe oder Märchenfigur, fand Lena.

»Du siehst Marlies sehr ähnlich, weißt du das?«, fragte Ruth.

»Das war die größte Angst meiner Mutter, dass ich würde wie sie. Verrückt. Durchgedreht. Dass ich scheitern würde, weil ich mich selbst überschätzte. Wie oft ich das zu hören bekommen habe, schon als kleines Mädchen! Susanne – meine Mutter – hatte schon immer eine solche Panik davor, dass sie mir gegenüber behauptet hat, Marlies sei längst tot. Von dir wusste ich gar nichts. Da die Erbschaft von der Eisenwarenhandlung vollständig an Susanne ging, dachte ich, dass es dich auch nicht mehr gibt.«

»Ich habe auf mein Erbe verzichtet. Ich wollte nach der Wende alles hinter mir lassen, neu anfangen. Obwohl das Geld mir geholfen hätte, in Wien Fuß zu fassen. Das erste Jahr mit all den Jobs nebenher war hart. Vier Stellen hatte ich: putzen in einem Bürohaus, Flyer verteilen, in einem Kaffeehaus servieren und Hunde ausführen. Zum Glück habe ich schon ein Jahr später ein Stipendium bekommen. Lange hätte ich das nicht durchgehalten.«

»Wie alt warst du, als du angefangen hast zu studieren?«

»Vierundvierzig.«

»Es ist unglaublich, was du geschafft hast!« Lena merkte, dass ihr der Mund offen stand, und schloss ihn wieder. »Wie hast du nur den Mut dazu gefunden, noch einmal ganz neu anzufangen, dich zu all den jungen Leuten in den Hörsaal zu setzen?«

Gebannt hörte Lena zu, wie Ruth ausführlich über ihren Umzug in die Waldhütte erzählte, wie sie ihre Ausbildung abgebrochen hatte, um sich vollständig der Fledermausforschung zu widmen. Wie sie dadurch alle Sicherheit verloren hatte. Lena bewunderte Ruth dafür, selbst nach den Übergriffen auf die Hütte nicht aufgegeben zu haben.

»Ich glaube, ich wäre schon nach der ersten Nacht, als die Jugendlichen aufgetaucht waren, ins Forsthaus zurückgekehrt.« Lena fröstelte bei dem Gedanken, sich nachts allein so tief im Wald zu befinden, dass niemand ihr Rufen hörte. »Trotzdem verstehe ich es noch nicht: Wie hast du es geschafft, noch einmal ganz neu anzufangen? Wann kam der Punkt, an dem du dir gesagt hast: Ich breche mit der Vergangenheit?«

»Solche Umbrüche scheinen für die anderen wie aus dem Nichts zu kommen, aber das tun sie nicht. Es ist keine plötzliche Entscheidung. Es war die logische Folge eines langen Weges.«

Lena nickte. Langsam wurde ihr klar, dass der Grundstein möglicherweise schon mit Ruths vehementem Kampf, mit dem sie als junge Frau am Studium hatte teilnehmen wollen, gelegt worden war. Oder noch früher, als Ruth die Naturwissenschaftsbücher in der Ritze am Bett vor den Eltern versteckt hatte?

»Die meisten Menschen tragen Träume und Sehnsüchte mit sich herum, auch noch in späteren Jahren«, sagte Ruth. »Nur die wenigsten setzen sie um.«

Lena schaffte es nicht mehr, Ruth in die Augen zu sehen.

»Wie ist es bei dir?«, fragte Ruth. »Bist du glücklich mit deinem Beruf, deinem Leben insgesamt? Was sind deine Träume?«

Kurz hatte Lena den Impuls, die Version ihres Lebens zu erzählen, die sie wie ein Schutzschild vor sich hertrug, dass sie glücklich war als Erzieherin und noch glücklicher, ein Stipendium bekommen zu haben, um sich ein Jahr lang vollständig dem Zeichnen zu widmen.

»Ich schaffe es nicht, die beiden Elemente zu verbinden, die mir am wichtigsten sind: die Arbeit mit Kindern und die Kunst.« Sie hielt inne, dann sprach sie weiter. »Es gab ein Erlebnis, das hat mir die Augen geöffnet.« Sie erzählte von dem Mädchen im Krankenhaus, das nicht sprach, wie Max sie gebeten hatte zu versuchen, mehr über das Kind herauszufinden. »Als das Mädchen dann zu zeichnen begann, ist etwas in mir passiert. Als hätte ich plötzlich eine Erkenntnis oder so etwas in der Art. Das klingt vielleicht verrückt.«

»Ich weiß genau, was du meinst. Es ist alles andere als verrückt.«

»Kunsttherapie«, sagte Lena. »Es war nur ein kurzer Gedanke, der aufgetaucht ist, aber dann kam er immer wieder.

Seitdem denke ich darüber nach, wie es mit mir weitergehen könnte. Bisher habe ich noch mit niemandem darüber gesprochen, außer jetzt mit dir.« Lena dachte nach und war froh, dass Ruth nicht drängte, sondern auch das Schweigen ertrug, das sich zwischen ihnen ausbreitete.

»Was ich tat, war mit einem Mal bedeutsam«, sagte Lena. »Das Mädchen lässt mich einfach nicht mehr los.«

Lena war erschöpft, als wäre sie einen Marathon gelaufen. Es tat so gut, endlich ausgesprochen zu haben, was sie für unaussprechlich gehalten hatte. Gleichzeitig war sie aufgedreht und wach, sodass es ihr kaum gelang, die Füße stillzuhalten und nicht ununterbrochen mit den Beinen zu wippen.

»Du denkst also an Kunsttherapie, Sozialarbeit in Verbindung mit Kunst, etwas in der Richtung«, fasste Ruth zusammen.

»Aber das würde noch ein Studium bedeuten. Und in meinem Alter …« Lenas Worte gingen in ein Lachen über, als sie sich vergegenwärtigte, wie alt Ruth zu Beginn ihres Universitätsstudiums gewesen war. »Ich habe nicht einmal Abitur.«

»Das brauchst du vielleicht gar nicht. Häufig gibt es Aufbaustudiengänge, für die man sich nach abgeschlossener Ausbildung mit Berufserfahrung einschreiben kann. Erkunde dich doch mal darüber.«

»Ich weiß nicht.« Mit einem Mal wurde Lena das Gespräch unangenehm. Plötzlich war ihr Traum so zum Greifen nah, dass sie Angst vor ihren eigenen Gedanken und Plänen bekam.

»Ich muss das erst mal sacken lassen«, sagte Lena. »Erzähl mir mehr von deinem Alltag in der Hütte. Hast du es nie vermisst, mit Menschen zu sprechen?«

»Das Forsthaus ist meine Basis geblieben, meine ehemaligen Kollegen habe ich regelmäßig getroffen. Ich musste dort jede Woche hingehen, allein schon, um die Post abzuholen.«

Sie bestellten noch etwas zu trinken, dann beide einen Salat mit Brot. Ruth nahm den Kellner kaum wahr, sie erzählte weiter, während er das Essen auf den Tisch stellte. Es war, als hätte Ruth all die Jahre nur darauf gewartet, jemandem ihre Geschichte mitzuteilen.

Es wurde dunkel.

Ruth war vollständig in ihre Erinnerung eingetaucht. Die Tische neben ihnen leerten sich und der Wirt wies die beiden darauf hin, dass sie bald schließen würden. In ihr Gespräch vertieft, blieben sie sitzen und der Wirt ließ sie schulterzuckend gewähren. Geschirr und Besteck waren längst abgeräumt. Der Wirt kettete die Stühle um sie herum mit Eisenketten aneinander und dann an den Tischen fest. Mit einem Kopfschütteln verließ er den Platz.

Sie hatten keine Kerze mehr auf dem Tisch, auch die Lichterketten zwischen den Bäumen waren abgeschaltet, doch die umliegenden Straßenlaternen schenkten ihnen genügend Licht. Es war eine der Tropennächte, in denen niemand draußen frieren musste.

Erst als die Morgendämmerung am Horizont sichtbar wurde und der Himmel sich von der aufgehenden Sonne rot färbte, merkten sie, wie die Zeit vergangen war.

Kapitel 39

1968

Im Forsthaus in ihrer ehemaligen Kammer fiel Ruth in einen traumlosen, tiefen Schlaf. Wie betäubt lag sie noch in der nach Rauch riechenden Kleidung auf dem Bett, als ein Klopfen und ein Jaulen sie von einer Sekunde auf die nächste hellwach werden ließen. Dann wurde die Tür geöffnet.

Zuerst stürmte der Braune herein. Sein Fell roch nach Rauch, seine Pfoten waren versengt. Er hatte sicher Schmerzen, doch davon war ihm nichts anzumerken. Er sprang mit einem Satz auf Ruths Bett, warf sich mit seinem gesamten Gewicht auf sie, nahm ihr fast die Luft und schleckte ihr über Hals und Ohren. Bisher hatte sie seine stürmische Freude immer gebremst, hatte ihm beigebracht, ihr Gesicht und ihre Hände in Ruhe zu lassen, doch nun störte es sie nicht und sie ließ ihn gewähren, umarmte ihn, zog ihn sogar noch näher an sich. Er lebte. Auf den ersten Blick sah er trotz der Verletzungen an den Pfoten so gesund aus, dass sie keine Zweifel hatte: Von den Ködern hatte er nichts gefressen.

Erst als der Braune sich beruhigt hatte, als sein Bellen, Winseln und Fiepen aufhörten und er von ihr abließ, setzte sie sich im Bett auf. Nun legte sich der Braune ans Fußende ihres Bettes, als würde er die Kammer kennen, als wäre hier sein angestammtes Zuhause.

»Wir haben diejenigen verhaftet, die für den Brand verantwortlich sind«, sagte Rolf. »Und siehst du, ich hatte recht: Als Ruhe einkehrte, ist der Hund aus seinem Versteck herausgekommen.«

»Die Graue ist tot.« Trauer mischte sich mit Ruths Freude über das Wiedersehen. »Was geschieht mit dem, der ihr das angetan hat?«

»Sie war eine alte Hündin, die nicht einmal mehr alle vier Beine hatte. Das wird kein Richter auf der ganzen Welt als großen Verlust annehmen.«

»Es ist ein großer Verlust.«

»Ich schenke dir einen neuen zweiten Hund, wenn du willst. Eine Hündin mit vier Beinen, in Grau, davon gibt es viele im Dorf. Wichtig ist doch, dass es Verhaftungen gab, auch schon Geständnisse.«

»Wer war es?« Sie stellte sich vor, zum Haus der Täter zu gehen, mit den Eltern zu sprechen. Sicher waren es wieder diese Jugendlichen, mit denen sie früher bereits aneinandergeraten war. Sie würde dafür sorgen, dass sie ihre Strafe erhielten – wenn nicht vom Richter, dann von ihr selbst, auch wenn sie wegen Selbstjustiz im Gefängnis landen würde. Das war ihr gleichgültig.

»Ich darf keine Namen nennen«, sagte Rolf. »Es spielt für dich auch keine Rolle. Wichtiger ist, dass du Abstand gewinnst. Ich habe deine Eltern schon erreicht. Dein Vater wartet auf deinen Anruf. Es wäre besser, wenn du dich vorerst etwas zurückziehst. Bis sich die Gemüter abgekühlt haben. Ich kann den Braunen während deiner Abwesenheit auch mit zu mir nach Hause nehmen und mich um ihn kümmern. Na, ist das ein Angebot?«

»Du willst mich vertreiben? Ich soll verschwinden und klein beigeben? Genau das ist es doch, was die Idioten mit ihrem Terror von Anfang an erreichen wollten.«

»Du brauchst eine Pause.«

Ruth schüttelte den Kopf, dann nickte sie. In einem hatte Rolf recht: Sie brauchte eine Atempause. Sie musste überlegen, wie es weitergehen sollte, was hier in der Kammer kaum möglich war. Sie würde nach Templin zurückkehren, wenn auch nur vorübergehend, um eine Strategie zu entwickeln. Vielleicht für ein verlängertes Wochenende, dann würde sie wieder klarer sehen.

»Es ist schon abgesprochen, du kannst den Telefonanschluss des Hotels benutzen. Lass deinen Vater nicht zu lange warten, er macht sich Sorgen. Deine Mutter auch.«

Ruth wusste, dass es ihr immer schwerer fallen würde, ihren Vater im Eisenwarengeschäft in Templin anzurufen, je länger sie es hinauszögerte. Sie musste sich den Tatsachen stellen: Der Ort, den sie mehr als jeden anderen auf der Welt als ihr Zuhause empfunden hatte, war abgebrannt, der Boden qualmte noch, obwohl die Flammen mit Sand und Wasser erstickt worden waren.

»Ich muss erst einmal wieder zu mir kommen«, sagte Ruth. Sie blickte auf den Braunen, der inzwischen so tief eingeschlafen war, dass er sich nicht regte, als sie vom Bett aufstand.

Zügig verabschiedete sich Ruth von Rolf und lief auf das Haupthaus zu. Mit gesenktem Kopf eilte sie vorwärts, wich den überwiegend mitleidigen Blicken der Hotelgäste aus. An der Rezeption reichte ein Nicken und der Portier führte sie in den hinteren Verwaltungsraum, der sich nur wenig vom Büro des Vaters unterschied, in dem erst ihre Schwester und dann sie selbst so oft gesessen und gearbeitet hatten.

»Bitte«, sagte der Portier, zeigte auf das Telefon, rückte ihr den Stuhl vom Schreibtisch ab, verließ den Raum und schloss diskret die Tür hinter ihr.

Ruth holte noch einmal tief Luft, dann stellte sie sich dem Unvermeidbaren.

Ihr Vater nahm so schnell ab, dass sie wusste, dass er neben dem Telefon auf ihren Anruf gewartet hatte.

»Es ist alles abgebrannt«, sagte Ruth.

»Ich weiß. Ich habe schon mit dem jungen Polizisten gesprochen, der mich so sehr an Peter erinnert. Er hat mir versichert, dass er dafür sorgt, dass du unbeschadet aufbrechen kannst, dass dir nichts weiter geschieht.«

»Mir geht es gut. Mir ist nichts passiert.«

»Noch nicht. Aber der Konflikt mit den Bewohnern schwelt ja schon lange und kann schnell umschlagen, glaube mir. Im Laufe meines Lebens habe ich so etwas mehrfach erlebt. Es ist immer eine Gefahr, wenn man ausgegrenzt lebt, ob freiwillig oder unfreiwillig. Damit wird man zur Zielscheibe. Man wird besonders kritisch beäugt. Die Leute reden – zwangsläufig. Dann beginnen die Gerüchte. Dass ein Unglück passiert …«

»Stopp.« Ruth schloss kurz die Augen und öffnete sie wieder. Das Gespräch lief in eine ganz andere Richtung, als sie es erwartet hatte. »So war das nicht. Es gab in den letzten Jahren keinerlei Probleme zwischen mir und den anderen. Herr Moosbacher und meine ehemaligen drei Kollegen standen immer hinter mir. Mit den Gästen und Mitarbeitern des Hotels gab es nie einen Konflikt. Ansonsten hatte ich kaum Kontakte. Es gab nur einige randalierende Jugendliche, das ist alles. Du siehst ein generelles Problem, wo keins ist.«

Ihr Vater stieß geräuschvoll die Luft aus. »Das ist doch nur die Spitze des Eisbergs. Ist dir nicht klar, wie du dich selbst in Gefahr gebracht hast, indem du dich isolierst?«

»Ich war mein Leben lang gern allein, schon zu Schulzeiten.«

»Eben. Genau das ist dir nun zum Verhängnis geworden.«

»Willst du damit sagen, dass ich selbst schuld bin, dass sie die Graue mit dem Köder getötet und die Hütte abgebrannt haben?«

Er schwieg und das Schweigen schmerzte mehr als jede Antwort, denn hätte er ihre Vermutung bestätigt, hätte sie ihm widersprechen können, dagegen argumentieren. So war sein Ja wie Rauch, der unsichtbar um sie herumwaberte und ihr die Luft zum Atmen nahm. Sie kannte ihren Vater lang genug, um zu begreifen, dass er wirklich dieser Ansicht war: dass dieser Angriff auf ihr Zuhause eine logische Konsequenz ihres Lebensstils war. Doch so einfach konnte sie es nicht auf sich beruhen lassen. Sie wollte, dass er es aussprach.

»Du meinst also, ich sollte mich mehr einfügen?«, fragte sie.

»Du könntest noch immer nach Templin zurückkommen. Im Geschäft mithelfen. Es später übernehmen. Dass du keine Ausbildung im geschäftlichen Bereich hast oder in der Buchhaltung, stört nicht. Wir finden gemeinsam einen Mann für dich, den du heiraten kannst. Du willst doch nicht in finanziell ungeordneten Verhältnissen als alte Jungfer enden!«

Sie sagte nichts dazu.

Ihr Vater räusperte sich. »Es wird Zeit, dass du ein geordnetes Leben führst, wie deine Schwester Marlies und ihr Peter. Sie sind glücklich miteinander. Die Ehe tut Marlies gut.«

Ruth wusste nicht, ob sie lachen oder weinen sollte.

Im Hintergrund hörte sie das Gemurmel der Kundschaft. Bestimmt stand ihre Mutter an der Kasse und bediente in der Zeit, in der sie mit ihrem Vater telefonierte.

»Ich brauche keinen Mann, um glücklich zu sein«, sagte Ruth.

Sie wartete, dass ihr Vater etwas antwortete, doch nun war nur noch ein Knacken in der Leitung zu hören.

»Mein Leben ist genau so, wie ich es mir immer gewünscht habe. Das lasse ich mir nicht nehmen.« Ruth musste sich zwingen, nicht zu schreien. »Ich heirate nicht. Ich ziehe nicht nach Templin.« Ruth biss sich auf die Unterlippe. Sie begriff, dass es unmöglich war, wie früher in ihrer Kindheit ein paar ruhige

Tage im Elternhaus zu verbringen. Aber nicht nur sie hatte sich geändert. Auch ihr Vater war noch vehementer und sturer geworden. Sie war froh, dass er nicht hinter die Kulissen von Marlies' Leben blickte.

»Dann geh doch dahin, wo der Pfeffer wächst. Dir ist einfach nicht zu helfen«, sagte er und legte auf.

Kapitel 40

1968

Sie ahnte, dass das Gespräch mit ihrem Vater für lange Zeit das letzte zwischen ihnen gewesen war. Langsam ging sie auf den Abhang zur See zu. Bisher hatte sie den Anblick immer gemocht, das Gleichförmige der Wellen, dieses Beruhigende und Konstante. Nun kam ihr die Ostsee ignorant vor, wie diese Wassermasse dort vor ihr waberte, sich kaum mit dem Wasser des offenen Meeres mischte. Die Brandung klatschte an Land, gleichgültig, ob jemand verzweifelte oder starb. Es war, als würde die See sagen: Das Leben geht weiter. Doch der Bruch, der mit dem Brand entstanden war, ließ sich nicht mehr kitten.

Kurz verharrte sie und horchte. Kein Bellen erklang aus dem Nebengebäude. Der Braune schlief in Sicherheit und würde sich wahrscheinlich erst einmal ausschlafen.

Sie wandte sich nach rechts in Richtung der polnischen Grenze, weg von der verbrannten Hütte und der zerstörten Lichtung. Auch dort gab es ein Waldgebiet, von dem sie wusste, dass es unberührt war, nicht nur wegen der Grenzlage, sondern weil es hieß, ein Wolf habe sich in diesem Gebiet niedergelassen. Deswegen konnte sie sicher sein, dass sich dort niemand herumtrieb.

Die Nacht war lau, der Himmel wolkenlos, sie hatte keine Eile.

Nach einiger Zeit wurde der Wald dichter. Sie bog vom Höhenweg an den Klippen ab, weg vom Meer und noch weiter landeinwärts, als sie einen schmalen Wildpfad entdeckte. Die Geräusche und Gerüche waren ihr so bekannt, dass sie sehr genau hinschauen musste, um zu begreifen, dass sie nicht auf dem Weg zu ihrer Lichtung war, sondern sich in fremdem Gebiet bewegte.

An den Wolf glaubte sie nicht. Es hatte zwar Sichtungen gegeben, aber keine Funde von Haaren oder Kot und es waren auch nirgends Schafe oder andere Nutztiere gerissen worden. Wahrscheinlich hatten diejenigen, die panisch von dem Wolf berichtet hatten, einfach einen streunenden Hund gesehen. Trotzdem hielt sie immer wieder inne, um zu lauschen, drehte sich um, weil sie das Gefühl nicht loswurde, dass etwas oder jemand sie beobachtete. Sie spürte die Blicke wie ein heißes Brennen und Prickeln am Rücken.

Zwischen den hohen Bäumen war es windstill und kühl, die Nadelbäume verströmten einen würzigen Geruch, dem die klare Note von abgeschlagenem Holz fehlte, die sie sonst umgeben hatte. Über ihr war das Blätterdach so dicht, dass sie sich nur orientieren konnte, weil sich ihre Augen monatelang an nächtliche Dunkelheit gewöhnt hatten.

Je tiefer sie in das zunehmende Dickicht eindrang, umso langsamer wurde sie. Erst begriff sie nicht, was ihr seltsam vorkam, dann wurde es ihr klar: Auf dem Boden lag kaum Totholz. Es gab zwar alte Stämme, die halb verfault wahrscheinlich schon jahrzehntelang herumlagen, vom Regen aufgeschwemmt, von Moos bedeckt und von Käfern bewohnt, doch die kleineren Äste, die man auf dem Boden erwartete, gab es nicht. Das bedeutete, dass sich jemand regelmäßig hier aufhielt, und sei es nur, um Anfeuerholz zu sammeln.

Nur wenige Meter von ihr entfernt erklang ein Knacken. Ruth hielt inne. Aus dem Augenwinkel erahnte sie die Bewegung eines großen Lebewesens. Sie schrie auf, wollte losrennen und stolperte, als sie ein Bellen hörte. Sofort erkannte sie, dass es sich um keinen Wolf oder Menschen handelte, sondern um den Braunen. Er jaulte, winselte und fiepte, sprang aufgeregt gegen sie, mit einer solchen Wucht, dass sie fast das Gleichgewicht verlor. Sie konnte sich nur aufrecht halten, weil sie sich an einem Baumstamm festhielt. Noch einmal warf er sich mit seinem ganzen Gewicht gegen sie, wandte sich dann ab und rannte ins Unterholz. Ein solch seltsames Verhalten hatte sie bei ihm nie zuvor beobachtet. Sie fragte sich, wie er überhaupt aus der Kammer gekommen war. Seit dem Brand verhielt er sich unberechenbar.

»Brauner! Stopp!«, rief Ruth, doch das Tier gehorchte nicht, stattdessen hörte sie eine andere Stimme, die Worte jedoch so leise ausgesprochen, dass sie sie nicht verstehen konnte.

»Wer ist da?«, fragte Ruth. Ihre Worte klangen gepresst und heiser. Sie schwitzte.

Der Braune kam wieder hervor, langsam und zaghaft, hinter ihm eine Gestalt, die sie bereits einmal gesehen hatte. Wie bei der ersten Begegnung am Strand wehte auch nun bei jeder Bewegung sein struppiger Bart im Wind, seine zum Zopf gebundenen Haare waren noch länger gewachsen.

»Anders«, sagte Ruth.

»Ich habe den Hund entdeckt, als er sich mit seinem Halsband in einer Brombeerhecke verfangen hatte. Er ist schon früher immer mal wieder zu mir zu Besuch gekommen. Ich wollte ihn zurückbringen.«

Nun verharrte der Braune zwischen ihnen beiden, wusste anscheinend nicht, zu wem er gehen sollte. Als Ruth ihn nun noch einmal rief, kam er.

»Meine Hütte ist abgebrannt.« Ruth kam sich wie ein Eindringling vor, als dürfte sie nicht an diesem Ort sein, obwohl das Land gewiss nicht Anders gehörte. »Ich weiß nicht, wohin. Gibt es hier auch eine Lichtung? Eine Höhle? Einen Unterstand? Irgendetwas, wo ich bleiben könnte? Vorübergehend?«

»Ich habe vor Jahren zwei Zirkuswagen hierhergeschafft, damals, als sie die Zigeuner …«

Ruth schwieg und sah zu Boden.

»Sie hätten die Wagen sowieso abgebrannt«, sagte Anders, »warum sollen sie hier im Wald nicht ihren Zweck erfüllen? Es war nicht einfach, sie zu transportieren, ich musste mir zwei Pferde leihen. Ein solches Gespann erregt Aufmerksamkeit. Trotzdem weiß niemand, dass sie hier stehen. Sie sind trocken und mit einem kleinen Ofen beheizt.«

Wie er es aussprach, klang es wie ein Angebot, doch sie zögerte, es anzunehmen. »Du willst sicher allein sein, aber wenn ich für ein paar Tage … bis ich eine andere Möglichkeit gefunden habe …«

»Du kannst bleiben, solange du möchtest.«

Ruth nickte. Vielleicht war es völlig verrückt, das Angebot eines Fremden anzunehmen, mit dem sie kaum ein paar Worte gewechselt hatte, von dem sie nur mitbekommen hatte, wie die Leute über ihn redeten – und das nicht unbedingt im Guten. Doch sie erinnerte sich an die Begegnung am Strand, als wäre es erst gestern gewesen. Sie hatte ihr gezeigt, dass sie sich vor ihm nicht fürchten musste.

»Nur eine Bedingung habe ich«, sagte er. »Sprechen erschöpft mich. Das Denken verändert sich, wenn man so lange allein und versteckt lebt wie ich. Wenn ich mit Menschen rede, ist es, als gebrauchte ich eine Fremdsprache.«

»Ich kann schweigen. Und in ein paar Tagen bin ich wieder weg, versprochen.«

»Dann komm.«

Der Braune näherte sich Anders und drückte seinen Kopf an dessen Knie. An der Zutraulichkeit, die der sonst so misstrauische und manchmal aggressive Hund zeigte, wurde ihr klar, dass auch der Braune ein Geheimnis mit sich herumgetragen hatte: Er kannte Anders. Mehr noch: Die beiden hatten längst Freundschaft geschlossen. Möglicherweise war das der Grund, der dem Braunen das Leben gerettet hatte, dass es wegen seiner in letzter Zeit weit ausgedehnten Streunerei nicht zu einer Begegnung mit den Jugendlichen gekommen war. Sie hatte sich seine zunehmenden Abwesenheiten bisher damit erklärt, dass er irgendwo läufige Hündinnen witterte.

So folgte sie den beiden durch den Wald, während der Braune Anders umrundete, sich von ihm streicheln ließ und schließlich vorrannte. Der Braune wusste, wohin der Weg führte.

* * *

Es dauerte noch eine halbe Stunde, dann erreichten sie eine Lichtung. Einer der Zirkuswagen leuchtete rot, der andere gelb, so intensiv, als wären sie erst vor wenigen Tagen frisch gestrichen worden.

»In dem gelben Wagen lebe ich. Der rote Wagen ist mit allem vollgestellt, was ich reparieren oder noch verwenden und bearbeiten möchte. Es hat sich viel angesammelt. Wir können ihn gemeinsam ausräumen, den Inhalt vor Regen geschützt unter den Wagen lagern«, sagte Anders. »Aber jetzt ist es zu dunkel. Diese Nacht …«

»Ich bleibe auf der Treppe vor dem Wagen sitzen. Schlafen kann ich nach all der Aufregung sowieso nicht.«

Anders verabschiedete sich, fragte sie, ob sie etwas benötige, dann zog er sich zurück.

Ruth lehnte sich mit dem Rücken an die Tür des roten Wagens, der Braune rollte sich zu ihren Füßen zusammen.

Noch immer raste ihr Herz. Sie blickte zu den Sternen und den Baumkronen und wartete, bis der Morgen graute.

Bereits bevor Anders aufwachte, begann sie mit der Arbeit.

Dass es in dem roten Wagen viel zu tun gab, störte sie nicht, im Gegenteil. Ruth war froh, etwas zu tun zu haben, ihren Körper zu beschäftigen, sodass sie wenig nachdenken musste. Doch auch als ihre Arme bereits brannten, der Rücken schmerzte und ihr Nacken sich anfühlte, als würden unzählige Nadeln darin stecken, tauchten immer wieder die Fragen auf, für die sie keine Lösung hatte. Was war mit den Fledermäusen? Die Bäume, in denen die Mopsfledermäuse gelebt hatten, gab es nicht mehr. Hatte sie mit dem Brand nun auch ihre Arbeit verloren?

Ein paar Stunden später betrachtete sie ihr Werk. Der Boden des roten Wagens war abgenutzt, aber nicht feucht. Auch hatte er keine Löcher oder Ritzen. Sogar die Wände waren stabil, das Dach unbeschädigt. Es gab eine richtige Matratze und ein Regal, alles andere würde sich finden. Doch sie hatte gar nicht vor, sich vollständig einzurichten, es sollte eine Übergangslösung bleiben.

Erst gegen Mittag tauchte Anders auf. Sein Gesicht war zerknittert vom Schlaf, seine Haare noch strubbeliger. Er bewunderte ihren Arbeitsfortschritt, doch Ruth konnte ihm kaum zuhören, so erschöpft war sie nach der durchwachten Nacht.

»Ich bin müde«, sagte Ruth. »Ich lege mich schon hin.« Zuerst dachte sie, der Braune würde bei Anders bleiben, doch wie er es aus der Waldhütte gewohnt war, kam er mit in den roten Wagen, als Ruth die Stufen emporstieg. Sie hatte kein Kopfkissen, stattdessen nutzte sie ihre Jacke. Eine Decke brauchte sie nicht, denn durch das Metalldach speicherte der Wagen die Wärme der Sonne.

Der Braune legte sich auf ihre Füße, die sie auch nicht wegzog, als der untere Teil der Beine bis zu den Knien von seinem

Gewicht einschlief und kribbelte. Zu sehr brauchte sie an diesem Tag seine Nähe und das Gefühl, nicht vollständig allein und entwurzelt zu sein.

So müde und erschöpft Ruth auch war, an Einschlafen war nicht zu denken. Es war ungewohnt, menschliche Geräusche zu hören, wie Anders hin und her lief, wie er klackerte und etwas über den Boden schleifte, wie er summte und Lieder pfiff. Sein Husten war mehr ein Keuchen, das sie jedes Mal zusammenzucken ließ.

Sie war zu nervös, um zu schlafen, und zu erschöpft, um aufzustehen. So beobachtete sie, wie das Sonnenlicht, das durch die milchig beschlagenen Scheiben schien, immer weiter abnahm, wie das leuchtende Quadrat über die Wand wanderte und mit den Stunden dunkler wurde, bis es schließlich ganz verschwand.

Sie wartete, bis sie hörte, dass Anders sein Feuer mit Sand löschte und in seinen Wagen ging. Bald erklang ein Schnarchen. Als ahnte der Braune, was sie vorhatte, lief er zur Tür und winselte. Ruth öffnete die Tür und der Braune sprang schnell hinaus. Langsam folgte Ruth.

Nun war es so leise, dass sie das Rauschen der See hörte, wie die Wellen gleichmäßig an den Strand klatschten. Ruth blickte auf die Feuerstelle und zögerte. Sie hoffte, dass sie Anders nicht störte, doch dann entzündete sie das Feuer in der Einfriedung aus Steinen erneut.

Langsam griffen die Flammen erst auf die dünnen, kurz darauf auf die dickeren Äste über, bis das Feuer eine solche Größe erreichte, dass sie sich an ihm wärmen konnte. Im Schein der Feuersäule blickte sie sich um und wünschte sich so sehr, sich wieder ein Moosbett zu bauen, doch der Boden war frei von Moosen und Flechten, auch gab es an dieser Stelle des Waldes generell wenig Bodenbewuchs. Es lag an den Nadelbäumen, die hier vorherrschten und so dicht gewachsen waren, dass außerhalb der Lichtung kaum Helligkeit durchdrang.

Langsam beruhigten sich Ruths Gedanken, gleichzeitig setzten Trauer und Wehmut ein. Wenn sie in die Flammen blickte, musste sie mehrfach blinzeln, um das Bild der brennenden Hütte aus ihrer Erinnerung zu verscheuchen. Wenn ihre Hände das Fell des Braunen berührten, musste sie sich zwingen, nicht an die Graue zu denken.

Zuerst dachte sie, ihre Augen würden sie täuschen, als sie eine dunkle, schnelle Bewegung über sich erkannte. Doch sie irrte sich nicht, es war unverkennbar eine Fledermaus. War das Glitzern am Flügel wirklich eine Flügelklammer?

Sie wollte die Fledermaus nicht jagen, sie nicht durch Fangversuche verängstigen. So versuchte sie nur, das Tier im Blick zu behalten.

Bald war sie sich sicher: Es handelte sich definitiv um eine Mopsfledermaus. Und sie trug einen Ring. Wie erstarrt vor Begeisterung sah Ruth, wie ein Tier nach dem anderen auftauchte, wie mehrere Fledermäuse die Insekten jagten, die sie mit dem Schein ihres Feuers anzog.

Kapitel 41

2021

Um kurz nach acht kam der Wirt wieder und löste die Schlösser von Stühlen und Tischen. Ordentlich stellte er die Stühle an ihren Platz, dekorierte die Tische mit Blumen und Kerzen, klemmte die Speisekarten in die Halterungen und notierte auf der Tafel ein neues »Gericht des Tages«.

Ungefragt stellte er Lena und Ruth zwei Tassen Kaffee auf den Tisch, reichte ihnen dazu ein Croissant.

»Von gestern, dafür ein Geschenk des Hauses.« Er konnte ein Lächeln nicht unterdrücken. »Sonst sind es immer die Verliebten, die mich vom Feierabend abhalten. Aber ihr zwei habt den Bock abgeschossen. Wenn ihr hier weiter sitzen bleibt: Das Mittagessen müsst ihr wieder bezahlen.«

Lena wartete, bis der Wirt mit seiner Arbeit fortfuhr, dann sagte sie: »Ich kann es noch immer kaum glauben, wie dir das alles gelungen ist. Und das bei den Voraussetzungen, die schlechter nicht hätten sein können.«

»So ist es nicht gewesen.« Ruth lehnte sich zurück, nahm die Kaffeetasse und trank. Dann biss sie in das Croissant. »Ich hatte immer Zugang zu Büchern. Das war ein Privileg. Meine Eltern

– so distanziert sie auch waren, obwohl sie nur wollten, dass wir Töchter einfach funktionierten und keinen Ärger machten – haben mich gelehrt, was Begeisterung heißt. Für meinen Vater war sein Geschäft alles!« Sie aß das Croissant zur Hälfte auf und legte es dann beiseite. »Ein netter Wirt. Der Kaffee ist gut!«

Lena war so aufgeregt und überdreht von der durchwachten Nacht, dass der Kaffee schon nach dem ersten Schluck laut in ihrem Magen gluckerte.

»Wie sich bei dir alles gefügt hat, als du in Wien angekommen bist, das ist aber auch Glück gewesen«, sagte Lena.

»Es hört sich nur im Lebenslauf an, als wäre es ein geradliniger Weg gewesen, weil all die Jahrzehnte zuvor nicht erwähnt werden. Weil dort nichts von meinen Zweifeln und Ängsten steht.«

»Trotzdem: Ich bewundere dich. Sehr sogar.« Lena konnte es noch immer nicht glauben, wie viel Ruth geleistet und vor allem gewagt hatte!

»Bewundere mich nicht. Du sollst nicht stolz auf mich sein. Du musst stolz auf dich sein können! Was hält dich davon ab, dich für ein Studium oder eine Weiterbildung einzuschreiben, wenn die Arbeit mit dem Mädchen dir gezeigt hat, was deine Bestimmung ist? Dass du die Arbeit mit Menschen und die Kunst verbinden möchtest?«

Lena kam es vor, als wären ihre Gedanken ein Schwarm von aufgescheuchten Bienen.

»Ich will dir keine Ratschläge geben«, sagte Ruth. »Wenn ich daran denke, was mir alles geraten worden ist … die Ratschläge waren mehr Schläge als ein guter Rat. Du wirst deinen Weg gehen. Ich weiß es.« Sie schmunzelte. »Du bist niemand, der aufgibt. Du bist frei, hast keine Kinder, für die du verantwortlich bist. Du hättest längst verheiratet sein können, eine eigene Familie haben, wie ich dich einschätze. Aber du hast es nicht, da musst du einiges an Mühe aufgewendet haben, das zu verhindern. Und warum? Worauf hast du gewartet, auch wenn du es dir nicht eingestanden hast?«

Lena hatte zwar Max erwähnt, aber nichts von der geplatzten Verlobung erzählt. »Du machst mir Angst«, sagte sie. »Du triffst den Nagel auf den Kopf.«

Ruth lachte laut auf. »Dafür brauche ich keine Hellseherin zu sein. Es reicht, dir zuzuhören. Auf die Distanz sieht man die Dinge oft klarer. Du machst dir einfach zu viele Sorgen und Gedanken. Du siehst das große Ganze, vor dem du zurückschreckst, anstatt es in kleine Schritte zu zerlegen. Aber ohne kleine Schritte gibt es kein großes Ganzes. Und jetzt bin ich schon still. Es ist ein Fehler, der sich mit dem Alter einschleicht: Ich rede zu viel. Früher war ich eine bessere Zuhörerin.«

»Bleibst du noch ein paar Tage?«, fragte Lena.

»Bis übermorgen.«

»Willst du jetzt schlafen gehen?«

»Dann verschiebt sich mein Rhythmus vollständig. Ich bleibe wach bis zum Abend.«

Lena nahm all ihren Mut zusammen. »Fahr mit mir nach Templin. Es dauert nur eineinhalb Stunden. Triff dich mit Marlies. Rede mit ihr. Es würde ihr so viel bedeuten.«

»Unter einer Bedingung.« Ruth zwinkerte ihr zu.

»Und die wäre?«

»Du erkundigst dich nach den Möglichkeiten, die du hast, um Kunst und Soziales zu verbinden. Und dann: Lass dich nicht entmutigen, betrachte nicht den Riesenberg, der vor dir liegt, sondern sieh die kleinen Schritte, die zum Ziel führen. Zuletzt noch: Ich weiß zu wenig über Max und dich, um mir ein Urteil erlauben zu können, aber er kann dich auf deinem Weg unterstützen, darauf würde ich wetten. Und Unterstützung sollte man nie von sich weisen, egal, was in der Vergangenheit passiert ist.«

»Das waren aber drei Punkte und nicht nur einer«, sagte Lena mit einem Augenzwinkern. »Wenn ich die drei Punkte beherzige, dann steigst du in meinen Wagen? Jetzt gleich? Und du redest mit Marlies?« Sie streckte Ruth die Hand entgegen.

Ruth lachte. »Wir brauchen keinen Handschlag, es ist auch jetzt schon besiegelt.«

Kapitel 42

1968

Es tauchten immer mehr beringte Fledermäuse auf, als wären sie Ruth gefolgt. Sie ließen sich hinter abgelöster Rinde nieder, fanden in diesem Gebiet, das lange nicht bearbeitet worden und voller Totholz war, genügend Verstecke. Es gab Spalten und Stammanrisse in Massen, besonders beim alten Baumbestand der Eichen und Buchen. So viele Fledermäuse flogen herum, in einem solchen Durcheinander, dass Ruth sie nicht zählen konnte. Die Tiere bewegten sich zu schnell, um festzustellen, welche von ihnen markiert waren und welche nicht. Ruth konnte den Blick nicht abwenden. Erst als die Fledermäuse sich mit Beginn des Sonnenaufgangs in ihren Unterschlupfen versteckten, ging sie in den roten Bauwagen, um sich schlafen zu legen. Der Braune folgte ihr.

Die trockene Matratze war ein besseres Gästebett, als sie es sich hatte träumen lassen, dennoch warf sie sich unruhig von einer Seite auf die andere. Trotz der Erschöpfung wegen des Brandes und der vorhergehenden durchwachten Nacht kam sie nicht zur Ruhe. Unzählige Gedanken gingen ihr durch den Kopf, was alles noch zu tun war, um wieder mit ihrer Arbeit beginnen zu können. Eine neue Hütte ließ sich bauen, doch ihre Aufzeichnungen, Manuskripte und Statistikauswertungen waren endgültig verloren.

Von draußen war das Öffnen und Schließen einer Tür zu hören. Sofort rannte der Braune an die Tür, winselte und kratzte mit der Pfote. Ruth war so erschöpft, dass sie beim Aufstehen kurz taumelte und nichts sah. Erst als sie die Tür öffnete und der Wind über ihr Gesicht strich, normalisierte sich ihr Kreislauf wieder.

»Guten Morgen«, sagte sie. »Ist es in Ordnung, wenn ich den Braunen rauslasse? Wenn er sich dir anschließt?«

»Wenn du wüsstest, wie oft er das bereits getan hat …« Anders lachte. »Du siehst müde aus. Leg dich ruhig wieder schlafen, ich wecke dich, wenn das Mittagessen fertig ist.«

»Hast du genügend Nahrungsmittel?« In dem Moment wurde ihr klar, dass sie ihm gar kein Geld von ihrem Ersparten geben konnte, denn die Scheine in der Hütte waren verbrannt und zur Bank war es ein weiter Weg, den sie nicht vor dem Abend bewältigen konnte.

»Hinten habe ich Beete angelegt. Dort gibt es mehr zu essen, als wir beide vertilgen können.«

»Das kann ich nicht annehmen. Wie soll ich mich erkenntlich zeigen?«

»Mach dir darüber keine Gedanken.« Er winkte ihr zum Abschied, drehte sich um und verschwand im Wald, gefolgt von dem Braunen. Zurück in der Stille auf ihrer Matratze schlief sie schnell ein und erwachte erst wieder, als Anders sie zum Essen holen wollte, ihre Tür öffnete. Der Braune drängte sich durch die Ritze, noch bevor die Tür vollständig offen war, und sprang mit seinem gesamten Gewicht auf sie. Inzwischen war er so schwer geworden, dass sie unter ihm kaum Luft bekam. Unsanft schob sie ihn beiseite, doch als er sie mit großen Augen ansah, konnte sie nicht anders, als neben sich zu klopfen, damit er sich hinlegte und streicheln ließ. Er knurrte vor Wohlgefühl, bis er genug hatte von der Berührung und sich abwandte. Nun stand auch Ruth auf.

Im Vorbeigehen wusch sie sich mit Regenwasser, das Anders über die Dächer der Wagen und eine Regenrinne leitete und in großen Tonnen sammelte. Einen Mangel an Trinkwasser konnte es auf diese Weise nie geben. Sie bewunderte seine Konstruktion und begriff nun auch, welche Funktion die so weit überstehenden Dächer besaßen, neben dem Schutz der Wände vor Regen: So gelangte mehr Regenwasser in die Tonnen.

Der Gemüseeintopf, den Anders gekocht hatte, war kräftig mit Kräutern gewürzt, mit so vielen Geschmäckern angereichert, dass Ruth die Augen schloss, um festzustellen, was sich darin befand. Sie schmeckte Petersilienwurzel, Karotten, Kartoffeln, Zwiebeln, Pfeffer, Löwenzahn und Kümmel, dazu grüne Bohnen, und wusste nicht, ob sie alles erkannt hatte. Durch den Eintopf wurde ihr angenehm warm. Obwohl sie geschlafen hatte, fiel es ihr schwer, aufrecht zu sitzen und die Augen offen zu halten. Anstatt dass sie frischer wurde, ergriff die Müdigkeit nur noch mehr Besitz von ihr.

Sie half Anders, die Schüsseln und Löffel mit klarem Wasser zu spülen und zum Trocknen abzustellen, dann genoss sie die Sonne, die ihre Stirn wärmte.

»Stört es dich, wenn ich mich wieder hinlege?«, fragte Ruth. Sie war zu erschöpft, um sich zu überlegen, wie sie sich erkenntlich zeigen konnte, doch sie war sich sicher, dass ihr später etwas einfiele.

* * *

In den nächsten Tagen kümmerte sich Anders wie ein Vater um Ruth. Zuerst befürchtete sie, krank zu werden, es gab kaum eine andere Erklärung für ihre unendliche Erschöpfung. Dann begriff sie, dass es keine Krankheit war, die sie plagte, nur eine vollständige Entwurzelung. Noch immer konnte sie nicht fassen, was eigentlich geschehen war, wie es zu der Eskalation mit den Jugendlichen hatte kommen können.

Fünf Tage lang war es, als würde Ruth müder und müder werden. Wenn sie schlief, träumte sie, dass sie zu ihrem Elternhaus fuhr und auch dieses einfach verschwunden war. Wie ein Geist wandelte in ihren Träumen die Graue an ihr vorbei, ohne auf ihr Rufen zu reagieren.

Jeden Morgen wachte Ruth schweißgebadet auf, orientierte sich kurz und schlief wieder ein. Mal war der Braune bei ihr, mal war sie allein. Nie betrat Anders den roten Wagen. Wenn er sie zum Essen holte, klopfte er und öffnete mehrmals am Tag die Tür, um den Braunen heraus- oder hineinzulassen. Nutzloser hatte sich Ruth nie zuvor in ihrem Leben gefühlt. Alle Energie war aus ihr gewichen, die Beine und Arme waren wie aus Blei, zu schwer, um sie zu heben. Jeder Schritt erschöpfte sie, selbst die kurzen Wege zur Feuerstelle, um zu essen, verlangten ihr mehr Kraft ab, als sie eigentlich hatte. Ihr war es schleierhaft, wie sie es früher geschafft hatte, zusammen mit Herrn Moosbacher, Andreas, Werner und Manfred die Forstarbeit zu verrichten.

Unzählige Male entschuldigte sie sich bei Anders, dass sie nur ein zusätzlicher Esser war, und genauso häufig bestätigte er ihr, dass das kein Problem für ihn sei, die Zeiten würden sich auch wieder ändern.

»Warum tust du das für mich?«, fragte sie.

»Weil ich wünschte, jemand hätte dasselbe für mich getan, als ich mit meiner Kriegsverletzung hier angekommen bin und nichts und niemanden mehr hatte.«

* * *

An einem Morgen – Ruth wusste nicht mehr, wie viele Tage sie überwiegend schlafend verbracht hatte – wachte sie auf und die Müdigkeit war verschwunden. Sie wartete nicht, bis Anders an die Tür klopfte, sondern stand kurz nach Sonnenaufgang auf und verließ den Wagen. Es brauchte nicht lang, bis sie sich einen Überblick verschafft hatte. So wie sie in ihrer ehemaligen Hütte auch, hatte Anders ein Loch unter seinem Wohnwagen ausgeschachtet, das er innen zusätzlich mit Holz verkleidet hatte, um dort verderbliche Lebensmittel zu lagern. Sogar Milch besaß er. In einer weiteren Kiste fand sie Mehl und Salz. So beschloss sie, ihn mit frischem Brot zum Frühstück zu überraschen. Beim gemeinsamen Essen wollte sie sich bedanken und ihm erklären, dass nun die Zeit gekommen war, sich der Realität zu stellen. Sie musste zur abgebrannten Hütte zurückkehren, schauen, ob es noch etwas gab, was sie weiterverwenden konnte, außerdem beim Forsthaus fragen, ob Post für sie angekommen war, und auch eine Nachricht zur Fledermausmarkierungszentrale schicken, in der sie vom Brand und dem Umzug der Fledermäuse berichtete.

Anders zeigte sich wenig überrascht, als Ruth ihn weckte, um gemeinsam das Stockbrot zu essen, das sie über dem Feuer gegart hatte. Er setzte sich an den gedeckten Tisch, als wäre es eine Selbstverständlichkeit – genauso, wie er vorher Ruth mitversorgt hatte.

Sie aß langsam und zögerte den Aufbruch hinaus, doch bald schon stand die Sonne so hoch am Himmel, dass sie wusste: Wenn sie sich nicht zügig auf den Weg begab, wäre sie nicht vor Einbruch der Dunkelheit zurück.

Zum Abschied drückte sie Anders an sich und bedankte sich noch einmal für alles, was er für sie getan hatte.

»Pass auf dich auf«, sagte er und erwiderte die Umarmung. »Und komm heil zurück.«

Ruth schnalzte mit der Zunge, damit der Braune ihr folgte, doch der blieb stur neben Anders sitzen.

Sie schaute den Braunen an, schnalzte noch einmal.

Der Rüde kroch unter den gelben Wohnwagen.

Kopfschüttelnd gab Ruth es auf, den Hund zu locken, und lief zügig über den Wildpfad in Richtung Ostsee, von wo sie das gleichmäßige Platschen der Brandung hörte.

Zuerst ging sie zum Forsthaus, um nach der Post zu fragen. Doch kein Brief war für sie eingetroffen. Erschöpft trat sie ins Freie. Eine ungeheure Müdigkeit überkam sie erneut bei der Vorstellung, was sie nun erwartete.

Je näher sie der Hütte kam, umso langsamer wurde sie. Ruth wünschte sich, der Braune wäre da. Es roch noch immer nach verkohltem Holz, obwohl es zwischendurch geregnet hatte. Der Sand unter ihren Füßen war voller Asche, die bei jedem Schritt aufgewirbelt wurde und ihre Schuhe und den unteren Teil ihrer Hose schwarz färbte. Einen extremen Gegensatz dazu bildete das idyllische Lichtspiel der Sonne in den Blättern über ihr, das Singen der Vögel, als wäre nichts geschehen.

Von der Hütte stand nur noch ein Gerippe. Ruth entdeckte ihre Töpfe, zwar schwarz vom Feuer, aber sie würden sich reinigen lassen. Besteck konnte sie nirgends entdecken. Das Dach des kleinen Nebengebäudes, das sie als Abstellkammer genutzt hatte, war eingestürzt, die Wände waren verkohlt, aber als sie die Tür öffnete, merkte sie, dass sie das meiste noch verwenden konnte. Hier fand sie auch zwei große Jutesäcke, die sie mit den Töpfen befüllte, mit Werkzeug, einem Eimer, Schaufel und Harke. Sogar ihre vier Apfelsaftflaschen waren unversehrt geblieben. Die Säcke waren schwer, aber trotzdem konnte sie sie transportieren, indem sie sie auf dem Boden hinter sich herzog. Nur bei größeren Bodenunebenheiten musste sie die Säcke hochheben.

Das Geräusch von Schritten ließ sie aufmerken. Sofort begann ihr Herz zu rasen. Hektisch sah sie sich nach einem Versteck um. Ihre Beine zitterten, doch sie zwang sich, stehen zu bleiben und dem Fluchtimpuls nicht nachzugeben.

»Hallo Ruth«, sagte Rolf. Er trat zwischen den verkohlten Stämmen hervor.

»Du hast mich erschreckt.«

»Das wollte ich nicht.« Er blickte sich um. »Dann komme ich ja genau zur rechten Zeit. Ich kann dir beim Tragen helfen.«

Ruth setzte sich auf einen umgestürzten Baumstamm. »Ich schaffe das auch allein.« Sie bezweifelte, dass Anders es schätzte, wenn sie Rolf zu seinem Lager führte und damit das Versteck offenbarte, das er jahrzehntelang versteckt gehalten hatte.

»Du musst nicht immer alles allein schaffen«, sagte Rolf. »Niemand muss das. Es ist keine Schande, Hilfe anzunehmen.«

»Sind eigentlich schon Gerichtstermine angesetzt?«, fragte sie, um das Thema zu wechseln. »Sind die Verhandlungen öffentlich? Und wo genau finden sie statt?«

Rolf setzte sich neben sie. Er zog eine Zigarre und ein Feuerzeug hervor. »Schau dir das hier an.« Er roch an der Zigarre und hielt sie Ruth unter die Nase. »Unfassbar, dass so etwas noch auftaucht. Im Krieg, ja, da wäre damit zu rechnen gewesen. Aber inzwischen? Ein Gastwirt hatte ein ganzes Lager eingerichtet, mit den Zigarren gehandelt und sich eine goldene Nase verdient. Vorgestern haben wir dem ein Ende bereitet.« Er zündete sich die Zigarre an. Tief sog er den Rauch ein und hustete schon beim ersten Zug.

»Meine Güte, sind die stark!«, keuchte er, nahm aber einen weiteren Zug und blies den Rauch direkt wieder aus.

Ruth schüttelte den Kopf. »Was ist denn nun mit dem Gerichtsverfahren?«

Rolf drückte die Zigarre am Baumstamm aus und steckte sie mitsamt dem Feuerzeug wieder in die Brusttasche. »Eigentlich wollte ich es dir gar nicht sagen.« Er wich ihrem Blick aus, hob einen Stock vom Boden auf und zeichnete Kreise und Vierecke in den geschwärzten Sand. »Die Täter wurden freigelassen.«

»Wie bitte?« Ruth glaubte, sich verhört zu haben.

Doch als Rolf nicht antwortete und stattdessen weiter mit dem Stock im Sand zeichnete, begriff sie, dass es stimmte. Die Täter waren entlassen worden.

»Wie ist das möglich?«, fragte sie.

»Es waren Jungs aus hochgestellten Funktionärsfamilien. Im Grunde Kinder, denen gar nicht klar war, was sie taten. Sie haben mit Streichhölzern gespielt, wollten ein Lagerfeuer anzünden. Der Brand deiner Hütte war nicht geplant, auch dass das Feuer noch weiter um sich gegriffen hat … Unglücke passieren.«

»Das sind keine Kinder. Sie wissen genau, was sie tun.«

»Wir konnten ihnen keinen Vorsatz nachweisen. Glaub mir, sie waren genauso erschrocken über die Ausbreitung des Feuers wie alle anderen Bewohner. Es ist ein Glück, dass es kurz zuvor geregnet hatte und dass der Wind nicht in Richtung Forsthaus wehte. Wir können froh sein, dass der Brand so begrenzt geblieben ist.«

»Das Feuer hat eine Vorgeschichte. Sie waren nicht zum ersten Mal im Wald. Du weißt das. Sie kamen nicht zufällig vorbei und dachten: Was für ein guter Feuerplatz, dann schauen wir mal, wie man ein Lagerfeuer entfacht.«

»Du verstehst das nicht.«

Ruth schüttelte den Kopf. Sie schaute ihn an, doch er wich ihrem Blick aus. Als sie aufstand und sich so vor ihn stellte, dass er sie ansehen musste, erhob er sich ebenfalls und fluchte laut.

»So ist das nun einmal«, sagte Rolf. »Das ist das Gesetz. Wir konnten keinen Vorsatz nachweisen und sie waren selbst völlig verstört und erschrocken.«

»Eine beeindruckende schauspielerische Leistung müssen sie abgeliefert haben. Oder hat es gereicht, dass ihre ach so wichtigen Väter aufgetaucht sind und euch klargemacht haben, dass es zweierlei Arten von Recht und Gesetz gibt?«

Rolf trat mit dem Fuß gegen den Stamm und setzte sich.

Ruth war zu nervös, um wieder Platz zu nehmen. »Was ist mit der Grauen? War das auch kein Vorsatz? Hat sie zufällig einen Köder gefunden, der einfach dort lag oder der vom Himmel gefallen war wie ein Meteorit?«

»Das ist nicht zur Sprache gekommen. Die Hündin war sowieso nur … so meine ich das nicht, aber du weißt, wie es läuft. Sie hatte keinen hohen Wert. Wenn du magst, halte ich für dich Ausschau nach einer neuen Hündin. Das habe ich dir ja schon angeboten und auf meine Versprechen kannst du dich verlassen. Meine Güte, Ruth! Wir reden von einem Tier! Nicht von einem Kind.«

»Du bist so ein Idiot!«

»Denkst du, mir gefällt es, wie es hier gerade läuft?« Rolf stand auf, packte Ruth am Arm und nahm ihre Hand, die er fest drückte. »Du bedeutest mir viel. Es sind keine leeren Worte: Ich besorge dir eine neue Hündin. Ich bezahle sie. Wir müssen alle sehen, wie wir durchkommen. Das Leben ist für niemanden einfach. Ich habe die Jungs in die Zelle gesperrt, sie haben begriffen, dass sie zu weit gegangen sind.«

»Die Jungs«, sagte sie und lachte bitter.

»Ich habe ein ganz großes Fass aufgemacht. Sie aus der Schule und von ihren Ausbildungsplätzen abführen lassen – vor aller Augen. Ich habe sie eingesperrt. Sie verhört. Ihnen gedroht. Ich wollte, dass sie weggesperrt werden, auch wenn sie dasaßen wie ein schluchzendes Häufchen Elend. Ich wollte, dass sie büßen, aber …«

»Was dann passiert ist, hast du schon gesagt.«

»Was willst du von mir? Was hätte ich denn tun sollen?«

»Zu mir stehen. Den Tod der Grauen zur Sprache bringen. Die Verbindung zu den vorherigen Übergriffen herstellen und nicht lockerlassen.«

»Ich soll also meine berufliche Existenz aufs Spiel setzen?«

»Wäre es so schlimm, wenn du etwas anderes machen müsstest? Wenn du nicht mehr der treue Staatsdiener wärst? Es gibt so vieles, was du gut kannst. Du reparierst jedes elektrische Gerät. Du kennst dich mit Autos aus. Sogar die Polizeiwagen bringt ihr nicht in die Werkstatt, weil du sie wartest. Damit lässt sich ein Lebensunterhalt bestreiten.«

»Genauso gut, wie du zu mir in den Ort ziehen und das Leben im Wald aufgeben kannst.« Er lief unruhig umher.

»Du könntest auch zu mir in den Wald kommen.«

Das Schweigen, das sich zwischen ihnen ausbreitete, war so intensiv, dass Ruth glaubte, es würde sich zu einem dumpfen Rumpeln entwickeln, das sie um sich herum wahrnahm. Sie blickte sich um und begriff, dass das Poltern daher rührte, dass sie ihre Kiefermuskeln und anderen Gesichtsmuskeln intensiv anspannte, dass das Dröhnen aus ihrem Innern kam.

»Wann kann ich die Graue abholen?«, fragte Ruth. »Ich will sie beerdigen.«

»Sie ist nicht mehr da.«

»Wo habt ihr sie denn hingetan?«

»Was weiß ich?« Rolf schüttelte den Kopf.

Sie sagte sich, sie solle einfach die Säcke nehmen und für immer von diesem Ort verschwinden, ohne sich noch einmal umzudrehen und ohne sich zu verabschieden. Doch ihre Beine waren wie gelähmt.

Rolf setzte sich wieder auf den Stamm. Ruth nahm neben ihm Platz. Still saßen sie nebeneinander und starrten aneinander vorbei, ohne etwas von der Umwelt wahrzunehmen.

Kapitel 43

1968

»Ich möchte dich nicht verlieren«, sagte Rolf. »Du bist mir wichtig.«

Lange hatten sie nebeneinander geschwiegen. Langsam senkte sich die Sonne und es war klar, dass sie bald auseinandergehen mussten.

Ruth legte ihre Hand in seine. »Haben wir uns nicht schon verloren?«, fragte sie.

»Ich will mit dir kommen.«

»Jetzt?« Sie blickte ihn an, um zu sehen, ob er scherzte, aber sein Gesicht war ernst.

»Ich möchte mit dir kommen«, sagte er noch einmal.

Ruth stutzte. Eigentlich war es das, was sie sich immer gewünscht hatte, doch anstelle von Freude stellte sich bei ihr ein Zögern ein, für das es unzählige Gründe gab. Ihre Lebensvorstellungen waren zu verschieden, er würde nicht dauerhaft im Wald leben wollen. Und für sie war ein Zusammenleben auf gedrängtem Raum mit all den anderen Menschen in der Ortschaft unvorstellbar. Sie liebte ihre Arbeit mit den Fledermäusen, ihr einsames Leben genau so, wie es war.

Nie hatte sie in kurzer Zeit mehr glückliche Tage erlebt als in ihrer Hütte.

»Komm mit«, sagte sie, stand auf und ging voraus. Sie wusste, dass Rolf niemandem verraten würde, wo sie hingingen, wo Anders' Lager war, und sie schob die Sorge beiseite, wie Anders den Besuch aufnehmen würde.

Bei ihrer Ankunft an den beiden Wagen war es bereits dunkel. Fledermäuse kreisten über der Lichtung. Das Mondlicht erleuchtete die Umgebung fast taghell. Ruth bedeutete Rolf mit einer Handbewegung, stehen zu bleiben. Neben Anders' Wagen stand ein Fuchs, dessen bernsteinfarbene Augen sie intensiv anblickten. Er trug ein Bändchen um den Hals.

»Guten Abend«, sagte Anders. Er trat hinter seinem Wagen hervor und der Fuchs rannte beiseite.

»Der Fuchs …«, begann Ruth. Niemals würde sie den Tag vergessen, als sie ihn auf der Lichtung mit der nun abgebrannten Hütte schon einmal gesehen hatte. Ihr wurde klar, wer damals kurz vor ihrer Ankunft dort das Feuer entzündet hatte: Anders.

»Ich habe ihn verletzt gefunden. Ein Raubvogel hatte ihn gepackt und dann fallen gelassen, weil der Fuchs wohl zu schwer geworden ist oder zu stark gezappelt hat. Er war noch ganz jung. Auch jetzt bleibt er immer in meiner Nähe.«

»Ich hoffe, es ist in Ordnung, wenn ich …« Ruth blickte zu Rolf, dann zu Anders und wieder zu Rolf.

»Es ist für mich Zeit, an die See zu gehen«, sagte Anders. »Morgen Mittag bin ich zurück.« An seiner Stimme hörte sie, dass es für ihn nicht in Ordnung war, ganz im Gegenteil. Dass sie Rolf mitgebracht hatte, empfand er als Störung und Übergriff.

Rolf wartete, bis der Einsiedler zwischen den Bäumen verschwunden und nichts mehr von ihm zu sehen oder zu hören war, dann umarmte er Ruth.

»Lass uns schlafen gehen«, sagte er und blickte sich noch einmal um, als würde er etwas suchen.

»Du musst hier nicht über Nacht bleiben.« Ruth strich ihm durchs Haar.

»Ich möchte es aber.« Wieder drehte er sich um. Sein gesamter Körper spannte sich an, als er in den Wald blickte.

Nun konzentrierte auch Ruth sich auf die Umgebung. Bisher hatte sie immer, wenn sie allein unterwegs gewesen war, Vorsicht walten lassen, hatte zwischendurch Pausen eingelegt, um sich einen Überblick zu verschaffen. Nie zuvor hatte sie wie in dieser Nacht den direkten Weg gewählt, um eine Verfolgung unmöglich zu machen. Doch diesmal hatte sie sich so sehr auf Rolf und ihre Gespräche konzentriert, dass sie alle Vorsichtsmaßnahmen außen vor gelassen hatte.

»Meinst du, uns ist jemand gefolgt?«, fragte Ruth.

Rolf verharrte stumm. Weiterhin blickte er in Richtung Wald. Langsam und erschöpft kam der Braune hinter dem Bauwagen hervor und legte sich zu Ruths Füßen. Wenn sich jemand nähern würde, bliebe das nicht unbemerkt, sagte sich Ruth und beobachtete den Hund. Doch der Braune blieb ruhig und schlug nicht an.

»Was denkst du?«, fragte Ruth.

Noch immer war Rolf in sich versunken. Dann wandte auch er seinen Blick ab und umarmte sie. »Ich bin einfach froh, dass es ist, wie es ist.«

* * *

Gerade eingeschlafen, wurden sie von lauten Schreien geweckt, weit entfernt, aber so deutlich, dass Ruth sich aufrecht hinsetzte. Eine Gänsehaut überzog ihren gesamten Körper. Es klang nicht wie ein Tier und nicht wie ein Mensch. Dann mischte sich der Schrei mit einem zweiten.

»Was ist das?«, fragte sie.

Auch Rolf saß mit gestrecktem Oberkörper. Sein Atem ging stoßweise. »Es ist passiert.«

»Was meinst du?«

»In Zukunft wirst du deinen Frieden haben, das garantiere ich. Nie wieder wird jemand nach dir suchen.«

Die Schreie steigerten sich, dann wurden sie leiser. Ruth versuchte, mehr von Rolf zu erfahren, was er meinte, was geschehen war, doch er schwieg beharrlich, starrte mit weit aufgerissenen Augen in die Dunkelheit und bewegte sich auch nicht, als sie eine Kerze anzündete und ihn berührte. Er stieß ihre Hand beiseite, rannte dann nach draußen und übergab sich.

Ein Martinshorn war zu hören, kurz darauf kehrte wieder Ruhe ein.

Der Braune schlief unbeirrt am Fußende der Matratze, er ordnete das Geschehen nicht als Gefahr ein. Ruth wartete noch eine Weile und als Rolf nicht wieder hereinkam, ging sie zu ihm hinaus.

Vorsichtig streichelte sie über seinen Rücken.

»Ich habe es getan«, flüsterte er. »Es war die einzige Möglichkeit, um Sicherheit zu schaffen. Das wird Ärger für mich geben, und das nicht zu knapp. Ich werde zu den Vorgesetzten zitiert. Werde eine Aussage machen müssen. Aber sie können mir nichts anhaben, weil niemand die Dienstanweisung gegeben hat, die Bevölkerung zu informieren. Und ohne Dienstanweisung …«

Sie versuchte, aus seinen Worten ein Bild zusammenzufügen, und scheiterte. Doch sie fragte nicht nach, weil sie merkte, dass sie ihm Zeit geben musste, sich zu sammeln und sein eigenes Tempo zu finden, in dem er erzählte. Nie zuvor hatte sie ihn so verstört erlebt.

Rolf wischte sich über den Mund, dann entspannte sich

sein Gesichtsausdruck. »Sie haben Tellereisen ausgelegt. Das geschieht hier einmal im Jahr. In diesem Jahr deutlich verspätet. Ich habe vergessen, die Bevölkerung zu informieren.«

»Vergessen«, wiederholte Ruth. Ihr blieb die Luft weg, dann atmete sie schnappend ein, als wäre sie gerade nach einem langen Tauchgang wieder aufgetaucht. »Was, wenn ich mich verletzt hätte? Ich hätte einen Fuß verlieren können!«

»Wie denn das? Wir sind die ganze Zeit über zusammen gewesen. Mit deinem Hund in der Nähe. Und auch Anders war nie in Gefahr.«

»Du hast es bewusst getan. Aus Rache.«

»Niemand wird sterben. Ich werde mit einer Verwarnung davonkommen. In der Folge werden die Eltern dafür sorgen, dass ihre Sprösslinge sich dem Wald fernhalten.«

* * *

Nach dieser Nacht nahm Rolf keinen Kontakt mehr zu Ruth auf und auch Ruth ging nicht in den Ort oder zur Polizeistation, um nach ihm zu suchen. Ein paar Wochen später fragte sie vorsichtig bei Herrn Moosbacher nach, der ihr nichts zu berichten wusste, außer dass Rolf wie üblich seiner Arbeit nachging und sogar befördert werden sollte.

Rolfs Vorhersage bewahrheitete sich: Kein Jugendlicher näherte sich mehr dem Waldgebiet, selbst das Forsthaus wurde von den Jugendlichen gemieden, als hätte jemand einen unsichtbaren Zaun am Rande der Ortschaft gezogen. Herr Moosbacher erzählte von zwei verletzten Halbwüchsigen, die Glück hatten, dass keinem von ihnen das Bein amputiert werden musste, dass sie sich wieder erholen würden.

Doch Ruth verspürte nicht nur Erleichterung. Diese eine Nacht hatte eine Seite von Rolf zum Vorschein treten lassen, von der er wahrscheinlich selbst nicht gewusst hatte, dass sie existierte. Sie begriff, warum er sie seitdem mied, weil sie und seine Gefühle für sie der Auslöser gewesen waren. Weil eine Begegnung mit ihr ihn immer wieder an seine dunkle, wütende und zerstörerische Seite erinnern würde, die kurz an die Oberfläche gekommen war und von der er sicher wünschte, er hätte sie nie gesehen.

* * *

Ruth lenkte all ihre Kraft auf das, was getan werden musste, und das war so viel, dass sie es allein nicht bewältigen konnte. Es war unmöglich, die sich noch immer erweiternde Fledermauskolonie zu sichten, sich gleichzeitig an dem neuen Ort einzurichten und eintreffende Fundmeldungen zu kategorisieren, dazu an der Dokumentation über ihre Forschungen zu schreiben.

Durch den Wegfall der Übergriffe war Ruth in Sicherheit, doch musste sie sich erst wieder daran gewöhnen, dass ein weiterer Mensch in ihrer Nähe lebte. Anders und Ruth hatten so unterschiedliche Tagesabläufe, dass sie sich selten begegneten, trotzdem merkte sie, dass es auch ihn anstrengte und immer wieder für Irritationen sorgte, dass sie nun im zweiten Wagen lebte. Doch keiner wollte den anderen mehr missen.

Zuerst übernahm Anders für sie kurze Botengänge, übertrug Fundmeldungen in die Tabellen. Dann unterstützte er sie auch bei ihrer täglichen Arbeit mit den Tieren. Das jahrzehntelange Leben im Wald hatte ihn geprägt und er war mit den Tieren und der Natur fast zu einer Einheit geworden, sodass es ihm viel leichter fiel, Fledermäuse zu fangen, um sie zu beringen. Die Tiere wichen kaum vor ihm zurück, sie schienen fast nicht zu bemerken, wenn er sich näherte, jedenfalls zeigten sie keine Aufregung oder Furcht.

Bald hatte sie in ihm nicht nur einen Helfer gefunden,

sondern in ihrer Fledermausforschung einen Partner, der ihr mit Rat zur Seite stand und auch das Bestehen ihrer Stelle sicherte. Denn wer entließ eine junge Frau, deren Forschung so umfangreich war, dass man zwei oder drei andere Wissenschaftler hätte einstellen müssen, um sie zu ersetzen?

Kapitel 44

2021

Dieser Sommer war für Lena so ereignisreich gewesen, dass sie das Gefühl hatte, es wären Jahre verstrichen. Sie hatte Ruth gefunden und kennengelernt, ein Treffen zwischen Ruth und Marlies erreicht. Zwar hatten sich die beiden Schwestern nicht versöhnt, wie Lena es sich gewünscht hatte, aber die beiden hatten miteinander gesprochen, ohne Anklagen, ohne Streit. Und sie wollten in Kontakt bleiben. Wenn man die Vergangenheit betrachtete, war das schon sehr viel!

In zwei Wochen würde sie wieder ihre Arbeit als Erzieherin aufnehmen. Dies mit dem nebenberuflichen Studium zur Kunsttherapeutin zu vereinbaren, würde nicht leicht werden, aber Lena wollte ihr Versprechen gegenüber Ruth einlösen und ihr vor allem zeigen, dass sie nicht nur träumte, sondern auch handelte.

Eine Stunde früher als nötig verließ Lena ihre Wohnung, um vor der Personalbesprechung in der Kita noch durch die Templiner Altstadt zu schlendern. Inzwischen spürte sie so deutlich wie nie zuvor, wie sehr ihr doch während ihres Jahres zu Hause die Kontakte gefehlt hatten.

Je näher sie der Innenstadt kam, umso lebendiger wurde das Treiben. Sie begegnete einer Gruppe von Jugendlichen. Die Straßenmusikanten, die sie früher als zu laut empfunden hatte, genoss sie jetzt, wie auch den warmen Wind auf ihrer Haut, das Stimmengewirr um sie herum, rufende Verkäufer an Marktständen. Selbst das Dröhnen und Rappeln der vorbeifahrenden Müllabfuhr zeigte ihr, dass sie lebendig war.

Ob sie sich gar nicht erst auf das Stipendium hätte bewerben sollen? War das letzte Jahr ein Fehler gewesen? Das fragte sie sich manchmal, doch immer wieder kam sie zu dem gleichen Ergebnis: Es war gut, dass sie probiert hatte, ihren Traum zu leben, weil er sie sonst bis zum Tod verfolgt hätte. Jahrelang hatte sie sich in einem Was-wäre-Wenn verloren.

Der Blick auf eine Schlagzeile ließ sie innehalten und riss sie aus ihren Gedanken.

AUSGEWACHSENER KAIMAN IN EHEMALIGEM SCHWIMMBAD SICHERGESTELLT

Lena war so paralysiert, dass sie fast über ihre eigenen Füße stolperte, das Gleichgewicht aber schnell genug wiederfand.

Sie zog die Tageszeitung aus dem Ständer, klappte sie auf, bis sie im Innenteil den vollständigen Artikel fand.

»Hey, erst bezahlen, dann lesen«, rief der Verkäufer, der aus dem Geschäft herausgestürmt kam. »Das habe ich gern. Und am Ende sind die Zeitungen und Zeitschriften so verknickt, dass ich sie nicht mehr verkaufen kann.«

Die Zeitungsbeilage rutschte heraus, als Lena sich umdrehte.

»Was sage ich?«, fragte der Mann.

»Ist ja schon gut.« Lena gab dem Verkäufer einen Fünfeuroschein und eilte weiter, um eine Sitzgelegenheit zu finden, noch bevor der Mann ihr das Wechselgeld geben konnte.

Schon nach wenigen Metern entdeckte sie einen Mauervorsprung. Sie las und merkte, wie sich von Satz zu Satz ihr Puls beschleunigte.

In einem noch bewohnten Hochhaus, das demnächst abgerissen werden sollte, war im Keller in einem jahrelang stillgelegten Pool ein Kaiman entdeckt worden. Das Tier war in einem großen Polizei- und Feuerwehreinsatz in den Zoo gebracht worden.

Vier Versuche brauchte Lena, um ihr Handy zu entsperren. Erst legte sie den Finger nicht richtig auf den Sensor, dann gab sie die falsche PIN ein.

Endlich erschien das Hauptmenü auf dem Display. Sie öffnete die Telefon-App und suchte noch einmal die Nummer des Jugendamts heraus.

Es war dauerhaft besetzt.

Sie rief beim nahe gelegenen Polizeirevier an, um zu sagen, dass sie überzeugt sei, der sichergestellte Kaiman stehe in Zusammenhang mit dem unbekannten Mädchen. Möglich, dass das Mädchen längst wieder sprach, dass es bereits zu Hause war, aber sie könnte es sich niemals verzeihen, wenn sie der Sache nicht nachging. Falls die Herkunft noch immer ungeklärt war, konnte das der entscheidende Hinweis sein!

Zweimal wurde Lena weiterverbunden, erst zu einer Kommissarin, dann zum Jugendamt.

Sie musste sich zwingen, ihre Gedanken der Reihe nach vorzubringen, eine logische Kette zu bilden. »Ich bin mir sicher, dass die Mutter des Mädchens in genau diesem abbruchreifen Hochhaus lebt, dass das Kind von dort stammt«, beendete Lena ihre Ausführungen.

Die Frau am anderen Ende der Leitung seufzte.

»Können Sie mich mit Frau Baumgärtner verbinden? Sie kennt den Fall genauer, ich habe bereits mit ihr gesprochen«, sagte Lena.

»Frau Baumgärtner ist gerade bei einem Einsatz.«

»Sind Sie schon unterwegs zu diesem Hochhaus?«

»Ich kann Ihnen keine näheren Informationen geben.«

Lena unterdrückte einen Fluch. »Sie brauchen mir ja auch keine Details zu nennen, ich möchte nur sicher sein, dass jemand der Sache nachgeht.«

»Wollen Sie uns jetzt sagen, was wir zu tun oder zu lassen haben?« Die Frau schnaubte.

»Sie missverstehen mich. Ich wollte nur …«

»Glauben Sie mir, wir wissen, wie wir unsere Arbeit machen müssen, da brauchen wir keine Nachhilfe. Der Fall wird sich regeln. Wir kümmern uns darum.«

Lena verabschiedete sich mit einem Kopfschütteln. Wütend knüllte sie die Zeitung zusammen, stand auf und warf das Papier in den nächsten Mülleimer. Dann rief sie Max an.

»Ich habe eine Bitte«, sagte Lena. »Ich habe in einen Zeitungsartikel gelesen, dass in einem ehemaligen Schwimmbecken ein Kaiman gefunden wurde. Und ich dachte sofort an die Zeichnung, die das Mädchen gemacht hat. Die mit dem Krokodil. Bestimmt gibt es …«

»… einen Zusammenhang«, führte Max ihren Gedanken fort.

»Ich habe bei der Polizei angerufen«, sagte Lena, »und beim Jugendamt, aber sie hören mir gar nicht zu! Wenn du dagegen anrufen würdest, du als ehemals behandelnder Arzt …«

»Das ist gar nicht mehr nötig.«

Lena seufzte vor Erleichterung. »Wie das?«

»Wir haben die Mutter gefunden. In eben diesem Hochhaus. Der Zusammenhang ist mir auch aufgefallen, und nicht nur mir. Die Pflegemutter hat am frühen Morgen einen entsprechenden Hinweis an die Polizei gegeben. Drei Blöde, ein Gedanke, oder wie sagt man so schön?« Er lachte. »Übrigens: Das Mädchen spricht noch immer nicht, es wird wohl auch nicht nach Hause zurückkehren können. Es hat wirklich in diesem Hochhaus gelebt. Mit allem, was du herausgefunden hast, hast du also recht gehabt.

Es hat sich nun vollständig aufgeklärt, wenn es auch frustrierend ist. Die Mutter hat eine Überdosis Schlaftabletten genommen. Wahrscheinlich hat das Mädchen sie gefunden – tot. Jetzt geht es darum, den Vater oder andere Verwandte zu finden.«

»Danke, dass du nicht mit Schweigepflicht kommst. Niemand sonst wollte mir irgendetwas sagen.«

»Vielleicht kann ich es so etwas wiedergutmachen.« Er stockte. »Ich habe dir unrecht getan. Das unterschätzt, was du herausgefunden hast. Du bist weitergekommen als alle Fachleute zusammen. Was ich noch sagen wollte …«

Sie hörte seinen Atem am anderen Ende der Leitung.

»Ich finde«, begann Max, »wir sollten langsam anfangen, uns wie Erwachsene zu verhalten. Und wenn du mal reden willst, freundschaftlich – ich bin für dich da.«

Es war so still am anderen Ende der Leitung, dass Lena das Handy vor sich hielt, um zu sehen, ob das Gespräch unterbrochen worden war, doch die Verbindung bestand noch.

»Lena?«, fragte er.

»Ja?«

»In dir steckt mehr, als du denkst.«

»Wer weiß …«, sagte Lena mit einem Augenzwinkern. Sie hatte so viele Pläne, doch bevor sie offen darüber sprach, wollte sie die Zeit genießen, in der nur Ruth und sie davon wussten.